ALAN

Casgliad o gerddi ac ysgrifau ar Alan Llwyd, gyda llyfryddiaeth lawn o'i waith gan Huw Walters

Golygydd: **Huw M. Edwards**

Gyda chymorth Elwyn Edwards

Cyhoeddiadau Barddas

Argraffiad Cyntaf — 2003

ISBN 1 900437 51 1

Y mae Cyhoeddiadau Barddas yn gweithio
gyda chefnogaeth ariannol Cyngor Celfyddydau Cymru,
a chyhoeddwyd y gyfrol hon gyda chymorth y Cyngor.

Cyhoeddwyd gan Gyhoeddiadau Barddas
Argraffwyd gan Wasg Gwynedd, Caernarfon

CYNNWYS

RHAGAIR

Braint fu derbyn gwahoddiad y Gymdeithas Gerdd Dafod i fynd i'r afael â golygu'r gyfrol hon ar achlysur dathlu ei phen blwydd yn bump ar hugain oed. Bu ei swyddog gweinyddol, Elwyn Edwards, yn barod iawn ei gymorth o'r cychwyn.

Ers ei sefydlu ar faes Eisteddfod Aberteifi yn 1976 bu dylanwad y Gymdeithas ar farddoniaeth Gymraeg, ac yn enwedig ar Gerdd Dafod, yn ddifesur, a hynny'n bennaf drwy gyfrwng ei chylchgrawn, *Barddas*. Cyflwynwyd *Barddas* i'r byd ym mis Hydref y flwyddyn honno, ac ni ellir llai na rhyfeddu at gyfraniad diflino'r golygydd, Alan Llwyd dros chwarter canrif a mwy. Wedi iddo fod yn gyfrifol am *Barddas* ar y cyd â Gerallt Lloyd Owen am y saith mlynedd gyntaf, yn 1983 cymerodd yr awenau drosto'i hun ac aeth y cylchgrawn o nerth i nerth.

Cawn flas yma ar hynt y cylchgrawn *Barddas* hyd ddechrau'r ganrif newydd, ond prin y gallai cyfrol fel hon wneud cyfiawnder â holl waith Alan Llwyd hyd yn hyn fel golygydd a chyhoeddwr ac ysgogwr diflino. Bydd y llyfryddiaeth lawn sydd wedi ei llunio gan y Dr. Huw Walters yn rhoi i'r darllenydd ryw argraff o swm a sylwedd y llafur hyd yma. Ceir yma olwg ddifyr hefyd yn yr ysgrifau cyntaf ar y cyfnod ffurfiannol cyn sefydlu *Barddas*, o'r dyddiau cynnar yn gyw-cynganeddwr yn Ysgol Uwchradd Botwnnog hyd flynyddoedd ffrwythlon colofn farddol *Y Cymro* yng nghanol y saithdegau.

Nid cyfrol gofiannol mo hon yn bennaf, fodd bynnag. Caiff yr hunangofiant, *Glaw ar Rosyn Awst*, lefaru'n huawdl am yrfa liwgar y llanc o Lŷn a ddaeth yn un o brif ffigurau llenyddol Cymru yn y cyfnod diweddar. Cloriennir yma gyfraniad Alan Llwyd fel beirniad llenyddol a chofiannydd, cyfraniad sylweddol arall sy'n amlwg yn rhestr faith ei gyhoeddiadau ochr yn ochr â'i waith creadigol ei hun. Mewn sgwrs â'r beirniad llên M. Wynn Thomas trafoda rai o'r prif ddylanwadau a fu arno, gan roi ei farn ar le'r bardd a'r beirniad yng Nghymru heddiw. Ar ddechrau'r nawdegau y canfu ei ddawn fel sgriptiwr ffilm a theledu, ac mae'n ddiau fod ganddo lawer mwy i'w gynnig i'r cyfryngau cyfoes hynny y mae'n eu hystyried mor hanfodol i iechyd y diwylliant Cymraeg. Yn ogystal â thrafodaeth ar y ffilm lwyddiannus *Hedd Wyn*, ceir yma gyfweliad dadlennol â'r awdur sy'n cynnig golwg bersonol ar grefft y sgriptiwr yng Nghymru'r unfed ganrif ar hugain.

Ond mae'n debyg nad fel sgriptiwr nac fel golygydd nac ychwaith fel beirniad llenyddol y carai Alan Llwyd gael ei gydnabod yn bennaf, eithr fel bardd. Os yw'n un o feirdd mwyaf cynhyrchiol yr ugeinfed ganrif, mae hefyd ymhlith y pwysicaf. Aeth dros ddeng mlynedd ar hugain heibio ers cyhoeddi ei gasgliad cyntaf o farddoniaeth, *Y March Hud*. Ers hynny cawsom gryn ddwsin o gyfrolau eraill, a dengys y ddiweddaraf ohonynt, *Ffarwelio â Chanrif* a gyhoeddwyd yn y flwyddyn 2000, fod angerdd a chelfyddyd ei ganu mor bwerus ag erioed. Yn ogystal â chomisiynu ymdriniaethau newydd â'r farddoniaeth, gofynnwyd i'r beirdd eu hunain lunio'u teyrngedau ar gân. Caiff englyn Gerallt Lloyd Owen, a fu'n cynorthwyo'i gyfaill i ddwyn y rhifyn cyntaf hwnnw o *Barddas* i olau dydd, lefaru dros y cwbl:

Hyd draethau'r oesau di-ri – yn ein llên,
Ym mhenllanw'n cerddi,
Bydd y cefnfor yn torri
O don i don d'enw di.

HUW M. EDWARDS
MAWRTH 2003

Cerddi

Alan Llwyd

Byd gwâr y môr o gariad – a welodd
Yn heulwen Porth Ceiriad
Lle bu ef yn llywio bad
Y geiriau drwy'r agoriad.

Hen eiriau fu'n ystwyrian – ar y dŵr,
A'r dydd yn pendympian,
Ac un cwch ar eigion cân
A hwyliodd draw o Gilan,

O Gilan y gynghanedd, – o drai'r iaith
Draw ar draethau Gwynedd,
O Benrhyn Llŷn pob llynedd
Tua'r bae sydd hwnt i'r bedd,

Hwnt i fedd byrhoedledd brau – y milwr,
A'r miliwn hunllefau
Yn farwnad o ganiadau
O siel i siel yn dwysáu.

Wrth ddwysáu o donnau'r dydd – a'i eiriau
Yn herio'r ystormydd
Draw y ffoes ffoadur ffydd
I wlad tu hwnt i'r gwledydd.

Lle bu gwlad yn safadwy – i'r eithaf
A'i thraeth yn gerddadwy,
Yn y mêr mae'r creigiau mwy
Yn oedi'n anweladwy.

Ac ni wêl bwynt dychwelyd; – ni all ton,
Ni all tad ddywedyd
Fyth rhagor ar y moryd
Mai y gwâr sydd bia'r byd.

Idris Reynolds

I Alan

Brain a gwylain a'u galwad – undonog
A diwniant drwy'r henwlad,
Gwenais pan glywais ganiad
Eos o Lŷn dros y wlad.

Drwy'r wlad mwynhad ydyw'r nodau, – mae'r gerdd
Mor goeth ei thrawiadau,
A'r telor dygn ei gordiau
Orlawn o ddawn yn boddhau.

Boddhad ydyw curiad cân – athrylith
Yr alaw uwch cwynfan
Twrw mawr pob cantor mân,
Di-ail yw caniad Alan.

Dafydd Williams

Englyn i Alan

Y mae'r Goeden a'i Changhennau – yn ir
Dan goron o flodau,
A'i dail, a'i gwiail yn gwau
Y rhuddin sy'n ei wreiddiau.

Cynan Jones

I Alan

Er i'w radd ei ddiwreiddio – o Gilan,
Fe'i gwelir ef eto
Gyda'r ffrwyth wedi'i lwytho
Ar gangen ei awen o.

Dai Rees Davies

Alan

Hyd draethau'r oesau di-ri – yn ein llên,
Ym mhenllanw'n cerddi,
Bydd y cefnfor yn torri
O don i don d'enw di.

Gerallt Lloyd Owen

Y Gwanwyn

(Ar ôl darllen Colofn Farddol Alan
yn Y Cymro – *Rhagfyr 1973 hyd Fedi 1977)*

Gwelaist y wledig lôn yn gul gan ha'
a'i thir yn gwyddo
yn ddolur i'th lygad.

Hogaist dy gryman
a chan gydio yn y chwynfforch,
bwriaist iddi i docio
y cloddia' 'styfnig.

Â'th filwg miniog
'chollaist yr un cyfle
i frigdorri y perthi
a'u plethu yn wrych cysgodol.

Dadenodd y gwanwyn
yn gynnar yn yr allt,
a thros ei thir rhywiog
lledodd yr egin.

Dafydd Islwyn

Alan

Wrth i ni yn syrthni ein hoes – diwnio
I'r undonedd cyfoes,
Mae un ym mwrlwm einioes
Yn creu ar donfeddi croes.

Llion Elis Jones

Deffro'r Goedwig

(I Alan Llwyd ar ddathlu chwarter canrif y Gymdeithas Gerdd Dafod)

A'r gaeaf drwy wig awen,
Gwag a llwm oedd brigau llên,
Yn ddiaraith, ddiaeron,
Geiriau iâ oedd blagur onn.
Ei chyll oedd dan archoll heth,
A'i deri'n fud, ddidoreth.

Roedd trydar yr adar oer
Yn newynllyd dan wenlloer:
Coed heb fes, coed heb fiwsig.
Mae'r hen gân, miri ein gwig?
Mae aeron ei barddoniaeth,
A chnau cyll ei chanu caeth?

Mafon ei henglynion hi
A ddiflannodd eleni;
Ac angof, am nas profir,
Afalau ei hawdlau ir.
Hyn o hyd eu cwynfan hwy,
Dryw, ehedydd a drudwy.

Yr Eryr, heb lefaru,
Yn ddi-fraw a hedodd fry.
Moriodd uwch fflamau araul
Y sêr oll at ddrws yr haul,
A churo'n ddig, chwyrn, y ddôr,
A'i rhwygo â'i big ar agor.

A gwyliodd eiriau'r golau
Yn hau cerdd yn y wig gau,
A'r hen goed fu'n grin eu gwedd
Yn haenau o gynghanedd.
Almon yn egino'n gân,
Ceirios yn geinciau arian.

Coedlan cân yn bywiocáu:
Dadlaith yn gawod odlau;
Y dail tirf yn awdlau teg,
A hen lwyni'n delyneg.
Rhwyfus yr adar hefyd,
A'r gwŷdd yn gywydd i gyd.

Gwynn ap Gwilym

Llais Alan Llwyd

Awen bardd nid yw o'r byd, – awen bardd
    Sy'n bod yn yr ysbryd,
  Y llais grasol ei olud
  Yw nodd yr awen o hyd.

Galwad werdd uwch sgiliau dyn: – cynnwr Mai,
    Ceinwe'r môr a phenrhyn;
  Rhwygiadau'r gaea' wedyn:
  Y mannau llosg ym Mhen Llŷn.

Y llais hwn yw cannwyll serch, – y dwyfol
    A dyfa o draserch:
  Y lleian yn y llannerch,
  Rhinwedd Mair yn awydd merch.

A hwn yw'r awch sy'n yr iaith – yn adlais,
    Yn anadlu'n obaith,
  Y rhaid o fewn ei brodwaith:
  Y sy a fydd o'i hoes faith.

A'i air cêl a deimla'r cur – a waeddodd
    Mewn dyddiau didostur:
  Eiddilodd o dan ddolur –
  Ing y diawl grafangau dur.

A'i had yw oes Mab y Dyn – draw o'i grud
    I wae'r Groes ac wedyn:
  Y Llais iraidd wrth wreiddyn,
  Awen y llais o Ben Llŷn.

Donald Evans

Alan Llwyd

('Dim ond rhosynnau sy'n para.' Alan Llwyd)

Rywsut, y tu hwnt i ddryswch – ei ddoe
fe ddaeth i'r tawelwch,
o Lan Ffestiniog ei lwch,
i Gilan diogelwch.

'Roedd y clywed yn wledig – ddiddiwedd
ac fe ddôi'n ddychymyg
at y bardd yn Nant y Big
y geiriau yn wal gerrig.

Ei feini'n un cyfanwaith, – yn feini
o wal fynydd berffaith,
yn ystyr, yn orchestwaith,
a'i ddyddiau i gyd yn ddydd gwaith.

Ond daeth llanc ifanc y co' – i adael
y byd fu'n ei fwytho,
yn ddeunaw oddi yno,
deunaw oed ei eni o?

Ambell waith mae'r iaith ei hun – yn hawlio'r
galon, bob diferyn,
ac o dro i dro, daw'r un
i roi, nid rhywun rhywun…

…rhoi'i air, heb fedru aros, – rhoi'r cariad
er y cur sy'n agos,
rhoi'n ei waed hyd oriau'r nos
â breichiau-hybu'r-achos.

A gweld yr oedd, mewn gwlad rydd, – y dôi haul
trwy'r du yn dragywydd,
a'i heddiw ef iddo'n ddydd
i'w grynhoi mewn gwawr newydd.

Sychedig pob planhigyn – yn yr ardd
nas dyfrheir, ond a Chymru'n
anghenus fe erys un…
arhosol yw pob rhosyn.

Tudur Dylan Jones

Edrych trwy Wydrau Lledrith

Nid yw pob un yn deall – na chemeg
dychymyg anniwall
na gwyrth y ffiseg a all
weld eira yn wlad arall.

Emyr Lewis

Gadael
(i Alan)

Y golau'n tywynnu'n y gwaelod,
y sŵn sy'n oeri cusanau,
y lôn sy'n cael hyd i löynnod
ym mhopeth, y grym sy' mewn mapiau:

y rhain yw'r tân ar benrhynnau
y neb sy'n werth ei adnabod
yn y drych, sy'n edrych trwy wydrau
a gobaith, ond rhywsut yn gwybod

cân y llwyni sy'n llawn tylluanod
ac adar yn barod i'n gadael,
a hafau na fydd eto'n dyfod,
gaeafau sy'n llithro o'n gafael.

Llandrindod
6/7/01

Iwan Llwyd

Alan

Dagrau'r afon yn cronni, – a'i drewdod
A redai ohoni;
Ond daeth i'w diheintio hi,
Y dilyw gyda'i eli.

Elwyn Edwards

Ymdaith y Brenin Llwyd

Fe'i claddwyd yn fyw gan awen. Lledwyd lludw ei fro
yn dorch o farwydos am ei dafod a'i fygu dro
ar ôl tro. Tywalltwyd blodeuglwm ei hiaith ar draws
ei drawswch enwog. Ceisiai fyw'n normal. Ond
pentyrrwyd gwae rhythm yn rhaeadr. O! ar geinciau
ei geinciau cenid eira, eira: hongiai'n fedrus
ar ei fydrau, siglai ar ei broestiau bras, a'i lethu
i'r llawr. Doedd dim dianc gan linell rhag y goelcerth
oer a ymdaflai'n bleth yn ei heth a chrwydro o lwnc
i fryst i fol yn gyfeilydd i'r ymosodiad. Syrthiai tranc
y bydysawd yn wawl amdani. Ac fe'i dallwyd gan weled.

Oherwydd, un dydd Llŷn, y llwynog (a ddathlai'r ŵyn)
a neidiodd o'r ogof. Ef mwy 'ddygai'n gwanwyn gwenau.
Ambell waith, wedi gaeaf, anghredwn y geill y coed hyn
a sarhawyd mor gynnar gan lygredd byth bythoedd gynnau.
Caledwyd eu gruddiau gan frad. Bu'u pridd yn frau.
Canys y pridd a wybu wacter a fynnai ffrwytho
drwyddo tan gosiad Mawrth. Berw oedd angau'r mis
wrth iddo lusgo yno i'r golwg ei anhunedd ffyniannus.
Nid pawb ar waelod pwll sy'n cathlu'r wybren;
ac eto, gwlad fel awen 'all guddio corddiadau hwyr
fel y gŵyr credinwyr eu bod nhw'n cael eu claddu'n fyw.

Ac fe'i claddwyd ef felly tan gread. Rhwyfus a chlwyfus
oedd ei gwsg yn ei wlad dlawd. Fe drôi a throsi
tan siarad drwy'i gwythiennau dolurus. A rhew ei odlau
a balodd a malodd drwy'r gwyll i ymaflyd a thynnu'r
melyndra fflamau i gyrlio o'r glofeydd cudd.
Bellach, daw'r arbenigwr ffrwydradau a chwythu'i O!
drwy'r fronfraith a'r gwcw a'r fwyalchen falchaf
yng nghystadleuaeth yr ardd; eithr hwnyma a gadeirir.
Efô yw'r eithin yn clecian cytseiniaid yn y wawr
anwiredd.
Drwy'r iâ, mae yna frwydr sy'n adladd i bob odl.

Cans felly y trechir y gelyn, byddinoedd chwit-chwat
yr ymddatod dogmatig, y rhai a gais dyllu
yn y cydfyd a thynnu'r ddawns siawns i mewn
atynt i anwes diynni. Fe'u gwêl hwy: mae mawl hwn
benbaladr yn pelydru yn eu gwersyll-carchar, er sawr
y nwy ar eu dillad, er newyn sgeptigiaeth, a'r nwyd
am amau yn rheg yn eu cegau. Myn hwn eu hatgyfodi'n
llwncdestun. Yn ddu a gwyn yn eu bylbiau, os gwrandawant
is cryn dywod, yn eu miloedd llusgir o'r tanseiliad
y cennin Pedr gerfydd tafodau i lefaru. A datgleddir
y dadadeiladau'n lliwiau lleufer drwy'r ymgymerwr llwyd.

Bobi Jones

Alan Llwyd

Dafnau'r iasau ar rosyn – a una'n
Gynghanedd â'i briddyn;
Y clo amal, yn clymu'n
Y glaw'r delyneg a lŷn.

Ithel Rowlands

I Alan

Rhywiog droadau'r awen – a wybu,
A gwybod pob darllen,
Wrth wau ei emau cymen
A thaenu lliw iaith ein llên.

Yn ei werddon ym Marddas, – tywynnai,
A daw'r twyni briglas
I'n cyffroi, wrth roi yr ias
O wanwyn i'r berthynas.

R. J. Rowlands

Atgofion Dyddiau Ysgol

Moi Parri

Ddechrau Medi 1959 oedd hi pan gychwynnodd criw nerfus ohonom am Ysgol Uwchradd Botwnnog. Deuem o wahanol ardaloedd a phentrefi Pen Llŷn i ysgol a fyddai yn ein cyfnod ni yno yn dathlu ei phen blwydd yn 350 oed. Hon oedd 'hen ysgol hogiau Llŷn' a sefydlwyd ym 1616. Os cofiaf yn iawn un yn unig ohonom a ddeuai o ardal Cilan nid nepell o Abersoch ar arfordir deheuol Llŷn. Pwtyn bychan o'r enw Alan Lloyd Roberts oedd hwnnw. Ein hathro Cymraeg oedd T. Emyr Pritchard, brodor o Ddyffryn Nantlle. Mae hynny'n egluro pam y dysgasom gymaint ganddo am ei hoff fardd, Robert Williams Parry. Ond nid oedd yn ei gyfyngu'i hun i R. W. P. Bob wythnos byddai raid i ni ddysgu darn o farddoniaeth ar y cof a bod yn barod i'w adrodd yn y wers. 'Roedd hyn yn artaith llwyr i mi gan na fûm erioed â'r ddawn i gadw dim ar fy nghof. Ni chofiaf i Alan gael yr un drafferth o gwbl.

Yn y drydedd flwyddyn bu raid i ni ddysgu'r cynganeddion. Hyd yma nid oedd Alan wedi disgleirio yn y dosbarth. Ond dyma dro ar fyd. Llyncodd y cynganeddion yn eu crynswth a llyncodd y gynghanedd yntau. Daeth eraill ohonom o dan ei dylanwad oherwydd brwdfrydedd heintus Alan. Cynigiodd Mr Pritchard wobr i'r cyntaf yn y dosbarth i lunio englyn cywir. Nid Alan gafodd y llyfr yn wobr chwaith ond y diweddar Idris Jones o ardal Rhiw. 'Doedd o'n fawr o englyn ond mi 'roedd o'n gywir ac felly'n ateb gofynion yr her a roddwyd. Cyn bo hir 'roedd pedwar ohonom wedi llunio rhyw fath o englyn. Bobi Jones (na nid hwnnw!), ysgrifennydd cyntaf Côr Gwaelod y Garth, oedd y pedwerydd. Go brin y buasai yr un o'r tri arall ohonom wedi ymddiddori mewn barddoniaeth pe na bydden ni yn yr un dosbarth ag Alan.

Cyn hir medrai Alan lunio englyn fel y byddai'r galw.

Erbyn hyn byddai'n mynd â'i waith at athro arall ar y staff sef Mr. Charles Jones, brawd y Prifardd Moses Glyn Jones, y ddau frawd yn rhan o'r nythaid o feirdd Mynytho. Er ei holl frwdfrydedd dros farddoniaeth nid oedd Emyr Pritchard yn fardd ei hun a byddai'n dweud hynny wrthym. Ar y llaw arall gwyddem oll fod Charles Jones yn fardd a 'doedd fawr o ryfedd bod Alan yn mynd ato. Un ar bymtheg oed oedd Alan pan enillodd ei gadair gyntaf. Yn Eisteddfod Chwilog y digwyddodd hynny. Enillodd am awdl gyfan i 'Ynys Enlli'. 'Roeddwn eisoes wedi mynnu wrth fy nhad y byddai Alan yn ennill y gadair genedlaethol cyn bo hir. Bellach 'roedd ei ddawn anhygoel yn amlwg i bawb. Medrai fynd ddyddiau yn yr ysgol heb yngan gair ond ar gynghanedd a 'doedd hynny ddim yn rhwystr iddo siarad!

Yn y Chweched byddai gennym gyfnodau rhydd a threuliem lawer o'r rheini yn y llyfrgell. 'Roeddem i fod wrth ein gwaith ysgol, wrth gwrs, ond pur anaml y digwyddai hynny. Un o'n difyrion oedd gosod testun englyn i Alan a'i amseru wedyn i weld pa mor hir y byddai wrthi. Ni fyddai raid inni aros yn hir gan mor gyflym yr oedd. Yn anffodus aeth y mwyafrif o'r englynion hynny ar ddifancoll, ond 'rwy'n cofio iddo gael 'Cinio Ysgol' yn destun un diwrnod a dyma'r englyn a gafwyd mewn union funud a hanner!

Ychydig o gig o'r gegin – a gawn
I ginio'n gynefin,
A hefyd amrwd bwdin
A dŵr yn lle diod o win!

Yr unig un arall a ddaw i'r cof yw'r englyn a weithiodd i 'Yr Ardd'. Ychydig dros ddau funud oedd hanes hwn os cofiaf yn iawn:

Mae yno hynod flodau – yn llenwi
Y llannerch â'u lliwiau,
O mae hi'n hardd, a mwynhau
Y fan yn wir wnaf innau.

Byddai'n llunio llinellau, cwpledi ac englynion i ddigwyddiadau yn yr ysgol. Yn anffodus ychydig ohonynt a gofiaf. Dyma linell a sibrydwyd pan oedd un athro arbennig yn rhuo ar yr ysgol gyfan un bore cyn y gwasanaeth:

Robin stowt ar ben y *stage*.

Nid athrawon yn unig fyddai'n ei chael ganddo ar gynghanedd. Dyma sut y dechreuodd gywydd i ddisgybl arall yn yr ysgol:

Mae'n wir ei fod yn wirion,
Dewi Glyn y llencyn llon.
Diawl o adyn, dwl ydyw
A llobyn o hogyn yw.

Rhaid mai un o'r testunau a roddwyd iddo i lunio englyn sydyn oedd hwn:

Y Lleuad

Nid oes blaned ysblennach – i'w gweled
Na golau prydferthach.
Ni ranna ei chyfrinach
Â gwŷr ynfyd ein byd bach.

Meddyg lleol oedd Doctor Kiff. Testun arall i'w roi i Alan. Dyma'r cynnig ganddo:

Gwiw ei lafur i gleifion, – o'i law ef
Fe lifodd gobeithion.
Un a geisiodd yn gyson
Wella'n briw a llonni'n bron.

Weithiau byddai yntau'n cael llinell gan arall. 'Roedd amryw o'r athrawon, heblaw y ddau a enwais eisoes, yn ymddiddori mewn barddoniaeth. Ym mabolgampau'r ysgol un flwyddyn ac Alan yn cystadlu ar y naid uchel, 'roedd eisoes wedi methu ddwywaith ar ryw uchder arbennig pan alwyd ar Alan i'w drydydd cynnig gan Mr. Huw Roberts, ein hathro Cemeg, fel hyn:

Annog Alan i'w gynnig olaf.

Methu fu'i hanes ar y trydydd cynnig hefyd, ond mae'n rhaid i mi beidio ag anghofio bod Alan yn mwynhau ei chwaraeon. Chwaraeai i dîm pêl-droed yr ysgol ac yn ddiweddar atgoffwyd fi gan un arall o'n cyfoedion i Alan gael cyfnod da o sgorio ar y cae. Ond goliau lwcus oeddynt bron i gyd. Byddai'r bêl yn taro ei grimog neu'r tu ôl i'w ben ac yn twyllo'r goli! Cawsom sawl gêm o dennis ar y cyrtiau newydd a osodwyd ger yr ysgol yn ein blynyddoedd olaf yno. Medrem ei guro ar y cwrt ond nid oedd neb i'w guro, ym Motwnnog na thu hwnt, ar y gynghanedd.

Un o'n hoff ymarferion fyddai mynd â geiriadur efo ni ar y cae yn ystod oriau cinio braf yr haf. Yna, bob yn ail, byddem yn agor y geiriadur ar hap a rhoi bys yn sydyn ar y dudalen. Y gamp wedyn oedd gwneud cynghanedd am y cyntaf efo'r gair arbennig hwnnw yn y llinell. A bod yn onest, 'doedd hi fawr o gystadleuaeth. Byddai Alan yn ennill bron bob tro. Newidiwyd y rheolau i roi mwy o obaith i mi. 'Roedd yn rhaid i Alan lunio cwpled yn erbyn llinell gen i. Hyd yn oed wedyn colli'n rheolaidd fyddai fy hanes. Droeon luniodd englyn cyn i mi weithio llinell synhwyrol.

Bryd hynny 'roedd gan Meuryn (y Meuryn gwreiddiol, sef y Prifardd Robert John Rowlands) golofn farddol yn wythnosol yn *Y Cymro*. Byddai beirdd yn anfon eu cynnyrch ato a byddai yntau yn rhoi sylwadaeth ar bob cyfraniad. Gallai fod yn eithaf pigog ar adegau. Afonodd Alan ato gyntaf ym Mai '64, neu, o leiaf, cyhoeddwyd ei gyfraniad cyntaf yn rhifyn Mai 14eg ac Alan bryd hynny newydd gael ei ben blwydd yn 16 y mis cynt. Mae'n werth dyfynnu holl ymateb Meuryn:

> Pleser mawr bob amser ydyw clywed oddi wrth rai yn dysgu cynganeddu, ac mae lliaws mawr ohonynt hwy. Nid rhaid i neb ohonoch ofni na phryderu anfon yma. Bydd yma groeso ichwi oll, a chaiff pob ymgais sylw.
>
> Un ohonynt ydych chwi A. Ll. R. Dyma'r englyn yn union fel y daeth o'ch llaw chwi:
>
> *Gweddi Plentyn at Dduw*
>
> Dan blygu i weddïo – y galwaf
> O'r galon amdano,
> Hyd y daeth i fendithio
> Y weddi fach iddo Fo.
>
> *A. Ll. R., Cilan, Ger Aber-soch*

Mae'r paladr, sef dwy linell gyntaf yr englyn yn gywir. Mae'r 'i' yn y llinell gyntaf yn cymryd digon o bwysau i ateb yr 'i' yn y gair 'weddïo', a da sylwi eich bod wedi rhoi'r ddau 'ddot' bach uwch ben yr 'i' yn 'weddïo'.

Ond y mae gwallau yn yr esgyll, sef y ddwy linell olaf. Sylwch fod gennych ddwy 'd' yn y drydedd linell yn ateb un yn y gair 'fendithio'. Mae'n wir y byddai rhai yn galw llinell fel hon yn gywir, gan nad oes ond un llafariad rhwng y ddwy 'd' gyntaf, ond petasai'r ddwy yn taro ar ei gilydd yn y llinell yma, byddai'n rhaid cael dwy 'd' ynghyd i'w hateb, neu 't'. Sylwch gymaint gwell fyddai llinell fel hon:

'F'enaid aeth i'w fendithio.'

Y bai a elwir 'gormod odlau' sydd yn y llinell olaf. Mae'r ddau air olaf yn y llinell yn odli â'i gilydd, fel y gwelwch, a dylid gochel peth felly. 'Rwy'n siŵr y bydd eich englyn nesaf yn gwbl gywir. Hwyl fawr ichwi.

Dyma ddechrau cyfnod a barodd tan Hydref '66, ychydig dros ddwy flynedd, cyfnod pan ddaeth Meuryn yn edmygydd mawr o ddoniau'r llanc o Lŷn. Bu'n ysgol dda i Alan hefyd. Dyma ymateb Meuryn yn Ionawr '65:

Rhoddir y lle cyntaf heddiw i englynion bachgen ifanc 16 oed, a da ryfeddol gennyf eich gweled chwi, A. Ll. R., yn cael hwyl arni. Prawf llinell gyntaf eich englyn cyntaf eich bod yn gryn feistr arni, llinell o'r gynghanedd groes o gyswllt. Y mae gwall bach, fodd bynnag, yn y gynghanedd bengoll: 'c' y cysylltair 'ac' yn ateb 'C' flaen yr ail linell. Sain yr 'g', fel y gwyddoch, rwy'n siŵr, sydd i 'c' y cysylltair, a dyna sydd ar lafar gan bawb oll, ac eithrio darllenwyr llythrennol. Gwyddoch hefyd mai gair llafar ydyw 'es' am 'euthum', ond ni chondemnir hynny yma. Tri englyn da iawn, yn argoeli y byddwch yn englynwr tan gamp yn fuan iawn. Pob hwyl ichwi.

Codi i Fynd i'r Ysgol

Wedi'r galwad o'r gwely – ac wedyn
Codi a dilladu,
I'n hysgol es i ddysgu
Yn ddel yn fy ngwisg o ddu.

Gwynfor Evans

Gŵr enwog o arweinydd – a'r gorau
O'r gwŷr yw'n hymgeisydd;
Rhown ein fôt i'r hwn a fydd
Yn ben ar Gymru beunydd.

Y Crwydryn

Dillad yn llawn o dyllau – a wisgai,
A'i esgid yn ddarnau;
Crwydro lle mynno y mae,
Beunydd o'r byd a'i boenau.

Alan Lloyd Roberts (16 oed), Cilan, Llŷn

Ond, er mor ddawnus oedd Alan fel bardd, rhaid nodi mai llawysgrifen hynod o flêr ac annealladwy oedd ganddo, ac sydd ganddo hyd heddiw. Bellach daeth y prosesydd geiriau i'w achub ond bryd hynny 'roeddem yn ysgrifennu popeth â llaw. Gan fod fy llawysgrifen i yn daclusach lawer nag eiddo Alan byddwn i'n cael y gwaith o ysgrifennu ei englynion yn barod i'w hanfon at Meuryn. Ond 'roedd Alan eisoes wedi anfon gwaith yn ei law ei hun. Parodd hyn gryn ddryswch i Meuryn fel y gwelir yn ei druth yn rhifyn Mawrth 11eg, '65:

> Bachgen ifanc iawn, dim ond 16 oed ydych chwi, A. Ll. R., ond rydych wedi meistroli'r cynganeddion yn dda iawn; ond mae un peth od iawn i mi yn y copïau a gaf o'ch gwaith: y mae eich enw wedi ei sgrifennu â llaw wahanol bron bob tro. Sut hynny, deudwch? Ar y cyd, ynteu beth? Synnais eich bod yn galw Pladur yn wrywaidd: 'yn ei oes', meddech. Benywaidd ydyw Pladur er ei bod yn gweithio'n galed ar y meysydd. Dau englyn da.

Y Meddwyn

Nid oes amser nad simsan – y daw ef
O'r hen dafarn aflan
Yn chwil gaib, yn uchel gân
A'i daith yn faglyd weithian.

Pladur

Yn ei hoes hi fu brysur – i fedi,
Hanfodol oedd pladur,
Ar hyn o adeg segur
Rhyw fin dwl sy' i'r erfyn dur.

Cysylltodd Alan â Meuryn i egluro pam 'roedd mwy nag un llawysgrifen yn ei gyrraedd a derbyniwyd yr eglurhad, fel y dengys y dyfyniad nesaf. Gallaf innau ymfalchïo, heb air o gelwydd, mai fi a sgrifennodd y mwyafrif o englynion cynnar Alan! Daw'r dyfyniad o 'Gerdd Dafod', Meuryn, o rifyn Ebrill '65 ac Alan newydd ddathlu'i ben blwydd yn 17 oed. 'Rwy'n cofio i'r ddau ohonom fwynhau cyfeiriad Meuryn at ei oedran ef pan ddechreuodd englyna!

> Diolch i chwi A. Ll. R. am eich englynion ac am yr eglurhad ar amrywiaeth y llawysgrifau. Yn wir, y mae yn syndod parhaus i mi fod bachgen mor ifanc â chwi, yn 17 oed, yn gallu englyna mor rhwydd. Ond yr oedd Dewi Wyn wrthi yn 12 oed a minnau yn 13! Hwyl fawr ichwi.

Dyma un o'r englynion:

Hen Fwthyn

Hen adeilad di-deulu; – yno'n awr
Nid oes neb yn nythu;
Murddun heb ddim i'w harddu,
Aelwyd wag mewn anial dŷ.

Yna, yn rhifyn Ebrill 29ain, '65, wrth gyhoeddi un o f'englynion prin i, dywedodd Meuryn rywbeth a blannodd hedyn o syniad ynom:

> Dyma englyn eto gan un o fechgyn Ysgol Botwnnog. Tybed nad oes gynganeddwyr yn rhai o'r Ysgolion Gramadeg eraill? Hoffwn yn fawr glywed oddi wrth rai. Beth am Ysgol enwog Tregaron?

Gelynion mwyaf disgyblion Botwnnog, wrth gwrs, oedd plant Ysgol Ramadeg Pwllheli. Er mai plant Llŷn oedd y mwyafrif o'i disgyblion, ysgol y dref oedd hi, a theimlem fod ei disgyblion yn credu eu bod mewn gwell ysgol na ni. Un ffordd o egluro'r gwahaniaeth rhwng y ddwy ysgol yw dweud y byddai tîm criced Ysgol Pwllheli yn eu dillad gwynion yn eu gêm flynyddol yn erbyn Botwnnog amryliw! Gwelsom ein cyfle. 'Roedd geiriau Meuryn wedi plannu syniad ynom ac aethom ati ein dau i gael hwyl am ben Ysgol Pwllheli.

Un o'n cyfoedion yn Ysgol Pwllheli oedd mab yr Aelod Seneddol Llafur ar y pryd. Dyma anfon llythyr ac englyn (o fath) at Meuryn yn ei enw fo ac mi lyncodd Meuryn yr abwyd. 'Roedd Meuryn yn eitha llawdrwm ar unrhyw un a fynnai alw englyn yn fenywaidd neu a ddefnyddiai eiriau fel 'garw' yn ddeusill. Dyma ddyfyniad o 'Gerdd Dafod' Meuryn ar Fehefin 17eg, '65:

> Mae eich llythyr chwi D. G. R. yn werth dyfynnu ohono, gan eich bod yn teimlo mor eiddigeddus dros eich ysgol. Dyma'r dyfyniad:
>
> *'Gwelais yn* Y Cymro *yn ddiweddar englynion gan ddisgyblion o Ysgol Botwnnog. Gwnes innau yr englyn isod i ddangos fod Ysgol Pwllheli cystal unrhyw adeg ag Ysgol Botwnnog. Ni allaf i fy hun weld unrhyw fai cynganeddol ynddi, ond efallai y gall eich llygad craff chwi weld rhyw fai bach.'*
>
> Mae'n ddrwg iawn gennyf ddweud D. G. R. nad oes angen llygad craff o gwbl i weld nad oes gynghanedd o gwbl yn eich englyn. Mae gennych lawer iawn o waith dysgu cyn y byddwch yn cynganeddu fel 'bechgyn Ysgol Botwnnog'.
>
> Ond ymrowch ati â'ch holl ynni i ddysgu y cynganeddion, a phwy a ŵyr na fyddwch yn gystal cynganeddwr â hwythau yn y man. Hwyl fawr ichwi. Dyma'r englyn:
>
> *Y Ceiliog*
>
> Roedd y ceiliog yn galw – yn y bore
> Heb rybudd yn galw.
> Un dewr yn llawn o dwrw
> A mawr – O na fasa'n marw.
>
> Cofiwch mai geiriau unsill sy gennych ar ddiwedd pob llinell, a'r un un ddwywaith.

Mawr fu'r hwyl a gafodd Alan a minnau yn darllen ac ailddarllen sylwadau Meuryn. 'Roedd yn arferiad gennym sleifio o'r ysgol yn ystod gwers rydd i brynu'r *Cymro* yn siop y pentre. Er bod gadael yr ysgol heb ganiatâd yn gwbl groes i reolau'r ysgol mae'n rhaid bod yr athrawon yn cau'u llygaid i hynny gan nad aethom i drybini o gwbl. 'Roedd D. G. R. druan mewn helynt yn ceisio darbwyllo'i gyd-ddisgyblion ym Mhwllheli nad y fo a anfonodd yr englyn a gyhoeddwyd o dan ei enw. 'Roedd ein cyd-ddisgyblion ninnau ym Motwnnog wrth eu boddau yn tynnu coes plant Pwllheli. Dweud dim wnâi Alan a minnau a dechrau cynllwynio'r cam nesaf. Y mis canlynol, ar Orffennaf y 15fed, dyma anfon pedwar 'englyn' arall at Meuryn. Er siom i ni'n dau, chyhoeddwyd mohonynt. Serch hynny, cyhoeddwyd talp o'r llythyr a anfonasom gyda'r 'englynion' yn egluro eu bod yn waith nifer o gyn-ddisgyblion Pwllheli a oedd wedi'u cywilyddio gan ymdrech D. G. R. Dyma a gyhoeddwyd yn *Y Cymro*:

> Wel, yn wir, y mae cyn-ddisgyblion Ysgol Ramadeg Pwllheli yn ysu am ragori ar fechgyn Ysgol Ramadeg Botwnnog fel cynganeddwyr, ond y gwir plaen ydyw, fod ganddynt lawer iawn iawn o waith dysgu cyn dal hogiau Botwnnog.
>
> Gwell rhoi dyfyniad o'r llythyr a ddaeth yma:
>
> *'Mewn rhifyn diweddar o'r Cymro diddorol oedd darllen am ymgais un o ddisgyblion Ysgol Pwllheli i ysgrifennu englyn. Gwelsom nad oedd hi'n uchel yn eich barn, ac fel cyn-ddisgyblion ceisiwn gael gwell dylanwad arnoch gyda'n rhai ninnau. Bu cynganeddu'n ddiddorol iawn inni yn y pedwerydd dosbarth, ac aethom ati i wneud englynion. Wrth fethu gwneud rhai difrifol troesom i wneud rhai digrif, ac yr ydym yn meddwl ein bod wedi llwyddo!'*
>
> Ni wn i sut rai oedd yr englynion a alwech chwi yn 'ddifrifol' ond mi wn mai 'difrifol' yw y rhai a anfonasoch yma; ac mae'n wir ddrwg gennyf orfod dweud hynny.
>
> Nid ydych eto wedi dysgu cynganeddu. Nid ydyw 'ysgerbwd' yn cynganeddu ag 'esgyrnog' yn eich englyn cyntaf, ac nid oes gynghanedd yn ei linell olaf ychwaith:
>
> 'O'i enau tenau arnom'
>
> O'r un ar bymtheg o linellau nid oes ond saith neu wyth yn gywir, a dyna'r gorau a ellid ei ddywedyd am y rheini, ac un llinell yn unig sy'n gref ei chynghanedd, sef hon:
>
> 'Nid cnawd braf ond cnydau brau'

> Dygnwch arni ac ymdrechwch eich gorau glas i geisio dal hogiau Botwnnog.

Bu ymateb rhyfeddol yn lleol i'r hyn a gyhoeddwyd yn *Y Cymro*. 'Roedd criw Botwnnog yn cael hwyl i'w ryfeddu am ben disgyblion Pwllheli a hwythau'n gwneud eu gorau i amddiffyn eu hysgol. 'Roedd Alan a minnau wrth ein boddau ac yn ymfalchïo'n gyfrinachol yn ein gorchest, wrth gynllwynio'r cam nesaf. Ond mae'n rhaid na fuom yn ddigon cyfrinachol! Un diwrnod daeth gwŷs i ddweud bod Dirprwy Brifathro Botwnnog am gael gair â ni. Aethom draw at ei stafell gan geisio dyfalu beth oedd ar Mr. Glyn Owen ei eisiau. Cnociasom ar y drws ac fe'n galwyd i mewn. 'Roedd Mr. Owen yn brysur yn sgrifennu wrth ei ddesg a safasom ninnau o'i flaen gan ddisgwyl iddo ddechrau siarad â ni. Ond ein cadw i aros a wnaeth cyn dweud, a hynny heb godi ei ben i edrych arnom, 'Dw i'n gwybod yn iawn beth sydd wedi bod yn mynd ymlaen'. Ddywedodd Alan na minnau yr un gair, dim ond rhoi cip ymholgar ar ein gilydd. Daliai Mr. Owen ymlaen â'i waith gan ein gadael ar bigau'r drain. Yna ymhen y rhawg siaradodd eto, 'Ydw, dwi'n gwybod yn iawn beth sydd wedi bod yn digwydd. O ydw.' Erbyn hyn 'roedd Alan a minnau yn sylweddoli y gallasem fod mewn trafferthion. Daliem i sefyll yn yr unfan gan roi cipolwg ar y naill a'r llall wrth aros yn bryderus am eiriau nesaf Mr. Owen. Yna, cododd ei ben, edrych i fyw llygaid y ddau ohonom a dweud, 'Da iawn chi hogia, da iawn chi'. Troes yn ôl at ei waith gan ychwanegu, 'Ffwrdd â chi, hogia'.

Sôn am ryddhad! Bu calon y ddau ohonom yn ein gyddfau. 'Roeddem ein dau wedi'n hargyhoeddi ein hunain, wrth sefyll am ymateb Mr. Owen, y byddem mewn helynt am ein rhyfyg. Fel y soniais, 'roeddem wedi bod yn trafod y cyfraniad nesaf o Bwllheli i golofn Meuryn. 'Roeddem wedi meddwl anfon ychwaneg o 'englynion' anobeithiol i'r *Cymro*, y tro hwn gan rai o athrawon Ysgol Pwllheli! Yn dilyn ein galw i stafell y Dirprwy penderfynasom mai doethach fuasai peidio. Buom yn gwarafun y penderfyniad doeth hwnnw lawer tro wedyn.

Yn rhifyn Mai 20fed, '65 cyhoeddwyd hir-a-thoddaid ac

englyn gan Alan. Dyma'r tro cyntaf iddo anfon unrhyw fesur heblaw englyn unodl union at Meuryn. Yr un yw'r englyn, ond am y llinell olaf, â'r un a gyhoeddwyd ym mis Mawrth yr un flwyddyn (gweler uchod). 'Roedd Alan erbyn hyn yn anfodlon â'i linell olaf wreiddiol gan ei bod yn ailadrodd neges llinell gyntaf yr englyn. 'Roedd eisoes yn berffeithydd. Dyma ddyfynnu Meuryn:

> Diddorol dros ben eich gweled chwi, A. Ll. R. yn treio eich llaw ar yr hir-a-thoddaid. Mesur gwych odiaeth ydyw hwn, ac mi ddowch chwithau yn feistr arno yn bur fuan. Yn y cyfamser cofiwch fod llinellau degban bob amser yn llawer iawn hyfrytach i'r glust pan fo'r orffwysfa ar y BUMED sillaf.
>
> Mae eich englyn i'r 'Meddwyn' yn un neilltuol o dda. Yr ydych yn cael hwyl fawr arni.

Y Bugail Da

Iesu gariadus y sy garedig
Yn arwain ei annwyl dirion oenig
I'w annwyl breswyl o lwybrau ysig,
A'i yrru o'i boenau wna'n arbennig;
Da geidwad bendigedig – yw'r Iesu,
Gwylio'i deulu wna Bugail y 'Dolig.

Y Meddwyn

Nid oes amser nad simsan – y daw ef
O'r hen dafarn aflan
Yn chwil gaib, a'i uchel gân
A'i iaith yn warthus weithian.

A. Ll. R. (Ysgol Botwnnog)

Tybed a oedd Meuryn wedi deall mai gwelliant ar yr englyn gwreiddiol oedd hwn? Os oedd, ni chyfeiriodd at hynny.

Erbyn hyn 'roedd Alan yn ennill yn rheolaidd mewn eisteddfodau lleol a phellach. Enillodd ei gadair gyntaf ac yntau'n ddim ond 16 oed. Os cofiaf yn iawn, yn Eisteddfod Chwilog y digwyddodd y gamp a hynny am awdl i Ynys Enlli. 'Roedd Meuryn yn clywed am y buddugoliaethau hyn a dyma ddywedodd yn rhifyn Mehefin 24ain '65:

Pleser mawr eich gweld chwi, Alan Lloyd Roberts, yn cael y fath hwyl ar englynu. Nid rhyfedd ichwi ysgubo gwobrau eisteddfodau'r Sulgwyn. Llongyfarchiadau cynnes ichwi.

Gwelaf eich bod nid yn unig yn cynganeddu'n gryf, 'o gyswllt' yn fynych, ond y tro hwn yn gwneud englynion o gyswllt hefyd – tri englyn o gadwyn ac mae'r ddolen gydiol yn dda hefyd.

Pob hwyl ichwi eto.

Ebrill

Ebrill yn las ei wybren – ar ddôl werdd
Wele harddwch heulwen,
A llu o flodau llawen
A rydd hud i froydd hen.

Hen wynfyd yw'r byd a'r bau – a'r adar
Mor hudol eu nodau,
Yn llawn nwyf, a'm llawenhau
Wna'i fil adar a'i flodau.

Ei flodau, dwyfol ydynt – rhyw filoedd
Eurfelyn ohonynt;
O, mor hardd, gemau Iôr ŷnt,
Mae'i dyner law amdanynt.

Alan Lloyd Roberts

Yn rhifyn Gorffennaf 22ain, '65 dyma ddau englyn arall, y rhain yn adlewyrchu bywyd ar arfordir Llŷn. Dyma eiriau Meuryn:

Mi ddywedais i o'r blaen, Alan Lloyd Roberts, eich bod chwi, er yn hogyn ysgol, yn gallu cynganeddu yn dra rhyfeddol, a dyma linell gyntaf eich englyn cyntaf heddiw yn gwirio hynny hyd yr eithaf.

Dyma linell o Gynghanedd Groes o Gyswllt, ac mae'r un gynghanedd yn y llinell olaf. Mae dwy gynghanedd yn llinell gyntaf eich ail englyn, sef y lusg a'r draws, ond y mae gair 'llafar' Sir Gaernarfon yma wedi andwyo'r drydedd linell.

'Dengid', fyddwn ni yn ddweud, ond 'dianc' a ddylai fod yma. Da clywed am eich aml fuddugoliaethau. Gwelwch i mi roi 'd' yn lle 't' yn 'pysgodwr'.

Cawell

Dan wyllt wendon, lli dwndwr – hen grefftwaith
O graffter pysgodwr;
O'i roi o dan heli'r dŵr
Mae gwir incwm i grancwr.

Y Cranc

O'i encil daw'r cranc gwancus – â rhyfyg
I brofi'r cig blasus;
Ni ddengid oblegid blys,
Yna berwir y barus.

Cofiaf i ni'n dau fethu â deall pam 'roedd Meuryn am newid sillafiad Alan o'r gair 'pysgotwr'.

'Roedd llunio cynganeddion astrus neu linellau yn cynnwys mwy nag un gynghanedd yn rhan o'n difyrrwch. Gweithiwyd niferoedd ohonynt yn ein cyfnodau rhydd yn llyfrgell yr ysgol. Ni chofiaf yr un bellach. Mae'n debyg nad oeddynt yn haeddu eu cofio. Ymarferion yn unig oeddynt, ond 'roedd yr holl ymhel â'r gynghanedd yn dwyn ffrwyth i Alan. Fel y cyfeiriodd Meuryn, 'roedd Alan yn ennill yn rheolaidd mewn eisteddfodau pell ac agos a hynny, wrth reswm, yn destun balchder i ni, ei ffrindiau, a hefyd i'r ysgol a'i hathrawon. 'Doedd dim dwywaith bellach nad oedd gennym fardd go arbennig yn ein mysg. Darbwyllwyd Alan i ymaelodi â'r Urdd (rhywbeth dieithr iawn i ni ym Mhen Llŷn ar y pryd) a hynny yn unswydd er mwyn cystadlu ar yr englyn. Afraid dweud iddo ennill ar yr englyn a'r englyn digrif.

Yn rhifyn Awst 5ed, '65 y gwelwyd cyfraniad nesaf Alan yn *Y Cymro*. 'Does gen i ddim syniad beth oedd yr englyn gwrthodedig. Tybed a oedd ar ryw destun, neu yn dweud rhywbeth, yr anghytunai Meuryn ag ef:

> Gadewais eich trydydd englyn chwi A. Ll. R. am nad oedd cystal â'ch arfer chwi. Yr ydych yn dal i gael hwyl ryfeddol ar ei chlecian hi.

Yn yr Ardd

Rhodiaf yn ei hyfrydwch – a gwelaf
Ei golud a'i harddwch:
Hyd yr ardd mae'r blodau'n drwch,
Yn wyrthiol o brydferthwch.

Wele'r swynol rosynnau – yn gwrido
O gariadus liwiau,
A mil hynod o flodau
Yma'n hardd im eu mwynhau.

Ar Fedi'r ail yr un flwyddyn y cawn gyfraniad nesaf Alan i'r golofn. Unwaith eto anfonodd ail fersiwn o englyn a gyhoeddwyd fis Ebrill. Fel y nodais eisoes 'roedd Alan bob amser yn chwilio am gyfle i gryfhau ei waith ac nid yn fodlon ar y gair neu'r llinell gyntaf a ddeuai i'r meddwl. Nid wyf yn credu bod Meuryn wedi sylwi ei fod eisoes wedi derbyn y fersiwn gyntaf. 'Rwy'n siŵr y buasai wedi cyfeirio at hynny pe buasai wedi sylwi:

> Yr wyf wrth fy modd yn eich clywed chwi yn cael y fath hwyl ar gynganeddu, A. Ll. R. Nid yn unig yr ydych wedi llwyr feistroli'r gelfyddyd, ond yr ydych hefyd yn gallu mynegi eich meddwl yn glir iawn ym mhob llinell.
>
> Sylwch eto ar linell olaf yr englyn cyntaf o'r tri hyn. Gwyddoch o'r gorau mai 'Ac' a ddylai fod ar ei dechrau, nid 'A'. Rwy'n ofni i chwi aberthu'r cywirdeb hwnnw ar allor y 'glec'.
>
> Tri englyn da dros ben.

Deilen Hydref

Gwywedig ar y goeden – a lledfyw
Uwch llwydfedd yw'r ddeilen;
Gwae ingol ddaeth i'r gangen,
A weithian hi aeth yn hen.

Yr Hen Fwthyn

Hen adeilad di-deulu – a beunydd
Heb neb yno'n nythu;
Murddun heb ddim i'w harddu,
Noddfa o hedd ynddo fu.

Ionawr

Ionawr a ddaeth eleni – amser oer,
Mis o rew a ch'ledi;
Ei oeraidd naws rydd i ni
Eira gwyn a hir gyni.

'Does dim dwywaith na fu colofn Meuryn yn ysgol dda i Alan. Er ei fod yn geidwadol gyda rheolau'r gynghanedd, ac yn cyfaddef hynny, 'roedd hefyd yn mynnu cywirdeb iaith (fel y gwelir uchod). Ar yr ail o Ragfyr ymddangosodd un englyn eto yn *Y Cymro*:

> Yr ydych chwi A. Ll. R. yn cael hwyl ar gynganeddu'n gryf ac yn naturiol iawn. Mae eich cynganeddion croes gymhleth yn dda dros ben. Hwyl fawr eto.

Yr Hen Gaseg

I'r amaethwr mi weithiodd – yn ddygn ddoe
Ac yn ddiwyd haliodd,
Ond o'r maith drymwaith hi drodd,
Rhyw beiriannau'r gŵr brynodd.

Un englyn eto yn rhifyn Chwefror 17eg, '66, a gwers fach ieithyddol hefyd:

> Englyn da dros ben gennych chwi y tro hwn eto, A. Ll. R. 'Canu' offeryn cerdd y byddis, nid ei 'chwarae'.

Y Gitâr

Tan y sêr ei offeryn – i'w riain
A chwaraeodd llencyn;
Rhoes nwyd ei phersain nodyn
Swynol ias i'w annwyl un.

Ym Mawrth '66 mae Meuryn yn cyfeirio eto at lawysgrifen Alan. Rhaid cytuno ag o. Synnaf na chyfeiriodd Meuryn o gwbl at yr englyn ei hun sydd yn un campus yn fy marn i.

> Fel y dywedais o'r blaen, yr ydych chwi A. Ll. R. yn gynganeddwr tan gamp, er mor ifanc, ond y mae eich llawysgrifen yn ddrwg iawn iawn; cryn drafferth, yn wir, a gaf i'w darllen. Peth hwylus iawn, wyddoch, ydyw teipar.
>
> Hwyl fawr ichwi eto.

O Nad Erys Distawrwydd

I Lŷn daeth ennyd lonydd – gwawr a'i hedd
Gyrhaeddodd i'r dolydd,
Ond byr rhyddid boreddydd –
Rhuthra stŵr a thrais y dydd.

Yna yn rhifyn Mai 19eg mae Meuryn yn llawn canmoliaeth:

> Pleser bob amser ydyw agor y ddôr i chwi A. Ll. R. a syndod parhaus yw eich gweled yn cael y fath hwyl ar gynganeddu. Mae eich holl englynion yn dda odiaeth. Nid rhyfedd i chwi ennill cadair am awdl. Pob hwyl eto.

Y Gitâr

Adloniadol ei nodau – i ryfedd
Rai ifanc ein dyddiau,
I undonedd mae'n dannau
A rhwysg gitâr ysgwyd dau.

Priodi

Oedfa rhwng dau yn gydfod – law am law
Cwlwm lŷn hwy'n undod;
Hyd i ddydd y diwedd ddod
Nid hawdd eto ei ddatod.

Dyna ail englyn gwahanol iawn a anfonodd Alan at Meuryn ar y testun 'Gitâr'. Mae hynny'n f'atgoffa bod gan Alan wybodaeth drylwyr iawn am ganu pop y dydd tra oedd yn yr ysgol. Chwaraeon oedd fy maes i yn anad dim ac ni rannwn ddiddordeb Alan yn y byd pop o gwbl. Credaf mai diddordeb dros dro ydoedd iddo yntau hefyd.

Os wyf yn iawn, yn rhifyn Hydref 6ed, '66 y gwelwyd cyfraniad olaf Alan i golofn Meuryn. Dau englyn y tro hwn, y ddau i athrawon dychmygol (am a wn i). Lluniodd linellau lawer i athrawon Botwnnog yn eu tro. Aethant ar goll yn niwloedd y cof, a da hynny mae'n debyg. Er, os oedd ar fachgen eisiau ysgol i dyfu'n fardd ynddi go brin y câi well na Botwnnog ar y pryd. 'Roedd gan amryw o'r athrawon ddiddordeb yn y pethau ac 'roedd cefnogaeth i'w chael. Dyma nhw'r englynion:

Dau englyn i ddau fath o athro sy gennych chwi y tro hwn A. Ll. R., a'r ddau yn dda hefyd – y ddau athro a'r ddau englyn.

Athro Da

Un a'i dasg yw ein dysgu – a'i afiaith
Yn ddifyr heb ffaelu;
Athro di-ball ei allu,
Gwersi hwn yw'r gorau sy'.

Y Llall

Am ryw broblem hir barablu – wna ef,
Annifyr yw hynny;
Dolur hallt i lawer ry',
A'i lais yn ein diflasu.

Ymhen rhai blynyddoedd byddai Alan ei hun yn gofalu am golofn farddol *Y Cymro*. Fel y gwyddom, gwnaeth waith arbennig drwy honno i godi ymwybyddiaeth ymysg y beirdd a'r darllenwyr. Yn sicr, mi gafodd o ei hun lwyfan ac ysgol ddisgybledig yng ngholofn Meuryn. Cawsom hwyl hefyd. Gofidiaf erbyn hyn na fuaswn wedi cofnodi holl linellau ac englynion bore oes Alan ym Motwnnog. Buasai'r bennod hon wedi gallu bod yn llyfr cyfan wedyn. Lawer tro dros y blynyddoedd 'rwyf wedi gallu ymfalchïo fy mod yn gyfaill a chyd-ddisgybl i Alan. Nid pawb sy'n ddigon ffodus i gael athrylith yn gyfoed. Er y gwyddwn bryd hynny y buasai Alan yn siŵr o gipio'r gadair, ni fedrwn amgyffred maint ei gyfraniad i farddas Cymru.

ALAN LLWYD YN FYFYRIWR

Derwyn Jones

Deuthum i adnabod Alan Llwyd, neu Alan Lloyd Roberts fel y gelwid ef y pryd hwnnw, pan oedd yn fyfyriwr yng Ngholeg Bangor a minnau'n gofalu am y Llyfrgell Gymreig yno. Digwyddwn fod yn beirniadu rhai cystadlaethau barddoniaeth yn yr Eisteddfod Ryng-golegol a gynhaliwyd ym Mangor yn 1970, ac ymhlith y buddugwyr yr oedd Alan. Y flwyddyn honno ef a enillodd y mwyafrif o'r cystadlaethau barddoniaeth: y gadair am awdl 'Y Gwanwyn' (er cof am D. J. Williams); cystadleuaeth 'Casgliad o Chwech o Gerddi'; Cadwyn o Englynion, 'I Ddewrion a Ddaearwyd' (a minnau'n feirniad); Englyn 'Y Machlud'; 'Casgliad o 10 neu fwy o Epigramau' (a minnau'n beirniadu eto), a chyfieithiad i'r Gymraeg o'r Almaeneg o 'Herbsttag', cerdd gan Rainer Maria Rilke. Heblaw hynny yr oedd yn un o gyd-awduron Drama Un Act gyda John Pierce Jones a Dewi Thomas Davies. Cyhoeddwyd y cyfansoddiadau buddugol yn llyfryn sy'n dwyn y teitl *Awen*. Yr oedd Alan eisoes wedi ennill cadair yr Eisteddfod Ryng-golegol yn 1968 ac 1969, a byddai'n gwneud wedyn yn 1971.

Nid oeddwn wedi cyfarfod ag Alan cyn eisteddfod 1970 ac anfonais air ato yn gofyn iddo ddyfod i'r Llyfrgell i'm gweld, a bu'n ymwelydd cyson o hynny ymlaen tra bu'n fyfyriwr ym Mangor. Galwai yn fy ystafell tua phedwar o'r gloch yn y prynhawn a chaem sgwrs uwch paned. Er bod deng mlynedd ar hugain wedi myned heibio er hynny, cofiaf yn dda am y pynciau a drafodid gennym. Ni allwn ond rhyfeddu at rychwant a manylder ei wybodaeth o lenyddiaeth Gymraeg a Saesneg, ei gof gafaelgar a'i aeddfedrwydd fel bardd, oherwydd yr oedd ganddo gerdd newydd yn ddieithriad i'w dangos.

Cododd enw Hedd Wyn yn ein sgwrs tua'r adeg hon, a chefais fy synnu braidd fod gan Alan y fath ddiddordeb ynddo, a hefyd fod ei ddiddordeb ef a minnau yn ymestyn yn ôl i ddyddiau ein plentyndod. Yr oeddwn i ar y pryd newydd lunio erthygl, 'Rhai Sylwadau ar Farddoniaeth Hedd Wyn' a gyhoeddwyd yn *Ysgrifau Beirniadol* 6 (1971). Ychydig yn ddiweddarach yr oedd Alan ei hun yn cyhoeddi erthyglau yn dehongli awdl Hedd Wyn i'r 'Arwr' yn y cylchgrawn *Barn*, ac fel y gŵyr pawb cyrhaeddodd ei astudiaeth o'r bardd ei phenllanw yn y ffilm ac yn ei gyfrol swmpus a hardd a gyhoeddwyd gan Barddas.

Peth arall a'm synnodd oedd fod gan Alan ddiddordeb anghyffredin yn y gynghanedd. Cychwynnwyd ei ddiddordeb yn yr ysgol, fel y digwyddodd yn rhyfedd iawn yn fy achos innau, trwy gael gafael ar lyfr E. D. Rowlands, *Prif-Feirdd Eifionydd*, llyfr ar gyfer plant ysgol, a oedd yn cynnwys adran syml ar y cynganeddion. Yr oedd Alan yn dilyn cwrs ar Gerdd Dafod gyda'r Dr. R. Geraint Gruffydd yn Adran y Gymraeg, a diamau i hynny ddyfnhau ei ddiddordeb yn y gynghanedd fel gwyddor, nes esgor yn y man ar y gyfrol ddiddorol *Anghenion y Gynghanedd*.

Byddai Alan a minnau'n trafod llawer ar feirdd Cymraeg a Saesneg, hen a diweddar, ac yr oedd R. Williams Parry ar y bwrdd yn aml iawn. Yr oeddwn i wedi cymryd diddordeb mawr yn y 'dylanwadau' a'r adleisiau yng ngherddi R. Williams Parry, ac er na allai Alan na minnau dderbyn popeth a ddywedai'r Dr. John Gwilym Jones amdano, yr oeddem ein dau yn cael cryn hwyl fel dau dditectif llenyddol uwchben ei gerddi ef a rhai beirdd eraill hefyd. Esgorodd hyn eto, maes o law, ar astudiaethau sylweddol iawn gan Alan ar waith Bardd yr Haf a'r Gaeaf. Trafodem hefyd rai beirdd llai yr oedd gan Alan a minnau ddiddordeb ynddynt, megis Elfyn, y bardd o Ffestiniog ac awdur y clasur bychan hwnnw *Capelulo*. Mawr hefyd oedd ein diddordeb mewn englynion, rhai hen a newydd sbon, rhai clasurol eu naws a rhai heb fod felly, o bell ffordd! Yr oedd lle i'r gwych a'r gwachul gennym, ac nid rhyfedd gennyf i'r gwych gael lle anrhydeddus ganddo yn y man yn *Y Flodeugerdd Englynion*.

Yr oedd gennym hefyd ddiddordeb mewn celfyddyd gain; gwaith Rodin er enghraifft, cerflunydd yr oedd gan Syr Thomas Parry-Williams ddiddordeb ynddo fel y dengys ei gyfeiriad at gerflun Rodin, 'La Vieille Heaulmière' ('Yr Hen Butain'), yn ei bryddest 'Y Ddinas' a enillodd iddo goron Eisteddfod Genedlaethol Bangor yn 1915, a'r cerflun 'Llaw Duw' y cyfeirir ato yn y gerdd gyntaf yn *Cerddi* sy'n dwyn y teitl 'Trindod'. Bu trafod ar hynny hefyd. Lluniodd Alan yntau gerdd i gerflun Rodin 'Le Baiser' ('Y Cusan'), ac fe'i ceir yn ei gyfrol *Y March Hud*, a cheir cerdd arall yn y gyfrol i ddarlun olew o geffylau mewn storm, er na nodir pwy oedd yr arlunydd.

Ddechrau 1971 yr oedd Alan yn brysur yn llunio awdl ar y testun 'Preselau' ar gyfer Eisteddfod Genedlaethol Sir Benfro, a chefais y fraint o'i gweld ganddo. Hen gyfaill i mi, o ddyddiau coleg hyd heddiw, a enillodd, sef y Parchedig Dafydd Owen. Diamau fod gwendidau yn awdl Alan, fel y cydnabu ei hun yn ddiweddarach, ond rhaid ychwanegu ei bod yn llawer gwell na rhai awdlau affwysol o sâl a gadeiriwyd, gyda chlod mawr hefyd, ar ôl hynny. Da y gwnaeth Gwyn Thomas wrth achub y blaen i gyhoeddi awdl Alan yn y cylchgrawn *Mabon*, a rhoi hwb i galon bardd ifanc yr un pryd.

Credaf imi ddweud digon i ddangos imi gael cyfle i adnabod teithi meddwl Alan pan oedd yn fyfyriwr, a'i weld yn datblygu. Dyna'r rheswm paham y gofynnodd i mi ysgrifennu erthygl, 'Barddoniaeth Alan Llwyd', ar gyfer y gyfrol *Trafod Cerdd Dafod y Dydd*, gan wybod, fel y tystiodd wrthyf yn ddiweddarach, y dywedwn fy marn yn onest mewn cyfnod yr oedd cryn feirniadu arno, a hwnnw'n feirniadu digon maleisus ac annheg. Ni bûm heb ei feirniadu yn yr erthygl fy hun ychwaith, ond gwneuthum hynny'n gwbl deg, gobeithio. Barn Syr Thomas Parry, a oedd wedi dyfod i edmygu Alan yn fawr oherwydd ei barch i'r iaith ac i safonau llenyddol, oedd y gallaswn fod wedi ymollwng mwy i'w ganmol hefyd.

Llawenydd mawr dros ben i mi oedd gweld Alan yn ennill coron a chadair Eisteddfod Genedlaethol Dyffryn Clwyd yn Rhuthun yn 1973, ac fel hyn y ceisiais ddangos y llawenydd hwnnw ar y pryd:

Hawdd iawn dweud newyddion da, – a hynt bardd
Nant-y-big a'm llonna;
Mae'r gynghanedd yn gwledda,
Eiliwr hoff camp ddwbl yr ha'.

Am ddawn gwerth ei meddiannu, – a noblaf
Ddawn ddeublyg i'n synnu;
Un ddawn nid oedd i hynny
Ond y ddawn ddaeth o Ryd-ddu.

Deuai'r gair a gair drwg oedd – am y Dref,
Ac am drais i'w phobloedd;
Yna'r gair i ddwyn ar goedd
Hir ofid Lleiafrifoedd.

I Ruthun yn gawr aethoch, – a dwydorch,
Fardd dedwydd, a gawsoch;
O cheir hwyl, uwch yr eloch
Heibio'r sêr o Aber-soch!

(Nant-y-big oedd enw'r cartref yn ymyl Aber-soch)

COLOFN FARDDOL *Y CYMRO*
(RHAGFYR 1973 – MEDI 1977)
Elwyn Edwards

Daeth Alan yn rheolwr siop lyfrau Cymraeg Awen Meirion yn Y Bala ym mis Mehefin 1973, ac ymhen ychydig wythnosau 'roedd yn ennill cadair a choron Eisteddfod Genedlaethol Rhuthun. Fe greodd hyn ddiddordeb aruthrol yn genedlaethol yn Alan, a bu Awen Meirion yn fwrlwm am wythnosau lawer yn dilyn y gamp hon gyda phobl o bob man yn heidio i'r siop i'w weld. Wedi'r cyfan, nid oedd ond un bardd, sef T. H. Parry-Williams, wedi cyflawni'r fath orchest o ennill y gadair a'r goron yn yr un eisteddfod o'r blaen, y tro cyntaf yn Eisteddfod Genedlaethol Wrecsam ym 1912 ac wedyn ymhen tair blynedd yn Eisteddfod Genedlaethol Bangor ym 1915, ac 'roedd yna 58 o flynyddoedd ers hynny.

Yn lleol ym Mhenllyn a mannau eraill, 'roedd yna falchder mawr yng nghamp Alan a chrewyd diddordeb newydd yn y cynganeddion a barddoniaeth yn gyffredinol. Sefydlodd Alan ddosbarth cynghanedd llewyrchus iawn yn Y Bala ac yn Ninmael ger Corwen, a bu'r dosbarthiadau hyn yn gaffaeliad i amryw o egin-feirdd i gael gafael ar y cynganeddion ac i'w rhoi ar y ffordd. Esgorodd llwyddiant y Bardd Dwbwl newydd ar ddosbarthiadau cynghanedd a chylchoedd trafod barddoniaeth yn yr ardaloedd Cymraeg drwy Gymru, a hefyd mewn sawl man a oedd wedi ei hen seisnigeiddio, megis dinas Caerdydd lle'r oedd yna ddyrnaid bychan o Gymry diwylliedig yn hel at ei gilydd.

Ymhen pedwar mis ar ôl Eisteddfod Genedlaethol Rhuthun, ar yr unfed ar ddeg o Ragfyr 1973 ymddangosodd colofn farddol newydd yn *Y Cymro* dan y pennawd 'Colofn Alan Llwyd', a'r golofn hon oedd dechreuad taith Alan fel beirniad llenyddol cenedlaethol. Fel colofnydd barddol *Y Cymro* 'roedd yn dilyn yn ôl troed cewri a greodd argraff fawr ar farddoniaeth Gymraeg, sef Meuryn, Dewi Emrys ac eraill ac nid gwaith hawdd oedd i unrhyw un gadw safon y rhain. Yn ei golofn gyntaf mae'n tynnu sylw at haeriad gan rywun fod y gynghanedd 'wedi chwythu ei phlwc'. 'Roedd yr haeriad hwn yn dân ar groen Alan, ond nid oedd yn gywir o bell ffordd, wrth gwrs, canys 'roedd yn y Gymru wledig ferw cynganeddol yn ffrwtian ers canrifoedd lawer mewn ardaloedd megis Penllyn, Ceredigion a Phen Llŷn, i enwi dim ond tair, ac 'roedd yna ddiddordeb o hyd yn yr hen gelfyddyd mewn amryw byd o ardaloedd eraill hefyd. Yr hyn a wnaeth Alan yn ei Golofn Farddol oedd tynnu sylw at gynhyrchion beirdd a meithrin egin-feirdd y mannau hyn a dod â nhw i sylw cenedlaethol, gan ennyn diddordeb newydd a byw iawn yn y gynghanedd ar yr un pryd. Oherwydd mae gan bob un sydd yn ymhel ag unrhyw gelfyddyd, ac sydd o ddifri ynglŷn â hi, ei arwr neu athro yn y gelfyddyd honno, ac i bob disgybl, ei nod yw anelu at y safon osodedig a'i hefelychu.

Creodd y golofn ddiddordeb mawr ledled y wlad. Aeth yn bwnc trafod mewn dosbarthiadau nos; caed ynddi wersi cynghanedd, posau cynganeddol ac ati, a bu'n denu gohebiaeth ddifyr a oedd yn codi pwyntiau technegol ynglŷn â'r gynghanedd. Wrth ei draed ym Mhenllyn yr oedd y man cychwyn i Alan yn ei golofn, gan gyhoeddi cynhyrchion y beirdd lleol am rai wythnosau. Yna daeth mwy o ddiddordeb yn y golofn. Anfonwyd englyn iddi dan yr enw J. O. Davies, Deganwy, yn dweud mai colofn farddol beirdd Y Bala yn unig ydoedd:

Colofn Alan Llwyd

Oedd golofn i feirdd Gwalia; – ar draws hon
Rhoed 'RESERVED' yn swta;
Ai hwy'n awr a'i piau? Na!
Bwrdd biliards beirdd Y Bala.

'Roedd hyn yn fêl ar fysedd Alan, ac aeth amryw o'r beirdd drwy ei swcr ef ati i'w ateb yn ddi-oed:

I J. O. Davies

Tyrd â'th gân o Deganwy, – y Dafis
  Deifiol, rho in arlwy,
 A daw pawb i wybod pwy
 Ydwyt, yr anghredadwy!

R. J. Rowlands

Rhoist dy farn, cododd sgwarnog – o Benllyn
  Daw bonllef gynddeiriog;
 O flaen rhai, cest, filain rôg,
 Annedd mewn colofn enwog.

W. J. Williams

Â Meirion yn ymyrryd – y Dafis
  Deifiol a gwenwynllyd;
 A yw'r boi'n bencampwr byd
 Y biliards a'r gair bawlyd?

R. O. Williams

Od gono o Deganwy, – ti luniaist
  Elyniaeth ofnadwy;
 Hyrddio pla ar feirdd y plwy,
 Gyfaill, daw dydd y gofwy.

R. E. Jones (Llanuwchllyn)

Ymunodd Alan yntau gan achub ei gam ei hun:

Hawdd yw lladd ar Brifardd Llŷn; – oni bai
  Am y beirdd o Benllyn
 E ddôi angladd i englyn,
 A heth i'r golofn ei hun.

Ymhen ychydig atebodd J. O. Davies y beirdd lleol:

I Feirdd Y Bala

Bwlis yw beirdd Y Bala; – mewn un haid
  Maen nhw'n hoff o hela;
 Nid teilwng rhoi pum tila
 Ar drywydd un. Ond un da!

Fandals! Ble mae cyfiawnder? – pwy a all
  Fatsio pump mewn cryfder?
 Un ac un, os dymuner,
 Ond un a phump nid yw'n ffêr!

'Heth', wir. Dylai Heath ei hun – roi ei 'rew'
  Ar awen ac englyn;
 A yw'r bib wib ar bob un?
 Ai pinllosg yw beirdd Penllyn?

J. O. Davies

Atebwyd ef drachefn:

A oes eurbin i'r surbwch? – a yw'r bib
  Ar y bardd, dywedwch?
 Yn poeri'i bill, pwy yw'r bwch?
 I'r golofn mae'n ddirgelwch.

Os bydd heth ym mro'r Pethe – fe'i rhof hi,
  Er ei farn anaele,
 Yn fwrdd darts i feirdd y De,
 Colofn i fois y Cilie.

Alan Llwyd

Y golofn dan fugeiliaeth – Alan Llwyd
  Hwylia'n llyfn heb alaeth;
 Ond dy ddig eto a ddaeth
 Yn newid i'r gwmnïaeth.

O un i un, awn yn awr – tua'r lle
  Mae tŷ'r llanc ergydfawr;
 Wedi ynfyd gad enfawr
 Y gwŷr caeth wnaeth guro cawr.

Dof â chaib, dof â choban, – dof â chist,
  Dof â chôr ac organ:
 A lefins y gyflafan
 Ddaw â'r lleill at feddau'r llan.

W. J. Williams

Dewr yw y bardd draw o bell – yn eiddig
  Gyhuddo rhai deuwell;
 Hen lwfrgi, tyrd o'th lyfrgell
 Wyneb yn wyneb â'th well.
R. O. Williams

Ond trodd ambell un i mewn i'r ddadl o lefydd eraill hefyd gan ei rhoi hi i J. O. Davies. Anfonodd John Glyn Jones, Dinbych, sydd yn hanu ar ochr ei fam o gylch Y Bala, sawl englyn yn achub cam y beirdd lleol:

Wele taer yw *insult* hwn, – ac ofer
  Gyfaill, gofyn pardwn;
 Myn yffach, minnau a hoffwn
 Dy gael o fewn ergyd gwn.

Alan Llwyd, mae'n wylo'n llyn – o wrando
  Gerwinder dy englyn;
 Iddo hoff yw amddiffyn
 Cywir waith y cewri hyn.

Bu hunllef trwy holl Benllyn – Rita Gawr
  Eto a gwyd i erlyn;
 Y beirdd hael o'r broydd hyn
 Goronodd Huw Graienyn.

Dy gynnwrf o Deganwy – achosodd
  Ryw chwysu ofnadwy;
 Di-rym iawn yw d'eiriau mwy,
 Credwn fod rhaid cau'r adwy.

Aeth hyn ymlaen am wythnosau, ond tawelodd y J. O. Davies gwreiddiol ac 'roedd Alan wedi cymryd ei le er mwyn parhau'r diddordeb gan ateb ei hun bob hyn a hyn:

Â newydd her, cododd un – o beli'r
  Bwrdd biliards yn f'erbyn;
 Garw o dasg yw herio dyn
 A raddiwyd yn oreuddyn.

Yn chwyrn, fe'ch atebaf chwi, – â'm hiwmor
  Fel Mohamed Ali;
 A gewch, wrth wyneb-gochi,
 Wybod fyth pwy ydwyf i?

Seren wyf ymysg sorod, – craig ymysg
  Cerrig mân a dinod;
 Chwithau'n feirdd, yn feirdd i fod –
 Ysbwriel ar ddisberod.

Atebwyd ef drachefn:

Yn dy blu hawdd dodi bloedd, – ail Ali
  O olwg y cyhoedd;
 Tyrd i'r ring er yr ingoedd,
 Allan o'th guddfan ar goedd.

Dosbarth Cynganeddion Y Bala

Wyf bwysig, cariaf bwysa', – ac artist,
  Nid rhyw gortyn tila;
 Aed i her, – nid cadi ha, –
 Wyf biler tref Y Bala.

A welsoch un cyn ffalsied – â'i waffyl
  Fod e'n gwffiwr caled?
 Tynn y siwt: 'rwyt ti'n y siêd
 Yn ymyl ein Mohamed.

Ai tamaid o dras Tomi? – choelia'i fawr,
  Uchel fab hen fwli;
 Er ei chwaeth, mae'n siŵr i chwi,
 'Rôl codwm mae'n rêl cadi.

I seiri a all siarad, – andwyol
  Dy awen i'r henwlad;
 Wyt foddar, nid Cesar cad, –
 Go isel yw dy gosiad.

Llên wir! 'rwyt yn llawn o ias, – hen brydydd
  Yn brwdio am deyrnas;
 Rhaid cael gŵr, nid broliwr bras,
 I annerch awen wynias.

O Deganwy, dy gwynion – mwy a ddaw,
Maddeuwn d'englynion!
Herio'n beirdd, ond lawr 'ny bôn,
Gwagedd o'th lestri gweigion.

Gwynlliw Jones

Lluniwyd oddeutu 60 o englynion dan enw J. O. Davies, Deganwy, yn ei dweud hi am feirdd Y Bala gan fwyaf, a chaed 32 o englynion yn ei ateb gan feirdd Penllyn ac eraill. Ni ŵyr neb pwy oedd y J. O. Davies gwreiddiol, ond bu ei ymosodiad ar feirdd Penllyn yn fodd i roi sylfaen gadarn iawn i'r golofn. Bellach 'roedd diddordeb ynddi trwy Gymru gyfan. Cododd to newydd o feirdd cynganeddol gwych yn ei sgil, beirdd megis T. Arfon Williams, Ieuan Wyn, Myrddin ap Dafydd a llawer eraill. Yn y golofn hon dan law'r meistr y bwriodd llawer iawn eu prentisiaeth. Un peth oedd cystadlu mewn eisteddfodau a chael beirniadaeth, ond 'roedd y golofn yn wythnosol ac yn fodd i gael barn ar eich cynhyrchion. Gwaith beirniad yw hybu'r disgybl ac nid ei ddilorni waeth pa mor dila yw ei gynnyrch, ac felly y gwnâi Alan. 'Rwy'n cofio mynd ato gyda chwe englyn yr oeddwn wedi eu llunio mewn ychydig o amser. Rhyfeddai Alan at y ffaith fy mod wedi medru llunio chwe englyn, ie, chwe englyn, a'r rheini yn rhai da, meddai. Ymhen amser sylweddolais mai chwe englyn tila iawn, iawn oeddynt, ond ar y pryd 'roedd cael y fath ganmoliaeth ganddo ef yn hwb mawr i ddal ati. Gallasai fod wedi dweud y gwir yn blaen wrthyf, ond nid un i frifo neb yw Alan. Mae'n wir ei fod yn dipyn caletach ar feirdd profiadol yn ei golofn wrth feirniadu eu cynnyrch, ond 'roedd y rheini wedi bod wrthi ers blynyddoedd ac wedi hen galedu, er nad oedd pob un yn cyd-weld ag o chwaith.

Ym mis Mehefin 1974 gadawodd Alan Awen Meirion ac euthum innau yno i weithio, ac yng nghysgod y golofn daeth y siop yn ganolfan beirdd tra bu Alan yno ac wedyn hefyd am flynyddoedd. Ond tyfodd y golofn farddol yn rhywbeth mwy na cholofn: daeth yn sôn cymdeithasol mewn llawer ardal a dyheai pobl y pethe amdani yn wythnosol i gael trin a thrafod ei chynnwys. Galwai llawer o'r beirdd heibio i drin a thrafod ei chynnyrch, gyda rhai yn anghydweld â'r colofnydd ambell waith.

Un a alwai heibio Awen Meirion yn aml oedd R. J. Edwards Llanuwchllyn, ac anfonai ei gynnyrch yn rheolaidd i'r golofn. 'Roedd ef wedi bod yn ymhel â'r cynganeddion ers blynyddoedd lawer cyn i Alan ddod i Benllyn i fyw, ond nid oedd delwedd a symboliaeth yn golygu dim iddo. Anfonodd yr englyn hwn i'r golofn:

Ehedydd

Cân yr awr pan fo'n gwawrio, – yn fwynaidd
I fyny ei leisio;
Yn Gantor o denor do,
Goroesodd hwn Garuso.

Dyma'r feirniadaeth ar yr englyn gan Alan:

> Englyn arall i un o adar y wawr ond y tro hwn ar lefel llai dwys. Y llinell olaf ogleisiol ydyw grym yr englyn, ond efallai fod y cyrch a'r gair llanw 'do' yn amharu ar yr englyn braidd. Serch hynny, englyn eitha da.

Ni fu i Alan ei gondemnio fel y gallai fod wedi ei wneud yn hawdd iawn yn ôl barn y gwybodusion a alwai heibio i'r siop, a chytunai pawb y gallai'r englyn fod yn well a bod Alan wedi bod yn rhy hael o lawer ag o wrth ganmol y llinell olaf yn unig, ond nid felly y gwelai'r awdur bethau. Er nad oedd Alan wedi condemnio'r englyn, bytheiriai'r bardd am nad oedd wedi gweld rhinweddau'r englyn i gyd, ac wrth gwrs i siopwr yng nghanol y miri mae'r cwsmer wastad yn iawn. Daliai ati i'w dweud hi am ddyddiau gan honni mai rhyw 'gyw o fardd coleg' ydoedd nad oedd o'n 'dallt diawl o ddim byd'. Nid oedd ennill cadair a choron yn golygu dim, gwybod rhywbeth oedd yn cyfri medde fo, ac ni fedrai yn ei fyw weld dim o gwbl yn englynion delweddol T. Arfon Williams ac eraill. Yn wir, anfonodd lythyr i'r *Cymro* ynghylch yr 'englynion tywyll' sydd yn anghydweld ag englyn buddugol T. Arfon Williams i'r 'Griafolen' yn Eisteddfod Llangwm ym 1973:

Un tro, ar glo bu pantri'r glyn, – eira'n
Cloi warws y dyffryn;
Dwyn, o stordy fry ar fryn,
Dda da aur 'roedd aderyn.

Dan y pennawd 'Gormod o sothach niwlog', meddai:

> 'Rwy'n sylwi hefyd mai syniad rhai o'r prifeirdd am englyn da yw englyn niwlog. Yn bersonol 'rwyf wedi cael fy nghondemnio gan brifeirdd am lunio englynion rhyddieithol ond 'wy'n cofio cyngor a gefais gan Dewi Emrys flynyddoedd yn ôl sef, "os na fydd plentyn ysgol deallus yn deall eich englyn rhowch o yn y tân". Ofnaf y buasai Dewi Emrys yn cael defnydd tân Guy Fawkes y dyddiau hyn o losgi awdlau, pryddestau ac englynion buddugol. Diolch am englynion fel y "Gorwel", "Ci Defaid", neu'r "Nodwydd", englynion rhyddieithol yw englynion gorau'r ganrif ac nid y sothach barddonllyd niwlog sydd angen y testun uwchben a llyfrau esboniad i ddeall meddwl a gwiriondeb yr englynion.

Ni fedrai weld synnwyr o gwbl yn yr hyn a oedd gan y 'beirdd tywyll' yn eu henglynion, ac er i rai geisio egluro'r englynion yn fanwl iddo daliai i daeru mai tywyllwch dudew oeddynt.

Ymhen ychydig wythnosau ymddangosodd llythyr arall ganddo dan y pennawd 'Beirniadu'r Beirniaid'. Dyfynnaf rannau ohono:

> Fel y crybwyllais o'r blaen 'rwy'n ofni mai creaduriaid rhyfedd yw rhai o'n prifeirdd ac yn awr mae Alan Llwyd yn profi fy mhwynt. Gan iddo sôn am yr englyn ddyfarnodd ef yn fuddugol yn ei gystadleuaeth fisol ym mha le y ceir y cwpled –

Allor prae'r cudyll yw'r pren,
Deyrn y dur, yn y darren.

Dyma'r englyn yn gyfan:

Y Griafolen

Diwair feudwy'r Hafodwen – yn arffed
Borffor ei daearen:
Allor prae'r cudyll yw'r pren,
Deyrn y dur, yn y darren.

> Efallai y caf ofyn – sut ar y ddaear mae'r 'Pren' yn 'Deyrn y dur'? Pe buasai yn cyfeirio at y cudyll efallai y buaswn yn ei ddeall ond fel y mae 'pren' yw testun y llinell olaf. Mae Alan Llwyd, Bob Edwards (yr awdur) a minnau yn hen gyfeillion: ond nid wyf yn gadael i'r ffaith yma effeithio dim ar fy marn, sef mai creaduriaid rhyfedd yw'n prifeirdd yn beirniadu ac mai yn y tân yw'r lle gorau i gyfansoddiadau barddonllyd a niwlog pa rai sy'n werth dim i'r werin ac o ganlyniad yn gwneud dim i gynorthwyo'r iaith.

Ond 'roedd hyn i gyd yn creu mwy o ddiddordeb yn y golofn, ac yn sicr ddigon 'roedd cael pobl fel R. J. Edwards i anghydweld yn chwa o awyr iach gan eu bod yn cadw'r diddordeb yn y pethe a'r golofn a châi'r beirdd hwyl fawr ymysg ei gilydd. 'Roedd Alan wedi ei dynnu yn ei ben, fel y gwnaeth ymhen amser ag Euros Bowen a oedd yn Berson Plwyf Llangywair, wrth iddo roi ei ddehongliad ef ar ei farddoniaeth. Ond yr hyn sy'n ddiddorol yw fod y ddau hyn, sef R. J. Edwards a Pherson Llangywair, ill dau wedi bod yn ffraeo'n gyhoeddus â'i gilydd ynghylch barddoniaeth yn wythnosolyn *Y Seren* yn Y Bala flynyddoedd ynghynt, a 'thywyllwch' y beirdd oedd dan yr ordd gan R. J. Edwards yr adeg hynny hefyd.

Un o'r 'beirdd tywyll' honedig oedd T. Arfon Williams, a thrwy'r golofn hon y daeth Arfon yn enw cenedlaethol fel bardd. Enillodd gystadleuaeth englyn y mis lawer iawn o weithiau, yn wir aeth yn nod gan bawb wrth gystadlu i drechu Arfon, ond nid camp hawdd oedd honno. Er bod rhai o'i englynion yn drymion iawn eu delweddau weithiau ac felly, i lawer, yn anodd i'w deall, caed eglurhad trylwyr yn y golofn bob tro a roddai oleuni arnynt.

Arfon a fu'n fuddugol yng nghystadleuaeth y mis ar y testun 'Haf Bach Mihangel' ond nid pawb oedd yn cyd-weld â'r dyfarniad, ac anfonwyd llythyr i ddatgan hynny. Llythyr dienw ydoedd wedi ei arwyddo gan 'Dri o Feirdd y Golofn':

> Ar yr olwg gyntaf, hawdd meddwl fod yr englyn hwn (sef y buddugol) yn rhagori o dipyn ar y lleill. Ond wedi edrych drosto, dyma beth a welir – Llinell gyntaf: ceir tair llafariad O mor agos i'w gilydd nes taro'n amhersain ar y glust. Bai 'Rhy Debyg' yn y cyrch eto, 'Rhy Debyg' neu yn hytrach 'Ymsathr

Odlau'. Yn y drydedd gorddefnyddir y llythyren A, hyn 9 gwaith yn llinellau 2 a 3. A chynghanedd ddigon gwan i'w gwblhau hefyd.

Hoffwn y syniad da sydd ganddo, ond er hynny, rhaid cadw at reolau'r Gynghanedd, yn enwedig mewn cystadleuaeth; peth hawdd iawn yw i 'hen law' (hyd yn oed) dorri rheol ond cafodd hwn wobr am hynny!

Atebodd Alan y tri hyn:

Cyfeirio at englyn buddugol T. Arfon Williams y mae'r llythyr, sef yr englyn hwn, gyda'r llafariaid 'Rhy Debyg' mewn print bras.

Haf Bach Mihangel

Paid bwrw heibi**O** b**O**b g**O**baith, – cei hwyr**A**ch
Y c**A**ri**A**d **A**eth Ym**A**ith
O'r wl**A**d gyd**A** llyg**A**d ll**A**ith
Yn ôl i wenu eilwaith.

Y mae arnaf ofn eich bod wedi camgymryd yn fawr iawn yma. I gychwyn, y mae'r englyn yn gywir. Nid oes y fath beth â 'Bai Rhydebyg' na'r fath beth ag 'Ymsathr Odlau' ynddo. Y Bai Rhydebyg yw cyfatebiaeth llafariaid ar ddau bwyslais yr acen, fel hyn:

Angerdd Haf Bach Mihangel

neu

Llawer yn gwella'u hawen

Nid oes y fath beth â Bai Rhydebyg ar ail bwyslais yr acen mewn cynghanedd gytbwys ddiacen. Ac yna'r Ymsathr Odlau yma: yn wreiddiol, bai fel hwn oedd Ymsathr Odlau:

Lle ni ddaw rhyfel awyr,
Lle golau canhwyllau cwyr.

Hynny yw, y mae 'awyr', oherwydd yr odl –AW flaenorol yn 'ddaw' yn hollti fel hyn: AW/YR, ac yn odli felly â geiriau fel 'egyr' a 'llythyr' gan mai –YR yw'r odl. Ond 'cwyr' fel yn 'llwyr' neu 'hwyr' yw'r ail odl, hynny yw, odli –YR gydag –WYR. Anghywir hollol. Yna, trwy ryw amryfusedd neu'i gilydd, daeth y term i olygu lled-broestio, ac fe ysytyrid hynny, ar un adeg, yn anghywir, ond mae'n hollol gywir, llinellau fel hyn:

Y lloer megis cannwyll ir
Bwrw rhwyd i aber a rhyd

> Dywedwch hefyd fod 'cynghanedd ddigon gwan' yn y llinell olaf, a honno'n gynghanedd groes, yr un fwyaf anodd i'w llunio yn ôl amryw. Pam mae'r llinell hon yn wan? Credaf ei bod yn cloi'r englyn yn grwn ac yn effeithiol. Nid sŵn er ei mwyn ei hun yw cynghanedd, nid cytseiniaid yn clecian er mwyn clecian, ond dull mynegiant. Cafodd T. Arfon Williams weledigaeth newydd, ac fe lwyddodd i'w chrisialu yn dwt ac yn gofiadwy.

Er bod ymrysonau beirdd wedi bod yn cael eu cynnal yma ac acw ar hyd y blynyddoedd 'roedd y chwiw gynganeddol wedi cael gafael ar ardaloedd cyfan bellach, a hwythau wedyn yn cynhyrchu ymrysonau newydd, a chaed egin-feirdd yn datblygu yn eu cysgod. Ym Methesda cychwynnwyd 'Clwb y Barddas' lle'r oedd beirdd ifanc yn cyfarfod i drin a thrafod techneg y gynghanedd ac i lunio englynion gan anfon eu cynhyrchion i'r golofn farddol; ac yng Nghaerdydd sefydlwyd 'Clwb Barddas Dinas Caerdydd'. Cododd dosbarthiadau cynghanedd yn Ninbych a Llangernyw yng Nghlwyd, ac mewn sawl ardal yng Ngwynedd, Powys, Ceredigion a lleoedd eraill. Ym Mhenllyn cychwynnwyd ymryson 'Cynghrair Pethe Penllyn', sef chwe thîm o feirdd yn cystadlu yn erbyn ei gilydd fel timau pêl-droed. Y chwe thîm oedd Bro Tryweryn, Sarnau, Llanuwchllyn, Y Bala, Llangwm a thîm Y Parc. Byddai'r ymrysonau hyn yn parhau trwy fisoedd y gaeaf gyda phob un yn cystadlu yn erbyn ei gilydd gyda tharian i'r tîm a enillodd y marciau uchaf yn y gyfres, tarian i'r cywaith rhydd gorau, a tharian i'r englyn cywaith gorau yn y gyfres. Parhaodd yr ymrysonau hyn am flynyddoedd, hyd nes y bu i rai ardaloedd fethu codi tîm oherwydd bod yna feirdd wedi symud i ardaloedd eraill i fyw. Yn y flwyddyn 1976 teledwyd y rownd derfynol yn neuadd Y Sarnau ger Y Bala gan gwmni HTV, gyda'r Prifardd Gerallt Lloyd Owen yn meurynna. Bachodd Gwyn Williams y BBC yn y syniad yma o gynghrair ymryson y beirdd gan sylweddoli y byddai yn gwneud rhaglen radio dda, ac 'roedd yn llygad ei le. Ganed Talwrn y Beirdd, sydd yn dal i fodoli yn ddi-dor ers 1979.

Lluniwyd cannoedd o englynion ar gyfer y gystadleuaeth fisol yn y golofn, gyda rhai ohonynt ymysg goreuon yr iaith. 'Roedd cael 50 o englynion yn y gystadleuaeth yn beth cyffredin, ond cafwyd cymaint â 105 o englynion un mis. Yn ogystal, anfonai beirdd eu cynnyrch yn rheolaidd iddi a chaed pigion ymrysonau ledled Cymru, ond nid beirniadu'r gystadleuaeth fisol yn unig a wnâi Alan. Câi'r beirdd feirniadaeth fanwl ar eu cerddi y tu allan i'r gystadleuaeth hefyd. Er mai colofn farddol ydoedd 'roedd llawer iawn o bobl nad oeddynt yn feirdd o gwbl yn troi ati. Aeth yn golofn addysgiadol iddynt hwy yn ogystal. Nid yn unig y câi'r beirdd feirniadaeth ar eu gwaith ond ceid trafodaethau ar y grefft o englyna, megis sut yr aeth Tegidon ati, er enghraifft, i gyfansoddi'r englyn gwych hwnnw i'r 'Tad a'r Mab' a geir ar garreg eu bedd ym mynwent Llanycil, a thrafodaethau ar 'Beth yw Barddoniaeth?'. 'Roedd yr ysgrifau hyn yn werthfawr iawn ac yn addysgiadol i bawb a oedd yn ymddiddori yn y maes.

O dro i dro, yn ogystal â beirniadu gwaith y beirdd, trafodir gwahanol agweddau ar farddoniaeth a sut y mae beirdd yn mynd ati i gyfansoddi, 'Crefft a thrafodaeth ar Ysbrydoliaeth'. Mae'n trafod yn ddifyr ac yn dyfynnu'r beirdd Saesneg T. S. Eliot, Herbert Reed, ac A. E. Housman gan geisio egluro sut y daeth rhai llinellau a cherddi iddynt hwy. Sonia am ddarlith y Dr. Gwyn Thomas ar 'Ryfeddodau'r Dychymyg' gan ddweud fod rhai o ddarllenwyr y golofn yn amheus o'r 'ail elfen gyfriniol yma', sef 'ysbrydoliaeth', a beth yn union yw ei hystyr yn ôl y beirdd. Yr hyn sydd ganddynt i'w ddweud mewn gwirionedd yw nad hwy sydd biau'r llinellau y maent yn eu cyfansoddi i gyd. Fe ddaw rhai llinellau o 'rywle', sef yr isymwybod, a dywedir fod pob bardd yn mynd i stad o drans wrth fyfyrio yn ddwfn a bod y llinellau yn dechrau llifo. Weithiau fe ddaw cerdd gyfan pan fo rhywun yn y stad hon, ond dro arall, er bod bardd wedi bod yn myfyrio'n ddwfn, ni cheir dim o gwbl. Nid yw'r awen yno, sef ysbrydoliaeth. Mae hyn yn wir am unrhyw un sydd yn ymhel â chelfyddyd, boed yn fardd, nofelydd neu gerddor, neu unrhyw faes creadigol arall:

> Y mae'r bardd a'r dewin yn bur agos at ei gilydd. Pan ddywed R. Williams Parry beth fel hyn am
>
> *Y Gylfinir*
>
> Dy braidd yw'r moel gymylau maith,
> A'th barod gŵn yw'r pedwar gwynt
> Gorlanna'th ddiadelloedd llaith,
> I'w gwasgar eilwaith ar eu hynt
> Yn yrr ddiorffwys, laes, ddi-fref,
> Hyd lyfnion hafodlasau'r nef.
>
> Y mae'n troi'n ddewin: gyda'i allu dewinol a'i ffon hud eiriol, y mae'n troi'r cymylau gwynion yn ddefaid, a'r gwyntoedd yn gŵn, ac i orffen y darlun, yn troi'r wybren yn 'hafodlas'.
>
> Delweddu y gelwir y math yma o beth, wrth gwrs, a thrwy rym delweddau, y mae'r bardd yn ymarfer ei ddawn ddewinol. Ar ben hynny gan fod y bardd yn ddewin, y mae yna ryw ystyron cudd, 'ryw ystyr hud', chwedl y Mabinogi, i farddoniaeth. Pan ddywed R. Williams Parry am y llwynog:
>
> Digwyddodd, darfu, megis seren wib.
>
> Nid sôn am y llwynog y mae mewn gwirionedd, ond sôn am fywyd, am fyrhoedledd pethau, am ysbrydoliaeth yn dod ac yn cilio, am ryfeddodau plentyndod yn darfod. Dyna'r ystyr hud sydd i'r gerdd. Nid llwynog yw'r llwynog yn y soned: delwedd yw'r llwynog.
>
> Y dyhead i gyfathrebu, i gyfathrachu, dyna yw'r prif ysgogiad y tu ôl i farddoniaeth, ond nid dweud rhywbeth mewn ffordd arbennig yw barddoniaeth; rhaid ei ddweud mewn ffordd ddewinol, mewn ffordd sy'n cyffroi ac yn ysgogi'r darllenydd, a deffro ymateb ynddo.

Yn dilyn helynt y gadair yn Eisteddfod Genedlaethol Aberteifi ym 1976, testun y golofn yn naturiol ddigon oedd eglurhad gan Alan ar ei benderfyniad i dderbyn y gadair yn yr eisteddfod honno. Aeth yr helynt hwn â chynnwys y golofn am rai wythnosau; yn ogystal taflodd ei gysgod dros Eisteddfod Genedlaethol Wrecsam y flwyddyn ddilynol, pan gyhuddwyd Alan mewn llythyr yn *Y Cymro* o dorri'r rheolau cystadlu yno, ond nid oes raid sôn am hyn yma gan fod pawb yn gyfarwydd â'r hanes. Ond digwyddodd rhywbeth arall yn Eisteddfod Aberteifi, rhywbeth pwysicach o lawer na helynt y gadair, sef sefydlu y Gymdeithas Gerdd Dafod a'r cylchgrawn *Barddas*.

Dyma sydd yn y golofn, Medi 28, 1976:

> Ddydd Llun, yr ail o Awst, sefydlwyd y Gymdeithas Gerdd Dafod ar faes y Brifwyl yn Aberteifi. Llywyddwyd y cyfarfod sefydlu yn fedrus gan T. Llew Jones, a phenderfynodd y cyfarfod hwn amryw bethau. Ond un peth yn unig yr hoffwn i sôn amdano yn y golofn hon, oherwydd fe fydd adroddiad llawn am y cyfarfod yn ymddangos yn *Barddas*, misolyn swyddogol y Gymdeithas... Pwrpas y misolyn, yn fyr ac yn amlwg, yw hybu diwylliant creadigol y Cymry, gwarchod a hyrwyddo Cerdd Dafod a phoblogeiddio barddoniaeth.

Mae'r Gymdeithas Gerdd Dafod wedi tarddu yn uniongyrchol o'r Golofn Farddol yn *Y Cymro*. Y golofn a gyflwynodd y syniad i ddechrau, ac wedyn mynd ati i drefnu ac i hysbysebu'r cyfarfod sefydlu, ar drothwy Eisteddfod Aberteifi. Yn y golofn hon yr heuwyd yr hadau i gychwyn, ond 'roedd y pridd yn gynnes ac yn ffrwythlon oherwydd ei fod wedi ei feithrin â gofal yn y golofn am rai blynyddoedd.

Gwelodd y cylchgrawn newydd olau dydd ym mis Hydref 1976 dan olygyddiaeth Alan a Gerallt Lloyd Owen. Ond wedi sefydlu'r Gymdeithas Gerdd Dafod a chyhoeddi'r cylchgrawn *Barddas*, daeth yn amlwg yn y golofn farddol na fyddai Alan yn medru parhau i'w chynnal a rhoi ei amser i hyrwyddo'r Gymdeithas Gerdd Dafod a chydolygu *Barddas* efo Gerallt Lloyd Owen ar yr un pryd. Daeth yn amlwg hefyd fod genedigaeth y Gymdeithas a'r cylchgrawn *Barddas* yn ormod i'r beirdd fedru cefnogi'r golofn yn *Y Cymro* a cholofn farddol *Barddas* ar yr un pryd, a chafwyd lleihad yn nifer yr englynion yng nghystadleuaeth fisol *Y Cymro*.

Bu Alan yn bygwth rhoi'r gorau iddi ers tro yn ei golofn, a chyhoeddwyd llythyrau yn *Y Cymro* yn ymbil arno i ailfeddwl:

> Dywedaf yn blwmp ac yn blaen wrthyt fod gwir angen y golofn ar gynganeddwyr ac englynwyr Cymru. 'Rydw i wedi sgwrsio â

dau o'm cyfeillion ac mae'r ddau yr un mor bendant eu barn â mi ynglŷn â'r golofn. Fy mhrif bwynt dros dy annog i ddal ati gyda'r golofn ydy'r ffaith mai drwyddi hi y daeth T. Arfon Williams i'r amlwg fel gwir englynwr. Yn sgil hynny fe sefydlwyd ein grŵp bach ni, 'Cylch Barddas Dinas Caerdydd', ac fe ddaeth Emyr Lewis yntau i'r amlwg, ac erbyn hyn mae Gwyneth Lewis, Prif Lenor yr Urdd am eleni, yn magu adenydd yn y grŵp. 'Rydw i mewn gwirionedd yn gweld dy golofn di fel gwe pry cop. Y munud y mae rhywun wedi mynd i mewn iddi mae hi'n cael gafael ar rywun.

Yn bendant, mae'r golofn, er pan sefydlwyd hi, wedi torri tir newydd yn natblygiad Cerdd Dafod yng Nghymru. Mae'r golofn wedi ysbrydoli brwdfrydedd mawr yn y maes hwnnw, brwdfrydedd na feddyliodd neb ei bod hi'n bosibl ei danio. Yn sgil hynny y mae darllenwyr dy golofn wedi cael y cyfle i ddarllen a gwerthfawrogi englynion llawer i nythiad o gynganeddwyr, er enghraifft, Beirdd Penllyn, Beirdd Llŷn, a'r Cilie.

Dafydd Islwyn

Parthed eich sylw yn *Y Cymro*, na fachluded byth. Hudwyd pethau mawr i olau dydd, pe na bai ddim ond gwaith yr archenglynwr T. Arfon Williams. Dewcs, mae o'n cael hwyl arni. Onid oes gwahaniaeth rhwng min (pladur) ac awch (rasel)? Dysgais fwy drwy ddarllen eich sylwadau yn *Y Cymro* na thrwy f'oes o ddarllen ac ymbalfalu'n y niwl am y ffordd na chyfeiriodd ysgol a choleg imi ei cherdded.

Y mae'n amlwg imi, felly, fod diben yn y golofn hon. Do, fe hudwyd pethau gwych, englyn Dic Jones i'r 'Goeden Nadolig', englyn Ieuan Jones i fis Mai, englyn T. Llew Jones i'r 'Meirioli', a fflyd o englynion eraill, englynion T. Arfon Williams, Ieuan Wyn ac eraill. Yr oedd Dafydd Owen hefyd yn cyfeirio at 'englynion campus T. Arfon Williams, y ddelwedd sail a'r cyferbynnu ac yn y blaen'. Dyna ddau brifardd yn talu teyrnged iddo. Erbyn hyn wrth gwrs, y mae Arfon yn anuniongyrchol gyfrifol am fathu term llenyddol newydd. 'Englyn Arfonaidd' y gelwir y math o englyn delweddol y mae T. Arfon Williams yn rhagori arno. 'Rwy'n falch o gael cyhoeddi yn y golofn hon y bydd cyfrol o'i englynion yn ymddangos yn y dyfodol agos.

Y Prifardd Tom Parri Jones

Efallai fy mod i'n nodweddiadol o'r garfan honno o ddarllenwyr Cymraeg cyfoes na chafodd ond addysg uwchradd cyffredin, ac nad oes a wnelo ddim â'r byd academaidd fel y cyfryw. Hwyrach fod trwch o ddarllenwyr *Y Cymro*'n perthyn i'r un garfan. Pobl gyffredin iawn eu gallu a'u dawn sy'n darllen y papur er mwyn y sylwadau ar rygbi, socer, y byd pop neu'r hysbysebion. Mor ardderchog, felly, yw i bobl fel fi gael eu denu at binacl llenyddiaeth eu gwlad drwy gyfrwng colofnau fel yr un dan sylw. Buasai'n drueni pe diflannai'r wledd hon o ddalennau'r unig bapur newydd Cymraeg sydd ar ôl. Sylweddolaf mai llwyddiant *Barddas* sy'n gyfrifol am wanychu'r gystadleuaeth yn *Y Cymro*, ac er fy mod yn credu mai gwych o beth fu sefydlu'r Gymdeithas Gerdd Dafod [apêl at y rhai] sy'n trigo yn yr ardaloedd diwylliedig hynny o Gymru fydd apêl *Barddas* gan mwyaf. Os cywir y gredo hon, fe adewir nifer helaeth o ddarllenwyr *Y Cymro* heb rodfa hwylus a rhad at faes aruchel, lle y gellir blasu'r Gymraeg yn ei holl anterth rhyfeddol. Ofnaf mai colofn hesb fyddai gennych yn y diwedd heb gystadleuaeth o unrhyw fath.

Colin Gwyn Jenkins

Un peth yn anad dim arall a ddaeth i'r amlwg yn sgil colofn farddol *Y Cymro* yw'r diddordeb mawr newydd a grewyd yn y gynghanedd a Cherdd Dafod yn gyffredinol. Os oedd y gynghanedd wedi chwythu ei phlwc cyn Eisteddfod Genedlaethol Rhuthun, yna yn sicr fe roed bywyd newydd gydag arddeliad ynddi hi wedyn drwy'r golofn farddol. Meithrinwyd egin-feirdd yn ei chysgod, lledaenodd y chwiw gynganeddol i aelwydydd ardaloedd ledled Cymru, crewyd cannoedd o englynion a cherddi drwyddi, rhai ohonynt yn englynion gorau'r iaith, a phlannwyd diddordeb newydd yn yr hen gelfyddyd. Cododd to newydd o feirdd a oedd yn cynhyrchu gwaith o safon genedlaethol na welwyd mo'i debyg ers blynyddoedd lawer, ac mae lle i gredu'n gryf na fyddai hyn wedi digwydd i'r fath raddau o gwbl oni bai am y golofn hon.

Detholiad o'r englynion a enillodd Gystadleuaeth y Mis yn y golofn:

Ogof

Dacw lygad cilwgus – yn y gro
'N dagreua'n wylofus
I'r hen fôr drywanu'i fys
Brigwyn i'w ganol bregus.

Dic Jones

Coeden Nadolig

Pren y plant a'r hen Santa, – a'i wanwyn
Yng nghanol y gaea';
Ni ry' ffrwyth nes darffo'r ha',
Nid yw'n ir nes daw'n eira.

Dic Jones

Mair

O'i phen hi gododd ffynnon – ei thresi'n
Hyfrydli afradlon
A throi, 'rôl chwilio'i chalon,
Rhaeadr aur am draed yr Iôn.

T. Arfon Williams

Mair

Fel lliw'r wawr, fel y lloer wen, – fel ir ŷd,
Fel aur edau'r fellten,
Neu haul haf, neu liw hufen;
Heb ddadl, llwyn banadl dy ben.

Gwynn ap Gwilym

Dadmer

Daeth awr ail-actio'r stori – hyna' 'rioed,
Haenau rhew'n meirioli;
A thlws wyrth a welais i –
Glaw mân yn treiglo meini.

T. Llew Jones

Mis Bach

Mae'n wir na chaf faith areithiau – i'w dweud,
Ond awdur yr oesau
Ddyry i mi'n ei ddramâu
Ran fechan rhwng cromfachau.

T. Arfon Williams

Mis Mai

Hen fuwch y borfa uchel – heb aerwy
A bawr heddiw'n dawel,
A Dail Mai fel diliau mêl
Wedi Rhoswellt y rhesel.

Ieuan Jones

Mis Mai

Gwelaf goelcerth drwy'r perthi, – ond eira
Sy'n dirwyn amdani,
Ac ar hyn rwy'n gwirioni, –
Mis di-fai yw Mai i mi.

T. Arfon Williams

Y Groesffordd

Mae'r sgwâr ddiniwed, wledig – yn y co'n
Hunllef coch, trawmatig;
Ei llun hi fel Dali dig, –
Gwawr gwaed ar gar rhwygedig.

Donald Evans

Gwiwer

Ai ysgub a hardd lusgi, – ystryw hen
Nad oes draul i'w deithi
Nac i'r syndod, o godi
Ei flewyn coch o flaen ci?

Ithel Rowlands

Y Doethion

Y rhain o'r Dwyrain sy'n dod – i siarad
Am seren wrth Herod;
Ymholi ar gamelod
Am un bach, y mwya'n bod.

Gwilym Herber

Goleuadau Traffig

Yn ei remp wyla'r impyn – ei angerdd
Ar ing ei funudyn
Cyn i sêl yr haf melyn
Geulo'i waed ar lawr y glyn.

Bob Edwards

Y Goeden Nadolig

Yn enw cariad paid â'i gadel – hi'n hagr
I wgu'n y gornel;
Dwy owns neu lai o dinsel
Wna'r wrach ddu'n briodferch ddel.

T. Arfon Williams

Haf Bach Mihangel

Paid bwrw heibio bob gobaith, – cei, hwyrach,
Y cariad aeth ymaith
O'r wlad gyda llygad llaith
Yn ôl i wenu eilwaith.

T. Arfon Williams

Mis Bach

Mis hir a fai'n gymwys hwyrach – i'w alw,
A welwyd un meithach?
Araf ei ddyddiau afiach,
Oes o boen yw y Mis Bach.

Dafydd Williams

Ann Griffiths

Rhodd awen i'r addewid – i'n ceidwad
Cadwodd rin y glendid;
Teimlodd rew byd yn newid,
Teimlodd anwes gwres y gwrid.

Tom D. Jones

Ann Griffiths

Neidio rhag penllanw'r Duwdod – a wnaf
Gan ofn ei adnabod,
Ond Ann, a'r ymchwydd yn dod,
A foddodd mewn rhyfeddod.

T. Arfon Williams

Ann Griffiths

Un wâr – un rhy wâr hwyrach – un rhy bur
I'r byd a'i ddynionach,
Un gref mewn Un oedd gryfach,
Un rhy fawr i'r Ddolwar fach.

Emyr Lewis

Ann Griffiths

Ei hysgafndroed gyfoedion – roes i Ann
Eu rhosynnau gwylltion,
Ei ras Ef a roes i hon
Y Sawrus Rosyn Saron.

Einion Evans

Coch y Berllan

Y tewddyn bach, wyt lachar, – yn wychlym,
Wyt y machlud lliwgar:
Rhaid mai trwm fu swm dy siâr
Ar nos Sadwrn y seidar.

Ithel Rowlands

Dogni Petrol

Ar ei feic wele'r ficar – a'i goban
Yn ysgubo'r ddaear;
Er ei fod i'r profeidar
Yn ben gwas, mae'n gas heb gar.

R. O. Williams

Cenllysg

Clywaf mai'r gaeaf a'i gur – yw'r rheswm
Am y trais o'r awyr;
Eto, ni allai natur
Roi ei dig mewn cesair dur.

Myrddin ap Dafydd

Ifas y Tryc

Sgweiar y busnes cario,– sgwrs â blas,
Sgers bilîf, geir ganddo,
A lliwgar iaith, bratiaith bro,
Yn nodwedd, Hwnna ydio!

W. D. Williams

Pontshân

Gelyn taeogion Gwalia, – enwog gyw
Banc Siôn Cwilt a'r dyrfa;
I godi hwyl, tonig da
Mwstashyn a reims Dosha.

Tydfor

Yr Etholiad

Ddoe cannwyll oedd y cynnydd, – a rhyddid
Ond breuddwyd yr hwyrddydd;
Heddiw gallaf, myn Dafydd,
Weld y wawr a golau dydd.

Morus Parri

Englyn Hysbyseb 'Shredded Wheat'

O'r ŷd i gyd a godwyd – y gorau
  Yn gywrain a blethwyd,
 Er cael ar fwrdd yr aelwyd
 Gyfalaf yr haf mewn rhwyd.

T. Arfon Williams

Y Dderwen

Chwithig gweld pendefiges – fu'n yr haf
  Yn rhwysg o unbennes,
 Yn yr hydre'n ddi-rodres, –
 Nawr y moch a bawr ei mes.

T. Arfon Williams

Glas y Dorlan

Efallai wrth sefyllian, – y gweli
  O geulan yn hedfan
 Yn syth o dwll, saeth o dân
 A dery darged arian.

T. Arfon Williams

Glas y Dorlan

Synnais, hir wyliais yr heliwr, – yn ei gôt
  Fel gwisg ymherawdwr;
 Heb un bach na geriach gŵr
 Ac eto well pysgotwr.

D. J. Jones

Fo a Fe

Er rhoi hwrê i Ryan – a'i hirnaid
  Fel sgwarnog dra buan,
 Ni yrr heibio i grwban, –
 Rhy slic yw Guto Rhos-lan.

T. Arfon Williams

Adduned Blwyddyn Newydd

Eu harbed wna'r ystyrbwyll, – a'u coelio'r
  Calan a wna'r byrbwyll;
Rhaid dweud er bwriad didwyll
Nad yw hyn ond hunan dwyll.

D. Gwyn Evans

BARDDAS: Y CHWARTER CANRIF CYNTAF

Huw M. Edwards

Un o ryfeddodau chwarter olaf yr ugeinfed ganrif yw ffyniant y cylchgrawn *Barddas*. Dyma gyhoeddiad sy'n ymwneud â diddordeb lleiafrifol mewn iaith leiafrifol, ac eto mae ymhlith y cylchgronau barddoniaeth mwyaf llwyddiannus yng ngwledydd Prydain. Mae i'r Gymdeithas Gerdd Dafod, neu Gymdeithas Barddas fel y gelwir hi ar lawr gwlad, dros fil o aelodau, ac fe ddarllenir ei chylchgrawn gan lawer iawn mwy na hynny. Alan Llwyd, yn anad neb, sy'n gyfrifol am y llwyddiant hwnnw. Ymhlith ei holl gyfraniadau i fyd llên yng Nghymru, mae'n ddiau bod ei lafur cariad fel golygydd *Barddas* dros y chwarter canrif diwethaf gyda'r pwysicaf. Ac eto, mor hawdd yw cymryd y llafur hwnnw'n ganiataol. Ymaelodais innau â'r gymdeithas yn ôl yn 1984, ar ddiwedd fy mlwyddyn gyntaf yn gyw-myfyriwr ym Mangor. Byth oddi ar hynny bu *Barddas* yn cyrraedd acw'n ddi-ffael o rifyn i rifyn a minnau, fel cannoedd o rai tebyg imi, mae'n siŵr, yn sugno'i faeth heb lawn sylweddoli maint y llafur. Bu edrych yn ôl dros y cyfnod ers cyhoeddi'r rhifyn cyntaf yn 1976 yn brofiad dadlennol, a'r cwbl yr amcenir ei wneud yn yr ysgrif hon yw rhoi rhyw argraff o gyfoeth ac o ddatblygiad y cylchgrawn hyd ddechrau'r ganrif newydd. Gyda'r blynyddoedd, trodd ffrwd fechan fyrlymus y saithdegau yn afon lydan braf, ond yr un fu'r prysurdeb o dan yr wyneb.

1976-1983

Yr hyn sy'n taro rhywun am rifynnau cynnar *Barddas* yw sêl genhadol y Gymdeithas dros farddoniaeth, a thros Gerdd Dafod yn arbennig. Bu Alan Llwyd yn gwyntyllu'r syniad yn ei golofn farddol yn *Y Cymro* yng nghanol y saithdegau, ac ar brynhawn Llun chwilboeth ar faes Eisteddfod Aberteifi yn 1976 dyma fynd â'r maen i'r wal. Ceir hanes sefydlu'r Gymdeithas yn gryno gan ei hysgrifennydd cyntaf, Roy

Stephens, ar flaen y rhifyn cyntaf un a welodd olau dydd ym mis Hydref y flwyddyn honno. Yn ogystal â'r ysgrifennydd etholwyd T. Llew Jones yn llywydd, T. Arfon Williams yn drysorydd, a'r ddau brifardd ifanc, egnïol Alan Llwyd a Gerallt Lloyd Owen yn gyd-olygyddion y cylchgrawn – partneriaeth a fyddai'n parhau am y saith mlynedd nesaf. Pan gyfarfu'r swyddogion drachefn ar yr 21ain o Awst, cytunwyd y byddai 'Barddas' yn enw 'a allai ddal dychymyg fel enw i'r Gymdeithas yn ogystal ag i'r misolyn'. Byddai'r Gymdeithas a'r cylchgrawn fel ei gilydd at wasanaeth beirdd a charedigion barddoniaeth. Creu cymuned ddiwylliannol oedd y nod, rhoi hwb pellach i'r diddordeb mawr oedd ar led yn y cyfnod hwnnw, yn enwedig yn y canu cynganeddol. Yr aelodau a fyddai'n gyfrifol am gynnwys a thrywydd y cylchgrawn. Tynnir sylw'r aelodau gan yr ysgrifennydd at 'drioedd *Barddas*': yn gyntaf, fe'u hanogir i gyfrannu eu cynnyrch, anogaeth a gâi ei hadleisio droeon ar hyd y blynyddoedd; yn ail, gofynnir am syniadau ynghylch ffurf a dyfodol y Gymdeithas; ac yn drydydd hyn: 'Ceisiwch gael aelodau newydd. Gorau i gyd po gryfaf fydd y Gymdeithas ar gyfer trefnu cyfarfodydd ymryson a.a.' Byddai'r apêl honno hefyd i'w chlywed lawer gwaith wrth i'r Gymdeithas fynd o nerth i nerth. Yn rhifyn Hydref gwelir enwau 'Hanner cant o'r rhai cyntaf'; erbyn yr ail rifyn mae'r 'Aelodaeth yn ymledu'; yna ceir 'Aelodau'n dal i heidio', ac enwau newydd yn cael eu hychwanegu o fis i fis. Mae amryw byd o'r aelodau gwreiddiol hynny'n dal yn selog.

Yn y golofn olygyddol gyntaf – ac mae sylwadau golygyddol cynnar y ddau olygydd yn drawiadol o gryno o'u cymharu â thrafodaethau manwl-ddiddorol yr wythdegau a'r nawdegau – â Alan Llwyd ati i amlinellu amcanion *Barddas*:

> Nod y Gymdeithas a nod y misolyn 'BARDDAS', yn syml ac yn amlwg, yw gwarchod Cerdd Dafod, hybu gwaith creadigol a chreu cwlwm cyswllt rhwng y gwahanol ardaloedd sy'n ymddiddori yn y grefft o gynganeddu, o englyna ac o farddoni. Pwrpas diwylliannol ac adferol sydd i'r misolyn hwn. Ei nod yw gwarchod un agwedd hynafol a chyfoes ar ein diwylliant ni, ond nid ei gwarchod yn amgueddfaol fel ag y gwneir gydag amryw o'n pethau ni fel cenedl, ond ei gwarchod a'i hybu fel

> rhywbeth byw, cyfoes a thanbaid. Y mae'r diddordeb cyfoes hwn yn y gynghanedd ac mewn barddoniaeth yn beth calonogol iawn...

Â rhagddo:

> Rhaid i werin Cymru gofio mai eu cylchgrawn *nhw* yw'r misolyn hwn. Credwn fel Cymdeithas y gall y misolyn hwn gyflawni armryw byd o swyddogaethau. Gall fod yn llwyfan i feirdd ifainc i gychwyn, a bydd ynddo drafodaethau ar y grefft o gynganeddu ac o englyna o dro i dro, gan gynnwys gwersi misol ar y gynghanedd. Y mae'n cynnig gwasanaeth hefyd i Eisteddfodau lleol, yr eisteddfodau hynny na allant gyhoeddi eu pigion llenyddol na'u beirniadaethau, oherwydd pwysau ariannol... Gwahoddwn feirniaid ac ysgrifenyddion eisteddfodol Cymru i anfon eu cynhyrchion a'u beirniadaethau atom felly, ac fe'u cyhoeddir yn BARDDAS. Cyhoeddir adroddiadau yma hefyd ar ddosbarthiadau nos mewn gwahanol ardaloedd, ac fe gyhoeddir llinellau, ac englynion Ymrysonfeydd ledled y wlad yma o dro i dro. Croesewir cerddi newydd gan feirdd ac englynwyr hefyd, a chofier y bydd colofn lythyrau yn ymddangos yn y misolyn o hyn allan.

Ac yn olaf, gobeithir

> y rhydd y cylchgrawn hwn oriau o ddifyrrwch i'r sawl sy'n ymddiddori yn y Gymraeg a'i diwylliant, a gobeithiwn hefyd y bydd y cylchgrawn hwn yn esgor ar gyfnod newydd, chwyldroadol a chyffrous, yn hanes Cerdd Dafod a Barddoniaeth.

Bu cryn anghytuno ynghylch pa mor chwyldroadol y bu deffroad cynganeddol y cyfnod hwn, ond mae un peth yn sicr: oni bai am *Barddas* go brin y byddai barddoniaeth Gymraeg, yn gaeth a rhydd, yn wynebu canrif newydd â'r fath hyder a'r fath fwrlwm a'r fath ddyfnder dawn.

Rhydd cip ar gynnwys y rhifyn cyntaf hwnnw amcan o'r parhad ac o'r newidiadau a fu yn hanes y cylchgrawn yn y cyfamser. Misolyn wyth tudalen oedd y *Barddas* gwreiddiol, a'r tudalennau hynny'n fwy o faint na'r maint A4 mwy hylaw a fabwysiadwyd ar drothwy'r nawdegau. Ei bris oedd deg ceiniog, ac aelodaeth blwyddyn yn ddwybunt. Ar y tudalen blaen, ynghyd ag adroddiad yr ysgrifennydd, ceir y pennawd bras herfeiddiol 'RHEOLAU NEWYDD CERDD DAFOD', a sylwadau'r llywydd, T. Llew Jones, ar argymhellion y Panel Cerdd Dafod y gobeithid eu cyhoeddi yn *Barddas*. Yn naturiol ddigon, mae crefft y gynghanedd a'r angen i'w diweddaru yn hawlio cryn sylw yng nghyfnod bore'r cylchgrawn, ond nid pawb a gytunai. Ar flaen y pymthegfed rhifyn (Ion. '78) ceir cywydd gan Derwyn Jones, sef 'Ymson Syr John Morris-Jones' a luniwyd yn sgil awgrym *Barddas* y dylid diwygio ac ailgyhoeddi ymdriniaeth *Cerdd Dafod* â'r cynganeddion a'r mesurau 'yng ngoleuni'r wybodaeth ddiweddaraf':

Rhoddwyd hawl i feirdd tila
I roddi dysg i feirdd da,
Hefyd, gwŷr sy'n fodiau i gyd,
Hil foddiog heb gelfyddyd;
Llebanod croes eich oes chwi, –
Oes anturus yn torri
Canolfur pob mesur mwy
I'w impio'n ôl ei mympwy,
Heb weld nad cynghanedd bur
Yw labrinth criw'r *vers librwyr*...

O ba werth rhoi'r gyfrol bur
I gleiriach a bwnglerwyr?
Gwyrid barn pe rhoid arni
Nawdd y sêl a neddais i
Fy hunan, â chrefft fanwl,
I rwyddhau'r ffordd i ryw ffŵl,
Hyderus o gadeiriog
I wneud cerdd deunodau cog,
A'i morio hi'n Homeraidd
I fyd brol pob 'steddfod, braidd.

Llafur oes oedd fy llyfr i,
Gweddus i'w ailgyhoeddi
Fel yr oedd i'r dyfal rai
Rydd ofal dros gerdd ddifai.
Ei 'wella'n', wir! Pwy all? Neb.
Eto ni bydd gwrthateb.

Nid dyma'r tro olaf i'r rhyddfrydwyr a'r traddodiadwyr hogi eu cyllyll ar dudalennau *Barddas*.

Hefyd yn y rhifyn cyntaf ceir portread Emrys Edwards o R. S. Thomas, a phwy a feddyliai bryd hynny y byddai'n dal i ganu yr un mor rymus hyd ei farwolaeth gryn chwarter canrif yn ddiweddarach? Ceir cyfraniad cyntaf colofnydd mwyaf hirhoedlog *Barddas*, Donald Evans, sy'n rhoi llawer o'r clod am y 'dadeni cynganeddol' i Alan Llwyd a'i golofn farddol yn *Y Cymro*. Mae'r gyfres hon, dan yr enw 'Desg y Disgybl', yn enghraifft o'r pwyslais mawr yn y blynyddoedd cynnar ar gynnig hyfforddiant ymarferol yng nghyfrinion Cerdd Dafod. Wedyn ceir arolwg o Gyfansoddiadau unigryw Eisteddfod Aberteifi, ac adolygiad Alan Llwyd o'r flodeugerdd *Parsel Persain* a olygwyd gan Donald Evans. Byddai'r adolygiadau rheolaidd, a swmpus yn aml, o'r cyfrolau diweddaraf yn un o gryfderau mawr y cylchgrawn maes o law. Gosodir testunau cystadlaethau'r misoedd i ddod, a'r rheini ar fesurau amrywiol i ddechrau – englyn, hir-a-thoddaid, soned. Cyn hir fe drodd honno'n gystadleuaeth englyn y mis dan ofal beirniaid gwadd, cyn i Alan Llwyd ei hun gymryd yr awenau beirniadol, fel y gwnâi yn *Y Cymro*, a rhoi cyfle i'r profiadol a'r dibrofiad dderbyn beirniadaeth adeiladol dan ffugenw. Nid heb reswm yr awgrymwyd fwy nag unwaith fod cystadleuaeth yr englyn yn *Barddas* yn uwch ei safon yn fynych na'r hyn a geir yn y Genedlaethol.

Ond gogoniant pennaf *Barddas* i lawer yw fod yno groeso i feirdd mawr a mân ddwyn eu cerddi i olau dydd. Un o'r pethau difyrraf wrth fodio drwy'r hen rifynnau yw gweld beirdd sydd bellach yn wynebau cyfarwydd yn bwrw'u prentisiaeth gan fagu hyder yn nhudalennau'r cylchgrawn. Yn y rhifyn cyntaf hwnnw fe longyferchir y 'bardd ifanc o Fethesda', Ieuan Wyn, am gipio cadair Eisteddfod Llanbed, a cheir englyn gan fardd arall ar ei brifiant, Myrddin ap Dafydd. Cyhoeddir un o awdlau anfuddugol Aberteifi i'r Gwanwyn, o waith darpar-brifardd arall, Einion Evans, un y byddai ei 'Engleinion' crafog yn rhan annatod o'r cylchgrawn am flynyddoedd lawer. A dyna gymwynas arall, sef sicrhau cynulleidfa werthfawrogol (gan amlaf!) i gerddi anfuddugol y

Gadair a'r Goron, fel nad oes raid iddynt encilio'n bwdlyd i waelod drôr. Ceir yn y rhifyn cyntaf doreth o gerddi llawn hyder a gobaith newydd i *Barddas* ei hun, fel 'Cywydd Croeso Barddas' W. D. Williams sy'n rhestru'r swyddogion fesul un:

Heddiw mae gardd ym Marddas
Landeg o lun, o dw' glas,
Yn agor ei dôr liw dydd
I gynhaea'n gwin newydd.

Awn, nesawn, mae croeso'n siŵr
I gwrddyd â'i phum garddwr
Hyd liwus flodau-lawen
Welyau rhwng llwybrau llên.

Ein llyw hoff, T. Llew yw e,
Ceiliog coleg Y Cilie;
Ar ei staff ceir Roi Steffan
A T. Arfon, beilon ban,
A dau o brifeirdd ein dydd,
Dewisol ddau dywysydd;
Dau Lwyd, ond nid llwyd eu llên,
Abl i'n tywys blant awen.
Gerallt o gringoch gorun,
Gŵr â'i wasg ddi-lwgr ei hun,
Ac Alan olau-Golofn,
Llariaidd was ond llwyr ddi-ofn.
Dau o sgil a dysg coleg
Yn dal y dafol yn deg;
Cadarn eu barn er ein budd,
Ddi-legach ddau Olygydd...

Gwiw heddiw yw'r gwahoddiad
I bob bardd byw ar glyw gwlad;
Ifanc a hen eleni
I gwrdd yn awr i'n gardd ni;
Pawb mewn hedd, dim coledd cas;
Nid byrddydd yw nod Barddas.

Neu, yng ngeiriau englyn smala Roy Stephens:

T. Llew yn gyntaf Llywydd, – y Llwyd feirdd
Ill dau fo'n Olygydd;
Arfon yn Solomon sydd,
A finne'n Ysgrifennydd.

Rhoi pwyslais ar adeiladu a chreu o'r newydd ar sail gadarn y traddodiad barddol a wna Alan Llwyd yn ei gerdd faniffesto, fel petai, i 'Gymdeithas Barddas':

Plannwyd ein hepil uniaith – yn naear
ein hawen a'n mamiaith
cyn bod sôn am estroniaith
na thras oedd ddieithr ei hiaith.

Ac i'n hiaith, o'i geni hi, – bu doe cân
cyn bod cenedl iddi;
rhoed medd Taliesin inni,
rhoed gwin Aneirin i ni...

Derwen traddodiad iraidd – Aneirin
a erys yn gawraidd;
disyfyd dan des hafaidd
yw hi a'i grym yn ei gwraidd.

Heddiw, daeth eildwf iddi, – ac ym mhridd
y Gymraeg mae egni;
tyf derwen y Dadeni
o fesen ein hawen ni.

A dyna Einion Evans yn cloi ei gywydd afieithus yntau â'r cwpled:

a swyn y glec dros ein gwlad,
hogiau, fe gawn ddiwygiad.

'Hogiau', sylwer. 'Does yr un cyfraniad gan ferch yn y rhifyn hwn er mai merched yw saith o blith yr hanner can aelod cyntaf. Er i bethau newid er gwell – yn sicr erbyn cyrraedd y nawdegau – fel hen gyfundrefn y beirdd rhaid cyfaddef mai cylchgrawn i'r hogiau'n bennaf oedd *Barddas* ar y cychwyn. Yn rhifyn 12 (Hyd. '77) ceir y pwt canlynol dan y pennawd 'Digio'r Rhyw Deg!':

Sathrwyd corn Ann o Lŷn (Miss Ann Griffiths, Bryncroes) pan gyfeiriwyd at yr 'hogiau', yn unig, yn yr englyn ymaelodi –

A ydych yn aelodau – o'n dethol
Gymdeithas o hogiau?
Mae gan hon, heb ddim gwanhau,
Gannoedd lle'r oedd ugeiniau.

O ganlyniad derbyniwyd yr englyn gogleisiol hwn oddi wrthi:

Ow! hegar yw'r hen hogiau, – a menyw
Yn mynnu ei hawliau;
Ai lol yw didol rhwng dau?
Ai'r fanw, ai'r gwrw yw'r gorau?

Ymddiheurwn i'n haelodau benywaidd am y tramgwydd, a phwysleisiwn mai gormes yr odl oedd yn gyfrifol amdano!

Yng ngholofn olygyddol yr ail rifyn ceir englynion 'Y Pwyllgor' yn diolch i Gyngor y Celfyddydau am noddi'r cylchgrawn ac yn cyfarch yn arbennig y Cyfarwyddwr Llenyddiaeth, Meic Stephens – 'ein Paul Getty' a 'llaw Nudd ein llenyddiaeth'. Câi'r gân hon hefyd ei hadleisio droeon dros y blynyddoedd, er bod rhai yn llai parod na'i gilydd yn y dyddiau cynnar i ddibynnu ar gynhaliaeth ariannol y Cyngor (gw. 33: Medi '79). Ceir Gerallt Lloyd Owen yn sylwadau golygyddol mis Rhagfyr yn lleisio'i hyder yn llwyddiant y fenter er gwaethaf amheuon y rheini a gredai mai cyfyng ei apêl fyddai cylchgrawn yn ymwneud â Cherdd Dafod. A chlywir ganddo'r awgrym proffwydol hwn: 'Gyda'r "adfywiad" presennol a'r diddordeb newydd yn y Gynghanedd, onid yw'n bryd atgyfodi'r Ymryson Radio?' Gelwir am recordio'r ymryson yn ei chynefin gyda 'chynhesrwydd cynulleidfa', ac ymhen llai na thair blynedd byddai 'Talwrn y Beirdd' yn cyrraedd ein cartrefi a'r dyn ei hun yn Feuryn, gan boblogeiddio barddoniaeth ac ymestyn ei thiriogaeth ymhellach fyth. Ond yn rhagflas, fel petai, o'r ymryson radio cafwyd 'Ymryson Genedlaethol Barddas', sef gornest 'cadair freichiau' rhwng cynghreiriau o feirdd a'u cynnyrch ynghyd â marciau'r ddau olygydd yn cael eu cyhoeddi o fis i fis yn nhudalennau'r cylchgrawn. Ar flaen rhifyn 11 (Medi '77) gwelir y pencampwyr cyntaf, hen lawiau tîm Nant Conwy, yn arddangos eu tlws ar faes Eisteddfod Wrecsam.

Yn rhifyn yr Eisteddfod honno (10: Gorff./Awst '77) ceir un o'r pethau rhyfeddaf i harddu tudalennau *Barddas* erioed, sef erthygl ogleisiol ar y 'Compiwtar Cynganeddu na fedrir cystadlu yn ei erbyn' a llun o'r ddyfais yn ei holl ogoniant. Meddai'r awdur, J. R. W.: 'cefais bob hwylustod i'w astudio ar yr amod na buaswn yn datguddio enw'r gwyddonydd Cymreig a'i dyfeisiodd wedi blynyddoedd o arbrofi llwyddiannus yn dilyn blynyddoedd o gystadlu aflwyddiannus'. Bwydwyd i'w fol, er enghraifft, 'stoc o eiriau Saesneg wedi eu sbelio yn Gymraeg (rai ohonynt) ar gyfer englynion digri buddugol y Brifwyl': rhyfedd nad yn rhifyn Ebrill y cyflwynwyd y 'Bardd Newydd' hwn i'r byd! Yn rhifyn Medi wedyn ceir adroddiad ar gyfarfod cyffredinol y Gymdeithas yn Wrecsam lle'r oedd tua chant yn bresennol i drafod, ymhlith pethau eraill, y syniad o sefydlu Ysgol Farddol. Mynegwyd anfodlonrwydd â'r syniad o roi graddau i'r beirdd – diau y credai rhai fod hynny yr un mor ymarferol bellach â'r peiriant cynganeddu bondigrybwyll – ond cytunwyd i edrych ymlaen at y dydd pan fyddai modd i'r Gymdeithas, a chanddi swyddog llawn-amser, gynnal trefn addysg i'r beirdd. 'Chafodd neb, felly, hyd y gwyddom, ei raddio'n Ddisgybl Ysbâs cynta'r ugeinfed ganrif, ond ymhen ychydig flynyddoedd byddai breuddwyd yr ysgol farddol yn dwyn ffrwyth yn ysgolion Cymru.

Ni all neb gyhuddo Alan Llwyd o osgoi dadl – y 'Llariaidd was ond llwyr ddi-ofn' fel y cyfeiriodd W. D. Williams ato yn ei gywydd croeso. Yn rhifyn 21 (Gorff./Awst '78) down ar draws y gyntaf o'r dadleuon llenyddol hynny a fyddai'n bywiogi'r cylchgrawn yn enwedig ym mlynyddoedd trafferthus yr wythdegau. Cerddi Euros Bowen yw asgwrn y gynnen y tro hwn, ac Alan Llwyd yn amddiffyn ei ddehongliad yn erbyn cyhuddiadau'r bardd ei hun ar dudalennau *Barn* a'r *Faner*. Bedwar rhifyn yn ddiweddarach (25: Rhag. '78) dyna'r pennawd canlynol yn bloeddio arnom o'r tudalen blaen: 'Bedwyr Lewis Jones yn amddiffyn Goronwy Druan!', a hithau'n ddadl boeth rhwng Bedwyr ac Alan Llwyd ynghylch mawredd neu ddiffyg mawredd yr eicon o Fôn. Mae'n amddiffyniad egnïol, ac yn rhifyn 27 (Chwef. '79) wele'r ddau ar ffurf cartŵn yn ymrafael am arch Goronwy, y naill yn angel adeiniog a'i getyn yn ei geg, a'r llall, y Llwyd, yn ddieflyn corniog cas. Bu'r gwawdluniau llenyddol hyn o waith E. Meirion Roberts, Tegwyn Jones ac eraill yn destun difyrrwch i lawer ar hyd y blynyddoedd. Ac mae ffrae Goronwy yn enghraifft o'r modd y bydd diddordebau ysgolheigaidd Alan Llwyd yn brigo yn nhudalennau'r cylchgrawn, cyn esgor ymhen amser ar gyfrolau swmpus – mae'r cofiannau i Hedd Wyn ac i Oronwy Owen yn esiamplau gloyw.

Ar ddechrau'r wythdegau cyflwynir thema a fyddai'n amlwg iawn yn llithiau Alan Llwyd yn ystod y degawd hwnnw, sef y 'Philistiaeth hunan-gyfiawn sydd mor amlwg ym mywyd diwylliannol Cymru heddiw' (44: Medi '80). Wrth ddathlu buddugoliaeth ddeublyg Donald Evans yn Nyffryn Lliw, cwynir y 'bu un o wŷr amlycaf y teledu'n condemnio cerddi'r goron cyn bod y print ar dudalennau'r Cyfansoddiadau wedi sychu hyd yn oed', ac fe rybuddir prifardd y dwbl-dwbl y bydd digon o bobl am ei dynnu i lawr ar ôl Dyffryn Lliw, 'fel y gwn i o brofiad chwerw'. Dyma ragflas o'r gynnen a fyddai'n chwyddo fel caseg eira rhwng Alan Llwyd a'r rheini y teimlai eu bod yn ei dargedu ef yn bersonol ynghyd â'r gymdeithas – honedig 'elitaidd' – yr oedd yn ei chynrychioli. Teimlodd reidrwydd i ymhelaethu ar y thema mewn ysgrif faith a chwerw yn trafod problemau'r bardd cyfoes o dan y pennawd 'Y Tir Gelyniaethus' (61: Mawrth '82; 62: Ebrill '82). 'Cymru yw'r genedl fwyaf "anfarddonol" yn Ewrop heddiw,' meddir, wrth ladd ar y math o ddiogi meddyliol sy'n rhwystro dehongliad aeddfed o farddoniaeth, ac o farddoniaeth 'dywyll' yn arbennig. Sonnir am y 'carfanau o "feirniaid" hunan-dybus a diddisgyblaeth', a gwahaniaethir rhwng yr holl 'feirdd hamdden' a'r 'bardd "proffesiynol", ymroddgar' yr oedd y Gymru gyfoes mor amheus ohono, a rhwng y 'farddoniaeth ddiddanwch' a'r 'farddoniaeth ddirnadaeth' fwy uchelgeisiol sydd ill dau yn rhan hanfodol o unrhyw ddiwylliant iach.

Erbyn dechrau'r wythdegau hefyd yr oedd Dafydd Islwyn yn cychwyn ar ei gyfnod maith o wasanaeth fel ysgrifennydd y Gymdeithas, ac er gwaethaf dadrith dwfn yr ysgrif honno fe synhwyrir hyder herfeiddiol y cylchgrawn wrth wynebu'r dyfodol, hyder a fodolai er gwaethaf ac, i raddau, mae'n sicr, oherwydd ymosodiadau'r dilornwyr. Rhydd cip ar beth o gynnwys carreg filltir yr hanner canfed rhifyn (Chwef./Mawrth '81) syniad o ehangder ac o ansawdd y deunydd: 'Y Meddwyn Llenyddol', John Rowlands yn bwrw golwg ar waith a gyrfa W. J. Gruffydd ar achlysur dathlu canmlwyddiant ei eni; 'Gweithdy'r Bardd', Euros Bowen a T. Llew Jones; 'Llunio Englyn', Geraint Bowen; 'Mwy am Gyfaredd y Wers Rydd', Gwilym R. Jones; adolygiadau gan Hywel Teifi Edwards ar *50 o Gywyddau Dafydd ap Gwilym*, Alan Llwyd, a chan Bryan Martin Davies ar y casgliad cyflawn o farddoniaeth J. M. Edwards. Hyn heb sôn am gystadleuaeth yr englyn a'r ffrwd gyson o farddoniaeth wych a gwachul a ddaliai i lifo i mewn o fis i fis. Bedwar rhifyn yn ddiweddarach (54: Gorff./Awst '81) cyhoeddir Cyfansoddiad newydd y Gymdeithas Gerdd Dafod sy'n ymhelaethu ar yr amcanion a'r rheolau hynny a amlinellwyd yn rhifyn Hydref 1976. Mae'n werth dyfynnu'r Amcanion yn llawn:

> Sefydlwyd y Gymdeithas gyda'r amcan o warchod Cerdd Dafod, hybu gwaith creadigol a chreu cwlwm cyswllt rhwng y gwahanol ardaloedd sy'n ymddiddori yn y grefft o gynganeddu, o englyna ac o farddoni; i gyhoeddi cylchgrawn yn dwyn yr enw *Barddas* a thrwyddo – gwneud argymhellion yn y gobaith o roi arweiniad i feirdd a beirniaid eisteddfodol lle 'roedd amwysedd a gwahaniaeth barn ar reolau mwyaf dyrys Cerdd Dafod. Y cylchgrawn i ymddangos tua chanol pob mis ond i ganiatáu rhai rhifynnau dwbwl ar adegau. Cystadlaethau i'w trefnu ar gyfer cynadleddau a hefyd yn y misolyn a'r Eisteddfod a chynnig gwobrau. I ystyried gwahanol ffyrdd i hybu'r diwylliant Cymraeg gan sefydlu ysgol Farddol i gefnogi ein prif gelfyddyd a hyrwyddo diddordeb mewn barddoniaeth. I hybu cyhoeddiadau Cymraeg yn ogystal â chyhoeddi llyfrau o safon yn enw'r Gymdeithas. I annog beirdd ifainc i ddysgu'r grefft a chreu gwerthfawrogiad ymhlith y cyhoedd o farddoniaeth Gymraeg.

Erbyn Medi 1983 Alan Llwyd oedd unig olygydd *Barddas*, ac yntau'n ysu i gael troi'r breuddwydion hyn yn ffaith. Ond nid cyn iddo gael y profiad rhyfedd ond pleserus o holi ei gyd-olygydd (67: Hyd. '82) yn sgil ei gadeirio am yr eilwaith am ei awdl fawr, 'Cilmeri', ar dudalennau'r cylchgrawn a gychwynnwyd ganddynt chwe blynedd ynghynt.

1983-1990

Dyma, felly, gychwyn ar gyfnod newydd yn hanes *Barddas*, ag Alan Llwyd yn olygydd y cylchgrawn ac yn Swyddog Gweinyddol amser-llawn y Gymdeithas o hyn ymlaen. 'Mae Barddas,' meddir, 'yn dechrau mynd yn beth mawr, a rhaid wrth Swyddog Gweinyddol bellach i ofalu am ei gweithgareddau a'i buddiannau, heb sôn am y rheidrwydd o gael nifer o swyddogion brwd y tu ôl iddo' (77: Medi '83). 'Roedd Gwasg Gwynedd yn hawlio gormod o amser Gerallt Lloyd Owen, a'i ddymuniad oedd gollwng y cylchgrawn er mwyn canolbwyntio'i egnïon yn llwyr ar gyhoeddiadau'r Gymdeithas. Gwasg Pantycelyn yng Nghaernarfon fyddai'n ymgymryd â'r gwaith argraffu am y blynyddoedd nesaf (ac wedi hynny Gwasg Clwyd am fymryn a Gwasg Dinefwr o 1987 ymlaen), ond byddai Gwasg Gwynedd yn dal yn gyfrifol am Gyhoeddiadau Barddas, ac fel y pwysleisiwyd yn y Cyfansoddiad newydd un o gynlluniau mawr y Gymdeithas bellach oedd cynyddu'r cyhoeddiadau hynny. Aed ati hefyd i gynyddu nifer y cerddi a gyhoeddid yn y cylchgrawn ei hun, gan alw am 'doreth o gerddi rhydd da' yn ogystal â bwrlwm diflino'r canu cynganeddol. 'Roedd *Barddas* ar gael 'i bawb a gâr farddoniaeth'; nid llwyfan i Gerdd Dafod yn unig mohono (81: Ion. '84), ac fe dalodd yr anogaeth hon ar ei chanfed gan gyfrannu'n sylweddol i iechyd barddoniaeth Gymraeg yn ei hamryfal weddau yn niwedd yr ugeinfed ganrif. Fel erioed, ceir y dwys a'r digri, yr ysgafn a'r sylweddol yn gymysg â'i gilydd, ond 'doedd dim modd plesio pawb. Yn yr un rhifyn ceir gan J. Llywelyn Price (Eirionfab) 'Englynion i Geryddu *Barddas* (Ar ôl darllen 'Crefft y Limrig' gan David Price yn rhifyn Rhagfyr)':

Yn hael, ein bwrdd a huliwyd – â seigiau;
Nid soeg ond blasusfwyd;
Yn enw Llên rhoir gan y Llwyd
Wenithfaen yn ddanteithfwyd...

A ddirywiodd yr awen – yn waddod?
Rhowch gywyddau cymen
Neu awdlau ar y fwydlen
I decáu llieiniau'n Llên.

A dyma'r un bardd yn y man yn bwrw'i lach ar y cyn-olygydd a Meuryn y Talwrn radio (87/88: Gorff./Awst '84):

Geilw sorod yn glasurwaith, – a sucan,
Er mwyn siec, yn ddantaith;
Geilw'n wychder ofer waith,
A rhigwm yn oreugwaith!

Pawb at y peth y bo!

Y gŵyn wrthwyneb, cwyn a glywir o dro i dro yn llythyrau'r darllenwyr, yw fod rhai eitemau yn rhy 'uchel-ael' neu'n rhy 'academaidd' ar gyfer y werin gyffredin. Ymhlith y rheini byddai rhai o ysgrifau'r Athro Bobi Jones o'r wythdegau ymlaen ar theori beirniadaeth, ymdriniaethau gwreiddiol bryfoclyd yn aml, sy'n unol â bwriad y golygydd i ymestyn ffiniau beirniadaeth lenyddol Gymraeg. Mae'n debyg mai ef, ynghyd â Donald Evans a Gwilym R. Jones, fu cyfranwyr mwyaf rheolaidd *Barddas* ar hyd y blynyddoedd, ac mae'r gwahaniaeth rhyngddynt yn gystal tyst â dim i amrywiaeth yr arlwy. Dyna'r allwedd i lwyddiant *Barddas* – amrywiaeth y cyfraniadau a'r math o ddeunydd swmpus, eang ei apêl a gynigir i'r darllenwyr yn rhifyn dwbl R. Williams Parry ar adeg dathlu canmlwyddiant ei eni (83/84: Mawrth/Ebrill '84). Am gyfnod o ganol 1984 ymlaen datgelir nifer yr aelodau newydd ym mhob rhifyn, gan annog yr aelodau presennol i genhadu ar ran y cylchgrawn. Ynghyd â'r ffigurau moel ceir dyfyniadau edmygus, gan gynnwys hwn gan un o golofnwyr huotlaf y dyfodol, 'Iwan Llwyd, Bangor': 'Yn sicr mae 'Barddas' yn llwyfan prin a gwerthfawr i farddoniaeth gyfoes' (87/88: Gorff./Awst '84). 'Roedd y bardd 'answyddogol' addawol hwn wedi dechrau anfon cerddi i'w cyhoeddi yn y cylchgrawn eisoes, ac mae ei eiriau yr un mor wir heddiw. Erbyn y flwyddyn ganlynol 'roedd chwe chant a rhagor o aelodau (a minnau bellach yn eu plith). Gyda chymorth Cyngor y Celfyddydau dyblwyd maint y cylchgrawn i 16 tudalen bob mis heb godi'r tâl aelodaeth, a rhifynnau dwbl yr Eisteddfod a'r Nadolig i 32 tudalen. Ac o rifyn Mai ymlaen yr hawliodd y cwpled cyfarwydd hwn ei le anrhydeddus ar flaen y cylchgrawn:

> Llinyn byw pellen ein bod
> Yw edefyn Cerdd Dafod.

R. J. Rowlands, Y Bala biau'r cwpled, a ddaeth i frig y gystadleuaeth i lunio arwyddair i'r Gymdeithas Gerdd Dafod yn rhifyn 97 (Mai '85).

Wrth gloriannu'r deng mlynedd gyntaf (111/112: Gorff./Awst '86) – gan gyfaddef, gyda llaw, wrth edrych yn ôl, fod y term 'Cymdeithas Cerdd Dafod' yn rhy gyfyng mewn gwirionedd i adlewyrchu holl ystod diddordeb *Barddas* – gall y golygydd ymfalchïo yn y ffaith fod cylchrediad y cylchgrawn bron â dyblu yn ystod ail hanner degawd cyntaf ei fodolaeth, a bod yr ehangu hwnnw'n brawf o'r bwrlwm o ddiddordeb a grewyd mewn barddoniaeth Gymraeg. 'Y mae cyfnod y gosod sylfeini heibio,' meddir, 'a chyfnod yr adeiladu cadarn yn ein hwynebu.' Ymhyfrydir yn arbennig yn nhwf Cyhoeddiadau Barddas: y flwyddyn honno'n unig disgwylid cyhoeddi o leiaf bymtheg o lyfrau newydd. Cyn hir deuai'r blodeugerddi poblogaidd, a welid yn ddull effeithiol o hyrwyddo barddoniaeth ac o gyflwyno i'r genedl ei hetifeddiaeth lenyddol. Datgelir bod *Nadolig y Beirdd*, *Blodeugerdd o Ddyfyniadau Cymraeg* a'r fwyaf nodedig o'r cwbl, *Blodeugerdd o Farddoniaeth Gymraeg yr Ugeinfed Ganrif* a gyhoeddwyd ar y cyd â Gwasg Gomer – y ddau gyntaf wedi eu golygu gan Alan Llwyd a'r olaf ar y cyd â Gwynn ap Gwilym – yn dwyn mwy o elw i'r Gymdeithas na holl gyhoeddiadau eraill Barddas gyda'i gilydd, cryn hanner cant ohonynt erbyn 1989 (143: Mawrth '89). Ond drwy roi cyfle i feirdd gyhoeddi eu cyfrolau eu hunain, y rhan fwyaf ohonynt am y tro cyntaf, cyfoethogwyd tirlun barddonol yr wythdegau a'r nawdegau yn arw. Ac eto, deuai Cyhoeddiadau

Barddas dan y lach o rai cyfeiriadau. Mynnai rhai fod yr holl gyfrolau barddoniaeth hyn yn boddi'r farchnad (gw. Gol. 116/117: Rhag. '86/Ion. '87), a bu *Blodeugerdd o Farddoniaeth Gymraeg yr Ugeinfed Ganrif*, yn anad yr un gyfrol arall, yn destun dadlau chwyrn yn y wasg a'r cyfryngau. A'r flodeugerdd yn chwe mis oed dyma ddefnyddio'r golofn olygyddol i ymateb i bob adolygiad, boed ffafriol neu anffafriol (135-137: Gorff./Awst/Medi '88). Mynnir mai safon y cerddi sy'n gwarantu eu lle yn y gyfrol, ac nid gofynion Marcsiaeth na Ffeministiaeth nac unrhyw ystyriaeth 'ffasiynol' arall. Amddiffynnir y Gymdeithas rhag yr hen gyhuddiadau ei bod yn draddodiadol, yn wrywaidd ac yn elitaidd; 'byddai yna lawer wrth eu boddau yng Nghymru,' meddir, 'pe bai *Barddas* yn dod i ben'.

Dyma hefyd gyfnod helbulus datgelu'r *alter ego* Meilir Emrys Owen, bardd enigmataidd y Flodeugerdd a ddechreuodd gyhoeddi ei gerddi yn *Barddas* yng nghanol yr wythdegau. Gwelir cerdd gyntaf y bardd addawol o Fryste, 'Brys-newyddion Teledu 19??', yn rhifyn 97 (Mai '85), a hyd yn oed hunan-bortread ohono yn rhifyn 116/117 (Rhag. '86/Ion. '87). (Diddorol yw sylwi mai tua'r un adeg y clywir llais dychanol-barodïol Wynne Ellis am y tro cyntaf, yn rhifyn 101 (Medi '85). Erbyn y flwyddyn 2000 byddai wedi magu digon o blwc i gasglu ei gerddi'n gyfrol – *Cerddi Cwrs y Byd* – a phwy a ŵyr nad yw'r brawd hwn hefyd yn perthyn o bell i olygydd *Barddas*?) Yn sgil dinoethi Meilir Emrys Owen a'r helynt a ddilynodd hynny yn y wasg a'r cyfryngau, ceir y golygydd yn mynegi ei syrffed ar fod yn wrthrych gwawd ers blynyddoedd ac yn datgan: 'Bellach, bydd yn rhaid i *Barddas* wneud hebof fel awdur… Ni bydd dim â'm henw wrtho yn ymddangos yn y cylchgrawn eto.' (130: Chwef. '88). Ond os bu Alan Llwyd, y bardd, yn chwithig o absennol o dudalennau *Barddas* am bron i ddwy flynedd, ac yntau'n canolbwyntio'i egnïon bellach ar yr ochr gyhoeddi, dal i fynd o nerth i nerth a wnâi'r cylchgrawn. Eisoes erbyn diwedd 1987 gallai gyhoeddi fod i'r Gymdeithas wyth gant o aelodau a bod *Barddas* yn gwerthu mwy nag a wnaeth *Llenor* W. J. Gruffydd yn anterth ei boblogrwydd. Erbyn Mehefin 1989 ceir y pennawd croch: 'Wele wyrth – mil o werthiant!', a

Barddas bellach yn cael ei ddosbarthu drwy'r Ganolfan Lyfrau yn Aberystwyth i holl siopau Cymru. Flwyddyn ynghynt 'roedd Elwyn Edwards wedi ei benodi'n Swyddog Cynorthwyol amser-llawn, ac yn ogystal â marchnata cyhoeddiadau Barddas a llywio'r llyfrau drwy'r wasg, un o'i brif ddyletswyddau oedd helpu i weinyddu'r Ysgol Farddol. Nod yr Ysgol oedd cydweithio ag athrawon yr ysgolion uwchradd i ddysgu'r cynganeddion i'r disgyblion ac i ddyfnhau eu dirnadaeth o weithiau gosod y maes llafur drwy wahodd arbenigwyr fel D. J. Bowen, Marged Haycock ac eraill i'w dadansoddi yn nhudalennau'r cylchgrawn (gw. 92/93: Rhag. '84/Ion. '85; 119: Mawrth '87). Dyma un o gymwynasau mwyaf *Barddas*: nid cyd-ddigwyddiad, efallai, yw fod un o feirdd cynganeddol disgleiria'r nawdegau, Ceri Wyn Jones, ymhlith aelodau cynta'r ysgol.

1990-2001

Yn negawd olaf y ganrif mae'r afon honno y soniwyd amdani ar y dechrau yn lledu ei glannau ac yn esmwythach ei llif. Er bod yno arwyddion ysbeidiol o'r hen elyniaeth a'r hen amheuon ynghylch iechyd diwylliannol y Gymru Gymraeg, wrth i'r degawd fynd rhagddo mae'n anodd peidio â synhwyro hunan-hyder y cylchgrawn a hyder y golygydd mewn to newydd o feirdd. 'Roedd llwyddiannau poblogaidd Myrddin ap Dafydd ac Iwan Llwyd yng Nghwm Rhymni fel petaen nhw wedi gosod cywair y degawd nesaf. Os rhywbeth, mae *Barddas* y nawdegau yn fwy deinamig ac yn fwy cyfoethog fyth, ac yn sicr yn fwy amrywiol o ran y mathau o farddoniaeth y mae'n eu cynnig i'r darllenwyr. Er newid y diwyg gan leihau maint y papur o rifyn 150 (Hyd. '89) ymlaen, drwy dewychu *Barddas* o 16 i 24 o dudalennau 'roedd modd gwasgu mwy o ddeunydd i mewn i adlewyrchu'r diddordeb oedd ar led. Yn rhifyn cyntaf y degawd newydd (152/153: Rhag. '89/Ion. '90) y darllenir am farwolaeth drasig Roy Stephens, ysgrifennydd cynta'r Gymdeithas Gerdd Dafod, a chadeirydd Is-bwyllgor yr Ysgol Farddol a'i bedwar llyfryn cyntaf yn y gyfres honno ar fin dod o'r wasg. Eglura'r golygydd iddo dderbyn cais i lunio cerdd er cof amdano i'r cylchgrawn *Golwg*, a'i fod felly'n teimlo rheidrwydd i ildio i bwysau cyfeillion a chyhoeddi cerdd unwaith eto yn ei gylchgrawn ei hun. Ac yntau ar fin cyhoeddi'r *Casgliad Cyflawn Cyntaf* o'i farddoniaeth yn 1990, 'roedd cyfnod newydd ar droed yn hanes Alan Llwyd y bardd.

Yn rhifyn Mawrth (155) y flwyddyn honno y gwelir hysbysebu Gwasanaeth Barddoni Barddas am y tro cyntaf: chwech o feirdd profiadol yn cynnig eu gwasanaeth i'r cyhoedd mewn system rota – £5 am englyn a £30 am gywydd! Dyma englyn y golygydd i'w hen adran, Adran y Gymraeg ym Mangor, englyn a gomisiynwyd gan y Parch. Saunders Davies:

Ieuanc yw Abercuog – o'i mewn hi;
Yma ein hiaith ddihalog
Nid yw'n heneiddio'n daeog
A'n hadran ni'n Dir na n-Og.
(159-160: Gorff./Awst '90)

Cyhoeddwyd toreth o awdlau, o bryddestau ac o ddilyniannau anfuddugol dros y blynyddoedd (ac amryw byd ohonynt yn rhai a gawsai eu gwobrwyo mewn blynyddoedd gwannach), ond 'does yr un yn hynotach nag awdl 'Lleng' yng Nghwm Rhymni (163: Tach. '90), awdl amrywiol ei lleisiau a dweud y lleiaf. Ymhen dwy flynedd (183-184: Gorff./Awst '92) darllenir y llythyr hwn:

Annwyl Olygydd,

Mae Blodwen wedi cael toraid arall, ond ni theimlid bod ei hepil o safon i'w hanfon i'r sioe fawr eleni.

Ond, o ddifri, gan mai Roy Stephens oedd sefydlydd dosbarth Tan-y-groes, ac mai ef hefyd oedd yr olaf, hyd y gwyddys, i lunio awdl enghreifftiol, teimlwyd mai addas fyddai i'w hen ddosbarth geisio'r un gamp, a dyna fu gwaith y dosbarth eleni.

Dyma awdl 'Y Flwyddyn', ac mae croeso i *Barddas* ei chyhoeddi.

Yn gywir
Dosbarth Tan-y-groes

Ni welwyd ei thebyg na chynt na wedyn: awdl orchestol i bob un o fisoedd y flwyddyn ar bob un o bedwar mesur ar hugain Cerdd Dafod! Ac aros yn y cywair ysgafn, gwelir lambastiwr a thynnwr coes diflino'r 'Engleinion' yn cyfarfod â'i well o'r diwedd mewn llond côl o englynion gan R. J., Penmorfa:

Tila fardd aelwyd *Barddas* – arafa,
  Dy ryfyg sydd ddiflas,
 Biti, oes modd i'th botas
 O wallau blêr gael gwell blas?

D'ENGLEINION gwirion a gaf – yn wannaidd
  Gynnyrch o'r radd isaf:
 Ŵr enwog am greu anaf,
 A lob noeth, dy golbio a wnaf.

(171-172: Gorff./Awst '91, t.9)

Ac eto:

Paradwys it yw Prydain – i wasgu
  Dan gysgod ei hadain,
 Crach lyfwr sy'n croch-lefain,
 Rholyn o ŵr, a rêl nain...

(171-172, t.17)

Ac eto fyth:

Mae sylwedd ein misolyn – yn wanllyd,
  Ceir enllib ynfytyn
 Unochrog sydd yn dychryn
 Y beirdd oll â'i barddu'i hun...

(175: Tach. '91)

Mae hen draddodiad dychan y glêr yn fyw ac iach!

'Roedd sylwedd y misolyn ymhell o fod yn wanllyd. Cafwyd ambell rifyn arbennig ar bwnc penodol, fel y rhifyn diddorol ar gyfieithu barddoniaeth a oedd yn gyson â pholisi *Barddas* 'i drafod barddoniaeth yn gyffredinol, y tu allan i Gymru, er mwyn ehangu ein crebwyll llenyddol ac ymestyn ein ffiniau barddonol' (167: Mawrth '91). Cafodd amryw eu goleuo ar hyd y blynyddoedd gan ysgrifau'r golygydd ei hun ar rai o feirdd pwysicaf Lloegr, America a gweddill Ewrop.

Mae 'Rhifyn Rhyngwladol' Tachwedd 1995 (223) yn adlewyrchu'r duedd gynyddol i drosi barddoniaeth Gymraeg i ieithoedd eraill neu, fel yn achos Gwyneth Lewis, i gyfansoddi yn y Gymraeg a'r Saesneg. Mae'n cynnwys, ymhlith pethau eraill, ysgrif-adolygiad ar rifyn Cymru o *Modern Poetry in Translation* gan John Stoddart, un y bu ei gyfraniadau aml yn *Barddas* ar farddoniaeth y Gael yn agoriad llygad i lawer.

Yn nechrau'r nawdegau y datgelir y ffaith ryfeddol mai *Barddas* yw'r cylchgrawn barddoniaeth â'r gwerthiant ail uchaf ym Mhrydain, yn ail yn unig i gylchgrawn swyddogol y Gymdeithas Farddoniaeth yn Llundain, ag ambell rifyn yn gwerthu oddeutu 1,050 o gopïau (171-172: Gorff./Awst '91). At hynny, 'roedd Cyhoeddiadau Barddas yn prysur nesáu at gant o deitlau, a'r blodeugerddi ar frig y rhestr. Flwyddyn yn ddiweddarach 'roedd Greal sanctaidd y mil aelodau wedi ei gyrraedd, a thrwy atgyfodi hen ffefryn dan yr enw newydd 'Adnabod ein Haelodau' (194: Meh. '93), câi'r aelodau hynny gyfle i wrando ar gyfrinachau ei gilydd. Un o wynebau cyfarwydd y cylchgrawn, Bryan Martin Davies, sy'n agor y gyfres, gan ddatgelu mai darllen cerddi beirdd fel Rhydwen Williams, Bobi Jones ac Euros Bowen yng nghylchgrawn *Y Fflam* tua dechrau'r pumdegau a wnaeth iddo sylweddoli bod yna ddiwylliant barddol byw yn y Gymraeg y tu allan i'r stafell ddosbarth. Yn rhifyn Eisteddfod Llanelwedd (195-196: Gorff./Awst '93), ar drothwy'r *Grand National* trodd *Barddas* yn siop fetio gan gynnig prisiau ar lond stabal o feirdd yn ôl dewis yr aelodau am y Gadair a'r Goron. Yn gyd-ffefrynnau am y Gadair 'roedd Emyr Lewis a Tudur Dylan Jones – prifeirdd y ddwy flynedd nesaf – ac ar waelod y rhestr ceid 'Lleng' ar 100-1 a'r Arglwydd Dafydd Elis Tomos ar 5000-1! 25-1 oedd pris y buddugwr, Meirion MacIntyre Huws, ef a dwsin o feirdd eraill. Pe bai 'Elwyn yr Elw Edwards' yn fwci go iawn gallai *Barddas* fod wedi mynd i'r wal y flwyddyn honno!

Yn sgil cryfder y gystadleuaeth yn Llanelwedd a llwyddiant annisgwyl Meirion MacIntyre Huws a'i awdl fyrlymus, 'Gwawr', ceir y golygydd, nid am y tro olaf y degawd hwnnw, yn ymfalchïo yn y to diweddaraf o feirdd y canu caeth (197: Medi '93). Enwir nifer o feirdd ifainc yr oedd y Gadair o fewn eu cyrraedd, gan gynnwys Hilma Lloyd Edwards a Nia Rhiannon Huws – 'y ddwy ferch gyntaf i ennill y Gadair yn y ganrif hon, o bosibl'. Fel y gŵyr pawb bellach, Mererid Hopwood a fyddai'n hawlio'r anrhydedd hwnnw, yn Eisteddfod Dinbych, 2001. Rhyfeddir at 'allu'r gynghanedd i apelio at do ar ôl to, at genhedlaeth ar ôl cenhedlaeth; ei gallu i herio pob ffasiwn ac adwaith, ei gallu i oroesi yn nannedd pob newid'. 'Mae'r gynghanedd,' meddir, 'fel yr iaith ei hun: mae hi'n ystyfnig, yn benderfynol o oroesi ac o ymaddasu at bob cyfnod.' Disgrifir y gwahaniaeth trawiadol rhwng amgylchiadau a naws y canu newydd a'r sefyllfa oedd ohoni pan oedd Alan Llwyd ei hun yn canfod ei lais fel bardd:

> Ni ellir llai na chyferbynnu rhwng dwy genhedlaeth. Treuliodd rhai ohonom ein llencyndod a'n prentisiaeth farddol yn ystod cythrwfwl y Chwedegau, pan oedd proffwydoliaeth Saunders Lewis ynghylch tranc anochel yr iaith, oni cheid gweithredu di-ymdroi, yn cnulio yn ein pennau, pan oedd Cyfrifiad 1961 yn dangos dirywiad pendant, pan oedd pentrefi Cymreig yn diflannu dan y dŵr, a phan oedd arwisgo Tywysog estron yn amlygu ein darostyngiad gerbron y byd. Aeth ein canu'n farwnadol, yn ddaroganol ac yn obsesiynol o brudd ac o brotestgar. Barddoniaeth rybudd oedd hi. 'Roedd y cyfnod yn llawn tensiwn, yn llawn panic ac ofn. Erbyn hyn mae pethau wedi newid. Mae S4C gennym, ac mae bodolaeth y sianel wedi rhoi delweddau newydd i ni ac wedi rhoi'r argraff i ni fod y Gymraeg yn iaith fyw ac yn iaith fywiog. Mae'r rhaglenni pop yn dechnegol liwgar ac atyniadol, ac yn cyfleu rhyw asbri newydd. Mae'r iaith bellach yn ifanc, yn gwisgo jîns ac yn mynd i gigs. Nid yw iaith sy'n cynhyrchu rhaglenni pop trawiadol, dramâu llwyddiannus, ffilmiau sy'n derbyn cydnabyddiaeth ryngwladol a chartwnau rhagorol yn iaith farw, heb sôn am fod yn iaith mewn perygl. Mae'r pwyslais wedi newid ac mae'r delweddau wedi newid, a barddoniaeth ddathlu yw'r farddoniaeth newydd, nid barddoniaeth rybudd. Ei gwendid, efallai, yw ei bod yn ein dallu i'r peryglon, a'i chryfder yw ei bod yn cyfleu hyder a phenderfyniad newydd; ar y llaw arall, gwendid y canu rhybudd yw ei fod weithiau mewn anghytgord â'r oes, ond ei ragoriaeth yw ei fod yn ein cadw'n

effro, yn ein cadw ar flaenau'n traed rhag tybio fod popeth yn ddiogel ac yn wynfydus. Mewn gwirionedd mae angen y ddau ganu a'r ddwy agwedd: mae angen i ni fod yn hyderus ac yn wyliadwrus ar yr un pryd.

Yr ail achos dathlu yw hyn:

> Mae'r cylchgrawn hwn yn bod ac mae'r Gymdeithas hon yn bod. Dylai beirdd ddefnyddio'r cylchgrawn hwn a bod yn rhan ohono, ac yn rhan o'r Gymdeithas. Dylai'r cylchgrawn fod yn feithrinfa ac yn athrofa i feirdd ifainc, fel y bu ers blynyddoedd i nifer o feirdd llwyddiannus sydd wedi cydnabod hynny yn agored... 'Does dim diben i rai pobl wfftio at Gymdeithas Barddas, a'i gwawdio a'i sarhau. Mae'r Gymdeithas a'r cylchgrawn yma o hyd, a'r dauganfed rhifyn o *Barddas* ar y gorwel... Hoffwn weld pob bardd, ifanc a hen, yn *defnyddio'r* cylchgrawn yn gyson, i ymbrentisio ynddo, i ddifyrru eraill, i oleuo, i ddadlau, ac yn y blaen.

Wrth ddathlu'r dau gant (Rhag. '93/Ion. '94) daw'r sylweddoliad dychrynllyd fod pedair blynedd o'i fywyd wedi eu treulio'n paratoi *Barddas*, wythnos lawn o waith ar gyfer pob rhifyn. Ond 'roedd y gwobrau'n fawr, ac nid y lleiaf o'r rheini oedd gweld beirdd fel Meirion MacIntyre Huws yn prifio ar dudalennau'r cylchgrawn, a 'darganfod' bardd hŷn mentrus fel Dewi Stephen Jones a oedd ar fin cyhoeddi ei gyfrol gyntaf, *Hen Ddawns*. Yng nghanol y nawdegau y cychwynnodd colofnau rheolaidd dau o gyfranwyr mwyaf gwreiddiol *Barddas* yn y cyfnod diweddar, sef Iwan Llwyd a Twm Morys. Ar ddiwedd cyfres ffraeth y clerwr cyfoes o Lanystumdwy ar ganu dychan Llyfr Coch Hergest (205: Mai '94), ceir yr englyn dienw hwn:

> Sgaliwág ysgolheigaidd, – un â dawn
>   A dysg swrrealaidd:
> Er hyn, mae'n sgolor i'r gwraidd,
> Yn Dwm gwir academaidd.

Yna hyn:

> Hoffai'r Golygydd wahodd Twm Morys i gyfrannu cyfres fisol i *Barddas*, i ddifyrru'r darllenwyr. Y broblem yw: ble mae o?

> Dyma'r unig ffordd y gall y Golygydd ei wahodd, drwy gais agored fel hyn. Siawns na all wrthod!

A dyna eni'r golofn unigryw honno, 'Bob Dalen ar Benillion', a fyddai'n para, fel 'Colofn Iwan' â'i golwg dreiddgar ar lenyddiaeth a diwylliant cyfoes, i mewn i'r ganrif newydd. Gan mai Cyhoeddiadau Barddas bellach oedd yn gyfrifol am y gyfres *Bro a Bywyd*, tua'r adeg yma hefyd y cychwynnodd y gyfres 'Geiriau a Lluniau Llên', gan ddechrau ag albwm deuluol Idris Reynolds (202: Chwef. '94).

Erbyn 1995 'roedd optimistiaeth y golygydd ar gynnydd. Wrth adolygu cyfrol gyntaf *Cywyddau Cyhoeddus* Gwasg Carreg Gwalch – 'cyfrol faniffesto'r genhedlaeth iau a Gwion Lynch'! – meddai:

> Peth peryglus ydi llaesu dwylo, wrth gwrs, a chredu fod dyfodol yr iaith yn berffaith ddiogel, ond mae cyfnod newydd wedi esgor ar ddiwylliant newydd ac ar ymdeimlad newydd...
>
> Mae'n amlwg fod y gynghanedd, a safon uchel barddoniaeth gynganeddol gyfoes, yn hollol ddiogel am ddegawd neu ddau o leiaf; ac mae'n amlwg hefyd fod y cywydd yn dragywydd. (214: Chwef. '95)

Ond 'roedd – ac mae – Alan Llwyd yn ddigon o realydd i sylweddoli nad oedd pethau'n fêl i gyd. Ddau rifyn yn ddiweddarach, ar ôl canmol yr egni newydd mewn barddoniaeth a rhyddiaith Gymraeg, trewir y tant rhybuddiol hwn:

> Mae'r Gymraeg fel iaith cof, calon ac ymennydd yn gwanhau, a'r Gymraeg fel iaith ailfynegiant, ac fel iaith cyfathrebu yn bennaf, yn hytrach nag fel iaith holl rwydwaith y Gymdeithas, ar gynnydd. Mae'n fater o orfoledd mawr fod dysgwyr yn llenwi'r bylchau a adawyd yn wag gan y Cymry Cymraeg brodorol. Ond fel y bydd dysgwyr yr iaith yn cynyddu a'r Cymry cynhenid yn lleihau, bydd holl natur a strwythur yr iaith yn newid.
>
> Mae'n rhaid i unrhyw lenor, yn fy nhyb i, fod yn feistr ar yr iaith, yn feistr ar ei gyfrwng. Mae hynny yn golygu bod yn wybodus yn yr iaith, yn yr holl agweddau ar iaith. 'Dydi llwyr gywirdeb gramadegol ddim yn ddigon... Gellwch ddysgu gramadeg yr iaith, a geirfa'r iaith, ond mae yna bethau na

ellwch eu dysgu. Mae'n rhaid i chi fedru'r iaith yn idiomatig, adnabod yr iaith yn llwyr...

Mae llenyddiaeth Gymraeg gyfoes yn llyfr caeëdig i lawer un heddiw, oherwydd nad ydyn nhw yn gallu ymateb i'r Gymraeg yn ei dyfnder, ac nid sôn am ddysgwyr yr ydw i... Mae arwyddion, mewn barddoniaeth, ac mewn rhyddiaith, fod y Gymraeg arwynebol wedi ein cyrraedd ni eisoes. Ellwch chi ddim traethu am brofiadau dwfn mewn iaith fas. Ellwch chi ddim darganfod y trysor yn y gist ar waelod y môr mawr drwy chwilio amdano mewn nant fechan, fas. Hyd y gwelaf fi, natur ac ansawdd yr iaith fydd un o broblemau mawr y ganrif nesaf. (216: Ebrill '95)

Mae ôl profiad newydd yr awdur ym maes sgriptio ar ran nesaf y golofn olygyddol hon, ac yn arbennig ôl llwyddiant ysgubol y ffilm *Hedd Wyn*:

Mae ein diwylliant, a'n hadloniant ni, yn mynd yn fwy gweledol a chlywedol. Bydd llai o ddarllen y gair ysgrifenedig oherwydd hynny. *Gweld* llenyddiaeth, a *chlywed* llenyddiaeth, yn hytrach na'i darllen, y byddwn yn y ganrif nesaf. Bydd nofelwyr yn sgriptio ffilmiau yn hytrach na sgwennu nofelau. Mae'r darllenwyr yn prinhau ond cynulleidfa'r sgrin fawr a bach yn lluosogi. Mae hwn yn newid anochel. Sgriptwyr a ffilmwyr fydd beirdd a nofelwyr yfory. Mae'n rhaid inni symud ymlaen â'r oes... bydd y gerdd fideo wedi disodli'r gerdd brintiedig, a bydd beirdd a nofelwyr yn defnyddio cyfrwng y dydd, sef ffilm a theledu, a hefyd yn 'cyhoeddi' eu nofelau yn syth ar ffurf disg gryno, neu'r hyn a fydd yn cyfateb i'r ddisg gryno yn y dyfodol...

Os nad ydi llenyddiaeth yn bwriadu bod yn rhan o'r chwyldro technolegol cyfredol, mae hi'n mynd i'w ffosileiddio ei hun... 'Dydw i ddim yn gallu condemnio'r symudiad hwn o fyd y gair printiedig i fyd y sgrin, oherwydd mae'n anochel, ac mae'r teledu, Sianel Pedwar Cymru, yn bwysicach o safbwynt y Gymraeg nag ydi llyfrau a'r byd cyhoeddi. Fe ellwch gael can mil a mwy o Gymry i wylio *Pobol y Cwm*. Fe ellwch, efallai, gael dwy fil ar y mwyaf i brynu'r nofel Gymraeg orau ar y pryd gan y nofelydd Cymraeg gorau ar y pryd. Rhowch y nofel honno ar y sgrin, a bydd iddi rhwng 50,000 a 100,000 o wylwyr, hynny yw, yn y Gymraeg yn unig. Os llwyddir i'w gwerthu i wledydd eraill gydag is-deitlau, bydd y gynulleidfa yn dyblu ac yn treblu.

Ochr yn ochr â balchder yn y genhedlaeth iau byddai'r ddwy thema hon, tynged y Gymraeg fel iaith greadigol a'r angen i'w beirdd a'i llenorion gofleidio'r dechnoleg newydd, yn flaenllaw yn llithiau golygyddol y pum mlynedd nesaf. Thema fawr arall fyddai'r angen i'r Eisteddfod symud gyda'r oes, yn enwedig drwy beidio â chyfyngu beirdd y gynghanedd i'r awdl draddodiadol yn unig. Ffurf 'artiffisial' yw'r awdl yn ôl Alan Llwyd, ffurf sy'n perthyn i'r bedwaredd ganrif ar bymtheg, fel yr eglurodd yn ei drafodaeth yn rhifyn 233-234 (Medi/Hyd. '96) ar ei ddarlith lenyddol ddadleuol *Canrif o Brifwyl* a draddodwyd yn y Babell Lên yn Llandeilo. Ymhen pedair blynedd fe gynigid y Gadair am gasgliad o gerddi ar y mesurau traddodiadol a'r testun yn agored; amser a ddengys beth fydd tynged yr awdl yn y ganrif newydd.

A *Barddas* bellach yn ugain oed heini, 'roedd cyfarchion yr aelodau (231-232: Gorff./Awst '96) yn adrodd cyfrolau. Dyma brofiad J. Ieuan Jones:

> I mi a'm tebyg na chawsom fanteision addysgol na'r cyfle i astudio barddoniaeth wrth draed y meistri, fe fu *Barddas* yn gaffaeliad o'r mwyaf a byddaf yn meddwl cymaint y gallwn fod wedi elwa pe byddai cylchgrawn tebyg ar gael flynyddoedd cyn sefydlu'r Gymdeithas.

Yn ôl yr Athro D. J. Bowen, pan oedd bwlch yn agor rhwng cynifer o Gymry a'r canu cyfoes,

> Daeth *Barddas* i'r adwy. Denwyd y genedl i ymddigrifo mewn barddoniaeth o'r newydd gan yr ymrysonau a'r talyrnau, ac i ymhyfrydu mewn cyfansoddi cain a mirain... Diau y bernir mai'r bwrlwm hwn yw'r nodwedd fwyaf cyffrous ynglŷn â llenyddiaeth Gymraeg ail hanner y ganrif. A mater o falchder mawr i mi yw'r rhan allweddol a fu gan fy hen gyfaill a'm myfyriwr ymchwil Roy Stephens yn y deffroad.

Yng nghyfarchion pen blwydd y beirdd yn rhifyn Medi/Hydref (233-234), mae yna un gerdd sy'n crisialu'r bwrlwm hwnnw a bywiogrwydd y cylchgrawn i'r dim. Meirion MacIntyre Huws yw'r bardd:

Tanysgrifiwch!!

Mae rhai'n aros tan y 'Steddfod cyn prynu Barddas, *ambell un arall yn cael benthyg copïau gan ei Yncl Wil neu'r dyn drws nesa'. Fe'u clywir yn cwyno bod* Barddas *yn rhy ddrud wrth iddyn nhw giwio fel defaid am docyn Lotri bob wythnos. Y rafins!*

Mae'n Awst ac mae 'na estyn
am y wyrth sydd fa'ma hyn;
am un rhifyn o brifeirdd,
dim ond un – am becyn beirdd,
y papur sy'n dal popeth
o werth i bawb – gwyrth o beth!

Yma, yng ngofal Alan,
rhwng dau glawr mae'r mawr a'r mân,
yn dalent pob tudalen –
hogiau'r llawr ac arwyr llên,
a phob un yn rhifyn rhad,
pob rhifyn yn un profiad.

Mae o'n gylchgrawn i'r dawnus
ac i'r rhai â llai'n eu llys,
y mawr, y cedyrn a'r mwyn,
hustlers fel Dafydd Islwyn,
y giami gyda'r gemau
yma'n un teulu'n mwynhau.

Yma'n lli y mae ein llên,
yma'n nofio mae'n hufen;
tymhorau un Twm Morys,
Iwan Llwyd yn cynnal llys;
yn daran frwd o eiriau'n
y print mae'r grefft yn parhau.

I waelodion waledi, – i eigion
   eich bagiau bach ffansi,
 i lynnoedd eich haelioni
 crafwch a chwiliwch, da chi.

Ewch wir, a pheidiwch, da chi,
â loetran yng nghiw'r Lotri;
ewch, bobol, ewch i babell
orau'r byd – nid yw'n rhy bell;
ewch yno'n drên, ewch yn drwch –
y rafins – tanysgrifiwch!

O rifyn Ebrill/Mai 1997 (240) ymlaen aeth *Barddas* yn gylchgrawn deufisol er mwyn medru comisiynu rhagor o ysgrifau ac o draethodau beirniadol. Profiad chwithig wrth fodio'r hen rifynnau yw darllen teyrngedau i rai o ffigurau amlwg byd llên, fel teyrnged Gruffydd Aled Williams i'w gyfaill a'i gyd-weithiwr ym Mangor, yr Athro Bedwyr Lewis Jones yn rhifyn Tachwedd 1992 (187). Yn rhifyn Tachwedd/Rhagfyr 1998 (249) darllenir teyrnged Alan Llwyd i drysorydd cyntaf y Gymdeithas Gerdd Dafod ac un o selogion y cylchgrawn o'r dechrau, T. Arfon Williams, a ddaeth i'w sylw gyntaf yng ngholofn farddol *Y Cymro* yn 1973. Ychydig a anghytunai fod englynion Arfon 'ymhlith creadigaethau godidocaf barddoniaeth Gymraeg y cyfnod diweddar hwn'. A'r ganrif yn ei blwyddyn olaf bu'r darllenwyr yn dewis eu cerrig milltir personol mewn cyfres newydd, 'Ymlaen at y Mileniwm'. Fel y disgwylid, mae sefydlu'r Gymdeithas ymhlith y ffefrynnau, ac felly hefyd sefydlu cystadleuaeth yr englyn yn *Barddas*. Daliodd safon y gystadleuaeth – cystadleuaeth drimisol erbyn hyn – yn gyson uchel, diolch i rai fel Tudur Dylan Jones, un o englynwyr praffaf y blynyddoedd diwethaf. Ond prin fod yr un yn rhagori ar yr englyn buddugol hwn o waith Gerallt Lloyd Owen ar y testun 'Bysedd cloc':

Fel siswrn, drwy bob diwrnod o'm dyddiau
  mae deuddur-gyfarfod
 ynof fi yn dwyn i fod
 awr fy nherfyn anorfod.

(212-213: Rhag. '94/Ion. '95)

Mae'n englyn y buasai T. Arfon Williams ei hun yn falch ohono, ac mae'n briodol mai englynion arloesol Arfon sy'n hawlio sylw Emyr Lewis yn ysgrifau cyntaf ei golofn newydd o rifyn Eisteddfod y flwyddyn 2000 ymlaen (258: Meh./Gorff./Awst 2000). Ers 1995 bu'r aelodau eu hunain yn gyfrifol am ddewis enillwyr tlysau *Barddas* am y cerddi gorau i ymddangos yn y cylchgrawn yn ystod y flwyddyn: Tlws Coffa W. D. Williams am yr englyn gorau, Tlws Coffa Roy Stephens am y gerdd gynganeddol, a Thlws y Gerdd Rydd. Dyna wedyn Dlws Coffa D. Gwyn Evans i rai dan bump ar hugain oed, a Thlws Pat Neill i'r plant lleiaf a ddenodd gynifer â 383 o gerddi yn y flwyddyn 2000. Yn y flwyddyn honno hefyd bu *Barddas* yn cyflwyno nifer o feirdd ifainc addawol i'r darllenwyr. Bu hybu a meithrin doniau'r dyfodol yn un o gryfderau mawr y cylchgrawn erioed.

Go brin fod y rheini a gyfarfu ar faes Eisteddfod Aberteifi yn meiddio rhag-weld y byddai cylchgrawn y gymdeithas newyddanedig yn dal i ffynnu dros chwarter canrif yn ddiweddarach. Ystyrier y rhifyn sy'n pontio blwyddyn gyntaf y mileniwm newydd a'r flwyddyn yr oedd *Barddas* yn dathlu ei ben blwydd yn bump ar hugain oed, rhifyn 260 (Rhag./Ion. 2000-2001). Mae'r wyth a deugain o dudalennau yn llawn i'r ymylon. Cyhoeddir 'Sgŵp llenyddol cynta'r ganrif!' – R. O. Williams yn darganfod dwy soned goll gan R. Williams Parry; ceir Daniel Huws yn cofio'i gyfeillion Ted Hughes a Sylvia Plath; Iwan Bryn Williams yn cofio'i dad, W. D., un o lywyddion anrhydeddus Cymdeithas Barddas o'r cychwyn, ar achlysur dathlu canmlwyddiant ei eni; Donald Evans yn ei golofn 'Rhuddin Amser' yn trafod 'Gwŷr Heriol y Gororau': Bryan Martin Davies, Dewi Stephen Jones a Gwynne Williams; Bobi Jones yn seithfed ysgrif ar hugain ei gyfres 'Beirniadaeth ar Feirniadaeth' yn bwrw golwg ar y beiau cynganeddol; teyrnged i R. S. Thomas gan un o'n harbenigwyr pennaf ar lenyddiaeth Saesneg Cymru, M. Wynn Thomas; 'Bob Dalen ar Benillion' Twm Morys; 'Colofn Iwan', ac 'Emyr ar Englynion' yn trafod 'Ymson Mair' T. Arfon Williams.

Ond y wedd fwyaf calonogol yw swmp ac amrywiaeth y farddoniaeth. Ar wahân i gystadleuaeth yr englyn ceir detholiad gloyw o gerddi'r daith i ddathlu chwe-chanmlwyddiant Gwrthryfel Glyndŵr, a thoreth o englynion a cherddi caeth a rhydd gan feirdd hen a newydd. Caiff rhestr o rai o'r enwau hynny siarad drosti ei hun: Ithel Rowlands, Donald Evans, Rhys Dafis, Meirion MacIntyre Huws, Aled Lewis Evans, Emrys Roberts, Mari George, Iwan Llwyd, Ifor ap Glyn, Emyr Lewis, Emyr Davies, Grahame Davies, Twm Morys, Dafydd John Pritchard, Nici Beech, Aneirin Karadog, Iwan Bryn Williams. Tybed a fyddai ein canu cyfoes mor amrywiol ei leisiau oni bai am *Barddas*? Yn yr un rhifyn ceir cyfweliad â 'Gwlco', sef Llion Jones, sefydlydd y wefan ryngweithiol newydd ar gyfer barddoniaeth Gymraeg, 'Annedd y Cynganeddwyr'. Diau mai golygydd *Barddas* fyddai'r cyntaf i groesawu'r symudiad hwn i briodi llenyddiaeth â'r dechnoleg ddiweddaraf, a phwy a ŵyr pa newidiadau cyffrous a ddaw i ran y berthynas rhwng y beirdd a'u cynulleidfa o hyn ymlaen? Ond rhaid hyderu, ar yr un pryd, y bydd *Barddas* yn dal i'n difyrru, i'n goleuo ac i agor ein meddyliau am flynyddoedd eto, fel y gwnaeth dros y chwarter canrif diwethaf.

Alan Llwyd: Bardd

Gwyn Thomas

Alan, ie, ond nid Llwyd oedd o pan gyfarfûm i ag o gyntaf erioed, eithr Lloyd Roberts. Roedd hynny lawer blwyddyn yn ôl bellach, pan oeddwn i'n cynnal dosbarth Adran Allanol y Brifysgol yn Aber-soch. Fe drawodd Alan i mewn i ganol aelodau hynod o hynaws y dosbarth hwnnw un noson. Yr oeddwn wedi clywed amdano, nid oherwydd unrhyw gampau prydyddol, fel yr oedd hi'n digwydd, ond trwy fy nhad yng nghyfraith am fod gan Alan gysylltiadau â Llan Ffestiniog, ac yn fwy penodol â Bryn Rhug (ac wedyn ag 1 Belle Vue). Clywais hefyd am ei daid, William Roberts, y canodd Alan iddo yn awdl 'Y Gwanwyn':

Hen ŵr a'i gamau'n araf – yn hydref
  ei oedran a gofiaf,
 fy nhaid yn nherfyn ei haf
 yn newid, a throi'n aeaf.

Glynodd wrth ddysg ei linach – a pharhau
  ar ffridd heb ei thlotach;
 mynnu llog o'r fawnog fach,
 gwasgu'r rhent o'r gwys grintach.

(RHPLLaPH, 12)

Lle fel yna oedd tir Bryn Rhug, a gŵr fel yna oedd taid Alan. Ac fe gafodd y bardd gan ei daid hanesion am Hedd Wyn, fel nad annisgwyl fu iddo, yn y man, ysgrifennu cofiant iddo a sgript ffilm fwyaf trawiadol y Gymraeg, yn ogystal â cherdd (YYDW, 23). Rwy'n amau'n gryf hefyd mai Hedd Wyn a wnaeth iddo fyfyrio cymaint am y Rhyfel Byd Cyntaf, myfyrio a roes fod i nifer o gerddi. Mewn cerdd arall, 'I Ddau o'm Hynafiaid' (CCC, 3), sonia am Huw Llwyd a Morgan Llwyd, y ddau o Gynfal ym mhlwyf Maentwrog, yn yr un ardal. Y mae'n amlwg fod gan y cynefin cynnar hwn afael ar ddychymyg Alan.

Yna, yn 1967, fe ddaeth Alan yn fyfyriwr i Adran y Gymraeg, Prifysgol Cymru, Bangor, adran yr oeddwn i'n aelod o'i staff. Fe fyddem yn taro ar ein gilydd yn aml yno, wrth reswm, ac yn amlach fyth ar ôl iddo ennill grant i weithio am radd uwch, ar 'Gyfoeswyr Dafydd ap Gwilym'. 'Orffennodd Alan mo'i radd uwch, fel y mae'n digwydd, ond yr oedd wedi gwneud digon o ymchwil ac wedi gwneud darganfyddiadau pwysig, digon pwysig i ennill gradd felly pe mynasai wneud hynny. Ond yr oedd amryw bethau heblaw ei radd yn mynd â'i fryd y blynyddoedd hynny, pethau megis barddoni. Yr oedd yn gystadleuydd eisteddfodol hynod lwyddiannus yr adeg honno, fel wedyn. Yn y blynyddoedd hyn, hefyd, y bu'n hel at ei gilydd y cerddi a gyhoeddwyd yn 1971 yn y gyfrol *Y March Hud*. Rwy'n cofio'n dda trafod y cerddi ar gyfer y gyfrol gydag o, gan anghytuno gydag o ar ambell beth – fel y bydd rhywun. Y mae honno'n gyfrol drawiadol gan un yn oedran Alan yr adeg honno, ond ynddi fe geir ambell adlais o fynegiant ambell fardd arall, megis adlais o R. S. Thomas yn 'Y Llwynog' (YMH, 29). Wrth sôn yma am adlais, am adlais hytrach yn anfwriadol y soniaf; y mae amryw adleisiau eraill cyfeiriadol a bwriadol yng ngwaith Alan drwyddo, wrth reswm, adleisiau sy'n cyfoethogi'r dweud, fel y mae yn nheitl un gyfrol, *Oblegid fy Mhlant*, er enghraifft. Eithr cynganeddu cadarn, a chroywder ac arbenigrwydd a hyder ei fynegiant, neu ei 'lais' oedd y peth mwyaf trawiadol ynghylch y gyfrol hon; hynny a rhywbeth sydd ar goll ohoni, sef llun o farch gan Brenda Chamberlain oedd i fod ar ei chlawr. Dyna ddechrau pethau.

Y mae Alan wedi dosbarthu ei gerddi hyd 1990 yn y llyfr *Cerddi Alan Llwyd 1968-1990, Y Casgliad Cyflawn Cyntaf*. Y mae ganddo bymtheg adran. Nid wyf am geisio sôn am y pymtheg hyn, ond fe geisiaf dynnu sylw at rai o brif bynciau Alan. O fwrw golwg ar ei ddosbarthiad ei hun o'i gerddi fe welir fod Alan yn cyflawni swyddogaeth draddodiadol bardd Cymraeg mewn nifer sylweddol ohonynt. Y mae ei adrannau 'Teyrngedau' a 'Marwnadau' yn sylweddol, ac yn cynnwys cerddi i lawer o bobl amlwg a wnaeth gyfraniad i fywyd cenedlaethol a diwylliannol Cymru, yn ogystal â rhai llai adnabyddus. Mewn gair y mae Alan yn rhyw fath o gofnodwr y genedl, cenedl sydd, yn ei farn ef (wel, hyd at rai sylwadau yn *Ffarwelio â Chanrif*, a gyhoeddwyd cyn y Nadolig, 2000), mewn cryn enbydrwydd, oherwydd grymusterau o'r tu allan ac o'r tu mewn ('pob ymroddiad a phob ymgysegriad ganddi hi a gaséir' - CCC, 21). Mawl, gwerthfawrogiad a geir yn y cerddi a grybwyllwyd, ond bod y mawl hwnnw yn dod trwy brofiad bardd sydd, gan amlaf, yn gweld y tu hwnt i'r unigolyn y mae'n dathlu ei fodolaeth. Yn aml iawn y mae'r enbydrwydd a wêl yn ffawd ei 'hil' (gair tra phwysig yng ngwaith Alan) Gymraeg ei hiaith yn ymgordeddu trwy ei gerddi i bobl:

bwriodd Ymerodraeth Marwolaeth amdanom ei rhwyd,
a bu farw holl ganrifoedd ein gwlad yn ei eiliad olaf.
('Marwnad Saunders Lewis', CCC, 288)

Ysed y fflam ein mamiaith; – wêr a phlisg
Corfflosged ei hartaith:
Hwn oedd canrifoedd yr iaith,
Cyfrinach Cof yr heniaith.
('I Goffáu Syr Thomas Parry', CCC, 298)

Nid ffeithiau a geir yma, ond arwyddion o wirionedd arwyddocaol, a gwirionedd y mae Alan, fel y mae eraill, wedi cyfeirio ato mewn dulliau llai barddonol, sef bod iaith cenedl y Cymry bellach wedi teneuo i'r fath raddau fel na fydd neb, o fewn ychydig amser, yn gallu deall geiriau William Morgan neu Tudur Aled neu Alan ei hun.

Mewn cerddi eraill ceir ystyriaethau am fywyd a'i fyrder a'i 'ansawdd' (gair pwysig ein hoes wrth sôn am einioes). Yng ngherdd Alan i Ennis Einion, merch y Prifardd Einion Evans a'i wraig, ac un a fu farw yn annhymig gynnar, ceir hyn yn amlwg:

Gwell cyffro digymrodedd – y bore
Na'r byw hir disylwedd,
Angerdd byr yng nghyrraedd bedd
Na henaint a'i undonedd.
(CCC, 314)

Nid yw hyn oll yn newydd; yn wir, y mae'n hen iawn: canodd ein beirdd ganrifoedd yn ôl am gyni'r iaith a'r genedl, a soniasant hefyd am fywyd a'i fyrder a'i droeon annealladwy. Yr hyn sy'n newydd yw ansawdd y pryder.

Dylid sylweddoli hefyd nad achlysuron i fynegi pryderon cyffredinol yw cerddi Alan i bobl, y mae'r unigolion yn bresennol yn y cerddi, ond yn bresennol i amrywiol graddau. Y mae'n amlwg, er enghraifft, fod colled bersonol fawr i'w chlywed yng nghanu coffa Alan i gyfeillion fel Roy Stephens, T. Arfon Williams a Rhydwen Williams.

O weld pryder Alan am ei iaith yn rhai o'i gerddi i bobl, nid annisgwyl yw gweld ei fod wedi rhoi adran yn ei *Gasgliad Cyflawn* i 'Iaith a Chenedl'. Y mae marwolaeth yr iaith yma o hyd. Wrth ddweud hyn, yr ydw i'n cael rhyw gysur fod y pwnc yn un hen, fel yr awgrymwyd uchod, a'n gobaith yw y bydd beirdd ymhell i'r dyfodol yn dal i ganu arno. Chwedl Alan:

Y mae rhai'n marw unwaith,
Ond marw o hyd y mae'r iaith.
(CCC, 201)

Yn yr iaith y mae cof ein cenedl, ac o golli ei hiaith y mae hi'n mynd yn wall-gofus:

Hanfod yw'r cof, hyder cudd:
blwch ennaint heb ei lychwino,
a haul hydref ar lwydrew,
y goleuni drwy gil yr ogof,
a glaw hen dreigl ar egin,
a'r rheffyn sydd rhyngom a'r dibyn diobaith, mud.
(CCC, 193)

Gall y gorffennol ysbrydoli, ond os nad oes cof ohono 'does dim ysbrydoliaeth ohono ychwaith. Y mae cerdd Alan 'Gwers ar Ddaearyddiaeth Cymru' (CCC, 209) hefyd yn wers hanes:

I ble'r aeth Catráeth ein tras,
Catráeth arwriaeth eirias?
Yn farw o fewn cof rhy fas...

Ble mae celain a meini
Llywelyn i'w lleoli?
    Yng Nghwm-hir rhwng mieri.

Y mae uchelfannau ein hanes – fel Catráeth, lle bu brwydro cynnar yn erbyn gallu'r Eingl yng ngogledd Prydain, ac fel abaty Cwm-hir, gorweddle corff (ond nid pen) Llywelyn – wedi mynd o'n cof, ac y mae i hynny ei ran yn nileu ein cenedl. Neu ein hil. Y mae'r pwnc yn un cyson yng nghanu Alan, ac yn un sydd, wrth reswm, yn peri digalondid. Nes inni ddod at *Ffarwelio â Chanrif*. Beth yw hyn – Cantawd 'Goroesiad Cenedl'?

Yma o hyd y mae trai,
  a llanw, ac ewyn a graean,
a'r môr o liw marwor ym Mai;
ond yma o hyd y mae hil
  er ei thorri hi i'w thraean
yn ddi-fwlch ers blynyddoedd fil. (t. 84)

A beth yw hyn?

Anwylem ben Llywelyn,
anwylo'r benglog yn hytrach na'r Tywysog a'r teyrn,
penglog wag yn cwpanu glaw, a gwynt
Rhagfyr yn chwythu'n farugfain
drwy'i cheudod diwaelod hi,
a'i llygaid coll yn gollwng
dagrau o gynrhon. (t. 56)

Yn sicr y mae yma feirniadaeth ar ei agweddau cynharach ei hun, ac agweddau beirdd eraill. Beth yr ydym ni i fod i'w wneud ynteu?

Claddwn y delweddau bellach,
y delweddau o genedl eiddil,
ym medd y ganrif [sef, yr ugeinfed ganrif].

Bydd yn rhaid i linach, a luniai
o'i dagrau ac o'i hangau gynt
freuddwydion, gyfarwyddo â hyder,

a delweddu hyder, nid y genedl ddi-hid
honno a seiliodd ei hanes
ar fethiant trichant Catráeth. (t. 57)

A roddwyd o'r naill du yr hen agweddau dan rym argyhoeddiadau newydd? Cawn weld. Un peth sy'n sicr, sef bod yma obaith o'r newydd, gobaith a ddaeth o sefydlu'r Cynulliad Cenedlaethol. Yn y gerdd 'Y Maen' (FFACH, 35) cyfeirir at 'Farwnad Syr John Edward Lloyd', yr hanesydd, gan Saunders Lewis ac at chwedl Sisiffos a ddefnyddiwyd fel delwedd yn y gerdd. Ffawd Sisiffos oedd gorfod gwthio maen bron iawn i gopa bryn, ac yna ei weld yn powlio'n ôl i'r gwaelod. Ym mro'r cysgodion, yn ôl cerdd Saunders Lewis, y mae yna 'hil' a gondemniwyd:

I wthio o oes i oes drwy flynyddoedd fil
Genedl garreg i ben bryn Rhyddid

i ddim pwrpas. Ond ym mis Medi 1997, gyda chanlyniad refferendwm i sefydlu Cynulliad Cenedlaethol yng Nghaerdydd, tybed na chyrhaeddwyd copa bryn Rhyddid? Dyma Alan:

Ofer oedd ei [maen] wthio fry
drwy hanes, ond er hynny
symudwyd un mis Medi
faen y gormes, nes i ni,
er sawl treiglad ara' deg,
gyrraedd y bryn â'r garreg.

O'r diwedd! A beth am hyn?

Anghofiwn y delweddau a'r mythau
a greasom er mwyn goroesi,
y mythau a fu'n faeth i'n hunaniaeth ni.

Cadarnach nag Ystafell Cynddylan
yw Stadiwm y Mileniwm, a luniwyd
o'n hyder ni a'n cadernid.
(FFACH, 57)

Fe all hyn fod yn dipyn o ergyd i rai ohonom sydd wedi gwneud diwydiant tyddyn o gladdu'r hen wlad. A allwn ni gymryd y cyfan o ddifrif? Mae'n haws gwneud hynny o fewn cyrraedd Caerdydd nag ym Mhen Llŷn, yn sicr. Ond tybed nad oes yma rywbeth amgenach na siampên y foment, sef anogaeth inni ddechrau meddwl yn gadarnhaol, a hynny o ddifrif calon, ar ôl y canrifoedd meithion, a phan mae anobaith a siniciaeth wedi mynd yn alwedigaeth naturiol i feirdd Cymraeg? Rwy'n barod i gredu hynny... ond mi gadwaf benglog Llywelyn yn y sbens, jest rhag ofn.

Fe all fod inni roi ein hyder mewn unigolion nid yn unig yn bosibl, ond yn ddymunol: oni allwn ni wneud hyn, 'waeth inni roi'r gorau iddi hi. Y mae hyderu yn y ddynoliaeth yn fater arall. Yr wyf wedi cyfeirio'n barod at yr argraff a wnaeth y Rhyfel Mawr, sef y Rhyfel Byd Cyntaf ar Alan – gan awgrymu fod a wnelo ei ddiddordeb yn Hedd Wyn â hynny. Y mae wedi troi at y rhyfel hwnnw dro ar ôl tro. Dyfynnaf o'i gyfrol ddiwethaf, ac o'r gerdd 'Awst 1914' (FFACH, 95). Yn y gerdd sonia am hogiau yn Awst 1914 yn ymrestru i ymuno â'r fyddin, ond ni allent rag-weld beth a ddigwyddai:

> Ni allent ragweld, gan mor frwd
> yn haul Awst yr enlistient hwy,
> fel y medir eu cenhedlaeth fel cnwd
> gan y fidog, a'u gwenwyno gan nwy:
> yn eu dilyn y mae Passchendaele,
> yn eu haros hwy y mae'r Somme,
> lle gwrteithir y tir gan eu tail,
> lle taenir cenhedlaeth fel tom.

Ond daeth Ail Ryfel Byd a daeth yr Holocaust, a daeth arteithiau eraill ar ein dynoliaeth. Efallai na fuom ni yno, fel y mae'r dweud, ond y mae'r pethau hyn yn rhan o bawb sydd, rywbryd yn ei oes, wedi ystyried rhawd dynion ac wedi tynnu ar y cof amdanynt, yn enwedig, efallai, y cof sydd amdanynt ar ffilm, canys y mae pob ffilm yn rhyw fath o bresennol. Nid yw'n syndod fod ysfa'r ddynoliaeth am waed yn cael ei throi'n ddelwedd o anifail, o fwystfil, o anghenfil gan Alan. Y tu ôl i'r delweddau hyn y mae delweddau enbyd o'r Beibl, megis rhai a geir yn Llyfr y Datguddiad. Y mae'r dychymyg apocalyptaidd yn troi at hen, hen ddelweddau brawychus sydd, mae'n debyg, ynghudd ynom ni i gyd.

Croniclwyd y gorffennol ar ffilm yn dystiolaeth ddiriaethol
na chadwasom y cieidd-dra sydd ynom am eiliad yn ddof,
ac yn un â'r dystiolaeth, y mae gan y ddynoliaeth hithau
ddelweddau a drychiolaethau ynghadw yn archifau'i chof:

delweddau o'n bwystfileiddiwch: deuddant y neidr yn nodwyddau,
y wenci a'i llwnc yn llawn gwaed, bleiddiast yn rhoi sugn i blant;
yr ewinedd yn anffurfio'r wên wrth drywanu'r wyneb,
y gwningen heb heglau'n y fagl, a'r ci yn dinoethi dant,

yr addolwyr lloerig ger allorau offeren y *Führer*
yn cynnal defod y diafol, gan fawrhau hil y bwystfil a'r baedd;
yr offer poenydio yn waed yng nghyffesgell y ffasgydd,
yr Iddewon yn nwylo'r cigyddion, a'r muriau'n mygu pob gwaedd.

('Yng Nghanrif yr Anifail', CCC, 345)

Y mae pwnc fel yr Holocaust yn un anodd i eiriau. Rhybuddiodd Adorno na fyddai barddoniaeth yn bosibl ar ôl Auschwitz; hawdd cytuno â hynny – beth sydd yna i'w ddweud? Ond, wedyn, natur bardd yw dywedyd, a rhaid dywedyd rhywbeth gan fod y dweud yn rhan o'r hanes na ddylid caniatáu i neb ohonom ei anghofio. Dyma eiriau'r bardd Paul Celan, un 'a fu yno' am ei fod yn fab i rieni o Iddewon, Almaeneg eu hiaith. Daeth adref un noson yn 1942, a chael nad oedd ei dad na'i fam ddim yn y tŷ. Darganfu yn ddiweddarach eu bod wedi marw, saethwyd ei fam a bu ei dad farw o *typhus*. Bu Celan ei hun yn y 'gwersylloedd llafur', a dod drwyddi; ond ar ôl ei brofiadau yr oedd pwysau bodolaeth yn ormod ac fe'i lladdodd ei hun. Mewn cerdd dan y teitl 'Argumentum e Silentio' y mae'n trafod priodoldeb geiriau mewn dioddefaint o'r fath:

I bob un ei air.
I bob un y gair a ganai iddo
pan frathai yr haid wrth ei sodlau –
i bob un y gair a ganai iddo ac a fferrodd.

Nid oes unrhyw amheuaeth nad oes yna groestynnu rhwng mudandod a dywedyd yn yr ofnadwyaeth hon, sydd yn ofnadwyaeth gosmig am ei bod hi'n cyrraedd at orsedd gras a synied dyn am Dduw. Ar Golgotha y mae ein cwestiynau ni'n cyrraedd gwaelodion bodolaeth. Un ai yr ydym ni'n dod wyneb yn wyneb â'r rheidrwydd o gydnabod mai 'Cariad, Duw ydyw'; neu'n dod wyneb yn wyneb â gwacter diffrwyth y bydysawd a deniadaeth 'anything goes'; neu â delfrydaethau eraill, rhai ohonynt yn angheuol, megis yr un a welwyd yn Rwsia ac a gafodd fynegiant gan un o'i phrif chwyldroadwyr mawr, Trotsci a ddywedodd:

> Rhaid inni roi terfyn unwaith ac am byth ar y brebliach pabyddol-Grynwrol am sancteiddrwydd bywyd dynol.
>
> (Gw. Orlando Figes, *A People's Tragedy, the Russian Revolution 1891-1924* [Llundain, 1996], 641. Rwy'n ddyledus i'r Dr. Peredur Lynch am dynnu fy sylw at y dywediad hwn.)

Yn ei ddelweddau o'r ugeinfed ganrif y mae gan Alan nifer o gyfeiriadau at yr ofnadwyaeth hon, a hyd yn oed ar drothwy'r trydydd milflwydd, sef trydydd milflwydd geni Crist, y mae'n cyfeirio at Kosovo a dweud:

> Maen nhw wrthi eto, yn gollwng bom ar ôl bom;
> maen nhw wrthi eto'n dinistrio yn ystod y nos;
> maen nhw'n lladd er mwyn atal lladd, â rhesymeg y lleiddiad
> ac yn cynnal cyrch ar gyrch er mwyn gwarchod gwareiddiad.
> Maen nhw wrthi'n ein gwthio yn ôl i orffennol y ffos,
> ideoleg Passchendaele a rhesymeg y Somme.
>
> (FFACH, 145)

Yn y lle yr oeddem ni ynddo ganrif yn ôl yr ydym ni o hyd. Ond fe ddylem ni, efallai, ofyn barn y rheini a oedd yn cael eu lladd, yn cael eu poenydio, yn cael eu treisio yn Kosovo ar y mater hwn. Un peth sydd yn sicr, y mae Alan (yn enw Meilir Emrys Owen i ddechrau) wedi pendroni'n ofidus uwchben ofnadwyaeth y ganrif a aeth heibio, ac wedi llefaru ar ran y dioddefus:

> Nid myfi fy hun, ond y lleill, fy holl gyfeillion,
> y rhain sy'n llefaru ynof
> a' u hawen yn gystrawen drwof.
> Mae fy ngeiriau yn ddefnynnau o waed
> yn arllwys o glwyf angheuol fy ngheg,

fy nghlwyf angheuol hefyd
yw archoll yr holl hil…

Llefaraf ar ran yr holl feirwon,
llefaraf ar ran y lleiafrif a'r mwyafrif mud,
llefaraf fy ngeiriau â genau burgynnod:
y mae ynof feirdd, y mae ynof fyrddiwn,
yn fy wylo y mae wylo deng miliwn,
fy wylo yn wylo'r ddynoliaeth,
bellach nid oes neb ohonom ar wahân.
('Bardd yr Ugeinfed Ganrif', CCC, 344)

Y mae'r hyder sydd yma yn hyder nid annhebyg i hyder Walt Whitman – 'I contain multitudes'. Yn achos Alan, hyder ydyw wedi ei fagu o dan bwysau ei gydymdeimlad.

Y mae'r drafodaeth ar gerddi'r adran ddiwethaf yn dangos fod teimladau Alan a'i fyfyrdodau yn aml yn ymhel â materion sydd yn rhai 'crefyddol'. Noda ddosbarth cyfan o gerddi crefyddol yn CCC, ond yr wyf yn gobeithio fy mod wedi dweud digon i awgrymu nad yn y dosbarth hwnnw yn unig y ceir cerddi crefyddol. Y mae gan y rhan fwyaf o rymusterau eu gwrthwyneb, ac un grym gwrthwynebus i egni anfad ei oes i Alan yw 'Y Rhai Da'. Ceir cân o fawl i dri ohonynt yn FFACH, t. 151, sef Y Fam Teresa, Dietrich Bonhoeffer, ac Anwar Sadat:

Ac yng nghanol yr holl ffieidd-dra
yr oedd rhai a dystiai i'r da.

I Alan, y mae Duw yn fwy presennol nag ydyw yng ngherddi nerthol yr R.S. Thomas 'diweddar', fel y dywedir. Y mae ganddo rai cerddi sydd yn gerddi crefyddol 'confensiynol' o ran eu dull, beth bynnag am eu mynegiant. Dyma ddyfyniad sydd, fe ymddengys i mi, yn nodi fel y mae pethau i Alan: 'Ymweld ag Eglwys Sant Ioan Fedyddiwr, Caerdydd' yw teitl y gerdd:

Yr oedd yno ddistawrwydd, ac yn y distawrwydd 'roedd Duw;
yr oedd yno dawelwch, ac yn y tawelwch dystiolaeth;
yr oedd yno, rhwng y muriau marwaidd, bresenoldeb byw,
nid presenoldeb y delwau, ond dirgelwch bodolaeth
yr Un sydd yn estyn gwahoddiad, er ymguddio o'n gŵydd,
i fyfyrio ar ystyr yr ust, ac i wrando'r mudandod
y tu hwnt i brysurdeb a dwndwr ein hoes ddisyfrdandod,
cyfnod y myrdd rhyfeddodau, a dyddiau'r miraglau rhwydd.

(CCC, 174)

Y mae dimensiwn heblaw'r un materol yn rhan o gredo Alan. Gallwn alw'r dimensiwn hwnnw yn un crefyddol neu, yn achos Alan, Duwiol a Christnogol. Y mae'r fath ddimensiwn yn rhan annatod o ran helaeth o gelfyddyd y byd; fel y dywedodd y cerflunydd Jacques Lipchitz un tro: 'Os na allwch chi gael profiadau crefyddol, 'allwch chi ddim dod o hyd i gelfyddyd. Os ydych chi'n artist rydych chi'n darganfod Duw'.

Y mae gan Alan nifer o gerddi am fyd natur ac am yr amgylchfyd a mannau arbennig. Cerddi am wrthrychau a'r rheini wedi eu consurio'n rhyfeddol yw amryw o'r cerddi hyn. Dyna ichwi'r fuches hon:

Hen fustych ffroenwlych y ffridd,
hen heffrod digyffro'r ddôl,
a'r fuches lwydfrith hithau:
fe'u gwelwn, rhwng gwndwn a gwaun,
yn ymlwybro heibio, a'r brwyn
yn cydwyro dan eu cadeiriau,
a'u cynffonnau, fel ysgubau, yn erlid y lliaws gwybed
yn nhes y prynhawn.

('Gwartheg', CCC, 98)

Dro arall y mae yna gysgod ystyr heblaw'r un llythrennol yng ngherddi natur Alan. Dyna inni 'Fe Wyliaf Alarch', er enghraifft:

Fe wyliaf alarch
yn llithro heibio i'w hynt
yn araf fel yr oriau
prin eu parhad,

heibio heb inni wybod
eu bod yn dirwyn i ben.
(CCC, 88)

Y mae treiglad amser ynghlwm yn yr alarch hwn. (Ac, wrth fynd heibio, sylwer ar gamp y cynganeddu yn y llinellau hyn. Dyma gynganeddu anymwthgar, priodol i'r amgylchiad, fe ddywedwn i: dro arall, y mae mwy o drwst yn y cynganeddu, fel arfer yn unol â natur y testun, fel yn y gerdd nesaf a drafodir.) Dyna'r gerdd 'Tarw Bryncelyn' wedyn, lle y ceir y disgrifiad mwyaf aruthr y gwn i amdano o gyfebru anifeilaidd:

Cilient rhag tarw Bryncelyn
a dynnid ar dennyn, i'w gyrchu at yr heffer ofnus:
tarw glafoeriog, a'r triagl a oferai o'i farf
yn rhaff ar ei ên wrth iddo stryffaglio, a phygliw
ei flew dilewyrch cyn ddued â'r 'fagddu dywyllaf,
a'r gwybed ar goll ym mhlygion clustogau'i dagell;
y fodrwy'n dirwyn drwy'i drwyn, a'i garnau, wrth dorri
a darnio glaswellt, yn gadael y gweundir yn gleisiau,
yntau'n griddfan, yn tuchan, a'i anadl o'i amgylch fel tawch,
fel petai'n llusgo'r holl ddaear yn aradr o'i ôl...

Ffroenai'r heffer yn rhaffau
o lafoer, gan lyfu
a gweflu'i gafl, yna'i hybu ei hun i ymaflyd
â'i chnawd, a rhochian yn groch yn ei drachwant,
a'r anner wen yn plygu fel rhedynen dan dunnell
o gnawd, a gwaniadau
ei gnawd yn ei gwasgu'n is:
y tarw'n ei anfodd fel tractor yn troi yn ei unfan,
a choesau'r heffer yn gwegian fel petai'r nenfwd
uchod, yn yr entrychion, wedi disgyn arni,
holl bwysau'r bydysawd ar gnawd, a'r cnawd yn gwanhau,
a'r ymlafnio yn cafnio'r cefn,
asgwrn ei chefn ar fin torri cyn i'r treisiwr trwsgl
ei rhyddhau o'i afael ar gyflawni'r ddefod ddieflig.

Llinell olaf un y gerdd yw hon, am yr epil a anwyd:

Ac ef oedd etifedd y bwystfil wrth i'w hil amlhau.
(CCC, 103-4)

Y mae'r gerdd yn troi o fod yn ddisgrifiad egr i gysylltu ag un o ddelweddau Alan am alluoedd y tywyllwch yn y byd, sef y 'bwystfil' yr ydym eisoes wedi trafod rhywfaint ar ei arwyddocâd yn ei waith. Y mae'r tarw yn un o agweddau'r bwystfil, fel y gwelwn yn y gerdd 'Yn Uffern ein Hamser Ni' (CCC, 156):

Pa rith i'w wrthuni a gymer, sarff, draig neu darw?

Y mae caniadau Alan i wahanol leoedd hefyd yn aml yn gerddi i fannau arbennig yn ogystal â bod yn gyfrwng i gyfeirio ein sylw at bethau eraill, gan amlaf pethau gwleidyddol. Sylwer mor aml y canodd i Gwm Celyn, er enghraifft. Ond, i mi fel i aml un arall, y mae'r cyfaredd a'r feirniadaeth lem ar ei chryfaf mewn darn o'i awdl gynnar, 'Llef dros y Lleiafrifoedd', yn y darn sy'n sôn am 'Pen Llŷn oddeutu 2100', dyddiad sy'n prysur ddynesu:

Ar fin y dŵr derfyn dydd
Oeda hen ŵr annedwydd,
A'i awr yn awr o hiraeth
Ar ryw filltir hir o draeth.

Hwyliau beichiog fel bochau
Yn llawn o wynt yn pellhau
A wêl, ac uwch gwellt y waun,
Eurwe'r sêr ar Roshirwaun.

Ger y trwyn mor wag yw'r traeth
I'r wylan grio'i halaeth:
Darnau o goed rhyw hen gwch,
Gwymon, ac ambell gimwch.

Daw 'haid aliwn' yno, a newidir y wlad:

Arhosfa hil drahausfalch – yw ein gwlad
  Lle bu glewder taerwalch;
 Aeth twristiaeth â'r astalch,
 Gwerin fud yw'n gwerin falch.

Yna fe dry Alan at hen, hen ddelwedd gan y Cymry am ddifodiant, sef yr aelwyd faluriedig, y cartref sydd dan fieri a danadl:

Ym môn eithin Mynytho – ar bob gwaun
Mae Angau'n ymwingo,
A Phen Cilan o dan do
Y danadl yn edwino.
(GYG, 15-17)

Yr adran olaf yr wyf am sylwi arni yng ngwaith Alan yw'r un sy'n cynnwys ei gerddi i'w deulu, ei wraig Janice a'i blant, Ioan a Dafydd. Nodais ar ddechrau hyn o lith fy mod i wedi dod i glywed am Alan i ddechrau fel un a chanddo gysylltiad â Llan Ffestiniog. Yr wyf fi, o'r dechrau un wedi ei gysylltu â theulu arbennig ac â lle arbennig. Y mae Alan ei hun wedi ei gysylltu ei hun â'r rhain hefyd, ond yr oedd un gadwyn ar goll iddo fo. Yn ei hunangofiant, *Glaw ar Rosyn Awst*, dyma sydd ganddo i'w ddweud:

> Ni chefais wybod erioed pwy oedd fy nhad; yn wir, ac eithrio am un cyfnod byr yn unig yn ystod blynyddoedd terfysglyd a chymysglyd fy nglaslencyndod, ni holais fawr ddim amdano. (t.11)

Un gadwyn ar goll yn y gorffennol; ond yn y presennol daeth cyfannu; a daeth gorfoledd cariad – a gofnodir yn angerddol yn 'Cerddi'r Gorfoledd' (CCC, 5-12). Yn un o'r cerddi hynny, rhif VIII, daeth nwyd ac eira at ei gilydd yn rhyfeddod. Mae'n werth edrych ar gerddi eraill gan Alan i eira i ddechrau amgyffred ei arwyddocâd i'r bardd (gweler 'Effaith Eira yn Vétheuil: Claude Monet', 'Eira yn Nhachwedd', 'Eira, Eira, Hwyr y Dydd', 'Coed dan Eira', 'Eira ym Mhenllyn', 'Saith Cerdd am eira Ionawr' i enwi rhai [CCC, 56, 110-115]). Yn y gerdd dan sylw y mae purdeb yn rhoi bod i fywyd gwanwynol y mae iddo ei burdeb gwahanol ei hun:

Diosgaist di dy wisg fel cawod wen
o eira yn ymdreiglo tua'r llawr
ar eiliad y meirioli, wrth i'r pren
ei noethi ei hun yng ngrym yr esgor mawr.
Fel cawod eira arall gyda'r hwyr
yn gaenen y disgynnais arnat ti;
a'r nos yn olau fel canhwyllau cwyr
cydiaist fel coeden yn fy nghoeden i.

Ond wedi'r cyffro pêr, yn nadmer nwyd
ein huniad, ymwahanodd y ddau bren;
gostyngodd d'angerdd, yn y cyfnos llwyd,
'run modd â phan ddisgynnodd y wisg wen

i'r llawr; a thithau'n awr, fy newis nawdd,
fel onnen wen, fel ffynidwydden dawdd.
(CCC, 10-11)

O'r gorfoledd fe ddaw'r cyfannu (gweler 'Cerddi'r Cyfannu', CCC, 12-20). Yng ngherdd olaf myfyrdod y cyfannu, sylwer fod dychymyg y bardd yn dal i synied am y ferch a fydd yn fam fel coeden; un ac ynddi rym twf naturiol a fydd yn 'gwawrio'n Fehefin gwyn', yn ddechrau eto (gwawr), ac yn haf:

Y gangen yn heulwen yr haf
dan drymlwyth ei blaenffrwyth a blyg:
y mae'r gwreiddyn, sydd eto mor gryf,
yn swcro pob deilen â'i sug,
hithau'r einioes sydd einioes o ddau
a dynnir o'th gnawd, gyda hyn,
a bydd nos ein cydaros maith a'n dyheu
yn gwawrio'n Fehefin gwyn. (t. 20)

Y mae'r pethau personol iawn hyn yn eithriadol bwysig yng ngwaith Alan Llwyd. Ond fel y digwydd yng ngwaith pob artist o bwys, y mae o hefyd yn gwneud myrdd o bethau o'i fyd a'i amserau yn bethau o bwys personol iddo fo. Trwy'r personol y darganfyddir pwysigrwydd y cyffredinol, ac y gwneir hwy trwy rym celfyddyd yn arwyddocaol i bobl eraill.

Byrfoddau

RHPLLaPH – *Rhwng Pen Llŷn a Phenllyn*
YYDW – *Yn y Dirfawr Wag*
CCC – *Cerddi Alan Llwyd 1968-1990, Y Casgliad Cyflawn Cyntaf*
YMH – *Y March Hud*
FFACH – *Ffarwelio â Chanrif*
GYG – *Gwyfyn y Gaeaf*

Ar Drywydd y Tragwyddol:
Golwg ar Ddwy Gerdd
Jerry Hunter

Ni chredaf y gellid cael hyd i fan cychwyn gwell i drafodaeth ar grefft Alan Llwyd na dwy gerdd gyntaf y gyfrol *Yn y Dirfawr Wag*. Yma y gwelwn Alan Llwyd yn cyflawni prif uchelgais llawer iawn o artistiaid, sef mynd i'r afael â'r dwys a'r dyrys ar ffurf hygyrch a chofiadwy. Byddai T. H. Parry-Williams, mae'n debyg, yn disgrifio hyn fel 'traethu ynghylch yr anhraethadwy'. Mynegodd R. Gerallt Jones yntau, yn ei gyfrol *Ansawdd y Seiliau*, awydd i droi'r nofel Gymraeg yn gyfrwng a all 'anturio... i fyd yr anweledig a'r tragwyddol'. Uchelgais Charles Baudelaire oedd canfod yr anfeidrol oddi mewn i'r meidrol, yr harddwch annherfynol oddi mewn i'r terfynol. Gwelwn Alan Llwyd yn llwyddo i wneud rhywbeth tebyg yn y cerddi hyn, ond nid harddwch annherfynol y Rhamantydd a gawn yn 'Yr Hebog uwch Felindre' a 'Van Gogh: Hunan-bortread', eithr y prosesau dinistriol eithaf.

* * *

Mae Alan Llwyd yn cyflwyno'r ddelwedd weledol sy'n llunio asgwrn cefn 'Yr Hebog uwch Felindre' yn syth yn ei llinellau agoriadol, a hynny heb ei gorgymhlethu na'i goraddurno. Gwelwn drwy lygaid y bardd y cylchoedd a ffurfir gan yr hebog yn yr awyr:

> Yn cylchu ac yn cylchu uwchlaw'r coed
> yr hebog yn troelli yn nhrobwll
> anweledig ei ehediad yng ngloywder
> yr heulwen denau
> ar fore o aeaf oer...

Mae dwyster yn codi o symlrwydd y ddelwedd. Mae'r bardd – neu'r siaradwr sy'n llefaru yn ei gerdd – wedi'i ddal gan yr hyn a wêl ac felly nid yw'n gadael i'r darllenydd yntau gymryd ei lygaid oddi ar yr hebog a'i gylchu rhythmig.

A thrwy ddisgrifio ehediad yr aderyn fel '[t]robwll anweledig' rhydd awgrym ynglŷn â'r hyn sy'n gorwedd y tu ôl i symlrwydd ymadrodd y llinellau hyn. Ceir yma ymgais i weld yr anweledig, ymdrech i ganfod symudiad pwerau sydd fel rheol y tu hwnt i'n canfyddiad. Mae'r gerdd yn mynd â ni i gyfeiriad dealltwriaeth o'r tragwyddol sy'n debyg i'r hyn a welir ym marddoniaeth gyfriniol William Blake, ond yn wahanol i byrotechneg ffantasïol y bardd hwnnw a'i ddisgrifiad yntau o'r profiad o ganfod y dwyfol yn ehediad syml aderyn cyfarwydd, mae Alan Llwyd yn mynd i'r afael â'i bwnc mewn modd tawel. Yn debyg i Blake, mae'r gweladwy syml yn gyfrwng iddo weld yr anweledig (neu o leiaf synhwyro symudiad pwerau anweledig), ond mae'r modd y mae'n cyflwyno'r profiad inni yn sylfaenol wahanol. Wrth ddarllen cerdd Alan Llwyd mae dealltwriaeth yn gwawrio'n araf arnom wrth inni gael ein sugno'n ddyfnach ddyfnach i mewn i gylchoedd symbolaidd ei hebog.

Cawn yma hefyd awgrym ynglŷn â natur y pwerau anweledig y mae'r ehediad yn eu harwyddo. Ceir tyndra o fath yn y modd y mae'r llinellau agoriadol yn cyflwyno'r ddelwedd inni. Mae '[g]loywder / yr heulwen denau / ar fore o aeaf oer' yn disgrifio'r awyr agored gan awgrymu felly'r rhyddid a gysylltir â 'gloywder' yr wybren. Ond ar yr un pryd mae'r 'cylchu' ailadroddus a'r '[t]robwll' yn cyfyngu ar y rhyddid hwnnw; cyfyd tyndra rhwng ehangder diderfyn yr awyr agored – 'y dirfawr wag' – a'r cylchoedd sy'n dal ein llygaid gan gyfyngu'n glawstroffobaidd ar ein gorwelion. Mae ein llygaid wedi'u dal gan yr hyn a welwn ac ni allwn osgoi'r anesmwythyd sy'n ymhlyg yn y darlun. Er nad yw'r union ystyr wedi gwawrio ar y darllenydd eto, mae wedi dechrau symud tuag at y diweddglo apocalyptaidd y mae ehediad yr hebog yn ei arwyddo.

Mae delwedd lywodraethol y gerdd ynghyd â'r modd y mae'r llinellau cyntaf yn cyflwyno'r ddelwedd honno yn gofyn inni ei chymharu â cherdd arall sy'n defnyddio delwedd agoriadol debyg i fynd i'r afael â phrosesau apocalyptaidd, sef 'The Second Coming' gan W. B. Yeats. Fe ddechreua:

> Turning and turning in the widening gyre
> The falcon cannot hear the falconer;
> Things fall apart; the centre cannot hold;
> Mere anarchy is loosed upon the world...

Mae'r ddwy gerdd yn defnyddio'r un ddelwedd – aderyn ysglyfaethus yn troelli yn yr awyr – er mwyn trafod gwallgofrwydd y byd modern a'r teimlad ein bod ni oll yn symud yn ddiymdroi tuag at ryw fath o chwalfa eithaf. Mae Yeats yn bachu'r darllenydd yn syth drwy ei daro â natur afreolus y sefyllfa; dywed yn ail linell ei gerdd nad oes modd rheoli'r aderyn a'r prosesau y mae'n eu harwyddo ('The falcon cannot hear the falconer'). Dywed yn blwmp ac yn blaen yn y llinell nesaf fod y byd yn dadfeilio a chawn glywed wedyn fod 'anarchiaeth' ar gerdded.

Ar y llaw arall, mae Alan Llwyd yn gadael i ergyd frawychus ehediad symbolaidd yr hebog suddo'n arafach i ymwybod ei ddarllenydd ef. Trafoda'r gerdd yr un prosesau gan ddefnyddio delwedd weledol gyffelyb, ond yn hytrach na defnyddio'r ddelweddaeth Feiblaidd drom a ddaw ar ddiwedd cerdd y Gwyddel – gyda'r 'bwystfil' yn llwybro tua Bethlehem – ceidw y Cymro ei fyfyrdodau tywyll oddi mewn i ffiniau'r byd lleol cyfarwydd. Fel y dengys teitl y gerdd, nid Bethlehem bell ond Felindre gyfagos yw'r lleoliad, ac felly gesyd ei hergyd apocalyptaidd yn gadarn yng nghanol byd cyfarwydd y darllenydd. Daearyddiaeth Cymru sydd yma ac felly mae'r pwerau dinistriol yn frawychus o agos i'r darllenydd Cymraeg.

Ceir awgrym o hyn ym mhum llinell gyntaf y gerdd, ond awgrym yn unig ydyw. Ac wedyn yn ail hanner y pennill cyntaf dechreua'r bardd egluro natur grym y darlun sydd wedi'n dal:

> defod gyntefig
> rhithmau symudiadau dawns
> yr hebog, gylch ac ogylch,
> ar linynnau ei orwelion ei hunan:
> y dydd yn stond, a'i ddawns o dân

yn un â dawns y planedau oll,
yn un â dawns y bydysawd.

Fe erys y mynegiant yn syml drwyddi draw, ond wrth ddisgrifio ehediad yr hebog yn drosiadol fel 'dawns' mae'n cyflwyno disgwrs alegorïaidd inni. Gwawrio'n araf ar y darllenydd a wna'r ddealltwriaeth, a dyma gam pwysig yn y broses. Mae'r patrwm wedi'i sefydlu er llinell gyntaf y gerdd gyda'r ailadrodd rhythmig ('Yn cylchu ac yn cylchu'), ond dim ond ar ddiwedd y pennill y rhydd y bardd label ar y fath batrwm rhythmig; 'dawns' ydyw. Wedi rhoi'r label drosiadol hon ar ehediad yr hebog, ni fydd y bardd yn gadael inni anghofio mai 'rhithmau symudiadau dawns' yw'r hyn a welir; mae'r un math o ailadrodd syml yn atalnodi strwythur gweddill y gerdd ('gylch ac ogylch'; 'yn un â dawns... / yn un â dawns...'; 'Y mae'r cylch yn ehangu, yn ehangu').

Mae rhythmau hypnotig y ddawns yn cydio, ac wrth glywed ar ddiwedd y pennill hwn fod i'r ddawns arwyddocâd pellgyrhaeddol – '...dawns y planedau oll, / ...dawns y bydysawd' – yr ydym wedi'n paratoi ar gyfer y pennill nesaf. Cawn yma fanylu ar effaith a grym dawns yr hebog:

Mae pob calon lofr dan ei hofran
llydan, o dan ei droelliadau,
yn arswydo ac yn pwnio drwy sidan
y fynwes denau. O fewn estyniad
ei adenydd y mae'r byd yn ymdonni:
anifeiliaid, creaduriaid a dyn
yn ei lygaid yn chwyrlïo ogylch,
yn y dirfawr wag sydd yn agen
y llygaid, a phob enaid byw
wedi'i ddal gan symudiad y ddawns.

Beth yw'r ddawns rymus hon sy'n dal 'pob enaid byw' gyda'i grym arswydus? Nid yw'r gerdd yn dallu'i darllenydd â chyfeiriadaeth oramlwg, ond gallwn fentro manylu ar natur y ddawns erbyn diwedd yr ail bennill. Fe'n tywysir i weld *danse macabre* yn symudiadau'r hebog, fersiwn o'r 'ddawns angau' a welir mewn darluniau alegorïaidd o'r Oesau Canol a'r cyfnod modern cynnar. Ac ergyd y math hwn o gelfyddyd alegorïaidd yn aml yw pwysleisio mai dyma ddawns na all neb ei hosgoi.

Ond wedi dechrau gwreiddio dawns drosiadol ei hebog yn nisgwrs alegorïaidd y *danse macabre* ac felly gryfhau ystyr hollgyffredinol y ddelwedd, mae Alan Llwyd yn cymryd cam yn ôl tua'r presennol, y lleol a'r personol. Mae llinellau cyntaf y pennill nesaf yn ein hatgoffa ein bod yn gweld 'dawns y bydysawd' sy'n 'arswydo' pawb oddi mewn i ffiniau bydol hebog diriaethol sy'n hedfan uwchben y tirwedd cyfarwydd. Yn hytrach na neidio i fyd ffantasïol alegori ddilyffethair, erys yn y byd cyfagos a gwelwn ninnau y tragwyddol drwy gyfrwng y byd cyfarwydd hwn:

> Uchod y mae'n troi ar ei echel,
> a'i ehediad o gylch ei gyhydedd
> ei hunan...

Mae'r ystyr alegorïaidd yn bresennol, ond nid yw'r bardd yn gadael inni anghofio'r ddelwedd weledol gyfarwydd sy'n sail iddi. Credaf mai dyma wir gamp y gerdd; clywn ynddi draethu ynghylch yr anhraethadwy a chawn ynddi gyflwyniad i'r modd y gellir canfod yr anweledig oddi mewn i'r gweladwy a'r cyfarwydd. Daw grym a llwyddiant y gerdd o'r modd y mae'n dal ei gafael ar y cyfarwydd; dyna wahaniaeth pwysig rhwng y cipolwg a gawn ynddi ar yr anweledig a'r modd y byddai cerdd bregethwrllyd yn ceisio rhwymo cysyniadau haniaethol gyda rhethreg ddiwinyddol neu resymeg athronyddol.

Dim ond yn llinellau olaf y gerdd y mae'r bardd yn cyflwyno inni'r math o eglurhad uniongyrchol a geir ar ddechrau 'The Second Coming':

> Y mae'r cylch yn ehangu, yn ehangu wrth iddo hongian
> gerfydd adenydd o dân,
> ac wrth droelli y mae'n torri twll
> enfawr yn y cyfanfyd,
> agor twll trwy gread Duw,
> a thrwy'r agoriad fe syrth ein gwareiddiad yn grwn,
> cwympo drwyddo i'w dranc.

A thrwy gymharu llinellau cyntaf cerdd Yeats â llinellau olaf 'Yr Hebog uwch Felindre' y gwelir tebygrwydd y ddwy; ar brydiau mae Alan Llwyd fel pe bai'n cyfieithu neu'n trosi gwaith y Gwyddel:

> *Turning and turning in the widening gyre*
> Y mae'r cylch yn ehangu, yn ehangu
>
> *Things fall apart; the centre cannot hold;*
> ac wrth droelli y mae'n torri twll
> enfawr yn y cyfanfyd,
> agor twll trwy gread Duw
>
> *Mere anarchy is loosed upon the world*
> a thrwy'r agoriad fe syrth ein gwareiddiad yn grwn,
> cwympo drwyddo i'w dranc.

Eto, fel yr awgrymwyd eisoes, mae strwythur a chywair y ddwy gerdd yn sylfaenol wahanol ac felly mae'r modd y mae dealltwriaeth o brif ergyd y gerdd yn dod i'r darllenydd yn sylfaenol wahanol. Mae ergyd lawn 'Yr Hebog uwch Felindre' yn gwawrio'n araf ar ei darllenydd.

Daw effaith cerdd Yeats o'i sioc uniongyrchol, o'i ymdrech i chwistrellu symbolaeth a phroffwydoliaeth Feiblaidd i mewn i linellau cerdd fer fodern. Dywed ei theitl yn syth mai 'The Second Coming' yw'r gyfeiriadaeth sylfaenol ynddi. Ar y llaw arall, disgrifia cerdd Alan Llwyd aderyn cyfarwydd yn hedfan uwchben tir cyfarwydd Cymru. Er i ystyr alegorïaidd yr hebog wawrio'n araf arnom wrth ddarllen y gerdd, nid ydym yn colli gafael ar y pethau cyfarwydd hyn. Ac i'm tyb i, mae synhwyro symudiad pwerau dinistriol drwy gyfrwng y cyfarwydd yn brofiad mwy brawychus o lawer na darllen am symudiad unrhyw fwystfil chwedlonol ar gyfandir pell.

* * *

Fel y mae 'Yr Hebog uwch Felindre' yn hoelio sylw'r darllenydd o'r cychwyn cyntaf ar ehediad yr aderyn, felly hefyd mae 'Van Gogh: Hunan-bortread' yn hoelio ein sylw ar lygaid yr arlunydd. Ac fel y mae delwedd weledol yr hebog yn sylfaen i symlrwydd ymadrodd y gerdd gyntaf, felly hefyd y mae'r hunan-bortread tra chyfarwydd yn darparu delwedd weledol gyfarwydd ar gyfer darllenydd y gerdd hon. Ond yn wahanol i'r gerdd gyntaf, disgrifia Alan Llwyd effaith yr hyn a welwn yn syth yn llinellau cyntaf 'Van Gogh':

> Y maent yn ein tormentio,
> ei lygaid; mae ei olygon
> wedi eu hoelio arnom, fel pe bai'n ein dilorni.

Mae tair llinell gyntaf y gerdd yn hawlio sylw ar unwaith, ac mae ffurf a chynnwys y llinellau hyn yn cydweithio'n agos er mwyn creu'r effaith hon. Ceir yma un frawddeg wedi'i rhedeg ar draws y tair llinell. Mae defnydd o'r gynghanedd a hyd llinellau'r cwpled cyntaf yn sefydlu patrwm pendant; gellid dweud bod Alan Llwyd yn ystwytho cwpled cywydd yma gan ddefnyddio'r mesur caeth hwnnw'n sail i'w *vers libre* cynganeddol. Ond mae'r drydedd linell yn torri patrwm y cwpled cyntaf gan ymestyn hyd y llinell. Ceir y gyfatebiaeth gytseiniol y mae cynghanedd y cwpled wedi'n paratoi i'w disgwyl, ond caiff ei hymestyn ar draws llinell hwy o lawer. A chyda hynny daw'r atalnod llawn a diwedd y frawddeg ramadegol. Mae'r nodweddion ffurfiol hyn yn creu seibiant ar ddiwedd y tair llinell gyntaf; mae strwythur y gerdd yn gofyn i'r darllenydd oedi yma ac ystyried y ddelwedd weledol a gyflwynir iddo.

Mae'r bardd yn hoelio'n llygaid ar y darlun ac mae hefyd yn ein hanesmwytho drwy hoelio llygaid dilornus y darlun arnom ninnau. Cyflwyna'r tair llinell gyntaf y broses ddwyffordd hon inni, ac mae gweddill y pennill cyntaf yn dwysáu'r effaith. Dywed ymhellach fod 'oerni ei drem arnom' a bod llygaid yr arlunydd 'wedi sefydlogi / arnom ni eu hoerni haearnaidd'. Mae golygon Van Gogh wedi'u hoelio *arnom*, mae oerni trem yr arlunydd *arnom*, mae'r llygaid wedi'u sefydlogi *arnom*; mae'r ailadrodd yn cryfhau'r teimlad gan bwysleisio ein bod yn edrych ar rywun sydd hefyd yn edrych arnom ninnau.

Daw cyhuddiad o'r gorffennol drwy gyfrwng y llygaid hyn, cyhuddiad sy'n cyrraedd '[d]iddymdra eithaf ein bod', cerydd sy'n datgelu 'ein stad anwadal' gan '[dd]ilyn ein hanwadalwch' yn ddidrugaredd. Ceir y gweld dwyffordd – y profiad o edrych ar lygaid sy'n syllu'n ôl – drwy gydol y gerdd, ond mae'r ffocws yn newid. Canolbwyntia'r pennill cyntaf ar yr effaith a gaiff y llygaid arnom ni – yr hyn a wêl Van Gogh ynom a'r anesmwythyd a ddaw inni o wybod ei fod yn gweld cymaint. Mae ail bennill y gerdd yn dechrau drwy ddisgrifio'r hyn a welwn ninnau yn yr hunan-bortread. Ond nid disgrifiad moel o'r darlun a gawn; mae'r bardd yn ei ddehongli:

> Y rhwymyn gwyn am y genau
> yw rhwymyn yr amwisg,
> a'r ffrâm am y corff a rwymwyd
> yw estyll y gist.

Unwaith eto, defnyddia ailadrodd syml, effeithiol. Fe ymddengys yr enw 'rhwymyn' ddwywaith a cheir hefyd ffurf ar y ferf 'rhwymo'. Mae effaith yr ailadrodd hwn yn ddeublyg. Yn gyntaf, mae'r pwyslais ar rwymo a geir yma yn ategu'r teimlad a sefydlir yn y pennill cyntaf gan ein hatgoffa bod y llygaid wedi'u hoelio arnom. Fe'n rhwymir i'r darlun; rydym yn gaeth iddo ac i'w neges.

Yn ail, mae natur gaeth y berthynas rhyngom a'r darlun yn esgor ar fath arall o gaethiwed. Yn y cadach gwyn sy'n cuddio'r briw lle'r oedd clust Van Gogh gwêl Alan Llwyd yr amwisg a gaiff ei lapio am y corff. Felly hefyd gwêl 'estyll y gist' yn y ffrâm, sef yr arch sy'n llyncu'r corff. Mae naws Edgar Allan Poe-aidd i'r llinellau hyn; nid ofn marwolaeth yn unig a gyfleir yma ond thanatoffobia clawstroffobaidd. Mae'r amwisg a'r arch yn cau amdano cyn i'r enaid byw lawn ildio i farwolaeth.

Ond gwelwn yn ail hanner y pennill ymagor y darlun rywfaint gan symud y pwyslais o'r clawstroffobia arswydus i lefel gyffredinol y foeswers alegorïaidd:

> Ef ei hun ei gofiannydd
> ef ei hun, a chyfannodd
> ei angau'i hun yn y darlun, wrth i'w lygaid erlid
> pawb ohonom, pob einioes.

Aeth Van Gogh yn hunangofiannydd drwy baentio'r hunan-bortread, ond awgryma Alan Llwyd ymhellach fod grym y darlun yn deillio o'r modd y mae'n cynnwys ei farwolaeth ei hun ynddo. Mae'r ergyd yn ymestyn o gyd-destun personol yr arlunydd i daro nodyn am y cyflwr dynol yn gyffredinol. Ei gamp yw cyfuno portread o'r artist byw â chipolwg ar y farwolaeth a ddaeth iddo wedyn. A chan fod llygaid yr artist marw byw hwn wedi'u hoelio arnom er llinellau cyntaf y gerdd, y mae a wnelo hyn â ni oll; mae'n 'erlid pawb ohonom, pob einioes'.

Mae llinellau olaf yr ail bennill felly'n rhoi ystyr arbennig i'r hyn a gawn yn ei linellau cyntaf. Gwêl y bardd *femento mori* yn hunan-bortread Van Gogh. Byddai cymharu 'Van Gogh: Hunan-bortread' â nifer o gerddi Cymraeg o'r Oesau Canol diweddar yn ffordd wych o ystyried datblygiad y traddodiad alegorïaidd Cymreig o drafod marwolaeth. Gellid ystyried, er enghraifft, y *memento mori* barddol a geir gan Siôn Cent yn ei gywydd 'I Wagedd ac Oferedd y Byd', a dyna hefyd 'Gywydd Ymddiddan â'r Ysbryd' gan Ieuan ap Rhydderch. Mae Alan Llwyd yn cydio yn nhraddodiad oesol y math hwn o ddisgwrs alegorïaidd gan roi gwedd ysgytwol o newydd arno.

Gan ddilyn traddodiad y *memento mori*, gwêl y bardd benglog o dan y cnawd byw. Fe ddaw dwyster y profiad brawychus hwn yn fwy amlwg wrth i'r gerdd symud i'w diweddglo. Erbyn y pennill olaf gwelwn mai dyma'r grym pwysfawr y tu ôl i'r llygaid sydd wedi'u hoelio arnom drwy gydol y gerdd:

> Mae'n ei lygad gyhuddiad tragwyddol
> [...]
> Drwy'i chil fe wêl ein drychiolaeth:
> Ei lygaid a wêl wagedd
> hyn o hoedl;
> ei lygaid a wêl y penglogau
> o dan y cudynnau,
> a'r esgyrn brau dan y cnotiau cnawd,
> yntau, yng nghanol y paentiad,
> yn farw ac yn fyw oherwydd
> iddo yn Arles baentio darlun
> ohono'i hun.

Wrth ddisgrifio llygad yr arlunydd defnyddia Alan Llwyd ymadrodd sy'n adleisio cywydd Siôn Cent; disgrifia lygad 'a wêl wagedd / hyn o hoedl'. Gwelwn yn boenus o glir erbyn diwedd y gerdd y berthynas anesmwyth y mae'r bardd wedi bod yn ei llunio ar ein cyfer o'r dechrau: rydym wedi'n dal mewn perthynas ddwyffordd â'r hyn a welwn drwy lygaid ei gerdd.

Mae ffocws y gweld dwyffordd yn newid o bennill i bennill. Fe â o ddisgrifio'r modd y mae'r llygaid yn edrych arnom a'r effaith a gaiff yr hunan-bortread arnom i'r hyn a welwn ninnau yn y darlun. Fe'n gorfodir gan y bardd i weld yr amwisg a'r arch – ac felly'r *memento mori* – yn y darlun. Ac erbyn diwedd y gerdd mae'r ffocws yn newid eto i'r hyn a wêl Van Gogh ynom ni, y 'penglogau' a'r 'esgyrn brau' o dan ein 'cnotiau cnawd' ni. Ond mae'r holl newid ffocws yma yn digwydd ar hyd lôn ddwyffordd y llygaid sy'n edrych ar lygaid sy'n syllu'n ôl.

Ac wrth gwrs mae'r gerdd gyfan yn deyrnged i gelfyddyd Van Gogh; mae disgrifiad Alan Llwyd o'r gweld dwyffordd yn dyst i grefft a gweledigaeth yr arlunydd. Mae perthynas y weithred o baentio'i lygaid a'r effaith hirbarhaol a gafodd yn dwyn i gof swyddogaeth celfyddyd sanctaidd. Fe'm hatgoffir yn arbennig o gerfluniau Hindŵaidd a'r rheswm diwinyddol dros baentio eu llygaid mewn modd penodol: mae'r addolwr yn gweld y (cerflun sy'n cynrychioli'r) duw ac mae'r (cerflun sy'n cynrychioli'r) duw hefyd yn 'gweld' yr addolwr. Mae'r myfyrdod felly'n teithio lôn ddwyffordd o'r meidrol i'r anfeidrol ac yn ôl.

Dywed Alan Llwyd ar ddiwedd ei gerdd fod Van Gogh 'yn farw ac yn fyw' yn yr hunan-bortread, ac oherwydd i'r gerdd sefydlu'i gweld dwyffordd gwyddom mai ergyd y gosodiad hwn yw ein bod ni oll yn farw ac yn fyw hefyd. Fel y mae traddodiad y *memento mori* yn ei bwysleisio, mae marwolaeth yn llechu o dan gnawd byw pawb. Mae'r traddodiad hwn yn gyfrwng i'r bardd gyflwyno'i fyfyrdodau inni, ond mae'n dwysáu'r neges a ddaw inni gan weddnewid yr hen gyfrwng. Gwna hyn drwy ddarlunio'r gweld dwyffordd sy'n cysylltu gwrthrych a goddrych – ac sydd felly'n troi goddrych yn wrthrych a gwrthrych yn oddrych. Ac mae sefydlu'r gweld dwyffordd yma'n gyfrwng iddo ddod â ni gam yn nes at ddeall ychydig o'r berthynas anweledig a fodola rhwng y meidrol a'r anfeidrol.

BRASLUN O'R BEIRNIAD

Dewi Stephen Jones

Ar ddiwedd oes o farddoni, yn ei gerdd 'Under Ben Bulben' yr oedd cyngor W. B. Yeats yn syml: 'Irish poets, learn your trade'. 'Roedd angen prentisiaeth a pharch at y grefft. Digon tebyg oedd syniadaeth ei frawd, yr arlunydd Jack Yeats, meistr ar ei gyfrwng. Yn ei gynfasau'n aml cawn bortread byw, ffres o'r werin, yr hen ddulliau a'r hen arferion. Gellir cymharu'r rhain â phortread Alan Llwyd o'i dylwyth a'i gymdogion – cymdogion bore oes ym mhen draw Llŷn. I Dudur Aled 'roedd cyfatebiaeth rhwng aredig y tir a chrefft y gwehydd:

> Os y traed oedd ysto draw,
> Y waun oedd anwe iddaw.

Cae wedi ei drin, defnydd tapestri oedd yr hen fesur rheolaidd. Yn ei gerdd gynnar 'Adam's Curse' y mae Yeats yn mynd gam ymhellach:

> A line will take us hours maybe;
> Yet if it does not seem a moment's thought,
> Our stitching and unstitching has been naught.

Dyma gefndir Alan Llwyd, y dyn a'r bardd. Ceir y dystiolaeth yng ngherdd gyntaf ei gasgliad *Cerddi Alan Llwyd 1968-1990*:

> Yn rhugl yr ymdreiglai'r ffridd dan eu hoffer hwy,
> a chylltyrau eu herydr yn archolli daear eu hâr...
>
> Medelwyr idiomau dihalog yr iaith oedd y rhain,
> ac aradr loyw'u hymadrodd
> yn troi'i chystrawen gymen fel y gŵys.

Yn ifanc cefais fy nghyfareddu gan linellau W. H. Auden, llinellau o'i farwnad i Yeats:

Earth, receive an honoured guest:
William Yeats is laid to rest.
Let the Irish vessel lie
Emptied of its poetry.

Eu rhythm oedd yn wefr, bryd hynny. Mae pensaernïaeth y gerdd 'In Memory of W. B. Yeats' yn allweddol. Mae'r gerdd yn agor mewn dull modern ac Ewropeaidd. Ond yn y caniad olaf y mae Auden yn troi at fesur traddodiadol, seithsill sydd yn debyg i fesur y cywydd. Ac mae'n troi'n ôl at y pridd, pridd Iwerddon, mynwent Drumcliff. Diweddglo gweddus. (Yn ddiweddarach, ar ôl darllen cyfieithiadau Joseph Clancy o Feirdd yr Uchelwyr lluniodd Auden gerddi a naws y cywydd iddynt, megis 'Loneliness'.) Caf yr un wefr ym miwsig y gerdd 'Orffews' gan Alan:

Mud oedd ei delyn, mud
er pan gipiwyd oddi arno ef
anadl ei einioes, delynor
y duwiau, a symudai â'i hud
bob coeden a phob maen a mynor;
ond yn annwfn y cedwid ei nef.

Lluniodd Alan bennill a mesur gogleisiol o addas ar gyfer telynor y duwiau. Fel Auden y mae'n athrylith ar dechneg cerdd ac yn amryddawn yn y grefft. Yn ei ganu nid yw'n ddihid o'r pethau mân – *nuts and bolts* chwedl y Sais – y mae'n chwilio am y lleferydd perffaith. Er mor rhugl yw ei ganu, y mae ganddo bensel las yn ei ymennydd a chlorian i bwyso a mesur wrth gyfansoddi. Dyma ddefnyddiau'r beirniad. Yn ei feirniadaeth yn aml y mae'n crybwyll 'y gerdd berffaith'.

Wrth synio am ei gefndir 'rwy'n darganfod pwynt ar fap. Llan Ffestiniog neu Drawsfynydd? Mae fy mryd ar le anghysbell a gerwin ym mhen draw Llŷn. Mwy egr, i'r llygad, yw Porth Neigwl a Phorth Ceiriad na phroffeil Ynys Enlli. Weithiau ar dywydd garw fe ymddengys ei gartref i mi mor ynysig ag Ynys Enlli. 'Roedd ei brofiad yn gyffelyb i brofiad Edwin Muir yn Ynysoedd Erch. Dyma dirlun a morlun o eithafion yn aml, a'r elfennau'n ymrafael. Yma mae'r byd yn cael ei greu a'i ddinistrio, fel trobwll sy'n bair dadeni. Daw Nisien ac Efnisien o'r un wy:

> Un â'i draflwnc yn llawn gwaed a drefl,
> ac un arall heb staen ar ei gnu
> yn ymaflyd â'i gilydd, mefl
> a pherffeithrwydd yn ymrafael ym mru
> yr un greadigaeth erioed.

Gweler hefyd gerdd Edwin Muir, 'The Combat'. Y mae cydbwysedd ofnadwy a rhyfeddol y cread yn eu cyfansoddiad fel dyfrnod yn y papur. A beth yw'r canlyniad? Er bod cywyddau Alan yn dra soffistigedig y maent yn troi ar echel gyntefig a chryf a gwaelodol. Wrth ddarllen beirdd eraill y mae'n ymwybodol iawn o'r hyn sy'n creu undod mewn cerdd a hynny y tu hwnt i'r ffurf allanol, sef y cerflun oddi fewn. Y mae'n nodi hynny pan yw'n anghyflawn. Mae'n siŵr ei fod yn brofiad trawmatig, gadael y cartref a'r lle hwn i astudio byd. Cawn y syniad o bellter y siwrnai yn hanes y ddau fardd – Muir o'i ynysoedd at fyd Kafka a'i labrinth, Alan o fynwent y Bwlch at y Cenotaph ac o ffurf Ynys Enlli at silwét porth Auschwitz – y daith wirioneddol a'r daith fetaffisegol. Y mae lled a dyfnder y profiad yn rhoi dimensiwn arall i fardd a beirniad.

Mae i'r llyfr le pwysig yn ein diwylliant. Mae rhai ohonom yn darllen! Cododd R. Williams Parry hen gopi o'r silff, *Gorchestion Beirdd Cymru*:

> Pob gorchest gain ac anodd
> Ddarllenais, popeth ganodd
> Y beirdd bob un;
> Heibio i awen galed
> Reolaidd Tudur Aled
> Hyd Wiliam Llŷn.
>
> Dan ambell awdl a chywydd,
> Fel achlysurol drywydd
> Yma a thraw,
> Ymhlith yr anfarwolion
> Gwelwn hynafol olion
> Rhyw farwol law.

Mae dau bennill ychwanegol i'r gerdd, un o gerddi mawr y bardd, ond mae fy ffocws ar y darllenwr, y naill a'r llall, sef R. Williams Parry a pherchennog gwreiddiol y gyfrol. Dyma ddau ŵr yn darllen barddoniaeth o ddifri – y bardd wrth fynd heibio fel petai, yn diffinio'n wirebol, 'Heibio i awen galed / Reolaidd Tudur Aled'. Barn gryno. Ond mae'r darllenwr arall, o'r oes o'r blaen, wedi tanlinellu a nodi, beth bynnag oedd ei grebwyll. (Sylwer, yn y pennill canlynol:

> Ac enw a chyfeiriad
> Mewn anllythrennog eiriad
> Gennyf fi...

Ef, y bardd, sy'n methu gweld yr ysgrifen yn glir – ar y gorau 'roedd gan Williams Parry lygaid gwan – h.y. y mae fel gŵr anhysbys iddo.) Gallu mawr Alan Llwyd fel beirniad ydyw datgloi a dehongli'r gerdd unigol a'i gosod o fewn cyd-destun – ei lle yng ngwaith yr artist a'i harwyddocâd yng nghyd-destun yr oes. Dyna feicrocosm o'r hyn sy'n gwneud epig o gyfrol fel *Barddoniaeth y Chwedegau: Astudiaeth Lenyddol-hanesyddol* mor ddarllenadwy. Y mae'n gyfrol mor gynhwysfawr â gwyddoniadur ond y mae'r trywydd, y naratif, yn ein tywys ymlaen. 'Roedd darllen ei feirniadaeth o farddoniaeth Gwilym R. Jones yn y gyfrol honno yn agoriad llygad imi. Campus, meistrolgar a byw yw ei bortread o Hedd Wyn ac o Oronwy Owen yn y ddau gofiant. Cawn banorama o'r oes yn y naill a'r llall, ond yr hyn sy'n allweddol yw'r dadansoddiad treiddgar o'r cerddi. Y mae'r cyfrolau hyn, megis y dilyniannau yn *Cerddi Alan Llwyd 1968-1990*, fel fertebra sydd yn llunio asgwrn cefn i'w waith fel ysgrifennwr pros.

Yn y rhagair i'w gyfrol *Y Grefft o Greu: Ysgrifau ar Feirdd a Barddoniaeth*, dyma safbwynt Alan Llwyd:

> Y safbwynt a fynegir yn y gyfrol hon yw fod barddoniaeth yn grefft fanwl a disgybledig, ac yn gelfyddyd anodd y mae angen oes o ymgysegriad i'w thrin a'i thrafod yn iawn. Mae'n rhaid wrth feistrolaeth ar iaith, techneg a phrofiad i greu cerddi o'r radd flaenaf. Mae'n rhaid i bob cerdd weithio fel undod, fel patrwm cyfun o seiniau a syniadau, ac amcanu at berffeithrwydd o safbwynt mynegiant a ffurf.

Yn ein traddodiad 'roedd y bardd yn grefftwr yn llunio'r manylion ac yn bensaer yn sicrhau undod yr adeilad – mynegiant a ffurf. (Fel golygydd *Barddas* Alan yw ein nyrs a'n doctor!)

O'i gyfrol gyntaf o feirniadaeth lenyddol – y gyfrol werthfawr honno ar waith Euros Bowen – hyd at ei gynnig diweddar, gwreiddiol a gwych, ar Garadog Prichard yn *Taliesin*, bu'n rhoi min ar y cŷn. Y mae ei ddoniau mawr fel bardd yn amlwg yn ei feirniadaeth lenyddol. Ac mae'r cynnyrch yn rhyfeddol. Saif yr adeilad ac 'rydym yn ei gysgod.

Mae gennyf gerdd fer i gloi. Bildar oedd fy nhaid. Dyma'i gyngor i'r prentis ifanc, ar lun dameg:

> 'Wedi'r awr ddu
> nid anodd gwahaniaethu
> rhwng y ddwy nyth –
> y naill yn glyd
> a llawn o wyau glas
> a llun y llall
> yn oeraidd beniwaered.'
> Wela'i ddim ond masgl y ddameg.
> A'i moeswers? Y llinyn mesur.

Dyma gyngor Yeats. Dyma gyngor Alan Llwyd.

Ynghylch Llenydda a Beirniadaeth

M. Wynn Thomas yn holi Alan Llwyd, Hydref 2002

Rych chi'n dweud yn *Glaw ar Rosyn Awst* mai tŷ heb lenni ar y ffenestri ydi hunangofiant. Ai 'llen' ynteu 'dadleniad' yw llen-yddiaeth yn eich barn chi, felly?
Dadleniad yn sicr. Mae hi wastad wedi bod yn ffordd i mi i fy narganfod fy hun, i edrych ar y byd, i gofnodi. Y cyfan ydi o yw cofnodi ymateb un unigolyn i'w gyfnod, i'w wlad, i'r byd, i bopeth. Dadlennu mae barddoniaeth wastad wedi ei wneud i mi.

Ydi e'n dadlennu yn yr ystyr eich bod chi'n dod o hyd i rywbeth yn y broses o sgrifennu nad och chi'n ei lawn ddeall, neu wybod, neu werthfawrogi, cyn hynny?
Yn sicr. 'Rydych chi'n eich darganfod eich hun, eich problemau eich hun, eich agwedd eich hun. 'Rydych chi'n darganfod beth yw eich ymateb chi i bethau. Ymateb i ddigwyddiadau, i argyfwng, ac ati, y mae bardd, a chyn i chi allu ymateb yn ddilys mae'n rhaid i chi feistroli eich crefft neu tydi o ddim o fawr o ddiddordeb i neb arall; hynny yw, mae 'na farddoniaeth rwyddach na'i gilydd. 'Rydw i wastad wedi cymryd yn fy mhen mai rhywbeth geiriol, crefftus ydi barddoniaeth.

Felly fe fyddech chi'n cyd-fynd â T. H. Parry-Williams mai trwy chwarae â geiriau rych chi'n cael rhyw gip ar eich anian chi eich hun?
O, yn bendant, mi fuaswn i'n cytuno â hynny. Ond mae 'na ormod o sôn am 'chwarae ar eiriau' heddiw. 'Rydym ni yn chwarae ar eiriau, 'rydym ni yn chwarae gyda geiriau. Mae hynny'n bwysig iawn iawn. Ond mae 'na elfen hefyd, yn sicr, lle 'rydw i yn y cwestiwn, fy mod i eisiau dweud rhywbeth, a fy mod i eisiau ei ddweud o yn y ffordd yr ydw i eisiau ei ddweud o. Yn y pen draw, tydw i ond eisiau fy mhlesio fy

hun, a fy safonau i fy hun, gan obeithio fod y rheiny wedyn yn ymgyrraedd at bobl eraill ac yn y blaen. Ydw, mi 'rydw i eisiau dweud rhywbeth, ond mi all unrhyw un ddweud rhywbeth. 'Rydym ni'n sôn am gelfyddyd ac am lenyddiaeth. Mae'n rhaid i chi ei ddweud o, yn fy marn i, mewn ffordd feistrolgar, gofiadwy os yn bosibl, ac mewn ffordd rymus. Yn sicr, grymuster geiriau ydi barddoniaeth i mi.

Gaf i ofyn ichi sut fyddech chi'n eich disgrifio chi eich hun ar basport pe byddai'r her yna yn cael ei gosod?
Bardd a nifer o bethau cysylltiedig ag ysgrifennu. Ac eto, tydw i ddim yn fardd drwy'r amser. 'Rydw i'n fwy o sgriptiwr teledu nag ydw i o fardd yn aml iawn, oherwydd mae mwy o oriau, ar gyfnodau, yn mynd ar sgriptiau teledu nag sydd 'na ar farddoniaeth.

Fyddwch chi'n gweld eich amryw weithgareddau yn gyfwerth â'i gilydd?
Gobeithio, i raddau, y bydd fy ngherddi i, fy ngherddi gorau i o ryw werth. Mae pob bardd yn gobeithio hynny wrth gwrs, neu 'rydych chi wedi gwastraffu eich amser. Ond rhaid i chi gofio fod ffasiynau yn newid. Mae iaith yn newid. Mae iaith yn gwanhau. Mae'r Gymraeg heddiw yn gwanychu ac yn newid yn hynod o gyflym. Cyn bo hir bydd iaith rhai ohonom ni fel iaith Dafydd ap Gwilym i'r dyn cyffredin. Mae honno'n broblem. Ond mae hi'n broblem sydd yn rhaid i chi ei derbyn gan nad oes llawer o ddim allwch chi ei wneud ynglŷn â'r peth.

Byddwch chi'n teimlo felly fod peidio â barddoni i chi yn gyfystyr â pheidio â bod?
O byddwn. Neu peidio ag ysgrifennu yn sicr. Ond peidio â barddoni. Mi fûm i'n gyndyn iawn i'm galw fy hun yn feirniad llenyddol. Pobl eraill oedd yn fy ngalw i'n feirniad llenyddol. Bardd yn trafod beirdd oeddwn i yn y pen draw. Bardd gyda diddordeb yn y broses, diddordeb mewn geiriau, ond mae gen i ddiddordeb hefyd yn y cofiant. Wrth edrych ar fy ngwaith i bydd pobl yn gweld fod llawer o waith ymchwil yn mynd i'm trafodaethau i. Oherwydd, i mi, mae'n rhaid i

chi gael y cefndir yn gywir ac 'rydw i'n gweld hynny'n ddiddorol. Hynny yw, fy nisgyblaeth fel cofiannydd sydd y tu ôl i hyn'na yn y pen draw, a fy nisgyblaeth i fel rhywun sy'n ysgrifennu am bobl fel Rachel Roberts, Caradog Prichard ac eraill yn y gyfres 'Adar Drycin'. Mae'n rhaid i mi fynd at y gwreiddiau bywgraffyddol cyn gallu gwneud dim byd.

Gadewch i ni felly fynd at eich gwreiddiau chi, fel awdur. Ble fyddech chi'n dweud mae man cychwyn eich hanes chi fel person? Beth yw tarddle eich hunaniaeth chi yn eich tyb chi?

Wel, tarddle fy hunaniaeth i yn sicr iawn yw cael fy magu ym Mhen Llŷn, mewn cymdeithas oedd, yn enwedig yn y gaeaf, yn uniaith. Dim ond rhannau eithaf helaeth o Abersoch oedd wedi eu Seisnigo. Felly yr hyn gefais i oedd cael y Gymraeg yn naturiol o'm cwmpas, Cymraeg y pridd, Cymraeg cynefin. Nid oeddwn i'n sylweddoli hynny ar y pryd wrth reswm, 'doeddwn i ddim ond yn siarad yr iaith. 'Rydw i'n cofio dechrau dysgu Saesneg pan oeddwn i tua saith oed. Dyna pryd ddechreuais i siarad Saesneg, gyda'r ymwelwyr ac yn yr ysgol. Yn y fan honno mae'r dechreuad yn sicr. Yn y fan honno y sylweddolais i hefyd fod gennyf innau iaith. Yr un pryd, tua 14-15 oed 'doeddwn i ddim ond yn siarad yr iaith. 'Doedd gen i ddim llawer o ddiddordeb mewn dim byd fel pwnc, ond yn sydyn iawn mi wnes i fagu diddordeb am yr eildro i fod yn onest, oherwydd pan oeddwn i'n 10-11 mi ddechreuais i gymryd diddordeb mewn barddoniaeth, oherwydd 'roedd fy nhaid yn ddyn hynod o ddiwylliedig. Mi symudodd ef atom ni i Ben Llŷn o Lan Ffestiniog ac 'roedd yr holl lyfrau 'ma ganddo fo. 'Roedden nhw'n cael eu cadw mewn beudy gan nad oedd 'na le iddyn nhw yn y tŷ gan fy mam (yr un fagodd fi). A felly 'roeddwn i wrth fy modd wedyn yn mynd i'r beudy i weld y pentwr llyfrau yma. Ac 'roedd yno farddoniaeth Gymraeg, ac am ryw reswm llyfr o farddoniaeth Shelley. A finnau yn 10-11 oed 'doeddwn i ddim yn deall y peth, 'dwi'n sicr o hynny, heblaw rhyw ambell i linell, ond 'roedd hwn yn fy hudo i! 'Roedd iaith hwn a rhythm ac odlau hwn yn fy hudo. Mi roddais i'r gorau iddi wedyn. Ond yn 14-15 oed mi ddechreuais i gymryd diddordeb mewn barddoniaeth, barddoniaeth gaeth. Yn fuan iawn a thua'r un pryd i ddweud y gwir mi ddechreuais fagu diddordeb mewn barddoniaeth Saesneg hefyd. Felly 'roedd y ddau beth wedi cyd-ddigwydd. 'Roeddwn i'n sylweddoli wedyn fod gennym ni iaith a thraddodiad cryf ynddi hi, a fod gan ein cymdogion ni iaith a thraddodiad cryf ynddi, cryfach na ni oherwydd y niferoedd, ond nid cryfach o ran traddodiad. 'Roedd ein traddodiad ni'n hŷn ac yn gadarnach. Ac 'roeddwn i'n meddwl mor freintiedig oeddem ni gyda dwy iaith, er mai un oeddwn i'n ei defnyddio wrth gwrs gan fy mod i wedi fy magu ynddi hi – er bod pethau wedi newid ychydig bach erbyn heddiw. Ac mi ddigwyddodd popeth gyda'i gilydd rywsut.

Wnaeth y naill iaith finiogi eich ymwybyddiaeth chi o'r llall?

Do, yn sicr. Yn wahanol i nifer o feirdd sydd wedi cymryd diddordeb yn y canu caeth, ac sy'n mynd i'r dosbarthiadau ac ati, ac sydd wedi glynu wrth y Gymraeg, i mi barddoniaeth oedd barddoniaeth, waeth beth fo'r iaith. A beth ddechreuais i gydag o – ac mae hwn yn ddylanwad arnaf i yn sicr iawn – oedd cerddi Wilfred Owen, am i ffrind roi benthyg holl gerddi casgledig Wilfred Owen i mi. Ac wrth gwrs, ar y pryd 'roeddwn i'n darllen barddoniaeth Gymraeg, yn ceisio meistroli'r gynghanedd ac yn sylweddoli fod 'na rai cyffyrddiadau od o gynghanedd ac odl a'i fod o'n defnyddio'r ffurf yma i fynegi'r pethau mwyaf echrydus posibl, sef cerddi am y Rhyfel Byd Cyntaf. Ac fe sylweddolais i'n gynnar iawn nad oedd barddoniaeth yn rhywbeth 'neis neis' ond bod barddoniaeth yn rhywbeth i fynegi erchyllter bywyd. I mi ni fu barddoniaeth erioed yn rhywbeth i fynegi'r telynegol a'r melys yn unig. 'Roedd barddoniaeth yn rhan o realiti o'r dechrau un. A Wilfred Owen a ddysgodd hynny i mi. Ac wedyn mi es i at Yeats, Hardy, a phawb. 'Roeddwn i'n eu llyncu nhw i gyd.

Felly, ar un ystyr, fyddech chi'n eich ystyried eich hun fel rhywun sydd wedi esgor arnoch chi eich hun megis.

Oherwydd tua'r un adeg wnaethoch chi fabwysiadu enw gwahanol, ie?
Digwyddodd hynny'n ddiweddarach, yn ystod dyddiau coleg. Nid enw 'barddol' oedd o i mi, ond 'fy enw i go iawn' fel petai. Nid enw 'gorseddol'. 'Roedd cymaint o enwau a ffugenwau barddol ac enwau gorseddol yng Nghymru. Ond i mi, 'roedd hi'n ffordd i ymestyn at fy hunaniaeth i fy hun. Ac mae barddoniaeth a geiriau a phob math o bethau wedi fy helpu i'm sefydlu fy hun fel person, fel llenor. Mae'n beth eithaf anodd i'w esbonio. 'Rydym ni i gyd 'dwi'n meddwl yn brwydro am hunaniaeth yn y byd yma. Mae o'n fyd di-hunaniaeth. Mae o'n fyd sy'n prysur ddileu hunaniaeth. Mae Waldo yn gofyn yn 'Cwmwl Haf' 'Pwy wyf fi, pwy wyf fi?' Mae'n mynd ar goll yn y niwl. Mae'n colli ei hunaniaeth gan fod y niwl yn dileu'r golygfeydd cyfarwydd nes y daw'n ôl at ei gartref a chael yr hunaniaeth yno. Brwydr fawr *pob* llenor bron yn yr ugeinfed ganrif ydi'r ymchwil yma am hunaniaeth. Ac wrth gwrs, 'rydym ni i gyd yn ceisio ymdopi â'r broblem a datrys y broblem yn ein ffordd ein hunain. Oherwydd mae o'n gyfnod sy'n dileu hunaniaeth. Mae 'na dotalitariaeth, rhyfeloedd byd. Fel mae Waldo yn dweud, unwaith mae'r wladwriaeth yn cael gafael ar yr enaid unigol mae o'n dileu'r unigolyn. Felly 'rydym ni'n gorfod brwydro yn erbyn hynny. Mae hi wedi bod yn ffordd i mi o sefydlu hunaniaeth yn sicr. 'Does dim amheuaeth am hynny.

Rych chi eisoes wedi hanner ateb y cwestiwn nesaf, ond gadewch i fi ei holi 'run fath: beth felly yw barddoniaeth i chi?
Ffordd o edrych ar y byd. Ffordd o archwilio eich teimladau chi eich hun. Ffordd o ysgrifennu o gyfnod arbennig, o le arbennig. Ymateb unigolyn mewn geiriau ydi o i'r hyn sydd wedi bod, yr hyn sydd yn digwydd. Ac 'rydw i'n credu y gallwch chi sugno popeth i grombil barddoniaeth.

Gaf i gynnig dwy wedd ar farddoniaeth, sy'n ymddangos o'r hyn rydw i wedi ei ddarllen ganddoch chi, mewn cerddi a hefyd yn eich sylwadau chi am farddoniaeth? Y naill yw fod synwyrusrwydd geiriau yn fodd i chi gael at

synwyrusrwydd profiadau bywyd megis, a bron eu bod nhw fel petasech chi'n gwisgo maneg er mwyn cael gafael mwy sensitif ar y byd. Fe welir y wedd hon yn 'Y Dyn Eira' yn y gyfrol *Oblegid Fy Mhlant*, lle yr ych chi'n sylwi ar y modd mae'ch mab bach yn anwesu'r gair 'eira': ''Roedd y byd i gyd yn un gair / a dwysill yn fydysawd'. Y wedd arall yw'r syniad o osod trefn ar fywyd, oherwydd fod patrwmweithiau celfyddyd mor gyfoethog ac mor gynhwysfawr. Fyddai hynny'n deg?

Byddai. I mi 'does dim diwedd testunau, dim diwedd ymateb. Mae cymaint yn digwydd. Yn aml iawn mae prosiectau eraill yn mygu barddoniaeth mewn ffordd a pheidio â gadael iddi ddod. A phan mae hi'n gorfod dod mae hi'n dod yn rhwyddach ac yn gryfach 'dwi'n meddwl am fod 'na gymaint o bethau eraill gen i. Mae hynny'n digwydd. 'Rydw i yn tueddu i ddefnyddio cyweiriau gwahanol mewn gwahanol fathau o gerddi. Weithiau mae'r mynegiant yn fwy uniongyrchol ac yn fwy llym. Dro arall mae o'n fwy synhwyrus. Mae hyn yn mynd yn ôl pwnc a thestun y gerdd. Ac yn aml iawn, mae'n rhaid i mi ddweud, oherwydd fy mod i wedi mabwysiadu cymaint o ffurfiau, o'r cywydd a'r englyn i'r *vers libre* – ac arbrofion, gyda llaw, gyda nifer o fesurau ac arbrofion gyda'r *vers libre*. 'Rydw i wedi ceisio arbrofi gyda'r *vers libre* odledig, lled-gynganeddol a phob math o bethau. Mae gen i gerdd am 'Chaplin ac eraill' yn *Ffarwelio â Chanrif*. Yr hyn 'rydw i yn ei wneud yn y fan honno yw defnyddio rhythm ffilmiau Chaplin i ddweud rhywbeth erchyll. Hynny yw, mae'n fywiog fel Chaplin, mae o'n efelychu ei symudiad o yn y cerddi. Mae'n arafu wedyn. Er mwyn creu rhywbeth erchyll. Mae 'na fwriadau pendant tu ôl i'r pethau yma. Ond tydw i byth yn gweithio'r rhain yn ofalus ar bapur. Maen nhw'n digwydd. A beth ydi hyn wrth gwrs yw'r holl brofiad sydd gennych chi, yr holl ddarllen yma ydych chi'n ei wneud. 'Rydw i'n siŵr fod 'na gymysgedd o rythmau, o bethau yn eich pen chi, sy'n dod o bob man: ohonoch chi eich hun, o waith beirdd eraill, etc.

Siwd fydd cerdd yn cychwyn yn eich achos chi? Rydw i wedi trafod hyn gyda llawer o feirdd ac mae'r ateb yn

wahanol bob tro. 'Rhythm' meddai rhai, 'rhyw glwstwr o eiriau' meddai eraill, 'delwedd' meddai eraill. I chi?
I mi mae 'na rywbeth yn digwydd yn y meddwl. Rhywbeth fel bwrlwm bychan ac weithiau 'rydw i'n gallu gweld ffurf cerdd, weithiau mae o'n ymadrodd, weithiau mae o'n llinell o gynghanedd, weithiau mae 'na rythm, weithiau mae 'na lun, weithiau mae 'na ddelwedd. 'Rydw i'n gwybod *bob* tro fod 'na gerdd yn dechrau. Ac 'rydw i'n gadael iddi ddatblygu. Tydw i ddim yn ei hysgrifennu hi'n syth. Tydw i byth yn gwneud hynny. Yn fy mhen yr ydw i'n ysgrifennu fy ngherddi i gyd – pob un ohonyn nhw – byth o flaen y cyfrifiadur, ond ar hwnnw y byddaf i yn eu gorffen nhw ac wedyn yn eu caboli nhw. Unwaith y bydd y gerdd yn gyflawn yn fy meddwl, mae hi'n mynd i lawr ar hwn, ac yna 'rydw i'n caboli ac yn y blaen. Fel yna ydw i'n gweithio. Oherwydd mae gen i syniad od yn fy mhen mai yn fy mhen y dylen nhw ffurfio, yn eu hamser eu hunain, yn eu ffordd eu hunain. Mae'n rhaid caboli'r peth wedyn.

Y pen yw croth y gerdd felly?
A hyd yn oed ar ôl dweud hynny mae 'na frwydr barhaus i gael y peth yn iawn. Tydych chi byth yn fodlon. Ond mae'n rhaid ichi ddweud 'Wel dyna ni, mae'r ysbrydoliaeth wedi cilio. Mae'r caboli wedi ei wneud. 'Does 'na ddim llawer allwn i ei wneud a dyna ni'.

'The work is always abandoned and never finished' yntê?
Ie, yn union. 'Rydw i'n credu hynny'n gryf iawn. Er eich bod chi'n ceisio cael y peth mor gyflawn ag y gallwch chi ar y pryd, mae'n rhaid i chi symud ymlaen. Mae sawl un wedi dweud y gallwch chi sgrifennu yr un gerdd dro ar ôl tro drwy eich bywyd. Ond mae hynny'n golygu nad ydych chi'n ysgrifennu dim byd arall. Mae'n digwydd mewn ffordd wahanol i ddweud y gwir.

Mae gennych chi gof diarhebol, cof eliffant o ran cofio cerddi. Ydi e'n gof dethol? Ych chi'n gallu cofio pethau eraill gyda'r un manyldeb?
Nac ydw. Tydw i ddim i ddweud y gwir. 'Rydw i yn cofio rhai

pethau gwael oherwydd eu bod nhw'n ddifrifol wael, ond prin ydi'r rheiny i ddweud y gwir. Ond mae gen i gof sy'n cofio lle *mae* pethau yn dda iawn, iawn, a phwy sydd wedi dweud beth ac yn y blaen. Mater o ddarllen ydi o ac mae'r peth yn glynu rywsut. 'Rydw i'n ceisio darllen pobl fel Hardy yn eu crynswth gan gynnwys 'The Dynasts' – popeth. Dyna ydi'r ffordd i drin bardd 'dwi'n meddwl, hynny yw ei barchu o, ei ddarllen o'n gyflawn. 'Dwn i ddim a ydi o'n gof dethol. Mater o ddarllen ydi o, ac 'rydw i wastad yn darllen a wastad wedi darllen. Ac 'rydw i'n darllen pethau am yr eildro a'r trydydd tro. 'Rydw i'n credu ei fod o'n gof sy'n cydio mewn pethau da oherwydd maen nhw yno ac maen nhw yno am byth. Ond mae fy agwedd i at farddoniaeth yn eithaf amrywiol, pob mathau o bethau gwahanol.

Ryn ni wedi cyffwrdd â hyn yn barod ac rydw i am ddod yn ôl ato fe, sef ffurf neu ffurfiau barddoniaeth. Gadewch inni ddechrau gyda'r gwahaniaeth mwyaf amlwg sef y gwahaniaeth rhwng y canu rhydd a'r canu caeth. Sut ych chi'n ymwybod â'r gwahaniaeth hwnnw? Sut fyddech chi'n ei gymeriadu e?
'Rydw i'n credu fod y canu caeth yn fwy epigramatig a chynnil, yn enwedig yr englyn. 'Rydych chi'n dweud rhywbeth byr, cryno, mewn ffordd, gobeithio, sy'n eithaf arhosol. Mae'r cywydd wedyn yn rhywbeth sy'n eithaf ffurfiol sy'n codi adleisiau yn eich pen chi o'r gorffennol, sy'n dangos eich bod chi'n ymwybodol o'r traddodiad, er eich bod chi'n ceisio adnewyddu'r traddodiad yna. 'Rydw i wedi rhoi cynghanedd yn fy nghanu rhydd – 'rydw i eisiau ei wneud er mwyn disgyblu rhywbeth, er mwyn rhoi blas o fy arddull i fy hun, fel person ar y peth. Mae'n rhaid dweud fod canu rhydd i mi yn fwy amrywiol, a gallwch chi ymateb yn fwy amrywiol i bethau drwyddo. Mae'n rhaid i mi fod yn onest ynglŷn â hynny. Oherwydd un peth ydi swyddogaeth cywydd, er y gallwch chi wneud sawl peth o fewn y swyddogaeth yna, ond math o swyddogaeth ffurfiol ydi o, ac mae'n cymryd blynyddoedd helaeth i feistroli cywydd, mae'n anodd iawn.

Rych chi eisoes wedi dangos eich bod chi'n arbennig o ymwybodol pa mor gyfnewidiol yw bywyd. Mae'r ymwybyddiaeth honno'n nodweddiadol o'r ugeinfed ganrif, ac o'r herwydd ceir pwyslais ar broses, ac ar y ffaith bod prosesau bywyd yn benagored. Byddai rhai yn dweud, felly, fod hynny yn wrthwyneb i'r hyn y mae'r canu caeth yn medru dygymod ag ef. Gan fod y canu caeth yn epigramatig, gall ymddangos yn ffurf orffenedig a 'chaeedig'. Ond nid fel yna rych chi'n ei gweld hi?
Wel, mae 'na elfen o geisio rhoi trefn ar anhrefn yn y canu caeth yn sicr. Dyna beth oedd yn y Canol Oesoedd wrth gwrs. Ceisio adlewyrchu trefn gymdeithasol oedden nhw a honno i fod yn drefn berffaith. Yn y farddoniaeth 'roedd y drefn yn berffeithiach nag oedd hi o ddifrif.

Mi welwch chi'r un peth gan T. Gwynn Jones.
Yn union, mae T. Gwynn Jones yn ceisio creu byd perffaith, delfrydol ac mae'r canu caeth yn ddelfrydol ar gyfer hynny. 'Rydw i'n credu ei fod o'n rhoi rhyw fath o drefn i chi yng nghanol anhrefn. Mae marwnad yn ceisio rhoi rhyw fath o drefn ar anhrefn. Mae pawb yn ceisio cael trefn i'w fywyd 'dwi'n meddwl oherwydd mae bywyd mor anhrefnus, mor ansicr ac mor gyfnewidiol. Ond mae'n rhaid i chi wynebu hynny hefyd 'dwi'n meddwl. Gallech chi ddweud fod fy marddoniaeth i i gyd yn cael ei dylanwadu gan hyn. Pam, tydw i ddim yn gwybod. Efallai mai dylanwad darllen Hardy yn gynnar ydi o, efallai mai dylanwad darllen Wilfred Owen yn gynnar. Mi ges i sioc pan sylweddolais yn ifanc iawn mai dim ond 25 oed oedd Wilfred Owen yn cael ei ladd a'i fod o mor ifanc yn marw.

A Hedd Wyn wrth gwrs.
A Hedd Wyn. 'Roedd fy nhaid yn adnabod Hedd Wyn. 'Rydw i wedi cael stori Hedd Wyn er pan o'n i'n fach. Ac mae pethau fel yna yn treiddio i mewn i'ch isymwybod chi. Breuder bywyd. A sôn am fesurau gyda llaw. Un peth 'roedd Hardy wedi ei ddangos a'i ddysgu yw ei fod yn fardd sawl mesur. Allwch chi ddim dychmygu'r gerdd hon ar y mesur yna. 'Roedd o'n gwybod beth oedd o'n ei wneud. Hynny yw

'roedd o'n gymaint o feistr ar y peth. Ac 'rydw i'n gweld elfen o hynny ynddi hefyd. Mae'n rhaid i chi wynebu'r breuder a'r ansicrwydd yma. Beth ydw i yn ei sylweddoli fwy a mwy heddiw, wel trwy'r ugeinfed ganrif i ddweud y gwir – er fy mod i'n rhy ifanc i gofio'r Rhyfel o ran profiad – yw bod digon o freuder ac ansicrwydd fel y mae hi, ond mae holl wead, holl anhrefn y byd yn gwthio mwy a mwy o hyn arnoch chi erbyn hyn. Dyna yw dilema fawr yr ugeinfed ganrif, fod dyn yn gorfod brwydro, nid am hunaniaeth, ond brwydro i *fod* hyd yn oed. Fod 'na beiriannau enfawr yno yn barod i'w dileu nhw, ac nid dileu unigolion ond dileu miliynau o filiynau o bobl. A 'dydy'r hyn a ddigwyddodd yn Efrog Newydd ar Fedi 11 yn ddim byd ond enghraifft arall o'r prosesau dinistriol yma. Mae hyn drwy fy marddoniaeth i gyd. Mewn oedran sensitif iawn mi gefais fy syfrdanu, pan oeddwn i'n dechrau ymhél â barddoniaeth, fod y fath beth â'r gwersylloedd carchar Natsïaidd yma i'w cael. 'Doeddwn i ddim yn gallu credu'r peth. Tan oeddwn i'n 12-13 oed. Ac 'rydw i'n cofio mai prawf Adolf Eichmann ar y teledu a ddaeth â'r peth yn fyw i mi. Ac nid oeddwn i'n sylweddoli hyn. 'Doeddwn i ddim wedi ei gael o mewn hanes yn yr ysgol. Wedyn, yn raddol, yr holl bethau yma yn crynhoi yn eich meddwl chi ac mae o'n wir am bawb. Yr argraffiadau cynnar yma i gyd yn ymgrynhoi, yn suddo i mewn i chi, ac yn dod allan ohonoch chi yn y dyfodol fel petai. 'Rydw i yn ymwybodol fod angen trefn. 'Rydw i hefyd mewn cerddi caeth yn aml iawn yn dathlu ein bodolaeth ni. A hyd yn oed mewn marwnadau 'rydw i'n dathlu 'ein bod ni yma o hyd' fel petai. Ac 'rydw i'n dathlu bywydau unigolion. 'Rydw i'n gredwr cryf mewn unigolyddiaeth, fel Waldo mewn ffordd a fel sawl un arall. Dyna yw bardd i mi – unigolyn. Unigolyn a chanddo ffordd arbennig o edrych ar fyd ac ar fywyd, a dyna sydd yn gwneud barddoniaeth sef bod pawb yn edrych ar bethau mor wahanol yntê. Petai pawb yn edrych ar bopeth yr un fath yn union mi fuasai'n bur anniddorol.

Rych chi wedi sôn felly yn fras am yr hyn mae'r caeth a'r rhydd yn ei olygu i chi. Mewn ffordd, dwy ffordd wahanol o geisio gosod trefn ar bethau.

Yn bennaf oll, yr hyn sydd gennych chi, yn hwylus wrth law, yw mesurau. Mae rhyw bwnc yn mynd i weddu'n well yn y mesur yma neu'r mesur yma. Beth bynnag ydych chi eisiau ei ddweud mae gennych chi ddigon o amrywiaeth o fesurau ac mi fydd hwnnw yn dweud wrthych chi pa un yw'r mwyaf addas, y gerdd sy'n pennu'r ffurf. 'Rydw i'n cofio ceisio ysgrifennu cerdd – 'Meirch Llangyfelach' – ac 'roeddwn i'n meddwl mai cyfres o englynion fyddai hi. Ond 'doedd hi ddim yn gweithio fel cyfres o englynion. Ac mi ddaeth yna fesur arall, ac mae hi wedi dod yn gerdd eithaf adnabyddus, ond petasai hi ar ffurf yr englynion fuasai hi ddim cystal cerdd. Mi sylweddolais i'r adeg honno, a chyn hynny i bob pwrpas, fod y gerdd yn dewis ei ffurf ei hun.

Mae'n gwrthryfela hefyd os na chaiff hi ei ffordd.
'Rydw i'n gwybod os nad yw hi yn y mesur iawn.

Gadewch i ni droi at ffurfiau eraill. Mae cynifer ohonyn nhw. Gadewch i ni ddefnyddio esiampl neu ddwy yn unig. Sonedau. I mi, un o'ch campweithiau chi yw 'Sonedau i Janice'. Pam wnaeth y soned fynnu eich bod chi yn ei dewis hi yn yr achos yma?
'Rydw i wedi ceisio datblygu fy arddull fy hun ar ffurf y soned a hefyd 'rydw i'n cynganeddu yn fy sonedau, ac mae gwahanol ffurfiau a mathau o gynganeddu. Mae un soned sy'n croesodli ac yn y blaen. 'Rydw i'n ceisio arbrofi. 'Rydw i'n hoff o'r soned. Mater o ddarllen Donne, Shakespeare a sonedau beirdd fel Auden a Seamus Heaney. Tydi'r soned ddim yn fesur hen ffasiwn sy'n perthyn i'r gorffennol, mae'r beirdd cyfoes yn ei ddefnyddio. Unwaith eto, 'rydw i'n hoffi'r anodd ac 'rydw i'n hoffi'r englyn, y cywydd a'r soned. 'Rydw i'n meddwl fod y *vers libre* yn anodd. Mae'r *vers libre* yn fwy anodd bron nag unrhyw beth. Yr her i mi yn hwnnw ydi eich bod chi'n gallu gwneud beth leiciwch chi, ond allwch chi ddim, oherwydd mae 'na'r fath beth â pharchu rhythm a ffurf a siâp, ac mae meistri fel R. S. Thomas yn gwybod hyn. Ac mae *vers libre* pobl fel R. S. Thomas mor gaeth ag unrhyw gerdd gaeth gewch chi. Yn y sonedau serch i Janice, efallai fy mod i'n ymglymu â sonedau serch Donne, efallai fy mod i'n

ymglymu â sonedau Shakespeare. Nid yw fy nhraddodiad i yn Gymreig yn unig. Hynny yw, 'rydw i wedi defnyddio confensiynau'r Gymraeg, yr iaith Gymraeg, 'rydw i wedi defnyddio'r technegau gyda'r gynghanedd ac yn y blaen, ond y tu ôl i mi mae 'na gruglwyth o ddylanwadau i fod yn onest, ac mae'r rheiny wedi eu troi drwy fy melin i fy hun, fel pob bardd neu lenor arall.

Mae gen i barch mawr i'ch sonedau chi i Janice oherwydd eu bod nhw ymhlith y cerddi nwydwyllt mwyaf grymus sydd i'w cael yn y Gymraeg, yn sicr yn y Gymru fodern. Mae'r elfen o'r erotig mor gryf ynddyn nhw; a'r awgrym fod yr erotig yn gallu bod yn gyfrwng neu fodd i chi gamu i fyd newydd. Y wedd ddadorchuddiol/ddadlennol ar yr erotig. Mae'n ddatguddiad. Ydi hynny'n deg?
Ydi, mae o'n hollol deg. Mi fuaswn i'n cytuno â chi. Beth yw sonedau Janice yw dathliad o gariad. Ac os ydych chi'n mynd i ddathlu cariad mae'n rhaid i chi wneud hynny yn ei gyflawnder, gan gynnwys yr erotig, y cnawdol, ac yn y blaen. Ac mae'r ysbrydol yno hefyd. Mae 'na gymysgu pethau yn llwyr. Ceisio diffinio cariad mae rhywun yna ond dathlu a gorfoleddu ar yr un pryd. Ac wrth gwrs 'roeddwn i'n gwneud y peth, yn fy meddwl i, mewn ffordd gelfyddydol, ond wyddoch chi 'roedd 'na un adolygiad yn *Y Llan* (y cylchgrawn eglwysig) oedd eisiau gwahardd y llyfr – ac 'rydych chi'n dathlu *cariad*. 'Roeddwn i'n teimlo fy mod i yn ôl yng nghyfnod D. H. Lawrence a Huxley, a Prosser Rhys yng Nghymru, ac 'rydych chi'n dechrau gweld beth oedd y rhain wedi ei gael. 'Roeddech chi'n meddwl eich bod chi wedi cael gwared o hyn'na erstalwm. Ond, maen nhw'n gerddi erotig yn fwriadol, ac 'roeddwn i'n falch eich bod chi'n cyfeirio atyn nhw i ddweud y gwir, oherwydd 'roeddwn i'n ceisio gwneud rhywbeth gwahanol eto yn y rheiny.

Oes eu tebyg nhw i'w gael yn y Gymraeg?
Dim hyd y gwn i. Mae'r canu serch Cymraeg yn dueddol o fod yn felys ac yn delynegol a llawer o ddiffyg dyfnder ynddo, hynny sydd! Tydi'r canu serch yn y Gymraeg yn yr ugeinfed ganrif ddim yn gryf iawn, ond mae 'na eithriadau.

Meddyliwch chi am gwpwl o gerddi gwych gan Waldo, i Linda, ac ychydig o gerddi gan Williams Parry i'w wraig, Myfanwy. A cherddi serch Bobi, wrth gwrs. Ond ewch drwy rai Parry-Williams ac yn y blaen a chewch chi fawr o ddim byd. Ambell gerdd serch gynnar gan hwnnw, dyna'r cyfan. Tydio ddim yn draddodiad cryf, cryf yn yr ugeinfed ganrif. Mae 'na feirdd nad ydyn nhw wedi ysgrifennu cerdd serch yn eu bywydau, sydd i mi yn anhygoel.

Mewn cynifer o'r cerddi erotig mawr – Donne 'To His Mistress Going to Bed' ac yn arbennig 'The Good-Morrow' – yr hyn sydd yn fy nharo i yw fod 'na ryw fath o ofn neu ofid yn cyniwair yn y cerddi. Yr ochr arall i'r geiniog neu'r ddalen yw'r perygl fod hyn i gyd yn mynd i ddod i ben, na all ef oroesi. Ydi hynny ddim yn rhan o'r hyn sy'n grymuso'ch ysgrifennu chi?

Yn sicr. Mae gen i ddiddordeb mawr mewn hanes. Mi oeddwn i'n gwneud hanes fel pwnc yn yr ysgol ond nid yn y Brifysgol. Mi es i at yr ochr lenyddol yn gyfan gwbl yn y Brifysgol yn naturiol. Mi wnaeth rhywun fel Gareth Alban Davies fy ngalw i'n 'fardd trist a phesimistaidd'. Wel, efallai ei fod o'n iawn, ond mae llawer o lawenydd a llawer o ddathlu yn fy ngherddi, ac eto mae'r cyfan dan gwmwl, oherwydd mae'n rhaid i chi gyfaddef, 'rydych chi'n gwybod eu bod nhw yn mynd i ddod i ben. Trwy fod â diddordeb mewn hanes 'rydych chi'n darllen am bethau erchyll sydd wedi digwydd. 'Rydych chi yn siarad iaith sydd dan warchae bron yn feunyddiol. 'Rydych chi'n ceisio eich mynegi'ch hun dan bwysau iaith dan fygythiad. Ac i mi, erbyn heddiw, mae 'na sawl math o fygythiad. Mae 'na fygythiad oherwydd bod y nifer o siaradwyr yn lleihau. Mae 'na fygythiad gwaeth bron erbyn heddiw, sef ansawdd Cymraeg lafar pobl, ac ar y cyfryngau yn aml iawn maen nhw'n porthi'r math yma o safon. Wel, mae 'na eiriau wedi diflannu a diflannu. Nid hen eiriau, ond geiriau'r ydym ni yn eu defnyddio. Geiriau gwych, cryf iawn. Mae hwnnw yn miniogi'ch mynegiant chi.

Roeddwn i'n mynd i ofyn ichi am hynny. Rydw i newydd gyhoeddi cyfrol am Kitchener Davies ac fe rydw i'n sôn yn

fan honno am y profiad rhyfedd a gafodd e o fynd â'i Gymraeg ef i'r Rhondda, lle'r oedd y Gymraeg gyfoethog honno yn annealladwy, yn ddiwerth, yn ofer, yn ddibwrpas. Roedd hi'n ddiffrwyth yn yr ystyr nad oedd hi'n esgor ar ddim. Ar hyn o bryd, rydw i gyda chi yma yn Nhreforys. Rydw i'n dod i'r tŷ yma ac mae e fel ynys o Gymreictod. O'r herwydd, mae 'na ddwy wedd ar eich ymdrin chi â iaith. Y naill yw'ch bod chi'n teimlo'n ddiymadferth wrth ei harfer hi, ond y wedd arall yw'ch bod chi'n gwerthfawrogi'r iaith ac yn ei hanwylo hi yn fwy nag erioed oherwydd eich bod chi mor ymwybodol ei bod hi ar fin diflannu.

'Rydych chi'n hollol iawn. 'Rydw i'n teimlo'n aml iawn fy mod i'n ysgrifennu mewn iaith sy'n marw. Mae pobl wedi cael llond bol ar glywed am yr iaith yn marw erbyn heddiw. Wrth gwrs eu bod nhw. 'Rydym ni wedi cael cymaint ohono fo gan gynnwys canu pobl yr un fath â fi. Ond 'rydw i yn ei chael hi'n anodd dianc rhag hwnnw yn aml iawn, yn enwedig ar ôl i mi gael fy magu yn ystod cyfnod J. R. Jones, Cymdeithas yr Iaith, etc. 'Roedd hwn hefyd yn rhan o'ch magwraeth chi.

Ac mae cyfoeth o dafodiaith gennych chi. Felly, hyd yn oed os na fydd yr iaith Gymraeg farw, mi fydd eich iaith *chi* farw yn bydd?

Ac mae'r ffaith fy mod i'n golygu llyfrau, fy mod i'n gyhoeddwr hefyd yn berthnasol yn y cyswllt hwn. Mae'n broblem oherwydd 'rydw i'n tywys llyfrau drwy'r wasg. A gadewch i ni fod yn hollol onest, mae rhai ohonyn nhw'n cael eu henwebu ar gyfer gwobrau pwysig ac yn ennill gwobrau pwysig na fydden nhw byth bythoedd yn mynd yn agos at y gwobrau yna fel arall, heblaw fy mod i wedi caboli'r iaith yn aml iawn iddyn nhw. Ac mae hynny, erbyn hyn – ac mi fuasai Janice fy ngwraig yn cadarnhau hyn – yn fy nigalonni ers dwy neu dair blynedd: y ffaith fod y Gymraeg yn mynd yn salach ac yn wannach. Mae gramadeg yn ofid i mi i ddweud y gwir, gan bobl sy'n ysgrifennu, gan lenorion dawnus, ond mae'r iaith yn sicr yn teneuo. Pan yw eich geirfa chi yn mynd yn brinnach ac yn brinnach mae eich ffordd gref chi o ddweud pethau yn mynd yn wannach ac yn wannach. 'Rydych chi'n colli'r geiriau i ddweud y pethau 'ma. Mi oeddwn i'n arfer ysgrifennu i *Pobol y Cwm*. Mae 'na un neu ddau o gymeriadau yno na allwch chi roi Cymraeg llafar rhy dda iddyn nhw, oherwydd eu bod yn methu fel actorion ac fel cymeriadau ag ymdopi â'r iaith. Mae hyn yn dod yn broblem os ydych chi eisiau dweud rhywbeth dwys yng ngenau'r rhain. Mae 'na broblemau felly yn dod i mewn i'r peth. 'Rydw i'n meddwl eu bod nhw'n creu tensiwn yng ngherddi rhywun, yn sicr.

Achos eich bod chi'n teimlo, i aralleirio J. R. Jones, 'fod yr iaith yn eich gadael chi'.
Ie, yn union. Ac fel yr oeddech chi'n dweud, 'rydych chi yn ei hanwylo hi fwyfwy oherwydd hynny ac 'rydych chi'n benderfynol eich bod chi'n mynd i wneud y gorau allwch chi tra mae hyn yn digwydd.

Ond mi gefais i brofiad trist mewn ffordd pan oeddwn i'n gweithio yn y Brifysgol yn Abertawe. 'Roeddwn i'n darllen cywydd gan Gerallt Lloyd Owen o flaen dosbarth o fyfyrwyr a 'doedden nhw ddim yn deall y cywydd. Mi wnaeth hynny fy nharo i. Ac mi ddarllenais gerddi symlach na'r cywydd hwnnw. 'Doedd y cywydd yna ddim yn astrus ond 'roedd o'n gyfoethog. 'Doedden nhw ddim yn deall y cywydd ac 'roedden nhw'n cyfaddef hynny.

Beth am y rhai hynny fyddai'n dweud fod 'na iaith newydd yn cael ei chreu, iaith na fyddech chi, efallai, yn fodlon ei harddel hi, na'i chydnabod hi, ac yn sicr na allwch chi mo'i defnyddio hi fel bardd oherwydd nid eich iaith chi yw hi?
Wel, mae rhai beirdd yn defnyddio'r iaith yna yn does? Maen nhw'n tyfu gyda'r iaith. Mae'n iawn iddyn nhw ddefnyddio'r iaith yna. Mae'n rhaid i mi, mae'n ddrwg gennyf, ddefnyddio iaith wahanol, ond iaith fyw ydi hi. Dyma'r broblem. Mae pob iaith ym mhob cyfnod yn newid. Mae Saesneg wedi newid drwy'r canrifoedd. Nid cymaint â'r Gymraeg. Yn bersonol 'rydw i'n meddwl fod Chaucer yn fwy dealladwy heddiw i Sais na Dafydd ap Gwilym i Gymro. Tydw i ddim yn gwybod a ydw i'n gywir yn hynny o beth. Mae iaith yn

newid. Mae hi'n wahanol pan yw iaith yn newid yn naturiol. Pan yw iaith gref fel Saesneg yn newid yn Americaneg. Mae gan Americaniaid bron eu fersiwn eu hunain o'r iaith Saesneg. Weithiau nid ydym yn deall yn union beth maen nhw'n ceisio ei ddweud, ac mae mwy a mwy o idiomau Americanaidd yn dod i mewn. Ond ieithoedd mawr yw'r rhain sy'n newid yn naturiol. Iaith sy'n newid dan warchae a dan fygythiad yw'r Gymraeg. Dyna'r gwahaniaeth a hwnnw yw'r poendod. Nid newid 'rydym ni am ei bod yn iaith gref, a miliynau a miliynau yn ei siarad. 'Rydym ni'n newid oherwydd ein bod ni dan fygythiad y Saesneg Americanaidd yna, Saesneg Lloegr, y teledu, y cyfryngau. Dyna pam yr ydym ni yn ei newid, dyna ydi'r gofid oherwydd tydio ddim yn newid naturiol. Dyna sydd yn fy mhoeni fi. Ofn sydd gen i i iaith lafar droi'n fratiaith ac i fratiaith droi'n *patois*.

Pan fydda' i yn dysgu Donne yn y Brifysgol heddiw – i fynd yn ôl at Donne a *Sonedau i Janice* – mae ambell i fyfyriwr neu fyfyrwraig yn ogystal â chydweithwyr sy'n dweud nad ydi hyn yn briodol, oherwydd os edrychwch chi ar gerddi serch Donne, mae'r cwbl mor wrywaidd. Rydw i wedi clywed rhai yn dweud yr un peth am eich sonedau chi i Janice, fod y cyfan yn cael ei sgrifennu o safbwynt y gŵr, a felly nad ydyn nhw'n cydnabod profiad hunaniaeth y fenyw.

Wel, yr ateb i hynny yn syml iawn yw mai fy ngherddi i i Janice oedden nhw. Fy agwedd i ati hi oedd o. 'Rydw i yn ysgrifennu am ferched yn fy marddoniaeth, Ann Griffiths, ac eraill. 'Rydw i ar hyn o bryd yn ysgrifennu ffilm o safbwynt y ferch – ffilm am Edward Thomas a Helen – ac mae'r ffilm i gyd o safbwynt Helen. Mae'r ffilm yn rhannol seiliedig ar ei llyfr hi ac ar gruglwyth o waith ymchwil ar ben hynny. Mae'n rhaid i mi gael y seiliau ffeithiol yn gywir cyn dechrau ar beth fel hyn. Yn y math yma o ffilm mae'n rhaid i chi fod yn hollol gywir. Bydd hon o safbwynt Helen yn ceisio deall pam yr aeth Edward i'r gad – o gofio fod teulu ganddo a'i fod yn nesáu at oedran gŵr na châi o fynd i'r fyddin. Dyma yw ei dilema hi yn y ffilm, ac 'roedd hon yn ddilema gan Helen go iawn wrth gwrs. Mae Helen eisiau ceisio deall ei pherthynas hi â'i gŵr, ac 'roedd y berthynas honno yn berthynas stormus yn aml iawn. Yn fwy na hynny 'roedd eu hamgylchiadau nhw yn ddifrifol o anodd ar brydiau, Edward yn ceisio gwneud bywoliaeth trwy adolygu ac yn y blaen, ac 'roedd pob math o broblemau ganddyn nhw.

Gadewch inni droi 'nôl at yr ymdeimlad yma o fregusrwydd/breuder bywyd. Mi ddywedai rhai eu bod nhw'n gallu gweld siwd y gall hynny ddeillio o un o'ch profiadau cynnar iawn chi, a bod hynny'n eich gwneud chi'n groendenau, yn ddrwgdybus o bobl, eich bod chi'n gweld bygythiad, a'ch bod chi'n dueddol o wahaniaethu'n gryf rhyngom *ni* a *nhw* (y rhai hynny sydd ar ein hochr ni a'r rhai hynny sydd yn ein herbyn, sef y gelynion). Sut fyddech chi'n ymateb i'r feirniadaeth honno?
'Rydw i'n gallu bod yn groendenau oherwydd, yn syml iawn, mae gen i'r fath barch at grefft eiriol, at feirdd 'rydw i yn eu hystyried yn feirdd o bwys, ac 'rydw i'n gweld pethau dwl yn cael eu dweud yn aml iawn. Ac 'rydw i'n dechrau mynd yn anniddig wedyn oherwydd 'rydych chi'n gwybod beth ydych chi'n ei wneud eich hun a tydi hyn ddim yn cael ei weld na'i werthfawrogi neu ei ddeall ac 'rydych chi'n teimlo'n rhwystredig.

Allwch chi roi enghraifft i fi o'r hyn rych chi'n dal i deimlo nad yw e wedi cael ei weld na'i gydnabod yn eich cerddi chi?
Wel, gallwn. Mae 'na nifer helaeth o gerddi unigol gen i, ac 'rydw i'n gwybod fod pobl yn eu darllen nhw, ond ychydig o ymateb sydd i'w gael yn Gymraeg. 'Does dim llawer o gylchgronau i fod yn onest. Ac mi gefais ymateb gwych iawn i *Ffarwelio â Chanrif* mae'n rhaid dweud, ond i mi, 'roedd y cerddi hynny eu hunain ymhlith fy mhethau gorau i oherwydd 'roedden nhw'n wahanol, yn eironig, yn chwarae ar wahanol gyweiriau ac 'roeddwn i'n ceisio mynegi rhywbeth hynod o gymhleth, sef fy mod i'n byw mewn canrif arbennig, mewn gwahanol arddulliau, arddulliau a mesurau. Mae gen i englynion i Edward Thomas yno, i Francis Ledwidge. 'Roedd o i gyd yn rhan o'r patrwm. 'Roeddwn i'n

eu coffáu nhw. Beth oeddwn i'n ei wneud oedd coffáu llenorion o Saeson ar ffurf Gymreig hollol fel yr englyn. 'Roeddwn i'n chwarae trwy hwnnw, chwarae gyda'r cerddi *vers libre*, pob math o bethau.

Felly mae e'n gyfanwaith cymhleth i chi, yn hytrach nag yn gasgliad o gerddi?
I mi 'roedd o'n gyfanwaith cymhleth o gerddi ac mae o wedi cael ei dderbyn, ond mae 'na nifer helaeth o gerddi unigol arbrofol gen i a tydw i erioed wedi gweld unrhyw gyfeiriad atyn nhw. A beth sy'n eich taro chi yw fod rhyw gerddi prentisaidd sydd gennych chi sy'n dal i gael eu canmol. Er enghraifft, mi wnes i ennill cadair yn Eisteddfod Genedlaethol 1973 â cherdd hollol anaeddfed, hollol brentisaidd, ac mi ges i lythyr yn ddiweddar yn gofyn am yr hawl i ddefnyddio'r gerdd fel darn cerdd dant. Mi ydwi wedi symud yn bell iawn oddi wrth y math yna o beth, ond eto tydi pobl ddim yn symud gyda chi. 'Rych chi'n symud un ai'n rhy gyflym neu – a hyn 'dwi'n meddwl – 'dyw pobl ddim yn fodlon darllen llawer o farddoniaeth y dyddiau yma. Mae'n well ganddyn nhw lynu wrth yr hen bethau.

Os ydw i'n groendenau, ni fuaswn i'n gallu creu pe na bawn i'n groendenau, oherwydd 'rydach chi'n sensitif i bob mathau o bethau. Ac 'rydw i yn mynd yn rhwystredig. 'Rydw i wedi siarad am feirdd fel Dewi Stephen Jones. Mae pobl eraill yn wfftio Dewi Stephen Jones. Felly 'rydw i'n mynd i deimlo'n rhwystredig fod y fath sylw yn cael ei roi i gerddi mae dyn yn gwybod nad ydyn nhw'n arbennig o dda yn y Gymraeg. Efallai felly fy *mod* i'n groendenau, ac y dylwn i bledio'n euog!

I fynd yn ôl at gerddi *Ffarwelio â Chanrif* a hefyd rai o'r casgliadau cynharach, cerddi i feirdd, llenorion ac artistiaid ac yn y blaen ledled daear. Rydych chi'n eang iawn eich cwmpas. Fyddai'n deg dweud eich bod chi'n chwilio am eich cynefin a'ch cyfeillion, y syniad yma o gwmwl tystion – yr hyn y mae Vernon Watkins yn ei alw'n 'elective affinities'?
'Rydw i'n cytuno'n llwyr. 'Rydych chi'n dod i adnabod

beirdd eraill, nid yn y cnawd yn unig, ond trwy eu llyfrau a'u gweithiau. I mi *mae* 'na gwmwl tystion. 'Rydw i wedi ysgrifennu teyrngedau iddyn nhw. Efallai mai dyma sut 'rydw i yn wahanol i feirdd eraill, ond mae 'na bobl 'rydw i'n teimlo mor agos atyn nhw. Maen nhw yma o fy nghwmpas i. 'Rydych chi'n rhan ohonyn nhw ac maen nhw yn rhan ohonoch chi. 'Rydw i'n ysgrifennu cerddi amdanyn nhw. Maen nhw'n gyfeillion i mi. Mae gen i gerdd sy'n datgan na allwn ni byth fod yn unigolion bellach. 'Rydym ni i gyd yn un. 'I am large, I contain multitudes', chwedl Whitman. 'Rydw i'n credu'n gryf yn hynny. Mi wnes i ysgrifennu cerdd yn ddiweddar yn dyfynnu Donne, 'No man is an island', y darn rhyddiaith gwych yna am y gloch. Erbyn hyn 'rydw i wedi mynd i deimlo eich bod chi'n unigolyn ond eich bod chi hefyd yn rhan o genedl ac o fyd. Mae hynny'n bwysig i mi. Po hynaf y mae rhywun yn mynd, mwyaf mae rhywun yn sylweddoli pa mor ddifaol a melltithiol mae rhywbeth fel hiliaeth yn gallu bod. 'Rydw i yn gwybod llawer iawn am feirdd y byd. Yn fy ffordd fach i fy hun, 'rydw i'n Gymro, mae gennym ni'r wlad yma. Yr hyn a fynnwn i ei ddweud wrth bobloedd eraill yw ''Rydym ni yn eich parchu chi. A fedrwch chi ein parchu ni?'

Ydi hi hefyd yn wir eich bod chi'n mynnu fod gennych chi hawl i arddel perthynas hyd yn oed â mawrion llên y byd, oherwydd nad yw'r ffaith taw yn y Gymraeg rych chi'n ysgrifennu yn eich atal chi rhag gwneud hynny?
Yn union. Meddyliwch am Sylvia Plath. Dyna fardd sydd o ddiddordeb mawr i mi, i ddechrau, heb sôn am Ted Hughes (ac mi fûm i'n ffodus iawn o gyfarfod â Ted Hughes – un o uchafbwyntiau fy mywyd i). Wel, mae hi'n anochel eich bod chi'n meddwl fod y rhain yn rhan mor fawr ac mor bwysig o'ch bywyd chi. 'Rydych chi'n darllen eu gweithiau nhw, 'rydych chi'n ymateb iddyn nhw, 'rydych chi'n ysgrifennu amdanyn nhw. Meddyliwch am feirdd fel Lorca neu John Cornford: 'rydw i'n ysgrifennu amdanyn nhw. Maen nhw yna. Dyna pam y maen nhw'n dod allan yn fy ngherddi i. Efallai fy mod i'n wahanol. Yn aml iawn 'dydyn nhw o ddiddordeb i neb arall. 'Dydi pobl ddim yn gwybod pwy ydi

John Cornford. Ond 'does dim ots am hynny. Mae'n rhaid i mi ysgrifennu'r hyn 'rydw i eisiau ysgrifennu amdano.

A hefyd rych chi'n tanlinellu'r ffaith fod yn rhaid dal wrth safonau cydwladol wrth ymdrin â llenyddiaeth?
Ydw. Mae pobl yn mynd i anghytuno yn chwyrn â fi ynglŷn â hyn. Allwn ni ddim goroesi yn y byd aml-gyfryngol yma bellach trwy godi ffiniau. Mae gennym ni ffin. Mae'n rhaid i ni barchu'r iaith. Honno fydd ein ffin naturiol ni. Ond mae'n rhaid i ni edrych dros y clawdd hefyd. Mae'n rhaid i'r clawdd fod yn gryf, ond tydio ddim wrth gwrs. Os ydym ni yn mynd i'n hynysu ein hunain yn llwyr yn y byd aml-gyfryngol, cosmopolitan yma, 'rydym ni'n mynd i farw. Gennym ni mae'r dewis a'r cyfrifoldeb. Mae ieithoedd eraill yn ei wneud o ac yn cadw eu hiaith a'u safonau. Tydw i ddim yn meddwl eich bod chi'n mynd i achub yr iaith drwy raglenni israddol ar S4C, yn enwedig i fynd at y byd aml-gyfryngol, ymysg pobl ifanc, pan mae gennych chi'r fath ddewis ar deledu lloeren. Tydw i ddim yn meddwl eich bod chi'n mynd i ennyn diddordeb pobl mewn llenyddiaeth oni bai fod y llenyddiaeth honno gystal – nid cystal ar raddfa eang, mae hynny'n amhosibl – ond cystal ar raddfa fechan. Er enghraifft, 'rydyn ni'n cynhyrchu Waldo, Williams Parry, Gwyn Thomas. 'Rydw i wedi ceisio datgan hyn drwy *Hedd Wyn*. Mi gafodd *Hedd Wyn* gydnabyddiaeth ryngwladol. Mae fy marddoniaeth i wedi cael cydnabyddiaeth ac wedi cael ei chyfieithu i sawl iaith, fel nifer o feirdd Cymru heddiw. Mae hyn yn beth gwych ac yn dangos ein bod ni yma a'n bod ni'n creu pethau fel hyn. Ac 'roeddwn i'n meddwl fod y rhifyn arbennig Cymraeg o *Modern Poetry in Translation* yn dal ei dir gystal ag unrhyw gyfrol yn unrhyw iaith heddiw. Mae'n rhaid i chi arddel y safonau yma 'dwi'n meddwl. Tydw i ddim yn dweud am eiliad fy mod i'n eu cyrraedd nhw, tydw i ddim. Ond y beirdd yma y cefais fy magu gyda nhw, dyna oedd fy safonau i yn anochel. Wedyn yr es i at nifer o feirdd Cymru.

Gadewch inni droi at sefydlu cymdeithas Barddas, ac ati, a'r holl waith rych chi wedi ei wneud drwy gyfrwng ac ar ran y gymdeithas honno. Yn eich hunangofiant *Glaw ar*

***Rosyn Awst* fe grynhowyd y cymhellion a roddodd fod i'r gymdeithas honno. Ai fel yna rych chi'n gweld gweithgarwch y gymdeithas o hyd?**
Ia. 'Doedd gennym ni ddim cymdeithas farddoniaeth fel y cyfryw. Ac ar y pryd 'roedd 'na ddiddordeb mawr yn y gynghanedd, ond wrth gwrs 'doeddwn i erioed wedi bwriadu i Barddas ganolbwyntio ar y gynghanedd yn unig, er 'roedd o'n beth cyfleus fod gennym ni gymdeithas gerdd dafod. Ond cerdd dafod yn yr ystyr eang oedd gen i. Yr hyn oedd yn wych oedd fod 'na gymdeithas a thŷ cyhoeddi oedd yn canolbwyntio ar farddoniaeth, ar flodeugerddi, ar feirniadaeth lenyddol, ar feirdd. Ac 'rydw i'n ymfalchïo fod Barddas wedi dod â nifer o feirdd i'r amlwg trwy'r cylchgrawn a'r llyfrau. Meddyliwch am Fihangel Morgan. Mae o'n fwy adnabyddus fel llenor erbyn heddiw, ond Barddas a roddodd y cyfle cyntaf iddo. Ni a gyhoeddodd ei ddwy gyfrol o farddoniaeth o, a hynny pan nad oedd neb yn gwybod amdano. Mae hi'n fagwrfa, ac mae hi'n fan trafod. Ble byddech chi'n trafod? Mae 'na safle ar y We erbyn hyn, ond yn bennaf oll yn ymwneud â'r gynghanedd, ac 'rydych chi eisiau agor y peth yn ehangach na hynny 'dwi'n meddwl. Ac 'roedd o'n gyfrwng i mi yn bersonol drafod Gwyn Thomas, Thomas Hardy, neu pwy bynnag, ac 'roedd o'n gyfle i bobl eraill wneud hynny. 'Rydw i'n gobeithio fod y peth wedi gweithio i raddau. 'Rydym ni wedi cyhoeddi nifer helaeth o lyfrau erbyn hyn, ac 'rydym ni wedi ennill nifer o wobrau gyda'r llyfrau hefyd. Ond *cymdeithas* yw Barddas, nid *mudiad*. Rhaid i mi fod yn hollol onest, tydw i ddim yn hoffi mudiadau, a tydw i erioed wedi fy ystyried fy hun yn rhan o unrhyw fudiad. Mae o'n bwysig i mi nad ydw i ddim. Mae unigolyddiaeth yn bwysig i unrhyw lenor 'dwi'n credu. Nid mudiad yw Barddas. Mae hi'n gymdeithas ac yn ddrws agored i bawb, ac 'rydw i wedi cyhoeddi cerddi amrywiol iawn yna. Mae o'n llwyfan i rywun ddysgu, yn enwedig i feirdd ifanc.

Wrth greu llyfrau, rydych chi wedi tynnu sawl nyth cacwn i'ch pen. A chyn hynny roedd nifer o helbulon! O ystyried, felly, eich bod chi, yn ddiweddar, wedi bod yn sgriptio'r

gyfres deledu 'Adar Drycin', mae'r ymadrodd hwnnw yn ei gynnig ei hun yn syth fel disgrifiad ohonoch chi'ch hun. Fel aderyn drycin fyddai rhai yn meddwl amdanoch chi. Fyddech chi yn arddel y disgrifiad yna?

Na fyddwn. 'Rydw i yma yn mynd ymlaen â'm gwaith a 'does dim problemau enfawr ar hyn o bryd. Ond rhaid i mi ddweud fod llawer o'r ymateb yn dod nid oddi wrthyf i ond gan bobl eraill. Er enghraifft, 'roeddwn i'n cyhoeddi llyfr ac 'roedd yr ymateb yn chwyrn yn aml. 'Roedd Bobi Jones yn arfer dweud, 'Os ydych chi eisiau gwylltio'r Cymry cyhoeddwch lyfr sylweddol!' Y cyfan ydw i'n ei wneud yw ysgrifennu'r hyn ydw i eisiau ei ysgrifennu. Wrth gwrs 'roedd ymateb eithaf chwyrn ar brydiau. Er enghraifft, dyna chi gyhoeddi *Barddoniaeth y Chwedegau*. Astudiaeth hollol gytbwys, sylweddol, ofalus ydi hi. Mi enillodd y llyfr hwnnw ddwy wobr, un gan y Brifysgol a'r llall gan Gyngor y Celfyddydau. Mae'n dal i gael ei ddefnyddio. 'Doedd 'na neb wedi ysgrifennu am ddegawd, am gyfnod byr fel yna yn Gymraeg mor fanwl â hynny. 'Roeddwn i eisiau dangos portread o gyfnod oedd yn un pwysig iawn i mi. 'Roedd yn gyfnod ffurfiannol iawn yn ein hanes ni. A fy niddordeb i oedd sut 'roedd hynny yn mynd i gael ei adlewyrchu yn y farddoniaeth. Dyna oedd y thesis yn hwnnw. Ac eto 'roedd pobl yn ei feirniadu'n chwyrn ac yn gwneud hwyl am ei ben. Serch hynny, ar faes yr Eisteddfod mi ddaeth cenedlaetholwr, Geraint Jones, y cyntaf i gael ei garcharu yn enw Cymdeithas yr Iaith, a dweud 'Mi ges i'r dadansoddiad gorau o wleidyddiaeth y chwedegau mewn lle annisgwyl iawn, mewn llyfr ar farddoniaeth'. 'Roedd o wedi deall pwynt y llyfr! 'Roedd Bobi wedyn wedi adolygu'r llyfr ac wedi ei alw o'n 'llyfr hanes pwysig'. Ac 'roedd pobl wedi ymateb yn chwyrn i hynny gan nad llyfr hanes oedd o. Ond dyna'r pwynt 'roedd Geraint Jones yn ei wneud, fod hanes a barddoniaeth yn un yn y peth, fy mod i'n dehongli gwleidyddiaeth trwy gyfrwng llenyddiaeth. Ac 'rydw i wedi ceisio gwneud nifer o bethau fel yna drwy fy mywyd. Ond dyna chi enghraifft o'r ymateb chwyrn.

Gawsoch chi ymateb chwyrn hefyd i'r cerddi gan yr awdur dychmygol Meilir Emrys Owen. Roedd hynny'n arbrawf diddorol i mi ac yn fy atgoffa i o Pessoa, yr awdur Portwgeaidd.

'Roedd hwnnw yng nghefn fy meddwl i i ddweud y gwir.

Mi wnaeth Pessoa fabwysiadu nifer o ddulliau gwahanol o ysgrifennu, gan gymryd arno fod yn nifer o gymeriadau, o bersonau/bersonae gwahanol. Mae'n amlwg fod gennych chi ddiddordeb mawr mewn gwneud hynny a hwyrach ei fod yn cynnig rhyw fath o gyfle newydd ichi fynegi eich hun?

'Rydych chi'n iawn. 'Roedd 'na lawer o bethau. Arnaf i oedd y bai, y croendeneurwydd yma. 'Does gen i ddim elfen o israddoldeb nac uwchraddoldeb, dim ond bodoli ydw i, dyna i gyd ac mi 'rydw i'n gwneud hynny ar fy mhen fy hun. Mi es i un Eisteddfod Genedlaethol ac 'roedd 'na gondemniad ohono i mewn golygyddol mewn tri chylchgrawn gwahanol. A mi wnes i rywbeth 'gwirion' iawn, mi ysgrifennais farwnad i Saunders Lewis, a rhan o'r farwnad oedd nifer o englynion. Ac ymhlith yr englynion mae 'na un ydw i'n meddwl y byd ohono, ond 'doedd o ddim yn gweddu i'r gyfres ac 'roedd o'n difetha undod y gerdd. Un cyhuddiad yn fy erbyn i yw fy mod i'n gorgynhyrchu. Tydw i ddim yn credu'r fath beth. Mae pob cerdd ydw i'n ei llunio yn mynd drwy'r broses o gael ei chaboli, etc. All peth felly ddim bod yn 'orgynhyrchu' yn fy marn i. Beth bynnag, mi gyhoeddais yr englyn hwnnw heb enw yn *Barddas*, gan feddwl y byddai hynny'n datrys y broblem o 'orgynhyrchu'. Wel 'roedd 'na ganmol ar yr englyn gan bobl oedd yn ceisio fy nhynnu fi i lawr. Ac mi sylweddolais i, nid rhagfarn yn erbyn y gwaith sydd ganddyn nhw ond rhagfarn yn erbyn y person. A dyna un rheswm pam wnes i greu Meilir Emrys Owen – ac 'roeddwn i'n meddwl am Pessoa ar yr un pryd. Ac wrth gwrs 'roedd o'n gyfle i drio rhywbeth newydd. Ond y gwir ydi fy mod i wedi cyhoeddi cerddi yn y wythïen honno ymhell cyn hynny, ac ar ôl hynny. Mae nifer o gerddi *Ffarwelio â Chanrif* yn y wythïen Meilir Emrys Owenaidd.

Dych chi ddim am ddadlennu eich bod chi wedi mentro gwneud yr un math o beth ers hynny ych chi?
Na, ar fy llw! Fyddwn i ddim yn gwneud eto, oherwydd yn syml iawn 'does dim pwynt i'r peth. 'Roedd 'na bwynt i'r peth unwaith. Ac mi wnes i ddal sawl un i fod yn gwbl onest. Mewn gwlad fechan, y broblem yw fod yna genfigen yn codi, a bod pobl yn gweld Barddas yn dod yn rhy lwyddiannus. 'Roedd pobl yn ceisio tynnu Barddas yn ôl a'i thynnu i lawr, a fi oedd yr un i'w daro, fel yr un oedd yn amlwg y tu ôl i bopeth 'roedd Barddas yn ei wneud. Dyna beth ddigwyddodd. Mi ddwedais i y buasai fy marddoniaeth i'n cael mwy o chwarae teg trwy fod o dan enw arall.

Gadewch i ni sôn am yr holl lyfrau rych chi wedi eu cyhoeddi. Ac eithrio'r cerddi, pa lyfrau ydych chi'n eu gwerthfawrogi fwyaf?
Fy nghofiant i Goronwy Owen, oherwydd mae o'n seiliedig ar ymchwil fanwl ofnadwy. Beth oeddwn i am ei wneud oedd cael at y stori go iawn. 'Roeddwn i eisiau dad-fytholegu Goronwy, 'roedd yn rhaid i mi. Ac 'roeddwn i eisiau rhoi Goronwy yn ei oes, ac yn ei gyfnod. Mi roddodd hynny foddhad mawr i mi, oherwydd mae o'n gofnod cywir. Mae hyd yn oed yr arbenigwyr mwyaf wedi dweud hynny. A hefyd 'roeddwn i eisiau gosod barddoniaeth Goronwy yn ei chyd-destun. 'Dwi'n gwybod fod Saunders wedi gwneud hynny yn wych iawn yn *A School of Welsh Augustans* ond 'roeddwn i eisiau ei wneud yn fy ffordd fy hun, ac mi es i'n fanylach na Saunders. Ac 'roeddwn i'n falch o glywed Dafydd Glyn Jones, wrth adolygu'r gyfrol, yn dweud, 'Rydan ni i gyd yn gwybod *o ble* y cafodd Goronwy'r holl beth 'ma ond 'does 'na neb wedi dweud wrthym ni *pam*'. Yr hyn 'roeddwn i eisiau ei wneud oedd dangos beth oedd holl feddylfryd yr Awgwstiaid.

Mae llyfr fel *Y Grefft o Greu* yn eithaf pwysig i mi hefyd, oherwydd mae'n cynrychioli y math o drafodaethau 'rydw i yn eu gwneud, sef trafodaethau manwl ar farddoniaeth, ac sy'n seiliedig ar ymchwil gadarn ac ar wybodaeth. Yn bersonol, 'rydwi'n credu fod yn rhaid i chi gael hwnnw. Mae 'na un ysgol o feddwl heddiw sy'n dweud 'Tydach chi ddim eisiau gwybod pwy yw'r bardd, mae angen dileu'r ffynonellau, tarddleoedd'. Os gwnewch chi hynny mi wnewch chi gamgymeriadau difrifol, ac 'rydw i'n eu gweld nhw'n cael eu gwneud. 'Rydw i wedi dangos enghreifftiau ohonyn nhw yn *Barddas* wrth drafod Hardy ac yn y blaen. Mi allwch chi ddweud wedyn fod trafod barddoniaeth yn mynd yn beth beichus iawn os oes yn rhaid inni wybod am y bardd hefyd. Ond i mi, cyfoethogi'r farddoniaeth yw gwybod am Hardy, cyfoethogi gwaith Caradog Prichard. 'Rydw i wedi gwneud ymchwil fanwl a gwreiddiol ar Caradog Prichard, ac i mi mae o'n cyfoethogi *Un Nos Ola Leuad*, a dangos 'rydw i y ffordd y mae ei holl gefndir a'i holl ddarllen o yn cyfrannu at y nofel. Un o'r pethau mwyaf rhyfeddol oedd gennyf fi am Caradog Prichard oedd y ddelwedd yma o ddŵr, a phobl oedd wedi boddi. Ac mae honno wedi dod nid o Garadog Prichard ond o Housman. Mae o'n dyfynnu'r gerdd mewn llythyr at un o'i gyfeillion ac yn dweud mai dyma un o'r cerddi mwyaf trawiadol erioed, mae'r delweddau yn rhai gwefreiddiol ac mae o wedi mabwysiadu'r ddelwedd ei hun, ac wedi ei datblygu hi drwy ei farddoniaeth, trwy *Un Nos Ola Leuad*. Mae'r peth yn anhygoel. 'Rydw i'n gweld darganfyddiadau fel yna yn bethau difyr a gwefreiddiol. I mi mae rhan o drafod barddoniaeth yn waith ysgolhaig hefyd. Allaf i ddim symud oddi wrth hynny. Beth bynnag 'rydw i yn ei drafod fel Goronwy, fel Hardy, mae'r holl waith yn llwyr seiliedig ar ymchwil, nid ar ymateb uniongyrchol yn unig. Mae gen i eithaf meddwl o lyfrau fel *Y Flodeugerdd o Ddyfyniadau Cymraeg*. 'Rydw i'n gobeithio y bydd hwnnw'n help ac yn ddifyr i grisialu rhai pethau. Mae llawer ohonyn nhw yn flodeugerddi 'roeddwn i'n eu gwneud yn enw Barddas, fel *Nadolig y Beirdd*, dim ond i dynnu sylw at farddoniaeth. Ac mae *Nadolig y Beirdd* wedi gwerthu dros dair mil o gopïau. Mae'r peth yn anhygoel. Mae hynny'n beth da. Mae gennych chi farddoniaeth Nadolig dda yno. All hynny ddim ond gwneud lles yn fy marn i.

Felly mae swyddogaeth wahanol i gynifer o'r cyfrolau?
Oes yn bendant.

Roeddech chi'n sôn yn gynharach am Goronwy Owen. Yn anffodus ni wireddwyd eich breuddwyd chi o droi'r cofiant hwnnw'n ffilm. Rych chi'n dweud yn *Glaw ar Rosyn Awst* mai un o'r camau pwysicaf yn ddiweddar yn eich hanes chi oedd y cam hwnnw i fyd y ffilm a theledu. Ac eto, rych chi wedi cael eich siomi yn yr achos hwnnw beth bynnag. Ych chi'n dal i deimlo'r un fath am y cam yma wnaethoch chi ei gymryd?

Beth ddigwyddodd oedd fy mod i wedi llunio'r ffilm am Hedd Wyn, ac mi luniais i gofiant hefyd, oherwydd 'doeddwn i ddim yn mynd i daflu'r holl waith ymchwil drwy'r ffenestr. Felly mi wnes i droi'r holl ymchwil yn gofiant i Hedd Wyn, ac mi werthodd hwnnw'n arbennig o wych. Beth oedd yn fy syfrdanu i braidd oedd yr holl system deledu. 'Roedd *Hedd Wyn* wedi cael mwy o sylw ganddyn nhw nag unrhyw beth o'r blaen, gan i'r ffilm esgor ar enwebiad Oscar a gwobrau pwysig iawn yn Lloegr. Y peth nesaf i'w wneud oedd datblygu hynny. A wnaeth hynny ddim digwydd. Mi roddais i Goronwy Owen yn syniad iddyn nhw. I mi, mi fuasai Goronwy Owen yn rymusach ffilm na *Hedd Wyn*, a gadewch i mi fod yn onest, *Hedd Wyn* oedd y peth cyntaf a ysgrifennais i i'r cyfryngau erioed. Petaswn i'n gyhoeddwr ac wedi cael rhyw awdur, rhyw fardd ifanc a hwnnw wedi 'sgubo'r byd yn llwyddiannus efo'i waith, y peth cyntaf fuaswn i'n ei wneud fuasai mynd ar ei ôl o'n syth. Ond wnaed mo hynny. Mi ges i arian i ddatblygu, sef arian i ymchwilio i Goronwy, chwarae teg, ond wnes i ddim cyrraedd drafft cyntaf y sgript hyd yn oed. Wnaeth neb ofyn i mi! Ac yn fy marn i maen nhw wedi colli cyfle aruthrol.

Ond 'dyw hynny ddim wedi bod yn ddadrithiad o ran y cyfrwng?

Nid o ran y cyfrwng, ond o ran S4C yn sicr. 'Rydw i'n gweld beth sy'n eu poeni nhw. Efallai bod rhywbeth fel Goronwy yn uchelgeisiol ac yn rhy ddrud iddyn nhw. Tydw i ddim yn teimlo'n chwerw mewn unrhyw ffordd, ond 'rydw i'n teimlo'n siomedig. Ac 'rydw i'n teimlo'n siomedig, nid o fy safbwynt i ond o ran y sianel, oherwydd nid fel hyn y mae'r sianel yn mynd i lwyddo. Erbyn hyn mae fy nghomisiynau ffilm ynghlwm wrth yr iaith Saesneg, ac mae gen i ddau ar y gweill. 'Rydw i'n gorfod troi at y Saesneg gan nad oes dim i'w gael yn y Gymraeg.

Pa weddau ar y cyfrwng ych chi'n arbennig o fodlon arnyn nhw, fel eich bod chi'n gallu dweud fod y cam hwnnw wedi bod yn gam adeiladol yn eich hanes chi?
Ar wahân i *Hedd Wyn*, 'rydw i wedi mwynhau cael y cyfle i wneud pethau fel *Canrif o Brifwyl*, oedd yn gyfres hollol arbrofol o'r dechrau un. Ac mae wedi bod yn gyfle i wneud cyfresi fel *Adar Drycin*. Ac mae gen i eithaf meddwl o raglen wnes i ar Caradog Prichard. Mae'r ail gyfres yn fy marn i yn gryfach, oherwydd erbyn hyn mae rhywun wedi magu adenydd yn y cyfrwng hwnnw hyd yn oed. Unwaith eto y bwriad fydd trosglwyddo gwybodaeth am Caradog Prichard, Caradoc Evans, Dylan, Waldo, Kitchener Davies. Mae'n gyfle i mi i roi Waldo ar y sgrin. Mae hynny yn beth gwych iawn. Yr un peth ydi hwn â llawer o'r hyn 'rydw i yn ei wneud mewn llyfrau, sef tynnu sylw at waith beirdd, trafod gwaith beirdd a chyflwyno gwaith beirdd. Oherwydd 'rydw i yn fardd sy'n cyflwyno gwaith beirdd. Dyna holl fodolaeth *Barddas* fel cylchgrawn.

Mi ddywedai rhai mai eilbeth yw'r sgript mewn ffilm ac mai cyfrwng gweledol yw e. Ond 'dych chi ddim yn cyd-fynd â hynny, ych chi? Fyddech chi ddim yn cyd-weld mai eilbeth yw'ch cyfraniad chi.
Tydw i nac unrhyw gyfarwyddwr o safon yn cytuno â hynny. Mae Hitchcock wedi ei ddweud o. Y peth pwysicaf ynglŷn â ffilm yw 'yn gyntaf y sgript, yn ail y sgript ac yn drydydd y sgript'. Wedyn mae'r pethau eraill yn dod. Yr hyn mae o'n ceisio ei ddweud yw os nad oes gennych chi sgript rymus, dim ots os oes gennych chi'r cyfarwyddwr/actorion gorau'n y byd, fedrwch chi ddim gwneud dim.

Ond meddyliwch chi am y mawrion a aeth i Hollywood a methu. Fe ddefnyddiwyd eu deunydd nhw (sef eu nofelau nhw) ond yn y diwedd fe'u gwaredwyd nhw a chael rhyw sgriptiwr nad oedd yn adnabyddus i wneud y gwaith gan

nad oedd eu gwaith nhw yn addas ar gyfer ffilm. Rwy'n meddwl am nofelwyr megis William Faulkner a Scott Fitzgerald. Beth wnewch chi o hynny?
Yn eithaf syml. Mae'n rhaid bod gennych chi'r gallu i weld eu bod nhw'n ddau gyfrwng gwahanol. Efallai nad oedd pobl fel Scott Fitzgerald a Faulkner yn sylweddoli hynny. Mi alla'i ddychmygu nad oedd Faulkner ddim cweit yn deall y peth. Mae 'na rai eraill sydd wedi llwyddo.

Beth mae deall y cyfrwng yn ei olygu?
Mae sgript ffilm yn agos iawn at farddoniaeth, at gerdd. Mae o'n weledol, ddelweddol. Yn aml iawn mae o'n farddonol. Mae o'n dynn. Welwch chi ddim byd mewn ffilm dda nad yw'n ailymddangos yn nes ymlaen. Awgrym, syniad, golygfa. Mae o'n gynnil. Er enghraifft, 'rydw i'n addasu straeon byrion Dylan ac mae straeon byrion Dylan yn wych, ac yn fy marn i yn arbennig o wych ar gyfer y sgrin. Ond mae'n rhaid i mi wneud rhai pethau gyda'r straeon yna i'w cryfhau nhw ar gyfer y sgrin. Mae hyn yn swnio'n haerllug iawn, sef dweud eich bod chi'n cryfhau Dylan... addasu Dylan 'rydw i. Ni fydden nhw'n gweithio ar y sgrin fel ag y maen nhw. Mae'n rhaid i chi roi dolenni cyswllt i mewn. Er enghraifft, stori ydi *The Peaches*, o'r gyfrol *Portrait of the Artist as a Young Dog*, am Dylan yn tyfu, ac yn dechrau dod yn ymwybodol o rywioldeb. Mae 'na gymeriad o'r enw Jac, bachgen ifanc a ffrind Dylan. Mae Jac yn fwy plentynnaidd na Dylan. Mae Dylan yn dechrau dod yn ymwybodol o rywioldeb. Mae Jac yn gryf, yn tynnu Dylan yn ôl at ei blentyndod, ond 'does 'na ddim un gwrthrych sy'n tynnu Dylan yn ddigon cryf i'r cyfeiriad arall. Ac mae'n rhaid i chi gael tyndra a drama mewn unrhyw beth sydd ar y teledu neu tydi o ddim yn mynd i lwyddo. Beth wnes i oedd datblygu ffigur arall yn y stori, sef merch Gatholig ifanc, sef rhywun yn nychymyg Dylan. Mae hon yn dod yn gryfach ac yn gryfach yn ei ddychymyg yn y stori. Mae o'n gweithio fel yna. Ar sail hyn'na mi wnaeth Llundain ariannu'r prosiect oherwydd 'roeddynt yn meddwl ei fod o'n ddigon da. Petaswn i wedi rhoi stori Dylan fel ag y mae hi, fuasai hi ddim wedi

gweithio. Mae'n rhaid i chi gadw cynulleidfa gyda'r tyndra sydd yn y stori.

Yr hyn sy'n ddiddorol i fi, wrth ichi ymhelaethu fel 'na, yw ei bod hi'n swnio'n fel petasai nofelydd neu sgrifennwr straeon byrion yn gallu gweld hynny'n well na bardd, ac eto fe wnaethoch chi ddweud mai cyfrwng ar gyfer bardd yw ffilm.
'Rydw i'n teimlo felly. Yn fy hoff ffilmiau i, 'rych chi'n edrych ar rai golygfeydd, maen nhw'n farddonol, yn ddelweddol. Cyfrwng delweddol ydi o. Mae ffilm a barddoniaeth yn gyfrwng sy'n ddelweddol ac yn eiriol. Fedrwch chi ddim sgrifennu barddoniaeth heb yr elfen ddelweddol weladwy yma. Dyna sy'n tynnu'r ddau beth yn agos at ei gilydd. Efallai mai dyna pam 'rydw i, os ydw i wedi deall y cyfrwng, wedi ei ddeall.

Hyd y gwelaf i, rych chi wedi ymddiddori erioed mewn celf weledol hefyd, ac mae hynny'n ymddangos yn eich cerddi chi i artistiaid megis Hopper. Ydi hynny'n berthnasol i'ch diddordeb chi ym myd ffilmio?
'Rydw i'n hoff iawn o ffilm, o gelf, o'r elfen weledol. Ac mae nifer o bobl wedi dweud fod 'na elfen weledol iawn yn fy ngwaith i. Yr hyn 'rydw i wedi bod yn ei wneud yn ddiweddar yw ceisio priodi ffilm a barddoniaeth, celf a barddoniaeth. 'Rydw i wedi gwneud hyn o'r blaen, fel 'roedd R. S. Thomas yn llunio 'cerddi i luniau'. 'Rydw i'n gweld y peth yn wych ac 'rydw i'n sgrifennu cerddi am ddarnau o ffilm, er enghraifft *All Quiet on the Western Front*, a'r olygfa enwog iawn yna lle mae'r llaw yn ceisio ymestyn am y glöyn byw, hynny yw symbol. Dyna ichi farddoniaeth: llenyddiaeth, barddoniaeth a ffilm yn cwrdd â'i gilydd. Mae llaw'r milwr yn ymestyn am y glöyn byw ac mae'r milwr yn cael ei saethu. Mae o'n methu cyrraedd y rhyddid, yr harddwch, y perffeithrwydd o ganol budreddi rhyfel. Mae'r ddelwedd yna yn awgrymu ymgyrraedd at lendid, at ddihangfa o ganol yr uffern yma. Dyna enghraifft berffaith o'r ddau beth yn cwrdd â'i gilydd, a dyna ydi'r elfen sy'n apelio ataf i.

Mae gen i ddiddordeb mawr yn Hopper a nifer o rai eraill. Mi allwn i ddarllen ac astudio celf am flynyddoedd a gwneud dim byd arall petaswn i'n cael y cyfle.

Rych chi wedi cyflawni mwy na'r cyffredin fel awdur, ac eto yn *Glaw ar Rosyn Awst* rych chi'n datgan yr ymdeimlad o fod yn fethiant. Ydi hynny'n dal i fod yn wir?
Weithiau, ydi mae o, i fod yn onest. Er enghraifft, 'rydych chi wedi rhoi cyfran sylweddol o'ch oes i drafod barddoniaeth, i wneud ymchwil, i ddarganfod pethau newydd am feirdd, ac 'rydych chi wedi mynegi pethau sy'n gytbwys. Mae 'na bobl yn dod ataf i yn barhaol eisiau gwybodaeth, ac yn diolch i mi am hyn a'r llall. Ac felly fe fyddwch chi'n laru pan fyddwch chi'n clywed ambell i lais sy'n ceisio tynnu eich gwaith chi i lawr. 'Roedd 'na enghraifft o hyn yn *Taliesin* yn ddiweddar. Rhywun yn ceisio dileu gwaith oes gyda rhyw ysgrif glyfar ac arwynebol. Yn enwedig os yw'r bachgen hwnnw'n ddarlithydd prifysgol, 'rydych chi'n meddwl 'Wel 'rydw i wedi methu'. Os nad ydych chi wedi argyhoeddi rhywun eich bod chi wedi gwneud *rhywbeth* o werth. Mi allwch chi anghytuno â rhai o gerddi Waldo, neu Parry-Williams, ond fuasai neb ohonom ni'n dweud nad ydi'r bobl hynny wedi gwneud cyfraniad mawr, arhosol. Yn aml iawn, mae 'na bobl sy'n ceisio dweud pethau cas amdanaf i. 'Rydych chi'n teimlo wedyn eich bod chi wedi methu, yn yr ystyr fy mod i wedi rhoi cymaint o amser i'r pethau yna, wedi ceisio ysgrifennu cerddi sydd mor agos at fod yn berffaith ag sy'n bosib. Ac mae rhywun yn dweud pethau cas neu yn eich anwybyddu chi. Allwch chi ddim dadlau yn erbyn mawredd Donne, er fe allwch chi ddweud nad ydych chi'n hoffi gwaith Donne. … Mae'r bobl yma wedi gwneud eu cyfraniad. I mi, hoffter bardd sydd gen i at y rhain. Os ydw i'n feirniad llenyddol o gwbl, 'rydw i'n gwneud hyn yn sgil y ffaith fy mod i'n fardd. Dyna pam na allaf i uniaethu gydag ysgolion fel Marcsiaeth, gyda ffeministiaeth, a hyd yn oed ôl-foderniaeth. 'Rydw i'n gwybod am bethau diddorol iawn ym mhob mudiad, ond tydw i ddim yn mynd at gerddi gyda'r thesis yma. 'Rydw i'n mynd at gerddi gyda'r thesis 'Sut mae hon yn gweithio? Beth sydd yn y gerdd yma?'

Ond ble mae'r llinyn terfyn rhwng, ar y naill law, beirniadu rhywun ac, ar y llaw arall, eu dibrisio nhw? Oes yna berygl eich bod chi'n teimlo eich bod chi'n cael eich dibrisio lle, mewn ffordd, rych chi'n cael eich cydnabod ond gyda rhyw fath o amwyso, sy'n briodol mae'n debyg i bwyso a mesur unrhyw fath o fardd neu feirniadaeth?

Y math o feirniadaeth 'rydw i yn ei mwynhau yw beirniadaeth nad yw hi'n ganmoliaethus nac yn ddilornus, ond yn feirniadaeth graff sy'n mynd i'r afael â phethau. 'Rydym ni'n cymryd yn ganiataol os oes unrhyw un yn trafferthu trafod bardd neu lenor – Caradog Prichard, dyweder – fod y llenor hwnnw yn werth mynd i'r afael ag o. Efallai mai fy mai i ydio. 'Rydw i wedi darllen gormod o feirniadaeth lenyddol 'rydw i'n ei hystyried yn feirniadaeth lenyddol safonol. A phan ydych chi'n gweld y math o bethau sy'n cael eu dweud a'u gwneud yng Nghymru, tydych chi ddim yn hapus iawn. 'Rydw i wastad wedi darllen 'y beirniaid gorau' yn fy marn i. Ac mi ymosododd rhywun arnaf i yn ddiweddar am ddarllen beirniad mor hen ffasiwn ag Eliot. Efallai ei fod o'n hen ffasiwn i rai pobl ond mae Eliot yn mynd i fod yn feirniad da tra bydd beirniadaeth lenyddol. Nid yw'r ffaith fod Donne wedi ysgrifennu ganrifoedd yn ôl, a bod arddulliau barddoniaeth wedi newid, yn golygu bod Donne yn amherthnasol erbyn heddiw, neu 'does 'na ddim pwrpas na pharhad i lenyddiaeth o gwbl.

Mae'r ffin yn denau iawn. 'Dydi hynny ddim yn berthnasol o fy safbwynt i, oherwydd erbyn cyrraedd oedran arbennig 'does gennych chi ddim ond diddordeb mewn ysgrifennu beirinadaeth am bethau sy'n cyfrif ac am feirdd sy'n cyfrif. Ac mae honno'n un ffordd allan ohoni. Efallai ei bod hi'n ffordd lwfr, ond 'rydw i'n cael trafferth i sgrifennu am bethau nad ydyn nhw'n apelio ataf i. Ac fel golygydd *Barddas*, mae'n rhaid i mi drafod cerdd y goron eleni [2002], sy'n barodi ar arddulliau ac yn dipyn o stwnsh a bod yn onest. Beth ydych chi'n mynd i'w wneud? Mae hi'n anodd. Ond 'rydw i yn meddwl, o ddifrif, fod 'na rai beirdd sy'n parchu crefft, a bod beirdd eraill nad ydynt mor barchus tuag at grefft. Mae barddoni yn waith caled, caled a tydw i ddim yn credu fod pobl yn sylweddoli hynny. Meddyliwch, fe gewch chi bobl yn ffonio i ofyn am englyn, ac yn dweud 'Pum munud fyddwch chi'. Mi allwn i lunio englyn mewn pum munud, ond yn fwy na thebyg mae o'n mynd i gymryd pump neu chwe mis i mi. Mae hi'n grefft anodd iawn.

Ble mae'r ffin? Mae'r ffin mewn safonau. A pham mae gennych chi safonau a neb arall? Mae hwnnw'n gwestiwn anodd. Wel am eich bod chi wedi ceisio magu safonau am a wn i. Ac mae pawb yn methu, hyd yn oed rhywun fel F. R. Leavis. Mae'n rhaid i ni dderbyn efallai fod beirniadaeth lenyddol, yn ei hanfod, yn ffaeledig, ond mae hi'n hanfodol hefyd. Ewch chi ddim yn bell iawn os na chewch chi drafod llenyddiaeth. Wedyn mae'n rhaid i ni dderbyn fod ein barn ni yn ffaeledig. 'Rydw i fy hun yn ceisio parchu pawb, a cheisio rhoi llwyfan i bawb yn *Barddas* ac yn y blaen.

Oherwydd eich bod chi'n eich cyfrif eich hun yn fethiant, o leiaf i ryw raddau, fe fyddai rhai yn dweud mai byrdwn eich bywyd chi yw'r thema yma o'r bachgen gafodd ei wrthod. Ond rych chi'n pallu derbyn hynny?
Ydw. 'Rydw i wedi cael cefnogaeth beirniaid llenyddol gwych drwy'r blynyddoedd, a'r rhai hynny sy'n cadw rhywun i fynd. Ac 'rydw i'n ffodus. Na, tydw i ddim wedi cael fy ngwrthod. Efallai fy mod i'n teimlo hynny ar un cyfnod, rhyw ddeng mlynedd yn ôl. 'Roedd 'na rai pobl yn eithaf cas yn y wasg, ac ati, ac mae rhai pobl yn meddwl mai rhywbeth yn fy meddwl i oedd o! Tydw i ddim yn teimlo fy mod i wedi cael fy ngwrthod. 'Rydw i yn teimlo fy mod i wedi cael fy nerbyn heb amheuaeth. Tydw i ddim ond yn gobeithio fy mod i'n gwneud rhyw fath o gyfraniad i lenyddiaeth, ac i feirniadaeth a hyd yn oed i'r cyfryngau yng Nghymru. Dyna'r cwbl allwch chi ei wneud yn y pen draw. 'Rydw i'n rhy brysur. Mae'r gwaith yn llethol, ond 'rydw i'n ceisio oedi pethau er mwyn cael chwarae teg i wneud beth 'rydw i eisiau, hyd yn oed yn y busnes yma.

Felly, fe fyddech chi'n hoffi cael eich cofio fel un a wnaeth gyfraniad?
Byddwn. Gobeithio. A dim byd mwy na hynny. 'Rydw i'n gobeithio fy mod i wedi gwneud cyfraniad i fyd y cyfryngau

yng Nghymru, ac i lenyddiaeth yn gyffredinol, ac i farddoniaeth gobeithio.

Ga'i orffen gyda'r cwestiwn anoddaf i fi ei holi? Yn wir rwy'n petruso wrth wneud hynny, ac mae pob hawl ganddoch chi i wrthod ateb. Rhydd i bob person ei breifatrwydd.

Fe geir brawddeg afaelgar fel a ganlyn yn *Glaw ar Rosyn Awst*: 'Plentyn ar y tu allan fûm i erioed, plentyn y cyrion, a fagodd lawer o fewnblygrwydd yn ei ansicrwydd a'i ansefydlogrwydd ac arwahanrwydd yn ei ddiffyg perthyn.' O gydio'r sylw hwnnw wrth eich gwaith, fe allai rhywun, yn yr oes seicdreiddiol hon, gynnig darlun fel a ganlyn:

Fe gawsoch chi'ch amddifadu cyn ichi gael eich geni. Wyddoch chi ddim pwy oedd eich tad, ac fe drosglwyddodd eich mam chi i ofal ei rhieni ac yna i ofal ei chwaer, yn hytrach na'ch magu chi ei hun. (Dych chi ddim yn cynnig esboniad ar hyn oll, wrth gwrs, yn eich hunangofiant, ond rych chi'n ingol o onest yn datgan y ffeithiau.) Fe ddaw'ch teimladau anorfod gymhleth chi tuag at eich mam i'r wyneb yn y gerdd ysgytwol honno 'Ar Ddydd fy Mhen-blwydd'. O'r herwydd, ni feithrinwyd ynddoch chi y teimlad gwaelodol, sad, o 'berthyn' (yn nhermau cymdeithas Ffestiniog a Phen Llŷn y cyfnod hwnnw), ac er ichi gael magwraeth garedig iawn gan eich nain a'ch taid, a'ch tad a'ch mam maeth (a'ch bod chi wedi cydnabod hynny yn nifer o'ch cerddi grymusaf), doedd hynny ddim yn llwyr fedru gwneud iawn, neu lenwi'r bwlch, neu leddfu'r boen o golled, a'r ymdeimlad o fod ar goll. Fe aethoch ati felly i amddiffyn eich hun yn seicolegol mewn nifer o ffyrdd: yn bennaf drwy ddarganfod eich bod chi'n 'perthyn' i, a thrwy, iaith, ac mai llinach beirdd yr iaith honno (a ieithoedd eraill) oedd eich gwir deulu; ac ymhellach drwy feithrin ar hyd eich oes rai cyfeillion dethol, mynwesol – yn bennaf, wrth gwrs, oddi fewn i seintwar y teulu, ond hefyd drwy ddulliau eraill, megis Cymdeithas Barddas ac ati, gan ymwrthod â phawb nad oedd am arddel perthynas o'r fath â chi.

Fe ellir dweud, felly, ichi esgor arnoch chi eich hun dro

ar ôl tro – gan gynnwys mabwysiadu'r enw 'Alan Llwyd', gweithred o hunan-enedigaeth, a hunan-fedyddiad, hwyrach. Ymhellach, fe wnaeth y profiadau gwaelodol hynny chi yn gystadleuol eich natur – yr awydd ysol i'ch 'profi' chi'ch hun. A'ch gwneud chi, hefyd, yn sensitif i fygythiadau o bob math. Yn wir, mae'r ymdeimlad unigolyddol o hunaniaeth yn un o feini congl eich bodolaeth chi fel person ac fel bardd. Bu agwedd bositif a negatif ar y sensitifrwydd hwnnw, a fu'n greiddiol bwysig i'ch datblygiad chi fel bardd. Er enghraifft, fe aeth y profiad o golli, o gael eich gwrthod, i fêr eich esgyrn, ac fe amlygodd ei hun ganwaith yn eich bywyd, gan gynnwys yn y modd y byddwch chi'n uniaethu â dioddefwyr o bob math (plant Auschwitz, y trueiniaid a gollodd eu heinioes ar Fedi 11, ac ati); hefyd yn y modd rych chi'n uniaethu â Wilfred Owen, a Hedd Wyn, a Goronwy Owen – mae arwyddocâd dwfn personol i'ch ymlyniad chi wrth y rhai hyn i gyd; ac eto fyth yn y modd y gallwch chi gydymdeimlo ag awduron/adar drycin megis Kitchener Davies, Caradog Prichard, Caradoc Evans, a hyd yn oed Arglwydd Tonypandy! Ymhellach, fe ddaw i'r wyneb yn eich marwnadau chi, ac yn y pwyslais a roddir gennych ar frwydro'n ôl, goresgyn rhwystrau, gwingo yn erbyn y symbylau. A hwyrach mai'r reddf honno sydd yn grymuso'ch gorfoledd chi pan brofir cariad yn ei lawn ryferthwy, neu pryd y byddwch yn datgan, yn eich ffordd eich hun, 'Do not go gentle into that good night'.

Er na fyddai unrhyw un yn ei iawn bwyll am awgrymu fod hyn oll yn 'esbonio' eich dawn anarferol, ryfeddol, chi fel llenor, fe faentumiai rhai ei fod yn rhannol esbonio dwyster y ddawn honno, yr egni di-baid, diarbed sydd yn eich hysio chi yn eich blaen; y modd y byddwch chi am gynnal safonau, ac ymestyn at y gorau, fel petaech chi'n miniogi arfau i'ch amddiffyn chi eich hun.

Dyna ichi bortread! Wn i ddim a oes gronyn o wir yn hyn oll, ond fe allwch ddeall sut y gallai dehonglwr modern ddilyn y fath drywydd. 'Rhowch fardd neu lenor diddorol imi, a byddaf yn fy ngwynfyd yn chwilio'i berfedd, ond fi fy hun?', meddech chi'n onest yn *Glaw ar Rosyn Awst*. Fe

rydw i'n rhannu'r teimladau hynny, felly ni fynnwn eich gorfodi chi i ateb fy sylwadau i, yn groes i'ch greddf neu'ch ewyllys. Maddeuwch haerllugrwydd y fath gwestiwn, felly, ond mae'r gydwybod yn pigo tan i'r cwestiynau lletchwith gael eu holi, dyna'r drwg.

Dyna gwestiwn! Ac wn i ddim yn iawn sut i ateb. Cefais fy magu gan ddau nad oedd rheidrwydd arnyn nhw o gwbwl i fy magu i, a chefais fy nerbyn ganddyn nhw fel aelod cyflawn o'r teulu. Ynof fi yr oedd y cymhlethdod. Yn anochel, 'roeddwn yn aml yn gofyn y cwestiwn hwn i mi fy hun: pwy ydi fy nhad? 'Dydw i ddim yn gwybod yr ateb hyd y dydd hwn. Ac mae'n eironig! Mi allwn yn rhwydd ddarganfod pwy oedd o, pe bawn i am wneud hynny. Mi ydw i wedi arfer ymchwilio, ac ymchwilio'n fanwl. Ond 'dydw i ddim wedi ymchwilio fy nghefndir fy hun. Pam? Ofn gwybod y gwir, efallai. Y dirgelwch yn ddiogelwch. Ac wedyn, yn blentyn, mi oeddwn i'n gwybod fod gen i ddwy fam. 'Roedd hynny'n cymhlethu pethau yn fy meddwl i, mae'n rhaid i mi bwysleisio. Mae'r gerdd 'rydych yn cyfeirio ati, 'Ar Ddydd fy Mhen-blwydd', yn ceisio esbonio'r berthynas ryfedd hon rhyngof fi a'm mam 'go iawn'. Yn eironig ddigon, ac yn Hardyaidd o ryfedd, bu farw fy mam iawn ar y dydd y rhoddodd enedigaeth imi, Chwefror 15. 'Roedd bywyd a marwolaeth, geni ac angau, yn dod ynghyd ar y diwrnod hwnnw, yn yr un pwynt hwnnw o amser. Mae'r profiad y ceisir ei fynegi yn y gerdd yn un cymhleth:

> Daeth awel o wynt i ganol y dathlu â haen
> o lwch i orchuddio'r wledd;
> y gwreichion hynny a dasgai o'i harch a enynnodd
> y fflam ar ganhwyllau'r dathliad,
> a llewych eu golau yn dywyllwch galar…

Ceisiais gyfleu'r ymdeimlad o berthyn ac o gael fy ngwrthod yn blentyn yn Llŷn yn y dilyniant 'Gwynedd', cerdd goffa i fy nhad, teyrnged i'r gŵr a'm mabwysiadodd:

> Cefais pan adewais daid
> yn rhieni estroniaid;
> yn dad cael un nad ydoedd

yn dad, yr estron nad oedd
ynof un dafn o'i waed o,
na'r un rhan wâr ohono...

Aeth olyniaeth ei linach
anghynefin imi'n ach:
'roedd Llŷn o berthyn yn bod
yn nieithrwch ewythrod,
a haid estroniaid yn dras,
yn wythiennau perthynas.

Canlyniad hyn oll, efallai, oedd teimlo'n ynysig ar brydiau. Ac eto, 'doeddwn i ddim yn blentyn unig, dim ond ynof fy hun; 'roeddwn yn ymwybodol fy mod yn 'wahanol'. Ie, Alan Lloyd Roberts oedd yr enw, ac fe'i newidiwyd i Alan Llwyd. 'Roeddwn yn casáu fy enw. 'Roedd ganddo ormod o gysylltiadau poenus, ac mi rof enghraifft o'r modd yr oedd fy enw yn faen tramgwydd i mi. Fy niwrnod cyntaf yn Ysgol Ramadeg Botwnnog, yn fachgen swil un ar ddeg oed, ac un o'r athrawon, wrth geisio dod i adnabod y plant newydd, yn gofyn i bob un ohonom yn y dosbarth a oedd gennym frawd neu chwaer neu frodyr neu chwiorydd yn yr ysgol eisoes. Pan ddaeth fy nhro i, dywedais fod gen i frawd, ac mai ei enw oedd John Gwilym Jones (na, nid y dramodydd! dyna oedd enw fy mrawd, sef y cefnder yr oeddwn wedi cael fy magu gydag o). Cefais fonclust ar fy niwrnod cyntaf yn yr ysgol newydd, ynghyd â'r cerydd geiriol: 'Don't try to be funny with me, boy!' Mae'n atgof poenus hyd y dydd hwn. Ni feddyliais yn fy naïfrwydd fod gan fy mrawd gyfenw hollol wahanol i f'un i. Felly, mae yna elfen o ailddarganfod ac o ail-greu wedi digwydd, ond mae'n rhaid i fardd neu lenor ei ail-greu ei hun yn gyson, neu farw. Ac mi wn fy mod yn cydymdeimlo â'r adar brith, yr eneidiau ar wahân, y rhai sy'n orthrymedig ac yn ddirmygedig. Mae'n anochel. Rhoddodd bod yn fardd ddau beth i mi, fel yr awgrymwch, sef, yn gyntaf, gwmnïaeth eraill, yr eneidiau cytûn, yr holl feirdd hyn yr ydw i wedi teimlo fy mod yn perthyn iddyn nhw erioed, yn rhan o'u cymdeithas. Mi ydw i wedi trafod gwaith beirdd fel Hardy, Caradog Prichard, Goronwy Owen, Waldo, a dwsinau o rai eraill. Mi ydw i'n teimlo fy mod yn eu hadnabod, yn gwybod beth maen nhw'n ceisio'i ddweud. Boed i eraill chwarae o gwmpas â theorïau, cael at galon y gerdd a mynd dan groen y bardd, dyna fu'r symbyliad i mi erioed. Yn ail, cefais gyfle i feithrin hunaniaeth, i fod yn rhywun, rhywun â llais cry', gobeithio, rhywun a chanddo rywbeth i'w ddweud. Wn i ddim a ydi hyn yn ateb eich cwestiwn ai peidio!

Y Cofiannydd: *Gronwy Ddiafael, Gronwy Ddu*

A. Cynfael Lake

Ganed Goronwy Owen ar y cyntaf o Ionawr 1723 ym mhlwyf Llanfair Mathafarn Eithaf ym Môn, a bu farw ym mis Gorffennaf 1769, yn Swydd Brunswick, Virginia, bedair mil o filltiroedd i ffwrdd, yn ŵr ifanc, chwech a deugain mlwydd oed, ei ddyddiau wedi eu byrhau gan ei hoffter o'r ddiod gadarn. Rhywbryd yn ystod gwyliau'r Nadolig yn y flwyddyn 1751 y ganed Goronwy'r bardd. Chwe blynedd union yn ddiweddarach, yr oedd Goronwy a'i deulu ar fwrdd y *Tryal* yn hwylio i Ogledd America. Gwelodd Goronwy arfordir Lloegr am y tro olaf ddiwedd mis Rhagfyr 1757, a'r llong wedi hwylio erbyn hynny o aber Tafwys i Portsmouth ac ymlaen i Plymouth cyn mentro i'r môr mawr. Ychydig o eiddo personol a ddygodd i'w ganlyn, ac nid oedd yr awen yn eu plith. Gadawodd honno ar ei ôl ynghyd â gwaddol cyfoethog o gerddi a llythyron. Ar un achlysur yn unig yr ysgogwyd ef i farddoni wedi iddo groesi Môr Iwerydd. Pan glywodd y newyddion am farw ei gyfaill a'i athro, Lewis Morris, aeth ati ar ei union i lunio awdl farwnad iddo, a'i chludo drigain milltir i'w rhoi yn nwylo capten llong er mwyn sicrhau y deuai i ddwylo ei frawd, Richard Morris, yn Llundain. Am y gwaddol a adawodd, erys rhyw bedwar ugain o'i lythyron a rhyw hanner cant o gerddi, a'r rheini yn cynnwys darnau mor wahanol i'w gilydd ag awdl farwnad ar y pedwar mesur ar hugain i Siôn Owen o Geidio yn Llŷn a chyfres o englynion proest i baffiwr o'r Traeth Coch ym Môn, gŵr o'r enw Twm Siôn Twm. (Anfonodd Goronwy ei gyntafanedig, Robin, i Fôn, yn y gobaith y dysgai rywfaint o Gymraeg; treuliodd Robin ychydig o'i amser ar aelwyd y Twm hwn.) Ceir yn un pegwn ei ymdrechion i gyfieithu rhai o odligau Anacreon ac yn y llall ei gyfieithiad o faled Saesneg 'Yr

Eneth o'r Bryn'. (Yn ôl traddodiad, clowyd Goronwy mewn ystafell ac nis rhyddhawyd nes iddo gwblhau'r cyfieithiad.)

Disgrifiodd Goronwy ddechrau ei yrfa farddol mewn llythyr at Richard Morris: 'Ryw bryd Yngwyliau'r Nadolig diweddaf y dechreuais i, ac oni buasai'ch Brawd Llewelyn, â yrrodd imi ryw dammaid praw... ac a ddywaid yn haêrllug y medrwn innau brydyddu, ni feddyliaswn i erioed am y fath beth'. Lewis Morris, felly, oedd yr ysgogwr, ac yn yr un llythyr, cenir ei glodydd yn huawdl: 'Llewelyn Ddu yw Pen Bardd Cymru oll, ac ni weddai'r Enw a'r Titl hwnnw i neb arall sy'n fyw heddyw'. Bu Lewis yn ymwneud â beirdd mewn sawl rhan o Gymru. Pan glywai am wŷr ifainc addawol, ceisiai eu gosod ar ben y ffordd a meithrin eu doniau. 'Roeddwn yn meddwl cael bardd o Fôn yn wâs, ond dyma air na ad ei fam iddo ddyfod', meddai Lewis mewn llythyr at ei frawd, Richard, yn 1761. Daeth y 'bardd o Fôn' hwnnw i amlygrwydd, maes o law, a daethpwyd i'w adnabod wrth yr enw Robin Ddu o Fôn. Mynnai Lewis hefyd mai o dan ei ddylanwad ef y dechreuodd Rhys Jones o'r Blaenau, golygydd *Gorchestion Beirdd Cymru* (1773), brydyddu. Saif Goronwy ar ei ben ei hun. Ni all y sawl sy'n darllen sylwadau Lewis yn ei lythyron lai na rhyfeddu at gywair afieithus y cyfeiriadau ato. 'His Cywydd y Farn fawr is the best thing I ever read in Welsh. You'll be more surprizd with his Language & Poetry than with any thing you ever saw', meddai wrth Ieuan Fardd, ac fel hyn y mawrygodd ei ddisgybl wrth gyfarch William Vaughan, Corsygedol, ym mis Hydref 1752: 'I wrote you a good while ago in behalf of poor Gronow Owen the greatest genius either of this age or that ever appeared in our country, and perhaps few other countries can shew the like of him for universal knowledg'. Cyferbynier hyn â'r clod llugoer a roddodd Lewis i ddisgybl arall, sef Ieuan Fardd: 'After all these corrections which are not very material, you have this comfort, (and I mention it that you may not be discouragd) that I dont know in our country of Wales that can write a poem which shall want as few corrections'. Diau fod elfen o frogarwch wrth wraidd y ganmoliaeth a roddwyd i Oronwy. Fel y Morrisiaid, hanai Goronwy o Fôn, a buasai Siân Parri, mam Goronwy, yn forwyn yng nghartref y brodyr ym Mhentre-eiriannell. Ond meddai Lewis ar gyneddfau beirniadol sicr, a heb os fe'i gwefreiddiwyd gan y modd yr asiodd ei gyd-Fonwysyn yr hen a'r newydd, y mesurau caeth brodorol ar y naill law a'r themâu a oedd yn ffasiynol ymhlith beirdd a dysgedigion Lloegr ar y llaw arall. Ar y pryd, dyrnaid o gywyddau serch a batrymwyd ar ganu Dafydd ap Gwilym oedd y cyfan, bron, y gallai Ieuan ei ddangos. Yn chwedegau'r ganrif y daeth ef i'w oed fel bardd pan luniodd ei farwnadau i'w gydnabod yng nghylch y Morrisiaid, a Lewis a'i frawd, William, yn eu plith.

Taniwyd y ddau frawd arall gan frwdfrydedd Lewis, ac awchai'r ddau am gael gweld cynhyrchion diweddaraf y disgybl – wedi i Lewis roi sêl ei fendith arnynt. 'I am not willing', meddai Goronwy, 'that any thing of mine should be made public without the consent and approbation of my tutor'. Cylch bychan, fodd bynnag, a wyddai am Oronwy yn ystod y blynyddoedd 1751-7, yn wahanol i ddau o ffigurau amlwg y ddeunawfed ganrif, sef Twm o'r Nant a Hywel Harris. Daeth Twm o'r Nant, trwy ei faledi a'i anterliwtiau, yn enw cyfarwydd ar dafodau trigolion siroedd y gogledd yn ail hanner y ganrif, ac yn y ganrif ddilynol, ac un arwydd o'i boblogrwydd oedd y modd y parodd Daniel Owen i Fari Lewis, mam Rhys Lewis yn y nofel a ymddangosodd yn *Y Drysorfa* rhwng 1882-5, gyfeirio ato. Hywel Harris, fel y gwyddys, oedd wyneb cyhoeddus y mudiad Methodistaidd. Dug ei bregethu a'i genhadu ef i sylw ei gyd-wladwyr yn y de a'r gogledd fel ei gilydd, a'i ddoniau trefnyddol ef a roes y mudiad ar seiliau cadarn. Nid syndod iddo ddod yn gocyn hitio parod i elynion y Dychweledigion. Fe'i gwneir yn gymeriad canolog yn anterliwt wrthfethodistaidd William Roberts, Llannor, *Ffrewyll y Methodistiaid*, ac fe'i cystwyir gan Huw Jones, Llangwm, yn ei anterliwt yntau, *Protestant a Neilltuwr*.

Cylch bychan, fel y nodwyd, a wyddai am Oronwy, a buasai ein gwybodaeth yn bur dameidiog pe na buasai am y ddamwain a barodd fod meibion Morris Prichard a Marged Morris, sef Lewis, Richard a William Morris, neu Forrisiaid Môn fel y'u gelwir, wedi eu gwasgaru yn ddaearyddol. Erbyn 1751, pan ddechreuodd ymwneud y brodyr â Goronwy, trigai

Lewis yng Ngalltfadog yng Ngheredigion, buasai Richard yn Llundain er 1722 ac yr oedd William, y brawd ieuengaf, yn swyddog y tollau yng Nghaergybi. Manteisiodd y tri i'r eithaf ar y gwelliannau a fu i'r gwasanaeth llythyron, a gohebent yn gyson â'i gilydd ac â'u cydnabod diwylliedig. Y mae llythyron y cylch gohebol yn taflu goleuni pwysig ar yrfa Goronwy ac ar ymwneud y brodyr ag ef. O dipyn i beth cynyddodd y cylch, a daeth Goronwy, maes o law, yn eilun i'r beirdd. Ceisiodd y Morrisiaid ddwyn perswâd arno i gyhoeddi Cywydd y Farn Fawr, ond hwyrfrydig fu'r bardd i ymateb. Yn 1759, fodd bynnag, gwelwyd pedair cerdd o waith Goronwy yn *Dewisol Ganiadau yr Oes Hon*, blodeugerdd a gynullwyd gan Huw Jones o Langwm ac a argraffwyd ar wasg Stafford Prys yn yr Amwythig. Fel Twm o'r Nant, ei faledi a'i anterliwtiau a ddaeth â Huw Jones i'r amlwg, a baledi gan Huw a'i gydnabod sy'n llenwi hanner tudalennau *Dewisol Ganiadau*. Ond prisiai'r canu caeth yn ogystal; lluniai englynion yn achlysurol a chanodd gywydd hirfaith i farwnadu William Wynn, Llangynhafal. Ei ddiddordeb yn y canu caeth a barodd iddo gynnwys detholiad o gywyddau, awdlau ac englynion yn y flodeugerdd a gyhoeddodd yn 1759. Anodd gwybod sut y cafodd afael ar gerddi Goronwy. Gwaith William Wynn, Llangynhafal, sy'n agor y gyfrol, ac fe'i hanerchir mewn tair cerdd, sef awdl a chywydd o waith Edward Jones, Bodfari, ac awdl o waith Ieuan Fardd. Perthynai William i'r cylch gohebol, ac nid annichon mai ef oedd y ddolen gyswllt. Da fyddai gwybod beth yn union a wyddai Huw am y bardd o Fôn yn 1759. Ymddangosodd casgliad pur lawn o waith Goronwy yn 1763. Trwy lafur Huw Jones, eto, y cyhoeddwyd y *Diddanwch Teuluaidd*. O ganlyniad, gallai'r cyhoedd diwylliedig ymgydnabod â cherddi megis Cywydd y Farn Fawr a greodd y fath argraff ar Lewis Morris, a'r ail gywydd ateb i Huw Huws, y Bardd Coch o Fôn, a'r disgrifiad hudolus o'r ynys:

> Henffych well, Fôn, dirion dir,
> Hyfrydwch pob rhyw frodir.
> Goludog, ac ail Eden
> Dy sut, neu Baradwys hen.

Yn y cywydd ateb cyntaf i'r Bardd Coch, wedyn, clywid y bardd yn mynegi ei hiraeth ingol am sir ei eni:

> Pell wyf o wlad fy nhadau,
> – Och sôn! – ac o Fôn gu fau.
> Y lle bûm yn gware gynt
> Mae dynion na'm hadwaenynt.
> Cyfaill neu ddau a'm cofiant;
> Prin ddau lle'r oedd gynnau gant.

Daeth y bardd, trwy ei gerddi, yn destun edmygedd, ond gresynid hefyd fod y fath athrylith wedi ei orfodi i adael ei sir enedigol, gadael ei briod wlad, a'i alltudio yn y diwedd i bellafoedd byd. Caiff Twm o'r Nant gynrychioli'r safbwynt hwn:

> Afiaith goleddwr, Ow! Ow! fe'th gladdwyd,
> Piler iaith wreiddiol, Ow! pa le'th roddwyd?
> I fwth ogof angau fe'th gyfyngwyd,
> Dan do dir estron d'awen di rwystrwyd.
> Och, fwyn Ronwy, na chyfrannwyd – it fedd
> Ryw fynwent Gwynedd ar faint a ganwyd.

Cyfrannodd y llythyron, hwythau, at y symudiad i fawrygu Goronwy, a buont yn gyfrwng i feithrin myth yr athrylith wrthodedig. Rhaid cofio nad dogfen breifat oedd y llythyr yn y ddeunawfed ganrif. Darllenid llythyron yn gyhoeddus (y mae'n siŵr i Richard ddarllen rhai o'r llythyron a anfonodd Goronwy ato yng nghyfarfodydd y Cymmrodorion), fe'u cyfnewidid a'u copïo. Gwelwyd yn Lloegr gyhoeddi casgliadau o lythyron, a gellid tybio bod rhai unigolion, wrth iddynt lunio eu llythyron, yn rhagdybio y darllenid eu gwaith nid yn unig gan y derbynnydd ond hefyd gan gynulleidfa ehangach. Dilynwyd Richard Morris gan Owain Myfyr, a disodlwyd Cymdeithas y Cymmrodorion gan y Gwyneddigion. Cymdeithas ddysgedig oedd y flaenaf, fel y tystia'r Gosodedigaethau. Chwedleua a chanu a chymdeithasu oedd pennaf difyrrwch y Gwyneddigion ar y llaw arall, ond meddent ar ddiddordebau amgen. Pan ddaeth y Cymmrodorion i ben yn 1787, aeth y Gwyneddigion ynglŷn â chyhoeddi, gyda chymorth ariannol Owain Myfyr,

Barddoniaeth Dafydd ab Gwilym. Yr oedd 1789 yn flwyddyn bwysig am reswm arall. Dyma'r flwyddyn y daeth y gymdeithas i gyswllt â'r mudiad eisteddfodol. Addawodd y Gwyneddigion gefnogi'r eisteddfod y bwriedid ei chynnal yn y Bala y flwyddyn honno, ond yr oedd amodau ynghlwm wrth y gefnogaeth. Yn hytrach na chanu englynion byrfyfyr, sef y drefn yn eisteddfodau'r ddeunawfed ganrif – eisteddfodau'r almanaciau fel y'u gelwid – mynnai'r Gwyneddigion fod y testun yn cael ei osod ymlaen llaw a'r cynhyrchion yn cael eu hanfon dan sêl at feirniaid cymwys i'w cloriannu. Dengys y feirniadaeth a gafwyd ar gynhyrchion y Bala ar y testun 'Ystyriaeth ar oes Dyn' mai awdlau a chwenychai'r gymdeithas. A barnu wrth ei lythyron, yr oedd barddoni a barddoniaeth yn anadl einioes i Oronwy. Gwelsai'r Gwyneddigion ei sylwadau ar yr arwrgerdd, ei ddamcaniaethu ynghylch testun, iaith a chyfrwng. Dilyn ymlyniad Goronwy wrth y gynghanedd a'r mesurau caeth a wnaed wrth arwain y beirdd tua'r awdl, a'r symudiad hwn a esgorodd ar yr awdl eisteddfodol, prif gyfrwng beirdd Cymru trwy gydol y bedwaredd ganrif ar bymtheg. Daeth gair Goronwy yn ddeddf i'r beirdd. Ar ddiwedd y ddeunawfed ganrif, y cyngor gwerthfawrocaf y gallai Owain Myfyr ei gynnig i Wallter Mechain oedd: 'oni feddwch eisoes yn eich cof waith Gronwy dysgwch bob Lythyren ohonaw', ac ar ddechrau'r ganrif nesaf datganodd un gohebydd mewn llythyr at Ddewi Wyn o Eifion, 'ond am Goronwy, yr oedd yr awen ganddo mor lithrig a'r dwfr, ar lethr, neu faen ar iaen. Efe ydoedd Homer y Gymraeg, a mil i un y bydd bardd o Gymro byth o'i ail'. Efelychwyd ei ganu yn ogystal. Ni ellir darllen cwpled Ieuan Glan Geirionydd yn ei awdl Hiraeth Cymro am ei Wlad,

> O Iôr fy einioes, hyn a erfyniaf,
> Imi o gysur, dyma a geisiaf

heb gofio am linellau agoriadol Awdl y Gofuned Goronwy:

> O chawn o nef y peth a grefwn,
> Dyma o archiad im a erchwn,

a daw Cywydd y Farn Fawr Goronwy i'r cof drachefn wrth weld disgrifiad Eben Fardd yn ei bryddest Yr Atgyfodiad:

> Y llais a alwasai'r Uwchfradwyr o'r gweryd
> Yn awr a daranodd felldithion eu dedfryd,
> Gan ddweyd, – 'Ewch oddiwrthyf, chwi rai melldigedig,
> I'r lle baratöwyd i'r giwdawd gythreulig'.

Cyhoeddwyd gwaith Goronwy ar sawl achlysur yn ystod y bedwaredd ganrif ar bymtheg. Dechreuodd ei lythyron ymddangos, yn y cylchgronau yn y lle cyntaf ac yna rhwng cloriau celyd. Arwydd arall o bwysigrwydd Goronwy oedd yr ymdrechion a wnaed i ganfod cymaint ag y gellid am ei fywyd a'i yrfa. Un a ymroes i gywain gwybodaeth am Oronwy oedd Dafydd Ddu Eryri. Sicrhaodd ailargraffiad o'r *Diddanwch Teuluaidd* yn 1817, ac amcanai lunio cofiant i Oronwy. Llwyddodd y Parch. John Williams, Llanrwst, trwy ei chwilota a'i ohebu, i gasglu ffeithiau pwysig, ac yn yr un modd diogelodd y Parch. Robert Jones, Rotherhithe, yn ei lyfrgell anghyffredin ddeunyddiau gwerthfawr a fuasai'n taflu goleuni pwysig ar fywyd a gwaith y bardd. Dilynwyd trywydd tebyg yn nes at ein dyddiau ni gan Thomas Shankland, llyfrgellydd Coleg Bangor, ac yn ddiweddarach gan yr Athro Bedwyr Lewis Jones. Aeth Thomas Shankland ar drywydd hanes cynnar Goronwy, a hynny mewn cyfres o ysgrifau a gyhoeddwyd yn *Y Beirniad* rhwng 1914-16. Cyfrannodd Bedwyr Lewis Jones, yntau, sawl ymdriniaeth bwysig. Amlinellodd hanes Goronwy yn Virginia mewn cyfres o ysgrifau yn y cylchgrawn *Barn* yn 1976, er enghraifft, a rhoes sylw i gefndir diwylliannol y bardd mewn ysgrif werthfawr yn *Nhrafodion y Cymmrodorion*, 1971. Ef a ddarganfu'r dystiolaeth am garcharu Goronwy am ddyled yn y flwyddyn 1748. Er pwysiced cyfraniadau'r gwyrda hyn, bu'n rhaid aros nes blynyddoedd olaf yr ugeinfed ganrif cyn cael cofiant teilwng i un a oedd, yn ôl Iolo Morganwg, yn 'arddunaint ein barddoneg'. I Alan Llwyd y mae'r diolch am y cofiant hwnnw.

Un hynodrwydd a berthyn i Alan Llwyd yw ei weledigaeth a'i galluoga i amgyffred bylchau ac i synhwyro galw. Y weledigaeth honno a esgorodd ar gyfresi mor wahanol i'w gilydd â *Blodeugerddi'r Canrifoedd*, *Cyfres y Meistri* a'r gyfres *Beirdd Bro*. Hynodrwydd arall yw ei ddiwydrwydd diarhebol a'i ddawn i fynd â'r maen i'r wal. Er mai llenyddiaeth yr ugeinfed ganrif a aeth â bryd yr ysgolhaig yn Alan Llwyd, fel y tystia ei ymdriniaethau â gwaith beirdd unigol megis Hedd Wyn (1991), R. Williams Parry (1979, 1984), Euros Bowen (1977) a Gwyn Thomas (1984), ynghyd â'i astudiaeth *Barddoniaeth y Chwedegau* (1986), y mae ei gofiant i Oronwy, *Gronwy ddiafael, Gronwy Ddu*, a gyhoeddwyd yn 1997, yn binacl mewn gyrfa ddisglair fel y mae yn garreg filltir bwysig yn hanes llenyddiaeth y Gymraeg. Lle y methodd eraill, llwyddodd Alan i lunio'r cofiant hirddisgwyliedig i un o ffigurau pwysicaf y ddeunawfed ganrif, un o ffigurau mwyaf dadleuol ein llên yn wir.

Wrth ymgymryd â'r gorchwyl hwn, yr oedd Alan yn ffodus ar lawer ystyr. Yn un peth, yr oedd eraill, fel y crybwyllwyd, o dan ddylanwad y diddordeb ysol a fu yng Ngoronwy o'r adeg y dechreuodd ei ymwneud â'r Morrisiaid, wedi braenaru'r tir ac wedi cywain trwy eu hymchwiliadau ffeithiau bywgraffyddol pwysig am y bardd. Un o'r cymwynaswyr pwysicaf yn ddi-os oedd J. H. Davies. Dilynwyd ei gasgliad o'r ohebiaeth rhwng y brodyr, *The Morris Letters* (1907, 1909) gan destun newydd o ddau ar bymtheg a thrigain o lythyron Goronwy Owen ei hun, sef *The Letters of Goronwy Owen (1723-1769)*. Collwyd llawer o ddeunydd pwysig wrth i'r bardd symud o ofalaeth i ofalaeth ac o un cyfandir i gyfandir arall. Gwyddys iddo losgi llawer o'i bapurau cyn iddo gyfeirio ei gamre tua Walton, a phe gellid archwilio ei ysgrepan wrth iddo fyrddio'r llong a'i cludai i Virginia, go brin y canfyddid ynddi sypyn o lythyron y brodyr. Pan welodd y Gwyneddigion yn dda holi'r unig fab i oroesi o blith y tri a aned i Oronwy yn Lloegr, cafwyd 'ateb sarrug' gan Robin Owen, a byddai raid iddo gael gwybod yn gyntaf, pwy a dalai iddo am ei drafferth.

Richard a William Morris a gyferchir yn y rhan fwyaf o'r llythyron. Dyrnaid o'r llythyron a anfonwyd at Lewis a ddiogelwyd. Yn ei lythyron at Ieuan Fardd, gwelir Lewis, yr athro, yn cyfarwyddo'r disgybl ifanc, yn ei annog, ac yn ei feirniadu hefyd pan alwai'r achlysur am hynny: 'Most of the errors in it are faults of negligence. I am sure If you had lookd about you, you wd not have committed them', oedd ei sylw ym mis Awst 1751. Gresyn na chafwyd y cyfle i glustfeinio ar y seiat farddoni ohebol a fu rhwng Lewis a Goronwy.

Wedi ymddangosiad y casgliadau hyn o lythyron bu'n rhaid derbyn bod agweddau anneniadol ar gymeriad Goronwy, a chyfaddefai J. H. Davies, 'it is difficult to make a whole-hearted defence of Goronwy's behaviour'. Gwahanol iawn oedd agwedd Thomas Shankland. Ei nod ef oedd amddiffyn enw da Goronwy yn wyneb ymosodiadau maleisus y Morrisiaid. Derbyniai bob datganiad ffafriol a drwgdybio pob beirniadaeth a sen. Honasai William Morris, 'Nid oedd dan haul ddyn mwy diddaioni nag Owain [tad Goronwy], ac nid allai fod ddynes gwrteisiach, ie a diniweittiach na Sian [ei fam]'. Dyma ymateb Thomas Shankland: 'Parthed yr hyn a ddywedir am gymeriad Siân Parri yn y dyfyniadau uchod, nid yw namyn y gwir pur loyw. Ond, am y disgrifiadau o Owen Gronw nid oes rhith o dystiolaeth drostynt; mewn gair, y maent yn hollol anwireddus'.

Ni ellid cyhuddo Alan Llwyd o lunio barn a chwilio wedyn am dystiolaeth i ategu'r farn honno. Un o rinweddau pennaf y cofiant yw'r damcaniaethu gofalus ar sail astudiaeth wrthrychol a phwyllog o'r ohebiaeth (llythyron Goronwy ei hun a'r hyn a ddywed y Morrisiaid amdano yn eu llythyron hwy), o'r cerddi, gan eu bod hwy hefyd yn taflu goleuni gwerthfawr ar fywyd y bardd, ac o ymchwiliadau ei ragflaenwyr yn y maes. Y mae a wnelo un ddamcaniaeth â phenderfyniad Goronwy i ildio ei guradaeth yn Walton a mentro i Lundain. Hawdd tybio mai'r Morrisiaid a hudodd Oronwy i Lundain gan led addo y câi fod yn ysgrifennydd i'r Cymmrodorion ac y câi ofal am eglwys Gymraeg yn y brifddinas. Mor ddiweddar â 1772 (a Goronwy yn ei fedd er tair blynedd), ceisiai Richard demtio'r bardd trwy honni, 'Mae eich eisiau chwi yma'n dost, i roi allan argraphiad newydd o Eirlyfr a Gramadeg y Doctor Dafis, &c., a chi a gaech dâl da am eich gorchwyl... Beth pei carech fod yn geidwad llyfrgell Syr. Wat. W. Wynn yn Llanforda, a chyflog da ir fargen? Beth meddwch?' Dengys Alan, fodd bynnag, mai Goronwy ei hun a blannodd y syniad ym meddwl

Richard Morris ac iddo ildio ei guradaeth cyn cael sicrwydd o fath yn y byd y câi swydd yn Llundain.

Mantais arall i'r cofiannydd oedd y ffaith fod bywyd Goronwy yn ymrannu yn benodau pendant a thaclus, a chynigiai hyn fframwaith hwylus i'r cofiant. Gwelodd y blynyddoedd a dreuliodd Goronwy yn gurad yn Donnington, yn Walton ac yn Northolt ohebu cyson â'r tri brawd o Fôn, a gellid dilyn hanes y bardd yn bur drylwyr o ganlyniad. Yr oedd ei hanes yn ystod ei flynyddoedd cynnar, ac wedi iddo adael Lloegr, yn fwy annelwig a'r deunyddiau yn brinnach. Gwnaed ymgais lew yn y cofiant i gysoni'r ychydig ffeithiau pendant am fywyd cynnar y bardd ac i ddisgrifio ei symudiadau cyn ei benodi yn gurad yng Nghroesoswallt tua chanol 1746. Tywysir y darllenwyr i Bwllheli, i Fangor, i Rydychen, i Ddinbych ac i blwyf genedigol Goronwy, Llanfair Mathafarn Eithaf. Cydnebydd y cofiannwr fod cryn ansicrwydd a sawl cwestiwn na ellir eu hateb yn gwbl foddhaol gyda golwg ar y blynyddoedd cyn 1746.

Un nodwedd sy'n cyfoethogi'r cofiant yw'r modd y darlunnir Goronwy yn ei briod amgylchfyd dro ar ôl tro. Cynigir peth o hanes Ysgol y Friars, Bangor, y bu Goronwy yn ei mynychu rhwng 1737 a 1741, a chipolwg ar yr addysg a gyfrennid yno. Consurir yr hyn a wynebai Goronwy pan gyrhaeddai Lundain, y masnachu prysur, yr yfed a'r meddwi a'r puteinio, a'r budreddi, a chyferbynnir yr elfennau hyn â diddordebau diwylliannol gwâr yr haenau uwch. Wrth ddilyn Goronwy ar ei fordaith ar y *Tryal* i Ogledd America wedyn, disgrifir caledi'r daith a allai bara am dri mis a'r cyd-deithwyr, troseddwyr gan mwyaf a drawsgludid am fod y carchardai yn orlawn, a'u tynged ar ben eu siwrnai. Cyn i'r llong adael glannau Lloegr, buasai Goronwy yn trin rhai o'r carcharorion a ddaliasai'r clwyf gwenerol. Cyn diwedd y fordaith gwelodd gladdu ei wraig, Elin, a'i fab blwydd oed. Byd gwahanol iawn oedd y byd a ddisgwyliai am Oronwy wedi iddo ef a'i ddau fab adael y *Tryal*, ac adran bwysig yn y cofiant yw'r ymdriniaeth â'r croestynnu gwleidyddol rhwng Lloegr a Lloegr Newydd ar drothwy'r Rhyfel Annibyniaeth a'r cipolwg ar y planhigwyr tobaco, cymdogion newydd Goronwy ym mhlwyf St. Andrew. Y mae'r ffeithiau ystadegol sy'n britho'r adrannau disgrifiadol hyn, hwythau, yn cynorthwyo'r darllenydd cyfoes i uniaethu ag amgylchiadau Goronwy er dieithred ydynt.

Er mor ddiddorol yw troeon gyrfa Goronwy, ei weithgarwch barddol sy'n cyfrif am ei bwysigrwydd. Wrth ei ddilyn o blwyf i blwyf ac o wlad i wlad, cyfosodir, ochr yn ochr â'r cofnod o'r digwyddiadau beunyddiol, sylwebaeth fanwl ar yrfa'r bardd. Y mae lle i dad a thaid Goronwy yn yr hanes hwn, y ddau yn rhan o'r bwrlwm barddol ym Môn yn hanner cyntaf y ddeunawfed ganrif, a'r ddau hefyd yn gocynnau hitio hwylus i awen ddychanol, barod Lewis Morris. Awgrymir bod yr achlysur a gafodd Goronwy yn ystod ei gyfnod ym Mhwllheli i astudio'r ymryson rhwng Edmwnd Prys a Wiliam Cynwal wedi creu argraff arhosol arno. Amlinellir hanes y Cymmrodorion a rhaglen waith uchelgeisiol y gymdeithas honno. Y mae'r cyfan hyn yn cynnig goleuni ar yr yrfa farddol, ond er bod unigolion lawer yn cael eu crybwyll, a Huw Huws y Bardd Coch, Ieuan Fardd a Wiliam Elias yn eu plith, Lewis Morris yn ddi-os yw'r echel y mae'r cyfan yn troi o'i chwmpas. Barnwyd mai ffrwyth ei ysgogi cychwynnol ef tua diwedd 1751 oedd Cywydd y Farn Fawr. (Tybed ai Wiliam Elias a roes wybod i Lewis am y cywydd annerch a luniodd Goronwy iddo ym mis Tachwedd 1751, ac mai hynny a barodd i Lewis yn ei dro ymgysylltu â Goronwy?) Cynigiodd Alan fod y cywydd hwnnw eisoes ar waith, diolch i John Douglas. Cyffrowyd y curad gan ymdrechion yr offeiriad a wasanaethai yn Donnington i achub cam John Milton a gyhuddasid o lên-ladrad, a chanlyniad hynny oedd ei benderfyniad i gydio o'r newydd yn ei arfau awenyddol. Lewis yw'r athro a'r ysgogwr o hynny ymlaen fel y tystia'r aml gyfeiriadau ato yn llythyron ei ddisgybl.

Byr fu parhad yr awen. Cyn diwedd 1757 yr oedd Goronwy ar fwrdd y *Tryal* yn barod i hwylio i wlad a chyfandir newydd. Bu'r cyfnod hwnnw, fodd bynnag, yn hynod gynhyrchiol fel y prawf y drafodaeth ar ffrwyth tri chyfnod, sef yr ysbeidiau byrion yn y tri phlwyf y bu Goronwy yn eu gwasanaethu. Yn Donnington y bu'r bardd brysuraf. Yno y cafwyd y cyffro o ailddarganfod yr awen ac yno yr ymroes Goronwy i lunio rhai o'i gerddi pwysicaf megis Cywydd y Farn Fawr, Awdl y Gofuned, Cywydd y Gem a Chywydd Bonedd a Chyneddfau'r Awen. Llwm mewn cyferbyniad fu cyfnod Walton. Cyfnod o fyfyrio ac o ymaddysgu oedd hwn rhagor canu yn ôl Alan Llwyd. Yn Llundain y lluniodd Goronwy ei gerdd fwyaf hunangofiannol a phriodol, felly, oedd rhoi sylw iddi wrth adrodd ei hanes yn y ddinas. Disgrifia'r bardd yn Arwyrain y Nennawr ei loches bitw yn y nenfwd ymhell uwchlaw dadwrdd y strydoedd a gweithgarwch bas y trigolion islaw. Dwy gerdd sy'n sefyll allan yng nghyfnod Northolt, a'r rhain eto ymhlith cynhyrchion gorau'r bardd, ei ail gywydd ateb i Huw Huws, y Bardd Coch o Fôn, a'i gywydd gwahodd i William Parry. Gellid bod wedi disgwyl i'r cyfnod aeddfed hwn esgor ar ragor o gerddi nodedig, ond erbyn hyn dechreuasai Goronwy feddwl am gasglu ei waith yn barod i'w gyhoeddi; awgryma Alan Llwyd fod ei gynlluniau i ymfudo ar y gweill, er na wyddai'r Morrisiaid hynny ar y pryd, a bod Goronwy yn sylweddoli na châi gyfle arall i ddwyn ei ganu i olau dydd. Awgrym arall yw mai cynllwyn i elwa ar danysgrifwyr hygoelus oedd y cyfan yn wyneb dyledion cynyddol, ac nid Goronwy fuasai'r cyntaf i wneud hynny. Fe'i llesteiriwyd gan ffactor arall. Cawsai'r Morrisiaid olwg amgen ar Oronwy erbyn cyfnod Northolt. Cyswllt o hyd braich, trwy ohebiaeth, a fu rhwng 1751 a 1755. A Goronwy yn Llundain, buan y dirywiodd y berthynas rhyngddo a'r brodyr. Siomwyd William i'r byw am i'r bardd golli'r trysor o lawysgrif a roesai ar fenthyg iddo. Cododd ei fegera wrychyn Richard, ac nid oedd ei ymarweddiad wrth fodd Lewis. Nid trwy feddwi ac ysmygu yng nghyfarfodydd y Cymmrodorion yr oedd ennyn parch y brawd hynaf. Yr hoelen olaf yn arch y berthynas a ddaethai yn fwyfwy bregus oedd y portread alegorïol a luniodd Goronwy o'i hen athro yng Nghywydd y Diawl.

Y mae'r cyfeiriadau at Lewis Morris yn hydreiddio'r sylwadau ar ganu Goronwy yn ystod y blynyddoedd 1752-7, ond yma a thraw ceir awgrym o ddylanwad o fath gwahanol. Cynrychiolir hwnnw gan weithgarwch beirdd a beirniaid Lloegr. Ym mhennod olaf y cofiant, y feithaf o dipyn, rhoddir sylw manwl i'r pwnc hwn, pwnc yr ymdriniwyd yn ddeheuig ag ef gan Saunders Lewis yn *A School of Welsh Augustans* (1924). Os yw'r penodau blaenorol yn ddrych i adnabyddiaeth yr awdur o'r traddodiad llenyddol Cymraeg, tystia'r bennod olaf i'w gynefindra rhyfeddol â llenyddiaeth y Saeson. Pwysleisir bod Goronwy yn wir blentyn ei oes ac mai gwerthoedd cymdeithas a edrychai arni ei hun trwy lygaid Rheswm oedd ei werthoedd ef. Dangosir ymhellach ei fod nid yn unig yn gyfarwydd â gwaith beirdd a beirniaid amlycaf ei gyfnod, ond ei fod hefyd yn ei ganu ac yn ei lythyron yn garreg ateb i'w safonau a'u gwerthoedd. Newydd-glasurwyr oedd y rhain, a'u themâu a'u hymagweddiad hwy a fabwysiadodd y bardd. Rhoddir dyrnaid o gerddi o dan y chwyddwydr, cerddi mor wahanol i'w gilydd â Chywydd y Farn, Awdl y Gofuned a Chywydd Bonedd a Chyneddfau'r Awen, a dyfynnir o weithiau cyfoeswyr y bardd i ddangos pa mor drylwyr-ffyddlon yr uniaethai Goronwy â ffasiynau ei oes. Gwneir un sylw dadlennol sy'n taflu goleuni ar Oronwy, y bardd crefyddol. Yn ôl Alan Llwyd, derbynnid y syniad o drefn Rhagluniaeth yn y ddeunawfed ganrif; adlais o gred ei oes, felly, yw'r cyfeiriadau niferus yng nghanu Goronwy at ewyllys Duw a'i barodrwydd i ddarostwng i'r ewyllys honno, ac nid rhaid tybio eu bod yn ddrych i ymagweddiad ysbrydol dwysach na'r cyffredin.

Yr oedd swyddogaeth barddoniaeth yn bwnc o bwys yng ngolwg beirniaid y dydd yn Lloegr. Pwnc arall a hawliai sylw oedd diffinio a dosbarthu'r amryfal ganghennau ar farddoniaeth. Uniaethu â thueddiadau'r oes a wnâi Goronwy wrth ymdrin â'r materion hyn yn ei lythyron, ac wrth ddamcaniaethu ynghylch yr arwrgerdd. Trwy ei ddamcaniaethau esgorodd Goronwy ar gyfrwng ac ar oes newydd, a rhoddir sylw manwl i'r cyswllt rhwng llythyron Goronwy ac awdlau a phryddestau eisteddfodol y bedwaredd ganrif ar bymtheg.

Un thema sy'n codi ei phen dro ar ôl tro yn y penodau bywgraffyddol yw diffygion Goronwy a'i ymddygiad cwbl anghyfrifol ar brydiau. Crybwyllir ei anallu i osod trefn ar ei fywyd, ei ddyledion, ei fegera a'i ddibyniaeth ar y ddiod gadarn. Hyd yn oed pan oedd y rhagolygon yn ffafriol a'r bardd yn ennill cyflog parchus, llwyddai yn ddi-ffael i faeddu ei nyth. Er na cheisir cuddio'r meflau, trinnir Goronwy gyda chryn sensitifrwydd. Yn un peth, pwysleisir iddo gael ei ddal gan un anffawd deuluol ar ôl y llall – marwolaeth ei fam a phenderfyniad ei dad i ailbriodi o fewn dim o dro, gwrthdaro rhyngddo a'i deulu yng nghyfraith, colli Elin, tynged ei wraig a'i faban yn ystod y fordaith i Virginia – a chan gyfres o amgylchiadau eraill a oedd y tu hwnt i'w reolaeth, ac i'r rhain ddwysáu ei anhrefnusrwydd cynhenid. Pan gyrhaeddodd Lundain, yr oedd Lewis Morris benben â swyddogion dichellgar y Trysorlys ac yn ceisio ei orau glas i achub ei enw da, a phrin y gallai Goronwy ddisgwyl llawer o gydymdeimlad o du gwŷr a allai fod yn ddigon piwis ar y gorau. Yr oedd yr anniddigrwydd a fuasai'n esgor ar y Rhyfel Annibyniaeth yn cyniwair pan laniodd Goronwy yn Virginia, a gwrthun yng ngolwg y brodorion oedd cael eu gorfodi i dderbyn yr athrawon a'r offeiriaid a anfonid atynt o Lundain i'w gwasanaethu. Dadleua Alan fod ail elfen wrth wraidd yr ansefydlogrwydd. Ni allai Goronwy lai na bod yn ymwybodol o statws isel ac anfanteision materol ei deulu. Methodd â'i gynnal ei hun yn Rhydychen, a phan oedd ei gwpan yn llawn ac yntau wedi ei anfon yn gurad i'w blwyf genedigol, cafodd wybod ymhen tair wythnos y câi ei ddisodli gan 'a young clergyman of a very great fortune', chwedl yntau. Er gwaethaf ymbilio'r Morrisiaid ar yr esgobion i sicrhau plwyf iddo yng Nghymru, ni wireddwyd yr addewidion a phriodolai Goronwy hynny i'w amgylchiadau isel. Awgryma Alan ymhellach fod y gwrthdaro rhwng Goronwy a'r Morrisiaid yn anorfod o ystyried y bwlch cymdeithasol a oedd rhyngddynt, a'r pris a rôi'r brodyr, a Lewis yn arbennig, ar eu cysylltiadau cymdeithasol. Ni allodd Lewis fwrw dros gof dras Goronwy, ac edliwiai hynny iddo yn ddi-flewyn-ar-dafod pan oedd mewn hwyliau drwg. Rhwystredigaeth y crëwr neu'r artist wrth geisio'r amodau priodol a'i galluogai i gyflawni ei uchelgais yw'r drydedd elfen y cyfeiria Alan ati wrth iddo geisio rhoi cyfrif am ymarweddiad Goronwy: 'Artist ac ysgolhaig rhwystredig oedd Goronwy, a brwydr oedd ei fywyd i sicrhau'r amodau a'r amgylchiadau hynny a oedd yn angenrheidiol iddo os oedd i lwyddo yn ei nod i greu cerdd epig fawr'. Awgrymir bod a wnelo'r cyfan hyn â'r cymhlethdodau rhyfeddol ym mhersonoliaeth Goronwy, y cymhlethdod a barai iddo hiraethu yn angerddol-ddwys am Fôn yn ei ganu – ple o'r galon yn y lle cyntaf yn ôl Alan Llwyd ond geiriau telynegol gwag erbyn y diwedd – a gwrthod curadaeth yn y sir ar yr un gwynt. Yn yr un modd ceir croestynnu rhwng y byd gwâr a threfnus a brisir yn Awdl y Gofuned a'r amgylchiadau yr esgorai ymddygiad gwrthnysig y bardd arnynt. Er dwysed amgyffred Goronwy o gyfrifoldeb 'fy mharchus arswydus swydd', i ba raddau yr ymroes, hola'r cofiannydd, i achlesu ei blwyfolion yn St. Andrew ac i goleddu eu hanghenion ysbrydol, a hwythau ac yntau benben â'i gilydd? 'Y gwir amdani ydy ei fod o'n bersonoliaeth gymhleth iawn, iawn', datganodd Bedwyr Lewis Jones ddeng mlynedd ar hugain cyn cyhoeddi'r cofiant hwn. 'Dyna pam y mae hanes ei fywyd mor ddiddorol ac yn gweiddi am gofiannydd'. Gwireddwyd y dyhead hwnnw. Cyflwynodd Alan y ffeithiau moel, ac yr oedd honno ynddi ei hun yn gymwynas werthfawr, ond aeth o dan yr wyneb gan geisio uniaethu â'r cymeriad hynod dan sylw a'i gyflwyno yn berson cyfan byw ger ein bron.

Y mae dwy adran arall sy'n cyfoethogi'r cofiant ac yn ein galluogi i ddeall y dylanwad a gafodd Goronwy ar ei gyfoeswyr a natur y waddol a adawodd ar ei ôl. Disgrifir yr ymdrechion a wnaed i gyhoeddi'r canu, yn y lle cyntaf gan Oronwy ei hun, ac, wedi iddo adael Lloegr, gan aelodau o gylch y Morrisiaid. Er mor frwd oedd Richard a William Morris a'u nai, Siôn Owen, cythruddasid Lewis gan ymosodiad Goronwy arno, a thaflu dŵr oer ar y cynlluniau a wnaeth ef. At hyn, diau ddarfod ei siomi i'r byw am na wireddwyd yr addewidion a welsai yn 1751. Huw Jones o Langwm a ddaeth â'r cerddi i olau dydd yn y diwedd. Baledwr ac anterliwtiwr oedd ef, ac yn yr un llinach ag Elis y Cowper y bu Goronwy yn ei enllibio mewn cyfres o englynion i ddial arno am iddo fygwth ei 'leinio' rai blynyddoedd ynghynt. Er bod y *Diddanwch Teuluaidd* (1763) yn cynnwys casgliad teilwng o ganu Lewis Morris a Huw Huws y Bardd Coch, i waith Goronwy y rhoddwyd y lle blaenaf, a'r gyfrol hon a'i gwnaeth yn ffigwr o bwys. Rhwng y cerddi a'r llythyron, a'r traddodiad am y bardd yn ceisio yn ofer yn ei hiraeth am ofalaeth ym Môn ac yn y diwedd yn cael ei orfodi i ymfudo dros Fôr Iwerydd, daeth Goronwy yn ffigwr cwlt, ac olrheinir twf y ffenomen honno yn fanwl gan roi sylw i'r modd y dallwyd yr eilunaddolwyr rhag gweld gwendidau personol Goronwy a rhag amgyffred gwir ansawdd ei ganu.

Er iddo geisio rhoi cyfrif am ymddygiad Goronwy, ni cheisiodd Alan Llwyd wyngalchu gwendidau ei wrthrych. Yn yr un modd, aeth ati yn wrthrychol-gytbwys i gynnig beirniadaeth ar waith y bardd ac i gloriannu ei gyfraniad. Dyfarniad Alan Llwyd yw ei fod yn fardd hynod o bwysig ac na ellir deall canu eisteddfodol y bedwaredd ganrif ar bymtheg heb ystyried y damcaniaethau y bu Goronwy yn ymdrin â hwy yn ei lythyron at y Morrisiaid. Myn hefyd fod rhai cerddi o'r eiddo, ar gyfrif eu saernïaeth grefftus a'u mynegiant caboledig, yn teilyngu clod. Ei wendid pennaf yw canu yn efelychiadol, er mai dilyn ffasiwn ei oes a wnâi yn hynny o beth. Llunio gwisg newydd gain am gorff o syniadau cyfarwydd oedd y nod yn y ddeunawfed ganrif, a dilynodd Goronwy yr arfer. Gwêl Alan Llwyd y bardd ar ei orau pan gân yn ddigymell. Rhoddir clod i'r farwnad i fam y Morrisiaid, ac i'r dosbarth hwn yn ddiau y perthyn y ddau gywydd hiraeth am Fôn a'i awdl farwnad i'w ferch, Elin. Er mai cerdd anorffenedig yn ôl tystiolaeth Goronwy ei hun yw'r awdl farwnad, anodd gweld sut y gallai wella arni, ac i'm tyb i o leiaf, hawlia'r olaf ei lle ymhlith pigion y bardd. Wedi dweud hyn, synhwyrir bod barn Alan Llwyd wedi meirioli er pan fu yn dal pen rheswm gyda'r Athro Bedwyr Lewis Jones ar dudalennau *Barddas* yn ôl yn 1978-9. Gwelodd dau o gyfoeswyr Goronwy, Ieuan Fardd a William Wynn, Llangynhafal, ei fod yn hoff o'r cynganeddion odledig, y sain a'r llusg, ac fel hyn y disgrifiodd Alan y canu ugain mlynedd yn ôl: 'Y mae'n brentisaidd, yn llafurus, yn or-ymdrechgar; y mae ei gynganeddion yn drystfawr-gleciog, yn garbwl swnllyd ac yn undonog i'r eitha'. Ceir ganddo ormod o lawer o eiriau hynafol, marw, gormod o syniadau treuliedig ac ystrydebol wedi eu gwisgo mewn cynghanedd afrwydd, gormod o eiriau cyfansawdd chwyddedig-rodresgar, a llawer iawn gormod o linellau a chwpledi ymarferaidd, llac'. Anodd gwrthod y feirniadaeth hon, ond lle yr oedd Alan yn amlygu'r gwendidau yn 1979, aeth gam ymhellach yn y cofiant trwy geisio esbonio pam y canai Goronwy fel y gwnâi. Yn y cofiant hwn, ceisiodd yr awdur uniaethu â Goronwy'r dyn a Goronwy'r bardd, y naill mor hynod â'r llall, a'r ddau o'u cyfosod yn sicrhau y 'bydd iddo le am byth yn hanes llên ei genedl, ei barddoniaeth a'i chwedloniaeth'.

Golwg ar Sgript y Ffilm *Hedd Wyn*

Mihangel Morgan

Gellid galw *Hedd Wyn* yn destun ffilmyddol-lenyddol sydd yn seiliedig ar sgript gan Alan Llwyd, sydd, yn ei thro, yn ddistylliad o gofiant Hedd Wyn gan Alan Llwyd, sydd yn grynodeb manwl o fywyd y bardd-arwr Hedd Wyn (Ellis Evans). Hwyrach na chymerwyd y camau ymddangosiadol uniongyrchol hyn o'r naill destun at y llall; hynny yw, o fywyd y bardd-arwr at y ffilm. Gwyddom fod y cofiant wedi ymddangos ar ôl y ffilm, ond fe welir bod yma gadwyn o destunau sydd yn perthyn yn agos i'w gilydd, yn dibynnu'r naill ar y llall, yn gorgyffwrdd. Yn sicr, ni fyddai'r ffilm wedi dod i fodolaeth oni bai am fywyd Ellis Evans, oherwydd nid oedd hwnnw yn greadigaeth y dychymyg. A'r un mor sicr, ni fyddai'r ffilm-gofiant *Hedd Wyn* ddim yr hyn ydyw heb sgript Alan Llwyd.

Mae'n gwestiwn gogleisiol a chwareus i ba raddau y mae Hedd Wyn, y cymeriad yn y ffilm, fel y'i chwaraeir gan Huw Garmon, yn greadigaeth ffuglen a pha gyfran ohono sy'n perthyn i'r Hedd Wyn hanesyddol, ond awn ni ddim ar ôl y sgwarnog ddeniadol honno yma.

Ffilm anghyffredin o lenyddol yw hi o ran ei strwythur a'i chynnwys. Hanes uchelgais llenyddol bardd cystadleuol yw hwn. Oes, mae yma themâu eraill: carwriaethau'r bardd, ei amharodrwydd i ymuno â'r fyddin Brydeinig yn y rhyfel byd cyntaf, ei farwolaeth ar faes y gad yn y rhyfel hwnnw, ac – yn bwysig iawn – yr agendor rhwng cefn gwlad Cymru a Phrydain Fawr y pryd hynny; a'r ffordd y cyflwynir yr is-themâu hyn – hynny yw, stori bywyd Ellis Evans – yw camp lenyddol y sgript.

Heb dynnu dim oddi wrth arbenigrwydd gwaith Paul Turner, y cyfarwyddwr, nac oddi wrth y ffotograffiaeth ardderchog a'i naws *sepia* sy'n gwneud cymaint i gonsurio awyrgylch amser y stori, nac oddi wrth gyfraniad hanfodol yr actorion dawnus, y sgript yw'r sylfaen sy'n cynnal y cyfan. Heb sgript gref go brin y ceid ffilm o unrhyw werth parhaol.

Yn ddiau fe fu cydweithio agos rhwng awdur y sgript a'r cyfarwyddwr yn yr achos hwn, fel y cyfeddyf Alan Llwyd yn yr ysgrif 'O'r Ysgwrn Fach i'r Sgrin Fawr' a gyhoeddwyd yn ei gyfrol *Y Grefft o Greu* (1997) –

> Aeth y ffilm i un ar ddeg o ddrafftiau wrth geisio cael y sgript mor berffaith ag oedd bosib, gyda Paul Turner yn gweithredu fel golygydd ac yn taflu awgrymiadau hynod o werthfawr i mewn.

– ond mae 'na gyfoethogrwydd i'r stori a manylder sydd yn tystiolaethu i ddealltwriaeth a chydymdeimlad dwfn awdur y sgript â phrif gymeriad y ffilm. Peth sy'n ategu hyn yw'r cofiant trylwyr, ac fel y dywed Alan Llwyd ei hun am y gwaith o baratoi'r sgript:

> 'Rydw i'n gredwr cryf mewn ymchwil, ac nid ymchwil arwynebol, ond dyfnder ymchwil. Dyfnder a thrylwyredd ymchwil yw'r gyfrinach fawr, oherwydd bod ymchwil o'r fath yn eich galluogi i adnabod a gwybod popeth o bwys am eich prif gymeriad: ei gartref, ei deulu, ei gyfeillion a'i gariadon, ei gyfnod a'i gefndir, ei freuddwydion a'i ofnau.

Er bod elfennau yn ffeithiau'r stori sydd yn cael eu pwysleisio ychydig er mwyn ehangu'i hapêl, efallai, fel y carwriaethau er enghraifft, ni cheir cyfaddawd ar draul ei natur lenyddol. Wedi'r cyfan, bardd yw'r prif gymeriad a'i nod yw ennill Cadair yr Eisteddfod Genedlaethol; nod y byddai'n anodd ei werthfawrogi ac uniaethu ag ef i'r estronwr nad yw'n gyfarwydd â diwylliant y Cymry Cymraeg, gellid tybio. Ac roedd cyflwyno uchelgais arwr y ffilm, fel yr esbonia Alan Llwyd yn 'O'r Ysgwrn Fach i'r Sgrin Fawr', yn hynod o bwysig. Un o amcanion y ffilm, felly, yw cyfleu pwysigrwydd y Gadair i Hedd ac mor greiddiol ydyw i'w fywyd. Gwneir hynny o'r cychwyn cyntaf, a thrwy ddulliau celfydd a chyfrwys cyflyrir pob gwyliwr i gydymdeimlo'n llwyr â dyhead y llenor ifanc.

Dramateiddir y pwynt, er enghraifft, mewn ffordd wych iawn pan welwn ni Ellis Evans wedi ymuno â'r fyddin. Mae'r bechgyn eraill, ac eithrio un eiddilyn, wedi bod ma's am noson i yfed ac i hel merched, ond mae'r bardd ifanc yn cerdded 'nôl ac ymlaen yn 'methu sgwennu'. Mae llunio awdl yn bwysicach na'r rhyfel a disgyblaeth lem y fyddin, yn bwysicach na'r ddiod a allai liniaru dros dro ofnadwyaeth y cefndir hwn, yn bwysicach na merched hyd yn oed. Wedi dweud hynny, mae'r golygfeydd sydd yn dilyn yn dangos yn glir nad dihangfa i Ellis Evans oedd ei farddoniaeth ac mai'r rhyfel a'i gariadon a'i brofiadau yn gyffredinol oedd y dŵr i felin ei awdl.

Yn wir, yn syth ar ôl yr olygfa hon ceir un arall ac ynddi'r tyndra mwyaf yn yr holl ffilm, o bosib, a hynny ar gorn pwysigrwydd y Gadair i'r bardd. Mae Ellis yn gorfod mynd at swyddog o Sais i ofyn am ganiatâd i anfon yr awdl i'r gystadleuaeth. Yn ogystal â thanlinellu arwyddocâd ei waith creadigol i Hedd Wyn unwaith eto, hefyd cyfleir yr anealltwriaeth rhwng y Saeson a'r Cymry, y wal ymddangosiadol ddiadlam rhwng y ddwy iaith a'r ddau ddiwylliant. Mae'r Swyddog Sensro'n ddrwgdybus iawn o'r testun nad yw'n ei ddeall, a dengys ei ansensitifrwydd a'i anwybodaeth ieithyddol gyffredinol pan ddywed y gallai fod mewn Almaeneg:

> *Swyddog:* What kind of poem is it?
> *Hedd Wyn:* It's an ode, Sir.
> *Swyddog:* Looks more like code. For all I know this could be in German.

Er gwaethaf ymgais y bardd i egluro'r sefyllfa, ychwanegir at benbleth y Swyddog amheus gan y ffaith fod yr Eisteddfod yn cael ei chynnal nid yng Nghymru y flwyddyn honno eithr ym Mhenbedw ger Lerpwl yn Lloegr, ac ar ben hyn i gyd mae gan y bardd ffugenw Ffrengig – *Fleur de Lis*. Mae'r Swyddog yn gorfod ystyried y mater yn ddwys iawn, yn wir, mae'n dweud na allai basio'r gerdd. Mae'r gwyliwr o gefndir estron yn deall bellach fod holl bwrpas bywyd Hedd Wyn yn nwylo'r Swyddog hwn. A fydd e'n pasio'r awdl neu beidio? O weld diffyg cydymdeimlad a diffyg dealltwriaeth y Swyddog mae gan y bardd le i bryderu, i anobeithio, hyd yn oed. Wedyn, wrth siarad â'r bachgen arall, yr eiddilyn eto, mae

Hedd Wyn yn ceisio codi'i galon drwy ddweud y 'down ni drwyddi'. Ond, yn yr un gwynt, bron, mae'n cyfaddef wrth y bachgen hwn mai ei freuddwyd erioed fu ennill Cadair yr Eisteddfod Genedlaethol ac mai'r tro hwn, efallai, fydd ei gyfle olaf, a ninnau'n gweld nad yw Ellis yn siŵr y 'down ni drwyddi' o gwbl, mewn gwirionedd. Ar hynny ymddengys y Swyddog Sensro a gofyn a yw Ellis yn gyfforddus, a rhaid iddo gyfaddef nad yw e'n gyfforddus. Yna, yn un o eiliadau mwya' gwefreiddiol y ffilm, dywed y Swyddog: 'What you need is a chair'. Ffordd hynod o anuniongyrchol, a barddonol, o ddweud ei fod e wedi pasio'r gerdd a'i hanfon ymlaen i'r gystadleuaeth.

Ond cael a chael oedd hi. Yn fuan wedyn clywn yr enw Pilkem am y tro cyntaf, ac i ninnau sy'n gwybod yr hanes dyna selio tynged Hedd Wyn. Ac mae'r diwedd yn dod yn anochel o gyflym. Wedi dweud hynny, hyd yn oed i'r rhai nad ydynt yn gyfarwydd â stori Hedd Wyn o gwbl, mae'r diwedd wedi cael ei ddangos yn gynnil iawn o'r dechrau; y cadeirio di-fardd; y bardd yn marw ar faes y gad ac yn cofio'i fywyd yn ei funudau olaf sy'n rhoi'r fframwaith llenyddol i'r ffilm hon.

Mewn ffilm fel hon, lle manteisir ar holl adnoddau'r iaith weledol a lle cyfleir cymaint o emosiwn a drama drwy ddulliau ffilmyddol a lle mae'r actio o'r safon uchaf drwyddi draw, mae'n ddigon hawdd anghofio rhinweddau'r sgript. Hynny yw, nid yw'r sgript yn tynnu sylw ati hi'i hun. Ni ddylai sgript lwyddiannus ddim. Pan fo'r delweddau a'r actio yn llifo'n naturiol go brin y sylwn ar y symudiadau a'r deialog. Dyna gamp sgript *Hedd Wyn*. Nid yw geiriau'r actorion yn ein taro ni fel brawddegau sydd wedi cael eu cyfansoddi neu eu sgriptio ymlaen llaw, eithr fel yr hyn sydd ar feddwl y cymeriadau sy'n byw o flaen ein llygaid ar y pryd, datganiadau byrfyfyr a digymell, iaith naturiol bob dydd.

Meddylier am un o olygfeydd pwysicaf y ddrama, yr olygfa symbolaidd pan ddaw'r gŵr o'r Swyddfa Ryfel i alw ar deulu'r Ysgwrn. Yma mae'r fam yn gwrthod siarad Saesneg â'r dieithryn i ddechrau, gan orfodi'r ferch ifanc i gyfieithu (er bod y fam wedi'i siarsio i beidio â dweud dim). Sylwer ar y ffordd y mae'r ferch yn ansicr ynglŷn ag oedran Ellis ac yn troi at y fam i ofyn am gadarnhad yn Gymraeg. Yn y sefyllfa hon mae bod yn uniaith yn noddfa am dipyn, ond yn y diwedd ildia'r fam i ateb ambell gwestiwn ac mae hi'n cael tipyn o wefr, fe synhwyrwn, wrth ddweud wrth yr holwr ble mae'i hail fab, yn Seland Newydd. Ond gellid dadansoddi'r olygfa hon yn fanylach. Os awn ni yn ôl at ei dechrau, ychydig cyn y sgwrs gynhyrfus rhwng y fam a'r gŵr o'r Swyddfa Ryfel, fe welwn ni fod popeth yn iawn ar y fferm; rydyn ni'n gweld y ferch fach yn cerdded yn ofalus gyda bowlen o wyau ac Ellis wrthi yn trwsio offer fferm. Rhybuddia'i chwaer i wylio'r gyllell ar y llawr. Un funud ceir hafan heddychlon, amaethyddol a theuluol, mae'r iaith yn gyffredin, yn gyfarwydd a chartrefol; yna, yn sydyn mae'r Saesneg swyddogol a ffurfiol ac, yn wir, estron yn torri i mewn ac yn chwalu'r myth yma o ffermio a barddoni yn Gymraeg unwaith ac am byth. Dramateiddir trobwynt ym mywyd y bardd a'i deulu, er gwaetha' ymgais y fam i gau'r newid allan, nid yn unig drwy wrthod siarad Saesneg i ddechrau, ond drwy gau'r glwyd yn erbyn y dyn. Wrth iddi gau'r glwyd mae'r fam yn diffinio'i thiriogaeth ei hun a'r hyn y mae arni hi eisiau'i gadw yn saff. Pwysleisir yr agendor ieithyddol rhwng Cymry Cymraeg cefn gwlad cyn y rhyfel byd cyntaf a'r byd mawr pwerus Seisnig sydd yn llywodraethu'r ochr draw i'r glwyd. Ond cwbl ofer yw safiad cadarn y fam ddewr. Tyr y byd mawr i mewn i'r byd bach gan ddinistrio'r teulu.

Nid dyma'r unig dro yn y stori lle yr achubir ar y cyfle i ddramateiddio'r bwlch rhwng y Cymry uniaith a'r Saeson. Yn wir, mae'n un o brif themâu'r ffilm. Prin iawn yw'r enghreifftiau lle mae'r Gymraeg yn cael y llaw uchaf. Ond fe ddigwydd hynny unwaith, lle mae'r Sarjant ffyrnig yn disgyblu'r milwyr newydd ac yn digwydd dewis Cymro di-Saesneg fel esiampl, un na all ddeall y gorchmynion sydd yn cael eu bloeddio arno o gwbl: 'How are we supposed to win this bloody war with a bunch of ignorant Welsh peasants on our side? Well, you'd better start learning English, hadn't you, you miserable piece of shithouse paper!' Ateb tawel y Cymro yw: 'Cau dy geg, Sarjant.' Try'r Sarjant at Hedd Wyn am gyfieithiad: 'He says he'll do his best, Sergeant.' Mae'n bosib y byddai'r Sarjant wedi derbyn y cyfieithiad twyllodrus hwn am fod y milwr, yn gyfrwys iawn, wedi cofio'i alw yn Sarjant, yr unig air y gallai hwnnw ei ddeall.

Gan mai iaith yw deunydd crai barddoniaeth ac ieithoedd sydd yn gwahanu ac yn uno cenhedloedd, mae'n ddigon naturiol i'r ffilm hon, ar gefnlen y rhyfel byd cyntaf, wneud yn fawr o symboliaeth iaith. Yn yr olygfa y soniwyd amdani eisoes lle mae Ellis yn ymdrechu i lunio'i awdl dan amgylchiadau anodd a dweud y lleiaf, pan ddaw'r milwyr yn ôl wedi cael hwyl yn y dref un noson maen nhw'n canu 'Mademoiselle from Armenteers, parley-voo… Hinky pinky, parley-voo'. Cân yw hon sy'n dangos diffyg parch at iaith arall. Ni all y Swyddog wahaniaethu rhwng Cymraeg ac Almaeneg ac mae'n amheus o'r geiriau *Fleur de Lis* a *nom de plume*. Mae unrhyw iaith estron i'r Saeson imperialaidd hyn yn beth i'w ddifrïo a'i ddrwgdybio. Ac mae'r anwybodaeth a'r ddrwgdybiaeth yma yn perthyn i achosion y rhyfel yn y lle cyntaf, fe deimlir. Dyma agweddau sydd yn tanseilio holl egwyddorion y rhyfel. Prin fod neb yn deall pwrpas y rhyfel, nid yn unig y milwyr bach di-nod fel Ellis Evans a'i gymheiriaid ('Be' 'dan ni'n neud yn y blydi llanast 'ma, beth bynnag? Dwi ddim 'yd yn oed wedi gweld Jyrman heb sôn am blydi lladd un.'), ond y sarjants na'r swyddogion chwaith.

Rhyfel annealladwy neu beidio, mae gan Ellis Evans ei uchelgais. Pan ddaw adre am dro o'r rhyfel cawn ei weld ef a'i dad yn rhannu ysbaid o dawelwch a chymundeb teuluol wrth i'r ddau fwynhau cetyn pib gan edrych allan dros y tirlun. Maen nhw'n siarad am y rhyfel ac am ffarmio. Beth arall? Yna, mae'r tad yn gofyn: 'Lle wyt ti arni hi 'fo'r awdl?' Mor idiomatig a naturiol yw'r cwestiwn. Dyma wir fywyd Ellis Evans; peth sy'n cynnal beirdd yw gwaith ffarm, peth sy'n torri ar draws beirdd yw rhyfel. Wrth gwrs, wyddon ni ddim am y sgyrsiau personol hyn rhwng Ellis Evans a'i dad, ond dyma'r union gwestiwn y byddai fe wedi'i ofyn, 'Lle wyt ti arni hi 'fo'r awdl?' Yna daw'r cyngor anorfod, 'Hwyrach y gwnei di ryw gymaint arni rŵan, tra byddi di adre.' 'Gobeithio wir,' meddai Ellis. Yn yr olygfa nesa' mae'r awyrgylch yn newid yn chwyrn a gwelwn ni Hedd Wyn yn gorwedd yn ei waed ei hun, a'r geiriau sydd yn mynd drwy'i feddwl yw geiriau mwyaf adnabyddus a chofiadwy ei farddoniaeth: 'Gwae fi fy myw mewn oes mor ddreng'. O'r iaith gartrefol, 'Lle wyt ti arni hi 'fo'r awdl?', i'r iaith aruchel. Camp y sgript eto yw'r ffordd y mae unedau o iaith llawn ystyr a goblygiadau yn cael eu plethu i mewn i frethyn organig y deialog llyfn.

Ceir enghraifft arall yn y darn lle mae'r teulu wedi dod ynghyd a brawd ifanc Ellis, Bob, yn dweud ei fod yn barod i ymuno â'r fyddin yn lle Ellis. Dyma'r cyfyng-gyngor sydd yn gorfodi Ellis i ddewis yn y diwedd. 'Tyfa i fyny,' meddai'r chwaer. 'Dwi'n ddigon hen i edrych ar ôl fy hun, diolch 'fawr,' meddai Bob. 'Hen! Paid â siarad yn wirion, 'nei di? Ti ddim wedi dechrau byw 'to,' yw sylw cyrhaeddgar Ellis. Geiriau dros ysgwydd, fel petai, ymadrodd digon cyffredin ond llwythog ei arwyddocâd yn y cyd-destun hwn. Hedd Wyn a'i genhedlaeth – a beth oedd Hedd Wyn ond cynrychiolydd y genhedlaeth honno a gollwyd – Hedd Wyn oedd yr un nad oedd wedi dechrau byw go iawn. Daeth y Gadair Ddu yn symbol o oleuni addewid a ddiffoddwyd wrth ei gynnau, gan fod cadair eisteddfodol yn ei thro yn symboleiddio dechrau gyrfa farddol yn hytrach na'i huchafbwynt; trwydded y prentis. Blaenffrwyth oedd ei awdl arobryn. Ond chafodd Hedd Wyn mo'r profiad o dderbyn ei wobr heb sôn am fynd oddi wrthi at ei waith. Ac felly, daeth Hedd Wyn yn symbol ehangach o genhedlaeth o fechgyn na chawsant y cyfle i 'dyfu i fyny' nac i 'ddechrau byw'.

Dyma ddarn o ddeialog rhwng dau filwr cyn iddyn nhw gael eu lladd:

> Arglwydd mawr, mae 'nhraed i'n brifo 'te. Mae gynna i swigod yn fa'ma fatha tethau hwch.
>
> Ia, mae'n iawn i'r rheina [y swyddogion] ar gefn eu ceffyla' drw'r dydd. Sa'n well gen i gael swigen ar 'y nhin nag ar 'y nhraed.

Dro ar ôl tro mae'r sgript yn cyferbynnu'r iaith gartrefol, briddlyd, organig â'r iaith farddol. Ceir golygfa lle mae Ellis yn ymddiddan â'i deulu neu'i gariadon neu'i gyd-filwyr, sy'n cael ei dilyn gan olygfa dywyll sy'n dangos Hedd Wyn yn ei gystudd olaf, wedi bod yn cofio'r golygfeydd golau blaenorol, a geiriau'i gerddi yn mynd trwy'i feddwl. Gwrtaith barddoniaeth yw iaith bob dydd.

Dro ar ôl tro hefyd daw'r Gymraeg benben â'r Saesneg, a'r Saesneg, fel arfer, yn y brwydrau bach hyn sy'n cario'r dydd. Serch hynny, mae Hedd Wyn a'i gyd-Gymry yn filwyr Prydeinig mewn byddin Brydeinig yn brwydro dros Brydain Fawr. Er i Hedd Wyn fod yn hwyrfrydig i ymuno, bu rhai o'i gyd-wladwyr yn ddigon parod i fynd yn filwyr dros Brydain. Mae'r ffilm yn dangos hyn ond hefyd mae'n ailddiffinio natur Prydeindod ac yn cyflwyno darlun cymhleth a golwg newydd, o bosib, ar Gymreictod i gynulleidfa ehangach.

Llysenw Ellis yn y fyddin yw 'Trawsfynydd', yn ddigon naturiol ac yn anorfod. Ar wefusau'r milwr bach joclyd mae'n llysenw bach digon smala, plentynnaidd bron. Pa enw arall fuasai'r bechgyn wedi'i roi ar Ellis Evans? Dim ond rhywun a oedd yn hollol gyfarwydd â'r cefndir fyddai wedi cael manylyn bach huawdl a hanfodol fel'na yn iawn. Wedi'r cyfan, mae'r llysenw yn adleisio dechrau a diwedd Ellis Evans, Hedd Wyn; dechrau ei fywyd a'i farddoni yn Nhrawsfynydd ac englynion coffa Robert Williams Parry.

Y Sgriptiwr Ffilm a Theledu

T. James Jones yn holi Alan Llwyd, Gwanwyn 2001

Bardd, llenor, beirniad, cyhoeddwr a golygydd *Barddas* yn un o awduron *Pobol y Cwm*! Dyma'r ebychiad a ddaw ambell waith, yn enwedig o blith rhai academyddion. Beth yw eich ymateb chi i hyn?

Nid fi ydi'r unig fardd na phrifardd na golygydd 'chwaith o ran hynny, i fod yn un o sgriptwyr *Pobol y Cwm*. Mi alla' i feddwl am bump prifardd arall o leia' sydd wedi sgriptio i'r gyfres yn y gorffennol: Rhydwen Williams, Siôn Eirian, Dafydd Rowlands, Meirion Evans a T. James Jones! Heb sôn am un prif lenor, sef Eigra Lewis Roberts. A beth am Manon Rhys, un o olygyddion *Taliesin*, wedyn? A nofelwyr, a dramodwyr. 'Rydw i yn fynych yn yr un grŵp o bump â William Owen Roberts, un o'n nofelwyr pwysica' ni. Mae'r ddau ohonom yn awduron *Pobol y Cwm*, ac yn ogystal â hynny, fi fydd yn llywio cyfrol nesa' William Owen Roberts, *Paradwys*, drwy'r wasg. Yng Nghymru mae'r pethau hyn yn croesi yn aml.

Ar lefel fwy difrifol, mae'n waith sydd wrth fy modd i, ac 'rydw i'n fy ystyried fy hun yn lwcus ac yn freintiedig fy mod yn un o sgriptwyr y rhaglen deledu Gymraeg fwya' poblogaidd ohonyn nhw i gyd. A 'does dim problem mewn gwirionedd. Mae pob un o'r *genres* hyn yn ymwneud â geiriau, ac mi ydw i wrth fy modd gyda geiriau, yn trin geiriau, ac yn y blaen. Mae pob un o'r gwahanol ddulliau 'sgwennu hyn yn cynnig her wahanol. Gyda *Pobol y Cwm* llunio deialog bywiog, bachog ydi'r her, deialog sy'n cyflawni llawer mwy nag adrodd stori yn unig, a strwythuro pennod yn ofalus ac yn gytbwys, o olygfa i olygfa.

I mi, 'does dim ystyr i'r termau 'uchel-ael' ac 'isel-ael'. Mae'n debyg y byddai rhai academyddion yn meddwl mai rhywbeth isel-ael ydi *Pobol y Cwm*, a byddai rhai o wylwyr mwya' selog a theyrngar yr opera sebon o'r farn mai uchel-ael ydi popeth a drafodir gan yr ysgolheigion. 'Sgwennu da sy'n bwysig, gwaith o safon uchel, dim ots beth ydi'r cyfrwng, ac mae llawer o'n hysgolheigion ni yn euog o 'sgwennu'n ddiflas o ffurfiol. Mae gan rai ysgolheigion arddull hynod o anhyblyg, nes peri fod y deunydd a drafodir ganddyn nhw yn mynd yn ddiflas i ganlyn yr arddull. Mae angen iddyn nhw ddod â sbonc i'w 'sgwennu.

Beth, yn eich barn chi, yw prif nodweddion opera sebon?
Cymeriadau diddorol, straeon gafaelgar, hiwmor a drama, a rhoi'r syniad i wylwyr eu bod yn edrych ar bentre' ac ar gymuned go iawn.

Mae'n rhaid i'r cymeriadau fod yn gymeriadau sy'n ennyn ymateb ynom i ddechrau: cydymdeimlad, tosturi, dicter, tristwch, ac yn y blaen. 'Rydw i'n cofio clywed rhywun ar y radio yn dweud, rai blynyddoedd yn ôl bellach, yr hoffai gael gafael ar Mark Jones, i roi 'sgytwad a cherydd go iawn iddo fo am fod mor amharchus tuag at bawb o'i gwmpas, ac mor ddiegwyddor. I'r person hwnnw, 'roedd Mark Jones yn gymeriad go iawn, neu o leia' yn ymylu ar fod yn gymeriad o gig a gwaed. 'Ellwch chi ddim cynnal drama sy' wedi bod yn rhedeg ers chwarter canrif a rhagor os ydi'r cymeriadau yn rhai anniddorol. Buan y byddai pobol yn colli pob diddordeb.

Mae'r straeon yn hollbwysig, wrth gwrs, a 'does dim rhaid iddyn nhw fod yn straeon 'mawr', cyffuriau, llofruddiaeth, troseddau, ac yn y blaen. Mae'n rhaid cael gwrthdaro mawr mewn ffilm, ond gwrthdaro bychan sy'n gweddu orau i ddrama gymuned. Yr hyn sy'n bwysig mewn drama gyfres hirhoedlog fel *Pobol y Cwm*, mi dybiwn i, ydi'r modd y mae'r cymeriadau yn ymateb i'w gilydd mewn sefyllfaoedd arbennig, ac yn ymateb i fân argyfyngau bywyd. Adlewyrchu bywyd beunyddiol cymuned fechan a wneir, ac mae'n bwysig fod y straeon yn gredadwy. 'Rydym yn adnabod trigolion Cwmderi yn dda, ac mae gennym, felly, ddiddordeb mawr ynddyn nhw ac yn eu problemau. Mae pawb ohonom am wybod sut y byddan nhw'n trechu anawsterau, yn datrys problemau, ac yn y blaen.

A fyddwch yn teimlo'n rhwystredig wrth gael eich gorfodi i 'sgrifennu i fformiwla gan fod hynny'n rhwym o atal y reddf greadigol?
Na fyddaf, a dweud y gwir. Mae digon o ryddid o fewn pob pennod i alluogi rhywun i roi rhaff i'w reddf greadigol. 'Sgerbwd o beth ydi pob braslun a roir inni, a ni sy'n troi'r 'sgerbwd yn gymeriad byw o gig a gwaed. Mae'r braslun ar gyfer pob golygfa yn hynod o fyr a chynnil erbyn hyn, ac 'rydw i, yn bersonol, yn croesawu hynny.

Beth yw eich dull chi o 'sgrifennu sgript *Pobol y Cwm*?
Darllen y casgliad o'r gwahanol straeon i ddechrau, a darllen pob braslun sy'n arwain at y bennod yr ydw i'n ei 'sgwennu ar y pryd. Darllen y bennod honno sawl tro wedyn, nes bod y cyfan yn y meddwl, ac wedyn llunio'r drafft cynta', gan symud ymlaen o olygfa i olygfa. Dyma'r gwaith caleta': llunio'r drafft cynta'. Bydd y drafft cynta' hwnnw, fel arfer, yn llawn o wendidau. Byddaf bob tro yn chwilio am y mynegiant symlaf, cynilaf a mwyaf bachog. Os gellir cywasgu brawddeg, gorau oll. Ar ôl llunio'r drafft cynta', mynd ati wedyn i lunio ail ddrafft. Ailwampio rhai golygfeydd yn gyfan gwbwl, newid brawddeg yma ac acw mewn golygfeydd eraill. Ac eto, er mai'r ail ddrafft ydi o, mae rhai golygfeydd yn mynd i sawl drafft mewn gwirionedd. Ar ôl cwblhau'r ail ddrafft, mae'r sgript yn dechrau siapio. Wedyn mynd drwy'r sgript yn fanwl am y trydydd tro, caboli a newid yma a thraw, addasu, newid eto, ailwampio ac amseru'r sgript ar yr un pryd. Wrth weithio ar y trydydd drafft hwn, byddaf yn gweld y bennod 'rydw i newydd ei sgriptio yn fyw o flaen fy llygaid. Yr actorion a'r cymeriadau sy'n symud ac yn llefaru o flaen fy llygaid. Rhaglen yn y dychymyg ydi hon, ond mae'n rhoi fy mhennod ar brawf cyn i neb arall ei gweld. Os bydd ambell actor yn baglu ar ei eiriau, byddaf yn caboli'r frawddeg iddo.

'Rydw i'n un o'r awduron hynny sy'n gyndyn i ollwng unrhyw beth o'i ddwylo hyd y funud olaf un. Byddaf yn darllen y bennod drwyddi ar ôl y trydydd drafft, a hyd yn oed wedyn yn newid ambell beth.

'Rydw i'n cofio cael sgwrs ag un o feirdd a llenorion amlyca' Cymru ychydig flynyddoedd yn ôl. 'Gweld dy fod ti'n 'sgwennu i *Pobol y Cwm* rŵan,' meddai. ''Sdim isio lot o chwys i 'neud hynny!' Ni ddywedais ddim, dim ond dweud wrthyf fy hunan, 'Rho di gynnig arni rywbryd, a gei di weld faint o chwys sydd ei angen'. Camp y gyfres, camp yr awduron a'r actorion, a phawb arall sy'n gysylltiedig â'r gyfres, ydi gwneud i bopeth swnio mor naturiol. Celfyddyd sy'n cuddio celfyddyd ydi hi, ac oes, mae angen cryn dipyn o chwys a llafur i sicrhau'r naturioldeb hwnnw.

Beth yw cyfrinach deialogi effeithiol? A beth yw pwysigrwydd tafodiaith?

A ga' i fynd yn ôl i blith yr academyddion am eiliad? Am rai blynyddoedd 'roeddwn i'n gyfrifol am un cwrs ('modiwl', i ddefnyddio'r term swyddogol cyfoes) yng Ngholeg y Brifysgol yma yn Abertawe. 'Ysgrifennu Creadigol' oedd teitl swyddogol y cwrs, ond rhyddiaith, y stori fer yn enwedig, oedd fy maes i mewn gwirionedd (a dyna godi ebychiad arall, y tro hwn o gyfeiriad y rhyddieithwyr!). Bu'n rhaid i mi roi'r gorau i'r gwaith ar ôl rhyw bedair blynedd, ond ta waeth am hynny, 'roeddwn i'n ceisio cyffwrdd â phob agwedd ar y stori fer wrth ddarlithio i'r myfyrwyr, ac wrth gynnal sesiynau unigol gyda nhw. Lluniais nifer o ganllawiau i ddeialogwyr un tro. Rhag ofn y gallan nhw fod o fudd a defnydd i rywrai eraill sy'n dechrau o'r dechrau, fel petai, dyma'r canllawiau hynny. Fy mhwyntiau personol i ydyn nhw, nid pwyntiau a gafwyd mewn unrhyw lyfr.

Pwrpas Deialog

1) Adrodd y stori, cydweithio â'r naratif i wthio'r stori yn ei blaen. Mewn drama deledu, yr hyn sy'n weledol, y cyfarwyddiadau ar bapur, yw'r naratif;
2) Datgelu cymeriad, adlewyrchu cymhellion; yn y cyswllt hwn mae safon iaith y llefarydd yn bwysig: acen, brawddegu (byr/stacato, rhwysgfawr, hirwyntog, geirfa dda, geirfa brin, ac yn y blaen); hiwmor, ffraethineb, rhegi, etc.;
3) Bwydo'r darllenydd neu'r gynulleidfa â gwybodaeth.

Dylai deialog dda wneud y tri pheth gyda'i gilydd.

Deg pwynt

1) Nid atgynhyrchu sgwrs naturiol pobol ydi pwrpas deialog, ond rhoi'r argraff eich bod yn atgynhyrchu sgwrs naturiol pobol. Mae pobol, yn gyffredinol, yn siarad yn flêr, ac mae gormod o ebychiadau a thoriadau a ffurfiau sathredig yn ein brawddegu.
2) Byddwch yn llafar, ond peidiwch â gostwng i lefel bratiaith, oni bai eich bod yn creu cymeriad sy'n llefaru bratiaith. Tafodiaith gref, tafodiaith naturiol, Cymraeg cyfoes, bywiog sydd ei angen.
3) Defnyddiwch eich iaith lafar naturiol chi, ond ymrowch hefyd i greu cymeriadau sy'n siarad tafodiaith wahanol i'ch tafodiaith chi.
4) Pa ffurfiau? Er enghraifft:
   'Dydw i ddim yn gw'bod
   'Dwi'm yn gw'bod
   Sa i'n gw'bod
   'Wn i ddim
   Yn sicr nid:
   Nid ydwyf yn gwybod.
   Mae gan yr iaith lafar gyfoeth o ddewis yn aml, ac maen nhw'n ddefnyddiol o safbwynt osgoi undonedd ac unffurfiaeth arddull.
5) Peidiwch â chynnwys darnau hirwyntog, areithiol neu bregethwrol (oni bai eich bod yn sgriptio araith neu bregeth, a hyd yn oed wedyn, detholiad byr sydd ei angen). Mae byrder a chynildeb yn hanfodol, hyd yn oed os oes gennych ddau gymeriad gydag un yn traethu a'r llall yn gwrando. Mae'n rhaid i'r ail gymeriad ddod i mewn yn gyson, gydag ebychiadau fel:
   Ti 'rioed yn deud!
   A be' wedyn?
   'Na'th o ddeud hynny? ac yn y blaen.
6) Dolennwch eich deialog i greu undod, fel cadwyn o englynion. Cymeriad yn ailadrodd gair o'r hyn y mae cymeriad o'i flaen o wedi ei ddweud, ailadrodd syniad, gofyn ac ateb, ac yn y blaen.
7) Mae rhythm, sigl a symudiad yn hollbwysig.

Gwrandewch ar eich brawddegau. Ydyn nhw'n cydweddu â'r hyn sy'n cael ei ddweud? Rhaid i ddeialog fod yn sbonciog, yn fyw, yn ddiddorol.

8) Mae cywirdeb yn hollbwysig. Rhaid peidio ag ailadrodd y camsyniadau a wnawn ar lafar. 'Dydi'r ffaith ein bod ni yn camdreiglo neu'n peidio â threiglo ar lafar ddim yn rhoi trwydded i ni i atgynhyrchu ein blerwch mewn deialog. Ar yr un pryd, rhaid osgoi gor-ffurfioldeb.
9) Rhaid i ddeialog fod yn glir ac yn gynnil. Mae'n rhaid i chi 'sgwennu'n hollol glir ar gyfer y teledu yn enwedig. Un cyfle a gaiff y gwrandäwr; dim cystrawennu cymhleth, dim amwysedd oherwydd diffyg crefft.
10) Osgowch orddefnydd o 'meddai', 'dywedodd', 'atebodd', ac yn y blaen. Er enghraifft:
Poerodd Gerwyn ei ateb yn ei ddicter.
Baglodd Eifion dros ei eiriau wrth geisio mynegi ei syndod.
'Na chei, ar unrhyw gyfri!' yn fwy pendant y tro hwn/ yn herfeiddiol...
Ac weithiau, 'does dim angen 'meddai', etc., o gwbwl.

Beth yw'r prif ganllawiau ar gyfer cymeriadu?

O safbwynt *Pobol y Cwm*, mae'r cymeriadau yna yn barod inni. Maen nhw gyda ni ers tro. 'Rydan ni yn eu hadnabod nhw, ac yn hoff ohonyn nhw, neu'n eu casáu nhw, ond mae'n rhaid i chi hoffi cymeriadau yr ydych chi'n eu casáu hyd yn oed. Ieuan Griffiths, er enghraifft: sinach bach o ddyn diegwyddor, uchelgeisiol, snobyddlyd, ond mae'n bleser pur sgriptio ar ei gyfer, a rhoi geiriau yn ei geg o. Mae'n rhodd o'r nef i sgriptiwr. Mae'n rhaid i ni ddod i adnabod y cymeriadau hyn. Weithiau, wrth gwrs, maen nhw'n newid gyda'r blynyddoedd, fel 'rydan ni i gyd yn newid. Mae Cassie, er enghraifft, wedi newid llawer.

'Roedd gen i nodiadau manwl iawn ar gyfer fy myfyrwyr pan fyddwn yn trafod cymeriadu, ac 'roeddwn yn ceisio'u cael i gofio'r frawddeg hon a luniais ar eu cyfer: 'Cymeriad ydi'r hyn y mae'n ei ddweud ac yn ei wneud'. Ac mae'r hyn y mae'n ei wneud neu'n ei ddweud yn adlewyrchu'r tensiynau a'r emosiynau oddi fewn iddo. Yr hyn y mae'n ei wneud a'i ddweud, ei weithredoedd a'i sgwrs, yw'r modd y mae'n cyfleu, yn allanol, yr hyn sy'n fewnol. Yr hyn sy'n fewnol sy'n bwysig, seicoleg y cymeriad. Yr hyn sy'n creu cymeriad da yw ei uchelgais, ei nod mewn bywyd, y grym ewyllys sydd ganddo. Mae'n rhaid i gymeriad gael nod neu uchelgais, breuddwydion neu obeithion. Y ffordd y mae'n ceisio cyrchu'r nod, y ffordd y mae'n ceisio gwireddu ei uchelgais, a'r modd y mae'n ymateb i'r rhwystrau, y meini tramgwydd ar ei ffordd, dyna sy'n creu cymeriad.

Dyma enghreifftiau. Oscar Schindler (Liam Neeson) yn ffilm Spielberg, *Schindler's List*. Nod y cymeriad hwn ydi achub Iddewon rhag cael eu difa gan y Natsïaid. Mae'n gorfod twyllo'r Natsïaid yn gyson wrth iddo ymdrechu i gyrraedd at y nod, dweud celwyddau wrthyn nhw, chwarae'r ffon ddwybig gyda nhw, eu camarwain nhw. Mae popeth a wna yn adlewyrchu ar ei gymeriad. Mae'n gyfrwys, yn rhyfygus, yn dwyllodrus, yn ddewr. Sut y mae cymeriad yn ymateb i argyfwng ac yn ymddwyn mewn argyfwng, dyna'r peth pwysig, sut y mae o'n llwyddo i drechu'r anawsterau sy'n dod rhyngddo a'r nod sydd ganddo. Y gwrthdaro hwn rhwng grym ewyllys ac anawsterau, rhwng dyhead ac ataliad, sy'n creu drama.

Mae'n bwysig eich bod yn llunio cymeriadau byw o gig a gwaed. Mae Kath Jones, er enghraifft, yn gymeriad byw iawn, tipyn o sgamp yn y bôn, ac eto mae'n gallu bod yn dosturiol ac yn garedig (y modd y bu hi'n gofalu'n famol am Lowri, er enghraifft, pan oedd tad Lowri wedi llofruddio'i mam). Y gamp, bob tro, ydi cyfleu'r hyn sy'n fewnol drwy'r allanol.

Beth yw swyddogaeth hiwmor? Yn fy marn i mae defnydd pwrpasol o hiwmor yn gallu tanlinellu tristwch. A ydych yn cytuno?

Yn llwyr. Dyma, wrth gwrs, un o'r triciau llenyddol hyna' oll. 'Roedd Shakespeare wedi gweld hynny ganrifoedd yn ôl, ac eraill o'i flaen.

Mae hiwmor yn gallu dwysáu a chryfhau tristwch, yn enwedig o'u cydblethu yn yr un olygfa, ochr yn ochr; neu pan fo golygfa ddoniol yn dilyn golygfa drist.

Yn rhyfedd iawn, mi geisiais gydblethu ofn a hiwmor mewn un olygfa o *Pobol y Cwm* yr oeddwn i'n gweithio arni pan oeddwn yn ateb y cwestiynau hyn. Nid yw'r bennod honno wedi ymddangos eto, ac ni allaf ddweud a fu'r sgriptio yn llwyddiannus ai peidio. Yn yr olygfa honno, mae Kath yn argyhoeddedig fod dynion drwg, dihirod, ar ei hôl, ac mae ei hofn hi yn un real iawn. Dychymygu'r cyfan y mae hi yn nhyb Stacey, ac mae'n gwneud hwyl am ben ofn ei mam, ac mae hynny, gobeithio, yn dyfnhau'r ofn ac yn ei wneud yn destun sbort ar yr un pryd.

Mae hiwmor yn hanfodol i gyfres ddrama fel *Pobol y Cwm*, i unrhyw ddrama neu ffilm o ran hynny. 'Dwi'n cofio Dewi Wyn Williams, un o gyn-olygyddion *Pobol y Cwm*, yn dweud wrthyf un tro: 'Ma' *Pobol y Cwm* yn fwy doniol nag unrhyw sit-com Cymraeg heb drio bod'. 'Roedd yn bwynt dilys. Mae'r elfennau comig yn codi yn naturiol o fywydau'r cymeriadau, yn union fel y mae eu problemau nhw'n codi o'u bywydau nhw; ac fel yna yn dylai pethau fod.

Mi ddywedwn i fod y ffin rhwng hiwmor a thristwch yn un denau iawn, mewn gwirionedd. Chwerthin yn y tywyllwch a wnawn yn aml, chwerthin i lacio'r tyndra sy'n rhan annatod o'n bywydau ni, chwerthin i liniaru'n gofidiau a'n siomedigaethau ni. Crio mewn priodasau a chwerthin mewn angladdau a wnawn yn ein bywydau. Mae comedi, yn aml, yn seiliedig ar dristwch. Y tu ôl i bob comedi lwyddiannus mae yna dristwch mawr. Cymerwch un o'r rhai mwya' llwyddiannus, fel *Only Fools and Horses*. Dyma ddau frawd sy'n byw mewn twll o fflat yng nghanol Llundain, gyda'u hewyrth (a'u taid cyn hynny), ac yn breuddwydio am gyfoeth, a statws, a dihangfa. O'r gwrthdaro hwn rhwng tlodi a diflastod eu hamgylchiadau, ar y naill law, a'u dyhead am hapusrwydd, llwyddiant a chyfoeth, ar y llaw arall, y daw'r doniolwch a'r hiwmor.

Enillodd y ffilm *Hedd Wyn* amryw o wobrau haeddiannol gan gynnwys enwebiad Oscar am y ffim dramor orau yn 1994. Rhowch hanes genesis creu'r sgript.

Diwedd yr wythdegau oedd hi, ac mi oedd gwir angen newid cyfeiriad arna' i. 'Roeddwn i wedi bod wrthi ers blynyddoedd yn 'sgwennu barddoniaeth ac yn llunio cyfrolau o feirniadaeth lenyddol a blodeugerddi. Popeth yn iawn, ond rhaid i ddyn weithiau ei adnewyddu ei hun.

'Rydw i'n berson sy'n mynd yn anniddig unwaith y mae pethau'n dechrau mynd i rigol. Mae'n rhaid i mi gael her newydd yn awr ac yn y man, a gorau po fwya' yw'r her yn aml.

Ac wedyn mi gefais syniad, fel fflach – 'ffilm am Hedd Wyn'. Unwaith 'roeddwn i wedi penderfynu, 'doedd dim troi'n ôl i fod. Dim ond un broblem fach oedd 'na. 'Doeddwn i ddim wedi 'sgwennu llinell o ddeialog erioed yn fy mywyd. Yr unig ryddiaith 'roeddwn i wedi'i 'sgwennu oedd y rhyddiaith a geid yn fy meirniadaeth lenyddol, ond 'roedd byd o wahaniaeth rhwng 'sgwennu rhyddiaith feirniadol a rhyddiaith greadigol.

Ond, ar y llaw arall, 'roedd 'na bethau o 'mhlaid i. 'Roedd gen i ddiddordeb mawr yn y ffilm fel cyfrwng, 'roeddwn i wedi darllen toreth o nofelau Cymraeg a Saesneg yn y gorffennol – pob un o nofelau Graham Greene, er enghraifft, fy hoff nofelydd ar un adeg. 'Roeddwn i hefyd wedi darllen nifer helaeth o'r clasuron, nofelau Hardy a Dickens, er enghraifft. Mae gen i hefyd y gallu i ddysgu yn gyflym.

Yn ogystal, 'roedd S4C yn bod, ers saith mlynedd. Onid ein dyletswydd ni, 'sgwenwyr, oedd cefnogi'r sianel, a newid cyfeiriad os oedd raid?

Ac ar ôl cael y syniad, at bwy yr awn? 'Doedd gen i ddim syniad pwy oedd pwy yn hierarchiaeth S4C, ond mi wyddwn fod Euryn Ogwen yn un o'r rhai a oedd yn rhedeg y sioe, ac ato fo yr es i â'r syniad. 'Syniad grêt,' meddai Euryn. ''Sgwenna baragraff neu ddau yn amlinellu'r syniad, a gyrra fo ata'i.' Ac mi wnes i hynny. Daeth Euryn ar y ffôn ymhen ychydig ddyddiau. 'Reit, 'dan ni 'di'i basio fo. 'Dan ni isio i ti ymchwilio'r syniad, ac ma' cytundeb ac arian datblygu ar y ffordd iti.' Biti na fasai pob penderfyniad o du S4C wedi bod mor rhwydd â hynna! Mae awduron a chwmnïau yn gorfod aros am fisoedd a blynyddoedd erbyn hyn am unrhyw benderfyniad. Hefyd mi ddywedodd Euryn: 'Mi ydw i am dy roi di mewn cysylltiad efo Paul Turner. Mae o wedi bod yn sôn am 'neud ffilm am Hedd Wyn ers blynyddoedd.' Ac felly y bu hi. 'Doeddwn i ddim yn gwybod fod Paul Turner wedi meddwl am yr un syniad.

'Doeddwn i 'chwaith ddim yn adnabod Paul, ond gwyddwn am ei waith fel cyfarwyddwr. 'Roeddem fel teulu wedi mwynhau'r gyfres *Dihirod Dyfed* yr oedd o yn gyfrifol amdani. Cyfarfod â Paul oedd y cam nesa'. Aeth y ddau ohonom i gael sgwrs uwch pwt o ginio mewn tafarn yn Llangyfelach, ac yno y buom yn cyfnewid syniadau am awr neu ddwy, a'n brwdfrydedd ni yn fawr. 'Roedd cyfnod o ymchwil manwl a llafurus o 'mlaen i, ac mi dreuliais flwyddyn a rhagor ar yr ymchwil: darllen am y Rhyfel Mawr, casglu pob tystiolaeth am Hedd Wyn, ymweld â'r Ysgwrn i siarad â Gerald ac Ellis (dau nai i Hedd Wyn), a mynd trwy luniau a dogfennau (hynod werthfawr) yno, ymweld â'r Amgueddfa Ryfel yn Llundain, y Llyfrgell Genedlaethol yn Aberystwyth, Llyfrgell y Brifysgol ym Mangor, Llyfrgell dinas Abertawe, pencadlys y Ffiwsilwyr Cymreig Brenhinol yng Nghaernarfon, ac yn y blaen.

Ac wedyn, ar ôl casglu toreth o ddeunydd, ei ddarllen a'i ddosbarthu, a mynd ati i lunio'r drafft cynta'. Mae unrhyw un sy'n gyfarwydd â byd y ffilm yn gwybod mai proses o symud ymlaen o ddrafft i ddrafft ydi'r broses o greu sgript ffilm, a phob drafft, yn ddelfrydol, yn gam ymlaen tuag at y perffeithrwydd terfynol. Aeth y sgript i ryw bymtheg o ddrafftiau: arbrofi, cwtogi, cynilo, ailwampio, ailstrwythuro. Byddwn yn trafod pob drafft gyda Paul, a'r ddau ohonom yn cyfnewid syniadau, cyn mynd ati i lunio drafft arall, nes cyrraedd y drafft terfynol yn y pen draw.

A derbyn fod y broses o 'sgrifennu ar gyfer ffilm neu deledu yn broses wahanol i greu cerdd neu nofel, hynny yw, cywaith neu synthesis yw 'sgrifennu ar gyfer y sgrin, beth ddylai'r berthynas fod rhwng awdur a chynhyrchydd, ac yn wir â gweddill y criw cynhyrchu?

Fe ddylai'r berthynas rhwng awdur a chynhyrchydd, a rhwng awdur a chyfarwyddwr, fod yn un dda, yn sicr. O safbwynt *Hedd Wyn*, 'roeddwn i a Paul Turner ar yr un donfedd o'r cychwyn. 'Roedd yna wahaniaeth barn ar brydiau, yn naturiol, ond 'roedd hynny yn rhan o'r broses gyffredinol o greu'r ffilm. Mae Paul yn berson deallus ac artistig iawn, ac mae'n deall gofynion y ffilm i'r dim. Mae'n bwysig fod pob aelod o dîm cynhyrchu neu dîm golygyddol yn cydweithio. I rywun a oedd wedi arfer gweithio ar ei ben ei hun, 'roedd y cydweithio hwn yn fyd dieithr i mi ar y dechrau, ond 'roedd yn brofiad cyfoethog ar yr un pryd.

O safbwynt *Pobol y Cwm*, oddi ar i Terry Dyddgen-Jones gael ei benodi'n gynhyrchydd y gyfres, mae pethau wedi newid. Gweithio ar eu pennau eu hunain yr oedd y sgriptwyr cyn i Terry gyrraedd Cwmderi, ond byddwn yn cyfarfod yn rheolaidd erbyn hyn – awduron, golygyddion a chynhyrchwyr – i drafod ac i gryfhau'r sgriptiau a'r storïau, ac mae hynny'n gaffaeliad mawr, yn wir angenrheidiol, mewn gwirionedd.

Bûm hefyd yn cydweithio'n llwyddiannus â Wyn Thomas oddi ar 1995, a dyma berson deallus arall sy'n cymryd ei grefft fel lluniwr, cynhyrchydd a chyfarwyddwr rhaglenni dogfen o ddifri. Mae'r ddau ohonom ar yr un donfedd, gan fod y ddau ohonom yn credu y dylai rhaglen ddogfen fod yn rhywbeth amgenach na chegau'n siarad ac wynebau ar y sgrin, a golygfeydd digon rhyddieithol ac uniongyrchol yn gefndir i'r llefaru. Credwn fod angen arbrofi ym myd rhaglenni dogfen, a throi rhaglen ddogfen yn rhywbeth artistig, trawiadol, a barddonol-ddelweddol yn hytrach nag uniongyrchol-ryddieithol: gwthio rhaglenni dogfen yn nes at fyd y ffilm storïol, mewn gwirionedd, ond caf gyfle i ymhelaethu ar hyn yn nes ymlaen.

Pwy yw'r ferch sy'n ymddangos o dro i dro yn *Hedd Wyn*?
'Merch y Drycinoedd', sef yr Awen, yn awdl fuddugol Hedd Wyn yn Eisteddfod y Gadair Ddu ym 1917. Bardd rhamantaidd oedd Hedd Wyn, y bardd rhamantaidd ola' yng Nghymru ar lawer ystyr. Ar ôl 'Yr Arwr', awdl y Gadair Ddu, darfu am y traddodiad rhamantaidd hwnnw a gynhyrchodd awdlau fel 'Ymadawiad Arthur', 'Gwlad y Bryniau', awdl 'Yr Haf', ac awdlau buddugol T. H. Parry-Williams. Efelychiad o'r awdlau rhamantaidd a'i rhagflaenodd oedd 'Yr Arwr', a hi oedd yr awdl fawr olaf yn y traddodiad hwnnw. Un o'r elfennau a fu'n gyfrifol am ladd y Rhamantiaeth honno oedd

y Rhyfel Mawr. 'Roedd Shelley yn ddylanwad mawr ar Hedd Wyn, ac mae ganddo fo nifer o ferched lledrithiol yn ei farddoniaeth, merched sy'n ymgorfforiad o brydferthwch, daioni a chreadigolrwydd, merched sy'n ymgorffori'r grym creadigol hwn sy'n brwydro'n barhaus â galluoedd dinistr. 'Roedd Hedd Wyn wedi patrymu 'Merch y Drycinoedd' ar greadigaethau fel Asia yn *Prometheus Unbound* a Cythna yn *The Revolt of Islam*. Y Ferch Berffaith, ar lawer ystyr, oedd y merched hyn ym marddoniaeth Shelley. Yn y ffilm, mae gan Hedd Wyn, fel bardd rhamantaidd, ryw syniad am ferch berffaith yn ei feddwl – harddwch delfrydol, fel petai. Mae'n methu cael perthynas gyflawn ag unrhyw un o'r tair merch sy'n gariadon iddo ac mae'n sylweddoli, ar ddiwedd y ffilm, mai'r merched yn ei fywyd, y tair wedi ymdoddi'n un, oedd y ferch berffaith hon yn ei feddwl.

'Roedd angen cyferbynnu rhwng y rhamantiaeth hon a diawlineb y Rhyfel yn y ffilm, rhwng naïfrwydd a gwallgofrwydd, mewn ffordd. Mae'n rhaid i ni gofio mai gorwedd ar faes y gad y mae Hedd Wyn yn y ffilm, ac mai meddwl yn ôl y mae. Mae'r ferch hon yn ei ddilyn i bobman, gan mai hi ydi ei ysbrydoliaeth o, yr Awen. Hi ydi ei angel gwarcheidiol o, mewn gwirionedd. Hi sy'n dweud wrtho ar ddiwedd y ffilm, drwy wyro uwch ei ben, taenu ei mantell drosto, a'i gusanu, ei fod wedi ennill y Gadair. Dyna pam mae Hedd Wyn yn marw'n ddedwydd. Mae hi wedi dweud wrtho fod y galluoedd creadigol wedi trechu'r grymoedd dinistriol. Cafodd ei ladd yn y Rhyfel, do, ond nid cyn iddo lunio'i gerdd fawr, ac ennill Cadair Prifwyl ei wlad â'r gerdd honno.

Fe wnaed defnydd cyson o luniau afon a lleuad. Beth yw swyddogaeth symbolau a delweddau gweledol mewn ffilm?
Yr un swyddogaeth ag sydd iddyn nhw mewn barddoniaeth. 'Rydw i wedi dadlau mewn mannau eraill fod cyfrwng y ffilm, y ffilmiau sydd â dyfnder iddyn nhw o leia', yn agos iawn at farddoniaeth. Delweddau ar sgrin ydi'r ffilm, delweddau ar bapur ac yn y meddwl ydi barddoniaeth. Un o ddibenion delwedd ydi troi haniaeth yn ddiriaeth, troi syniad neu ymdeimlad neu argraff yn rhywbeth gweladwy a gweledol. Os caf roi enghraifft. Un o'm hoff ffilmiau erioed

ydi *All Quiet on the Western Front*, 1930, ffilm rymus a seiliwyd ar nofel enwog. Mor gynnar â 1930, 'roedd Lewis Milestone, y cyfarwyddwr, wedi sylweddoli y gallai ffilm gyflawni swyddogaeth amgenach na difyrru neu ddiddanu cynulleidfa mewn modd arwynebol, ac mi oedd y ffilm yn garreg filltir fawr go iawn yn y sinema, yn fy marn i. Sylweddolodd, fel eraill o'i flaen o, a llawer iawn ar ei ôl o, y gallai ffilm ddweud rhywbeth arwyddocaol, pwysig, yn union fel y mae cerdd yn dweud rhywbeth o bwys. Mae yna neges rymus drwy'r ffilm i gyd, ond mae yna un olygfa, ar y diwedd, sy'n defnyddio delwedd mewn modd trawiadol iawn, a bythgofiadwy yn fy nhyb i. Mae llaw milwr yn estyn am löyn byw, ond caiff y milwr ei saethu gan elyn anweledig yn union cyn iddo gyrraedd y glöyn, ac mae'r llaw yn llonyddu. Nid delwedd er ei mwyn ei hun mohoni: mae hi yna i bwrpas, mae hi'n dweud rhywbeth. Beth, wedyn? Yn syml, mi ddywedwn i, fod dyn yn chwilio am harddwch, am berffeithrwydd a glendid, o ganol yr uffern y mae wedi ei chreu iddo'i hun. Hynny ydi, fe ddylai bywyd fod yn hardd, yn rhodd ac yn fraint, ond mae dyn ei hun yn diraddio'r rhodd ac yn amharchu'r fraint. Chwilio am harddwch a dedwyddwch a wnawn i gyd yn y bywyd byr hwn, ond 'dydan ni ddim yn llwyddo bob tro. A dweud y gwir, go brin ein bod ni yn llwyddo o gwbwl.

'Rydw i wedi dewis yr enghraifft arbennig hon oherwydd fy mod i wedi llunio cerdd o gwmpas y ddelwedd, i ddangos pa mor debyg i'w gilydd y gall y ddau gyfrwng fod, ffilm a barddoniaeth. I mi, mae'r glöyn byw yn symbol o lendid a phrydferthwch bywyd, a'r weithred o ladd y milwr sy'n ymestyn am y glöyn yn symbol o awydd dyn i ddinistrio'i hiliogaeth ei hun a difa'r blaned hon a roddwyd yn gartre' iddo. Fy nehongliad i fy hun o'r ddelwedd ydi'r dehongliad hwn, wrth reswm, nid rhywbeth a ddarllenais yn unman, ac ar y dehongliad personol hwn y seiliwyd y gerdd. Dyma hi:

All Quiet on the Western Front: 1930

Llaw, llaw yn y llun:
mae rhywun yn ymestyn
ei law i'w rhoi ar löyn.

Milwr na wêl mo'i elyn
yn distaw, distaw estyn
ei law i gyffwrdd â glöyn.

Rhywun yn ymestyn am ystyr,
rhywun, o ddyfnder ei wewyr,
yn estyn ei law drwy'r awyr.

Ymgyrraedd y mae'r llaw am gariad,
ymgyrraedd, uwch gwaedd y gad,
am dlysni yng nghanol dileu, gan ddyheu am ryddhad.

Llaw yn dyheu yn dawel
am gael esgyn, esgyn mor ysgafn
â'r iâr fach yr haf uwch y rhyfel.

Llaw â baw dan bob ewin
yn awchu am y dilychwin,
uwch bryntni a budreddi'r drin.

Yng nghanol marwolaeth mae rhywun
yn dyheu am fywyd ei hun,
yn dyheu am lendid y glöyn,
yn dyheu am y glöyn byw uwch distryw dyn.

Yn y llun y mae llaw
yn dyheu am gael esgyn uwch angau a chlwyfau, uwchlaw
erchyllter y byd, uwch hagrwch y llaid a'r baw.

Ond yn y dirgel mae gelyn
yn gwylio, yn gwylio, un gelyn
yn gwylio'i law yn ymestyn am y glöyn
cyn tanio'i fwled, ac wedyn,
llonydd, mor llonydd, yw'r llaw,
y llaw yn y llun.

Yn *Hedd Wyn* mae delweddau fel yr afon a'r lleuad yn cynrychioli cynefin Hedd Wyn, byd Hedd Wyn, a'r lleuad yn symbol o'r harddwch y mae'n ceisio ymgyrraedd ato. Mae pennill Hedd Wyn, 'Dim ond y lleuad borffor' a 'sŵn hen afon Prysor' y tu ôl i'r delweddau hyn. Dyma'r cynefin y gyrrwyd Hedd Wyn ymhell oddi wrtho gan y Rhyfel. Ni chafodd hyd yn oed y fraint o gael ei gladdu ym mhridd y fro a garai mor angerddol.

Mae'r defnydd o Saesneg yn *Pobol y Cwm* yn eithriad prin iawn. Mae'n siŵr eich bod yn cytuno â'r polisi golygyddol hwn. O gofio mai adlewyrchu bywyd pentref cyfoes yn Ne-Orllewin Cymru yw'r nod yn *Pobol y Cwm*, beth yw'r problemau a wynebir gan awdur wrth geisio cyflawni'r polisi ieithyddol hwn, a sut y byddwch chi'n ceisio eu goresgyn?
Yn ffodus, mae'r prif gymeriadau i gyd yn siarad Cymraeg, neu yn fwriadol yn hytrach nag yn ffodus. Dyna un ffordd o ddatrys y broblem: canolbwyntio ar fywydau pobol sy'n siarad y Gymraeg, sy'n byw eu bywydau drwy gyfrwng y Gymraeg yn naturiol. Fe allech chi ddadlau fod *Pobol y Cwm* yn afreal, gan nad oes yr un pentre' yng Nghymru bellach nad ydi'r Saesneg yn rhan o'i fywyd bob-dydd, hyd yn oed y pentrefi Cymreicia' yn yr ardaloedd Cymreicia'. Ac eto, mae *Pobol y Cwm* yn fwy na chredadwy, os dilyn hynt a helynt unigolion a wnawn, a dilyn hanes pobol sy'n Gymry naturiol, a'r rheini'n byw eu bywydau yn gyfan gwbwl drwy'r Gymraeg.

'Rydw i'n llwyr gytuno â'r polisi ieithyddol hwn, gyda llaw, ond, yn fy marn i, ni ddylid llwyr osgoi defnyddio Saesneg mewn rhaglenni Cymraeg, gan gynnwys *Pobol y Cwm*. Defnyddio'r Saesneg i bwynt yw'r nod, nid ei defnyddio er ei mwyn ei hun.

'Rydych chi wedi defnyddio Saesneg mewn rhai golygfeydd yn *Hedd Wyn*, wrth gwrs. Cyfeiriaf, er enghraifft, at olygfa gofiadwy'r Sarjant Major yn drilio'r newydd-ddyfodiaid yn y baracs. Fe welsoch reidrwydd defnyddio Saesneg yn hon. Pam?
Mae pob golygfa sy'n defnyddio Saesneg yn *Hedd Wyn* yn gwneud hynny yn bwrpasol ac yn ddramatig. Mae pob defnydd o Saesneg yn *Hedd Wyn* yn amlygu ac yn cyfleu gwrthdrawiad rhwng dau ddiwylliant, rhwng dwy genedl, rhwng gwlad fechan a chanddi ei hiaith a'i thraddodiadau ei hun, ar y naill law, ac ymerodraeth fawr, farus, ar y llaw arall.

Saesneg yn y ffilm ydi iaith rhyfela, a lladd, a dinistrio. Dyma iaith swyddogol y Fyddin, iaith swyddogol yr Ymerodraeth. Mae'r Saesneg drwy'r ffilm yn bygwth dinistrio Cymreictod, ac yn bygwth lladd y diwylliant Cymraeg. Er enghraifft, y sensor o Sais sy'n llwyr ar goll, ac yn ddirmygus ei agwedd hyd yn oed, pan gais Hedd Wyn esbonio'r gyfundrefn eisteddfodol iddo, er mwyn ei berswadio i basio awdl 'Yr Arwr'. Ond ni all cymeriadau fod yn ddu a gwyn i gyd, ac mae'r swyddog hwn yn meddalu, ac yn pasio'r awdl, yn enwedig ar ôl i Hedd Wyn ddweud wrtho, 'This could be my last chance'. Dyna'r frawddeg allweddol. Mae'r swyddog yn deall hynny. Y byd dieithr, estron hwn, y byd y mae'r Saesneg yn iaith swyddogol iddo fo, a fu'n gyfrifol am yrru cannoedd o fechgyn cefn-gwlad Cymru i'w tranc. Dyna pam mai iaith militariaeth yw'r Saesneg yn y ffilm. Yn y dafarn leol mae milwyr yn canu cân ryfel Saesneg boblogaidd ar y pryd, a'r Cymry yn canu hen gân werin: gwrthdrawiad rhwng dau fyd. Pan drewir Hedd Wyn gan un o'r milwyr mae'r bygythiad sinistr dan-yr-wyneb yn dechrau troi'n fygythiad corfforol gwirioneddol. Mae dwrn y milwr yn symbol o'r 'dwrn dur' cyffredinol. Pan ddaw'r swyddog casglu enwau ar gyfer y Fyddin i'r Ysgwrn, Saesneg ydi'i iaith o. Ac yn y golygfeydd hyfforddi a drilio yr ydych yn cyfeirio atyn nhw, Saesneg ydi iaith yr hyfforddi. Yr eironi ydi mai bechgyn uniaith Gymraeg o gefn gwlad Cymru ydi'r bechgyn a hyfforddir, lawer ohonyn nhw. Nid casineb tuag at yr iaith Saesneg ei hun sydd y tu ôl i'r defnydd hwn ohoni, wrth gwrs (sut y gall neb gasáu iaith?), ond defnyddio'r Saesneg i amlygu'r bygythiad i'r Gymraeg ac i ddiwylliant a holl ffordd o fyw y Cymry.

Yr ydych wedi llunio tua deuddeg o raglenni dogfen, y rhaglen *Y Rhyfel rhwng Rhyfeloedd*, am ran beirdd, llenorion ac artistiaid yn Rhyfel Cartre' Sbaen, y gyfres *Canrif o Brifwyl*, a'r gyfres newydd *Adar Drycin*, a ddarlledir yn 2001. Beth yw eich nod fel sgriptiwr rhaglenni dogfen?

Mae'r ffilm *Hedd Wyn* yn cyfateb i 'marddoniaeth i, ac mae rhaglenni dogfen yn cyfateb i 'meirniadaeth lenyddol i.

'Dydw i ddim yn meddwl y dylai popeth yn y sinema nac ar y teledu fod yn arwynebol ac yn fabïaidd o syml. Mae'r agwedd nawddoglyd hon sydd gan rai o bobl y cyfryngau tuag at y gynulleidfa yn dân ar fy nghroen i. Mae'n rhaid cynnig her weithiau, ac arbrofi. Rhaglenni arbrofol yn eu hanfod oedd y gyfres *Canrif o Brifwyl*. 'Roedd y prif syniad yn arbrofol i ddechrau: bwrw trem yn ôl ar hanes Cymru yn ystod yr ugeinfed ganrif, ac ar hanes y byd yn gyffredinol, trwy gyfrwng un sefydliad Cymreig, ein prif sefydliad Cymreig ni ar lawer ystyr, yn enwedig yn ystod hanner cyntaf y ganrif, sef yr Eisteddfod Genedlaethol. Nid cyflwyno hanes yr Eisteddfod ei hun oedd y nod, ond cyflwyno hanes y ganrif drwy'r Eisteddfod. Wedyn fe ddefnyddiwyd motiff cyfathrebol ym mhob rhaglen, er mwyn adlewyrchu cynnydd aruthrol technoleg yn ystod y ganrif: y papur newydd yn y rhaglen gyntaf (1900-1913), y ffilm yn yr ail raglen (1914-1937), y radio yn y drydedd raglen (1938-1955), teledu du a gwyn cynnar yn y bedwaredd raglen (1956-1966), y symudiad o deledu du a gwyn at deledu lliw yn y bumed raglen (1967-1979), a'r cyfrifiadur, y we a theledu digidol yn y rhaglen ola' (1980-1999). Yn ogystal 'roedd y ffilmio a'r delweddu yn arbrofol ar brydiau, ac yn nes at fyd y ffilm nag at raglenni dogfen traddodiadol. Comisiynwyd y gyfres gan Gwynn Pritchard ar ran y BBC, ac mi fydda' i yn fythol ddiolchgar iddo am y cyfle. 'Doeddwn i ddim yn disgwyl i'r rhaglenni hyn fod yn boblogaidd. 'Roedden nhw yn rhy wahanol ac yn rhy arbrofol i hynny, ond siom i mi oedd darllen sylwadau rhai adolygwyr ar y rhaglenni. 'Doedd fawr neb wedi sylweddoli pa mor arbrofol oedden nhw, a phan ddywedodd un adolygydd teledu yn un o'n papurau wythnosol ni nad oedd digon o sôn am gymeriadau'r Eisteddfod yn y rhaglenni, mae'n anodd peidio ag anobeithio, a gresynu at gyflwr beirniadaeth deleduol yng Nghymru. Ar y llaw arall, calondid mawr oedd ymateb y gwylwyr i'r gyfres. 'Roedd rhai o benaethiaid S4C yn poeni mai cyfres uchel-ael ar gyfer yr ychydig fyddai'r gyfres hon, a sioc i bawb oedd y ffigyrau gwylio. 'Roedd y gyfres yn llawer mwy poblogaidd na rhaglenni honedig boblogaidd y sianel, ac ar ben hynny, 'roedd y gwerthfawrogiad yn uchel. Mae gan fyd y teledu bellach ddulliau o fesur nid yn unig faint y gynulleidfa ond gwerthfawrogiad y gynulleidfa yn ogystal, ac 'roedd *Canrif o Brifwyl* wedi sgorio'n uchel iawn ar y pen hwnnw.

Mae *Adar Drycin* yn olrhain hanes bywyd chwech o Gymry amlwg, ac fe sgriptiwyd pump o'r rhaglenni gen i (yn ogystal â gwneud yr ymchwil ar eu cyfer). Ond yn bwysicach nag olrhain hanes bywyd y pump, mae'r rhaglenni yn dadansoddi seicoleg a chymhellion mewnol y bobl hyn, ac yn archwilio'u Cymreictod hefyd. Maen nhw'n astudiaeth 'dan-yr-wyneb' a than y croen, yn anad dim, ac mae rhannau ohonyn nhw yn ceisio pontio'r ffin rhwng ffilm a dogfen.

A beth am y dyfodol? A ydych yn bwriadu parhau i lunio sgriptiau ar gyfer y teledu?

Ydw, wrth gwrs, ond mae'r penderfyniad hwnnw yn nwylo eraill. Gobeithiaf yn fawr y byddaf yn parhau i fod yn aelod o dîm craidd *Pobol y Cwm,* gan fy mod yn mwynhau'r gwaith yn fawr iawn.

Ni ellir sgriptio ffilm na rhaglen ddogfen na dim heb gefnogaeth y comisiynwyr i unrhyw syniad. Gallant wrthod neu dderbyn eich syniad, ac os ydyn nhw'n gwrthod pob un o'ch syniadau, dyna ben ar eich gyrfa fel sgriptiwr. Daeth fy ngyrfa fel sgriptiwr ffilm i ben ar ôl *Hedd Wyn*, yn eironig ddigon. Byddech yn meddwl mai man cychwyn, dechreuad fy ngyrfa fel sgriptiwr ffilm, yn hytrach na diwedd fy ngyrfa, fyddai *Hedd Wyn,* yn enwedig ar ôl i'r ffilm dderbyn y fath glod rhyngwladol. Fy mhrentiswaith i ym myd ffilm oedd *Hedd Wyn*, clod rhyngwladol neu beidio, ac ni chefais gyfle i droi'r prentiswaith hwnnw yn waith meistr. Cynigiais syniad arall i S4C, ac fe dderbyniwyd y syniad, hyn ar ôl i mi gwblhau'r sgript ar *Hedd Wyn*, a chyn i'r ffilm ei hun fod yn barod. Y syniad hwnnw oedd ffilm am fywyd cythryblus Goronwy Owen, y bardd clasurol o'r ddeunawfed ganrif, stori gryfach o lawer na stori Hedd Wyn. Cefais arian a chytundeb i ymchwilio'r syniad, ac fe gwblhawyd yr ymchwil, a hwnnw'n ymchwil manwl iawn a gymerodd gryn dipyn o amser. Ond 'ddaeth dim byd o'r ymchwil, dim comisiwn, dim cais am weld ffrwyth fy ymchwil, dim trafodaeth ar fy syniadau ynglŷn â'r ffilm, dim byd, a throais yr holl ymchwil yn gofiant i Goronwy. 'Rydw i'n sylweddoli, wrth gwrs, y byddai ffilm o'r fath yn ffilm ddrudfawr i'w chynhyrchu, ond mae'n rhaid i rai pobl ym mhencadlys S4C sylweddoli mai safon sy'n cyfri yn y pen draw. Mae 'na ddiffyg mentro ofnadwy yn rhywle. Yn ystod y cyfnod y bûm yn ymchwilio ar Goronwy Owen 'roedd y drefn wedi newid eto o fewn S4C, a'r polisïau canolog yn ogystal â'r comisiynwyr wedi newid yn sgil hynny, ac aeth y prosiect i ddifancoll.

Y BBC sydd wedi comisiynu fy holl sgriptiau ers pum mlynedd bellach, nid S4C, ac mi ydw i wedi llunio bron i hanner cant o sgriptiau i'r Gorfforaeth yn ystod y ddwy flynedd ola' 'ma yn unig, tua 25 awr o deledu. Mae'r sgriptiau hyn yn rhan bwysig iawn, hollbwysig, a dweud y gwir, o 'ngwaith creadigol i, a thra bo comisiwn fe fydd sgript.

Ffrwyth cydweithio rhwng Wyn Thomas, Gorseinon, a minnau ydi'r rhaglenni dogfen hyn i gyd, a'r ddau ohonom yn gyd-sefydlwyr y cwmni deuddyn hwnnw, Ffilmiau Tawe. A heb frwdfrydedd a gallu diamheuol Wyn, byddai llawer llai o raen ar y sgriptiau hyn erbyn iddyn nhw gyrraedd y sgrin.

LLYFRYDDIAETH ALAN LLWYD HYD 2002

Huw Walters

GOLYGYDD

Cyfnodolion:

Y Gloch: cylchgrawn ysgol Botwnnog, 1966. [Ar y cyd ag Enid Parri].

Ffenics: cylchgrawn Cymraeg Coleg y Brifysgol, Bangor, 1 (Gwanwyn 1969).

Y Dyfodol: papur myfyrwyr Bangor, 10 (2), ? 1969 > 10 (5), ? 1970. [Is-olygydd].

Y Dyfodol: papur myfyrwyr Bangor, 11 (1), 27 Hydref, 1970 > 11 (4), 6 Mawrth, 1971.

Awen: [cyfansoddiadau buddugol] Eisteddfod Ryng-golegol [Prifysgol Cymru] Bangor, Mawrth 1971, Bangor: [s. l.]: [s. n.], 1971. [Ar y cyd â Dafydd Vaughan Williams a Wilbur Lloyd Roberts].

Y Dyfodol: papur myfyrwyr Bangor, 12 (1), Ionawr 1972 > 12 (3), Mai 1972. [Aelod o'r bwrdd golygyddol].

'Colofn farddol Alan Llwyd', *Y Cymro,* 11 Rhagfyr, 1973 > 13 Medi, 1977.

Pethe Penllyn: papur Cymraeg pum plwy Penllyn, Rhif 1 (Rhagfyr 1974) > Rhif 4 (Mawrth 1975). [Ar y cyd â Dei Tomos].

Barddas, 1 (Hydref 1976) > 76 (Gorffennaf/Awst 1983). [Ar y cyd â Gerallt Lloyd Owen].

Y Darllenydd, Rhifyn Eisteddfod Genedlaethol Cymru, Caerdydd, 1978. [Papur arbennig a gyhoeddwyd ar lyfrau Gwasg Christopher Davies, Abertawe, pan oedd Alan Llwyd yn gweithio i'r wasg honno].

Barn, 197 (Mehefin 1979) > 215 (Rhagfyr 1980). [Ar y cyd â Gwynn ap Gwilym, Robert Rhys ac Ifor ap Gwilym].

Barddas, 77 (Medi 1983) > yn parhau.

Llyfrau:

Cerddi prifeirdd, cyfrol 1, Abertawe: Christopher Davies, 1977, 74tt.

Beibl y plant mewn lliw [cyfieithwyd a chyfaddaswyd gan Alan Llwyd], Abertawe: Gwasg Christopher Davies, 1978, 518tt.

Eisteddfota, Abertawe: Gwasg Christopher Davies, 1978, 128tt.

Y Flodeugerdd englynion, Abertawe: Christopher Davies, 1978, 243tt.

R. Williams Parry, Abertawe: Gwasg Christopher Davies, 1979, 375tt. (Cyfres y Meistri, 1).

O em i em: detholiad byr o waith O. M. Lloyd. Rhodd i'r bardd gan Gymdeithas Barddas ar achlysur ei ymddeoliad, [Abertawe]: Cymdeithas Barddas, 1979, 19tt.

50 o gywyddau Dafydd ap Gwilym, Abertawe: Gwasg Christopher Davies, 1980, 159tt.

Y Flodeugerdd sonedau, Abertawe: Gwasg Christopher Davies, [1980], 183tt.

Barddoniaeth O. M. Lloyd, [Abertawe]: Cyhoeddiadau Barddas, 1981, 101tt.

Llywelyn y beirdd. Blodeugerdd o'r cerddi a ganwyd i Lywelyn ap Gruffudd ac amdano i goffáu saithganmlwyddiant ei farwolaeth ac i gadw'r fflam ynghýn, [Abertawe]: Cyhoeddiadau Barddas, 1982, 185tt. [Ar y cyd â J. E. Caerwyn Williams ac Eurys Rolant].

Trafod cerdd dafod y dydd, [Abertawe]: Cyhoeddiadau Barddas, 1984, 236tt.

Y Flodeugerdd o epigramau cynganeddol, [Abertawe]: Cyhoeddiadau Barddas, 1985, 177tt.

Blodeugerdd o farddoniaeth Gymraeg yr ugeinfed ganrif, [Abertawe]: Cyhoeddiadau Barddas, 1987, xlviii, 690tt. Ail argraffiad, 1994. Trydydd argraffiad, 1998. [Ar y cyd â Gwynn ap Gwilym].

Nadolig y beirdd, [Abertawe]: Cyhoeddiadau Barddas, 1988, xvi, 127tt. Ail argraffiad, 1990. Trydydd argraffiad, 1998.

Gwaedd y bechgyn: blodeugerdd Barddas o gerddi'r Rhyfel Mawr, 1914-1918, [Abertawe]: Cyhoeddiadau Barddas, 1989, 228tt. [Ar y cyd ag Elwyn Edwards].

Y Flodeugerdd o ddyfyniadau Cymraeg, [Abertawe]: Cyhoeddiadau Barddas; Llandysul: Gwasg Gomer, 1988, xii, 439tt.

Yn nheyrnas diniweidrwydd: blodeugerdd Barddas o gerddi am blant a phlentyndod, [Abertawe]: Cyhoeddiadau Barddas, 1992, 217tt.

Cerddi'r bugail [Hedd Wyn], ynghyd ag atodiad o waith y bardd nas cynhwyswyd yn argraffiadau 1918 na 1931, Caerdydd: Hughes a'i Fab, 1994, xxx, 127tt. [Argraffiad gwreiddiol Trawsfynydd: Pwyllgor y Gofeb, 1918].

Gwaedd y lleiddiad: blodeugerdd Barddas o gerddi'r Ail Ryfel Byd, 1939-1945, [Abertawe]: Cyhoeddiadau Barddas, 1995, 203tt. [Ar y cyd ag Elwyn Edwards].

Cerddi R. Williams Parry: y casgliad cyflawn, 1905-1950, Dinbych: Gwasg Gee, 1998, xxxvii, 318tt.

LLYFRAU

Beirniadaeth lenyddol a chofiannau

Anghenion y gynghanedd, Caerdydd: Gwasg Prifysgol Cymru, 1973, 208tt.

Barddoniaeth Euros Bowen. Cyfrol 1: cerddi 1946-57, Abertawe: Christopher Davies, 1977, 324tt.

Gwyn Thomas, Caernarfon: Gwasg Pantycelyn, 1984, 111tt. (Cyfres Llên y Llenor).

R. Williams Parry, Caernarfon: Gwasg Pantycelyn, 1984, 87tt. (Cyfres Llên y Llenor).

Barddoniaeth y chwedegau: astudiaeth lenyddol-hanesyddol, [Abertawe]: Cyhoeddiadau Barddas, 1986, 439tt.

Gwae fi fy myw: cofiant Hedd Wyn, [Abertawe]: Cyhoeddiadau Barddas, 1991, 437tt.

Y Bardd a gollwyd: cofiant David Ellis, [Abertawe]: Cyhoeddiadau Barddas, 1992, xviii, 164tt. [Ar y cyd ag Elwyn Edwards].

Glaw ar rosyn Awst, Caernarfon: Gwasg Gwynedd, 1994, 392tt. (Cyfres y Cewri, 14).

Canrif o brifwyl: y ddarlith lenyddol flynyddol, Eisteddfod Genedlaethol Cymru, Bro Dinefwr, 1996, [s.l.]: Llys yr Eisteddfod Genedlaethol, 1996, 24tt.

Gronwy ddiafael, Gronwy Ddu: cofiant Goronwy Owen, 1723-1769, [Abertawe]: Cyhoeddiadau Barddas, 1997, 464tt.

Y Grefft o greu: ysgrifau ar feirdd a barddoniaeth, [Abertawe]: Cyhoeddiadau Barddas, 1997, 308tt.

Barddoniaeth:

Y March hud: cyfrol o farddoniaeth, [Caernarfon]: Tŷ ar y Graig, 1971, 56tt.

Gwyfyn y gaeaf, Abertawe: Christopher Davies, 1975, 63tt.

Edrych trwy wydrau lledrith. (Cyfrol o farddoniaeth am fyd natur), Abertawe: Christopher Davies, 1975, 52tt.

Rhwng Pen Llŷn a Phenllyn, Abertawe: Christopher Davies, 1976, 64 tt.

Cerddi'r cyfannu a cherddi eraill, Abertawe: Christopher Davies, 1980, 64tt.

Yn nydd yr anghenfil, [Abertawe]: Cyhoeddiadau Barddas, 1982, 54tt.

Marwnad o Dirdeunaw a rhai cerddi eraill, [Abertawe]: Cyhoeddiadau Barddas, 1982, 39tt.

Einioes ar ei hanner, [Abertawe]: Cyhoeddiadau Barddas, 1984, 48tt.

Oblegid fy mhlant, [Abertawe]: Cyhoeddiadau Barddas, 1986, 95tt.

Yn y dirfawr wag, [Abertawe]: Cyhoeddiadau Barddas, 1988, 94tt. [Yn cynnwys cerddi dan enw Meilir Emrys Owen].

Cerddi Alan Llwyd, 1968-1990: y casgliad cyflawn cyntaf, [Abertawe]: Cyhoeddiadau Barddas, 1990, xv, 419tt.

Yr Hebog uwch Felindre, Y Drenewydd: Gwasg Gregynog, 1990, 4tt. (Beirdd Gregynog, 10). [Yn cynnwys engrafiad ar bren gan David Esslemont. Argraffiad cyfyngedig i 400 copi].

Sonedau i Janice a cherddi eraill, [Abertawe]: Cyhoeddiadau Barddas, 1996, 160tt.

Ffarwelio â chanrif, [Abertawe]: Cyhoeddiadau Barddas, 2000, 153tt.

SGRIPTIAU FFILM, TELEDU A RADIO

Ffilm:

Hedd Wyn, 1992. [Dangosiad sinema cyntaf yng Ngŵyl Ffilm Ryngwladol Caeredin, 19 Awst, 2000. Darllediad cyntaf ar S4C, 1 Tachwedd, 1992].

Dramâu teledu:

Pobol y Cwm, 1 Mawrth, 1991 >

Drama radio:

Unwaith yn ormod. [Darlledwyd ar BBC Radio Cymru, 12 Medi, 1999].

Rhaglenni dogfen:

Y Rhyfel rhwng rhyfeloedd. [Darlledwyd ar S4C, 10 Mai, 1996].

Canrif o Brifwyl. [Cyfres o raglenni dogfen a ddarlledwyd ar S4C, 20 Chwefror – 26 Mawrth, 2000].

Adar drycin. [Cyfres o raglenni dogfen ar Gymry amlwg. Darlledwyd ar S4C yn 2001].

* * * *

1964

Cerddi:

Englyn: 'I'r ysgol', *Y Gloch: cylchgrawn ysgol Botwnnog,* 1964, 26.

1965

Englyn: 'Syr Ifan', *Cyfansoddiadau llenyddol buddugol Eisteddfod Genedlaethol Urdd Gobaith Cymru, Caerdydd, 1965,* Aberystwyth: Urdd Gobaith Cymru, 1965, 23.

1966

Cerddi:

Englyn: 'Y Gath', *Cyfansoddiadau llenyddol buddugol Eisteddfod Genedlaethol Urdd Gobaith Cymru, Caergybi, 1966,* Aberystwyth: Urdd Gobaith Cymru, 1966, 29.

Awdl: 'Ynys Enlli', *Y Genhinen,* 16 (Haf 1966), 160-1.

Englynion: 'Deilen Hydref'; 'Yr Hen fwthyn'; 'Ionawr', *ibid.,* 16 (Hydref 1966), 196.

Englynion a chywydd: 'Enlli', *Y Gloch: cylchgrawn ysgol Botwnnog,* 1966, 9.

Englyn: 'Athro', *ibid.,* 14.

Englyn buddugol Eisteddfod Genedlaethol Urdd Gobaith Cymru, Caergybi, 1966: 'Y Gath', *ibid.,* 14.

Englyn: 'Cawell', *ibid.,* 14.

Cywydd: 'Lliwiau', *ibid.,* 20.

Englyn: 'Y Nadolig', *ibid.,* 20.

Englyn digri: 'Y Bilsen', *ibid.,* 21.

Cyfres o englynion: 'Machlud', *ibid.,* 22.

Hir a thoddeidiau: 'Aredig', *ibid.,* 24.

Englynion: 'Gwanwyn', *ibid.,* 28.

1967

Rhyddiaith:

'Y Coleg ar y bryn', *Y Dyfodol: papur myfyrwyr Bangor,* 8 (1), 17 Tachwedd 1967, 7. [Argraffiadau myfyriwr ar ei flwyddyn gyntaf].

1968

Cerddi:

'Casgliad o ddeuddeg o gerddi gwreiddiol', yn Glyn Ifans, gol., *O fedel Pantyfedwen: cyfansoddiadau llenyddol buddugol Eisteddfodau Teulu Pantyfedwen, Pontrhydfendigaid, 1968*, [Pontrhydfendigaid]: Pwyllgor Llên Eisteddfodau Teulu Pantyfedwen, 1968, 3-12.

Awdl: 'Traethau. [Buddugol yn Eisteddfod Ryng-golegol Bangor, 1968]', yn Gareth Haulfryn Williams, gol., *Awen: detholiad o gyfansoddiadau buddugol Eisteddfod Ryng-golegol 1968*, [s. l.: s. n.], 1968, 3-6.

Englynion milwr: 'Arfau', *ibid.*, 29.

'Llwynog', *Ffenics: cylchgrawn Cymraeg Coleg y Brifysgol, Bangor*, 1 (Gwanwyn 1968), 41-2.

'Darlun olew o geffylau mewn storm', *ibid.*, 51-2.

'Marwolaeth', *ibid.*, 65-6.

Awdl: 'Traethau', [Buddugol yn Eisteddfod Ryng-golegol Bangor, 1968]', *ibid.*, 73-6.

1969

Rhyddiaith:

'Golygyddol', *Ffenics: cylchgrawn Cymraeg Coleg y Brifysgol, Bangor*, 1 (Gwanwyn 1969), 3-4.

'Gwenallt – bardd y "brotest" eirias', *Y Dyfodol: papur myfyrwyr Bangor*, 9 (3), 24 Ionawr, 1969, 3.

'Sgwrs gyda bardd y gadair', *ibid.*, 9 (4), 18 Mawrth, 1969, 6. [Sgwrs â Gwyn ap Rhobert, bardd y gadair yn yr Eisteddfod Ryng-golegol, 1969].

Cerddi:

Cerddi yn Bedwyr Lewis Jones, gol., *Cerddi '69*, Llandysul: Gwasg Gomer, 1970. ['Le Baiser (cerflun gan Rodin)', 64-5; Englynion: 'I'r Dr R. Geraint Gruffydd ar ymadael ag Adran y Gymraeg ym Mangor i fynd yn Athro Cymraeg yng Ngholeg Aberystwyth – 7 Mehefin, 1970', 66].

'Y Gerdd hir', yn Hywel Roberts, gol., *Awen: detholiad o gynhyrchion llenyddol Eisteddfod Prifysgol Cymru, 1969*, [s. l.]: [s. n.], 1969, 3-5.

Poem: 'Blood on snow', *Icarus*, Bangor: Committee of the English Society, University College of North Wales, 1969, 9.

Awdl: 'Etifeddiaeth', *Mabon* (Cymraeg), 1 (Gwanwyn 1969), 39-40.

'Le Baiser (cerflun gan Rodin)', *Ffenics: cylchgrawn Cymraeg Coleg y Brifysgol, Bangor,* 1 (Gwanwyn 1969), 26-7.
Awdl: 'Etifeddiaeth', *ibid.,* 39-42.
'Fe wyliaf alarch', *ibid.,* 51-2.
Awdl: 'Marwolaeth Gwenallt', *ibid.,* 56-60.
'Englynion mawl i I. B. Gruffydd', *Y Dyfodol: papur myfyrwyr Bangor,* 9 (4), 18 Mawrth, 1969, 8.
Englynion: 'Tywysog ein henwaed'; 'Gwaredwr yr iaith'; 'I rai o aelodau'r Orsedd'; 'Gwŷr o'r wasg a'r Arwisgo'; 'Cymru'r Arfwisgo (neu olynydd Llywelyn)', *ibid.,* 10 (1), ? 1969, 4.
'Y Machlud', *ibid.,* 7.
Cywydd: 'Hydref', *ibid.,* 7.

1970

Rhyddiaith:

'Golygyddol', *Y Dyfodol: papur myfyrwyr Bangor,* 11 (1), 27 (Hydref, 1970), 2.
'Tudalen y portreadau. 2: John Gwilym Jones', *Y Dyfodol: papur myfyrwyr Bangor,* 11 (2), 7 Rhagfyr, 1970, 8.
'Cymro yn Llywydd [Undeb Myfyrwyr Coleg Bangor]', *ibid.,* 11 (3) (15 Chwefror 1970), 3.
'Tudalen y portreadau. 3: T. Glynne Davies', *ibid.,* 5.

Cerddi:

Awdl: 'Yfory', *Awen: detholiad o lenyddiaeth fuddugol Eisteddfod Ryng-golegol Prifysgol Cymru, Caerdydd, 1970,* [s. l.]: [s. n.], 1970, 4-6.
Cywydd: 'Hydref', *Poetry Wales,* 6 (Autumn 1970), 37-8.
Englynion: 'Amser', *Mabon* (Cymraeg), 1 (Gaeaf 1969/1970), 42.
'Y Machlud', *Y Bangoriad: The Magazine of the Old Students' Association of the University College of North Wales,* 2 (Mawrth 1970), 33.
'Gwanwyn', *ibid.,* 35.
'Bore o aeaf', *Ffenics: cylchgrawn Cymraeg Coleg y Brifysgol, Bangor,* 1, xi (1970), [6-7].
'Y Machlud', *ibid.,* [12].
'Eira ar goed', *ibid.,* [13-14].
'Eira yn syrthio', *ibid.,* [20-21].
'Hydref', *ibid.,* [22-3].
'Soned i Orffiws. (Cyfieithiad o soned I, ix allan o "Die Sonette an Orpheus" gan y bardd Almaeneg Rainer Maria Rilke)', *Y Dyfodol: papur myfyrwyr Bangor,* 10 (3), ? 1970, 8.

Cywydd: 'Dafydd. (Ar garchariad Dafydd Iwan)', *ibid.*, 10 (4), 18 Mawrth, 1970, 8.

'Cân serch. (Cyfaddasiad o "Liebes-Lied" gan Rainer Maria Rilke)', *ibid.*, 11 (1), 27 Hydref, 1970, 8.

'Blodeuwedd', *ibid.*, 8.

'Gwanwyn', *Y Bangoriad,* Mawrth 1970, 35.

Adolygiadau:

Cannwyll yn olau, Nesta Wyn Jones; *Rhwng gewyn ac asgwrn,* Gwynne Williams, *Y Dyfodol: papur myfyrwyr Bangor,* 10 (4), 18 Mawrth, 1970, 8.

'Bardd chwyldroadol', *ibid.*, 10 (5), ? 1970, 6. [*Rhwng gewyn ac asgwrn,* Gwynne Williams].

1971

Cerddi:

Awdl: 'Y Bannau. (Er cof am y tri – D. J. Williams, J. R. Jones, J. E. Jones)', yn Glyn Ifans, gol., *O fedel Pantyfedwen: cyfansoddiadau llenyddol buddugol Eisteddfodau Teulu Pantyfedwen, Pontrhydfendigaid, 1971,* [Pontrhydfendigaid]: Pwyllgor Llên Eisteddfodau Teulu Pantyfedwen, 1971, 3-6.

Dilyniant o gerddi gwreiddiol: 'Gwnaethpwyd pob peth yn newydd. (O blentyndod i lencyndod)', yn Glyn Ifans, gol., *ibid.*, 7-12.

'Eira yn hwyr y dydd', yn James Nicholas, gol., *Cerddi '71,* Llandysul: Gwasg Gomer, 1971, 86.

Cerddi yn Alan Lloyd Roberts, Dafydd Vaughan Williams a Wilbur Lloyd Roberts, gol., *Awen: [cyfansoddiadau buddugol] Eisteddfod Ryng-golegol [Prifysgol Cymru] Bangor, Mawrth 1971,* Bangor: [s. l.]: [s. n.], 1971. [Cerdd y gadair: 'Y Gwanwyn (er cof am D. J. Williams)', 1-4; Casgliad o chwech o gerddi: 'Ti yw dyfnder pob hiraeth', 'Eira, eira, hwyr y dydd', 'Hamlet (o Rwseg Boris Pasternak)', 'Y Panther (o Almaeneg Rainer Maria Rilke', 'Y March hud (sef ysbrydoliaeth y gerdd, neu gyfarfyddiad Pwyll a Rhiannon)', 'Cyfnos', 4-9; Cywydd moliant: 'Dafydd Iwan', 10-11; Cadwyn o englynion: 'I ddewrion a ddaearwyd', 12; Englyn: 'Y Machlud', 13; Casgliad o ddeg neu fwy o epigramau: 'Yfory', 15; 'Hydrefddydd (cyfieithiad o Rainer Maria Rilke)', 40.

'Eira, eira, hwyr y dydd', *Ffenics: cylchgrawn Cymraeg Coleg y Brifysgol, Bangor,* 2, (Haf 1971), 19.

'Soned i 'nhaid', *ibid.*, 20.

'Os gorffwys llwch anghofrwydd â chrynhoi', *ibid.*, 20.
'Newydd pob peth', *ibid.*, 21.

Adolygiadau:
Pryderi, Derec Llwyd Morgan; *Eira cariad*, Geraint Jarman, *Mabon* (Cymraeg), 1 (Gwanwyn 1971), 46-9.

1972

Cerddi:
Englyn: 'Apartheid', *Awen: cylchgrawn Eisteddfod Ryng-golegol Prifysgol Cymru, Abertawe, 1972*, 11.
'Englyn coffa J. E. Jones', *Y Bangoriad: The Magazine of the Old Students' Association of the University College of North Wales*, 2 (Chwefror 1972), 60.

1973

Rhyddiaith:
'Colofn farddol Alan Llwyd', *Y Cymro*, 11 Rhagfyr, 1973, 13. [Nod a phwrpas y golofn].
'Colofn farddol Alan Llwyd', *ibid.*, 18 Rhagfyr, 1973, 9. [Ymryson y beirdd. Timau y Sarnau, Llangwm a Llangybi].
'Colofn farddol Alan Llwyd. Colofn i Ŵyl y celyn', *ibid.*, 25 Rhagfyr, 1973, 7.

Cerddi:
'Llef dros y lleiafrifoedd. Awdl: heb fod dros 300 llinell ar y nifer a fynner o'r mesurau cynganeddol traddodiadol neu gymhwysiad ohonynt', yn T. M. Bassett, gol., *Cyfansoddiadau a beirniadaethau Eisteddfod Genedlaethol Frenhinol Cymru, Dyffryn Clwyd, 1973*, [s. l.]: Llys yr Eisteddfod Genedlaethol, 1973, 23-31.
'Y Dref. Pryddest heb fod dros 300 llinell', yn *ibid.*, 52-60.
Awdl: 'Y Preselau', *Mabon* (Cymraeg), 1 (Gwanwyn – Haf 1973), 26-32.
'Cywydd priodas (ar achlysur priodas Mr Dafydd Glyn Jones a Miss Gwawr Jones, Gorffennaf 1972)', *Y Bangoriad: The Magazine of the Old Students' Association of the University College of North Wales*, 3 Mawrth 1973, 57.

Adolygiad:
Allor wydn, Bobi Jones, *Barn*, 126 (Ebrill 1973), 265.

1974

Rhyddiaith:

'Colofn farddol Alan Llwyd', *Y Cymro,* 1 Ionawr, 1974, 3. [Cystadleuaeth englyn y mis: 'Dogni petrol'; 'Nadolig drud'].

'Colofn farddol Alan Llwyd. Andwyol yw diawl y wasg', *ibid.,* 8 Ionawr, 1974, 7. [Cywiriadau i gamgymeriadau argraffu].

'Colofn farddol Alan Llwyd', *ibid.,* 15 Ionawr, 1974, 7. [Cyfraniadau'r beirdd].

'Colofn farddol Alan Llwyd', *ibid.,* 22 Ionawr, 1974, 7. [Sylwadau ar *Wyth ugain o englynion,* detholiad o weithiau beirdd Dyffryn Conwy].

'Colofn farddol Alan Llwyd', *ibid.,* 29 Ionawr, 1974, 7; 5 Chwefror, 1974, 7. [Cystadleuaeth englyn y mis: 'Cenllysg / Cesair'].

'Colofn farddol Alan Llwyd', *ibid.,* 12 Chwefror, 1974; 19 Chwefror, 1974. [Cyfraniadau'r beirdd].

'Colofn farddol Alan Llwyd', *ibid.,* 26 Chwefror, 1974, 7; 5 Mawrth, 1974, 7. [Cystadleuaeth englyn y mis: 'Ifas y Tryc'; 'Pontsiân'].

'Colofn farddol Alan Llwyd', *ibid.,* 12 Mawrth, 1974, 5; 19 Mawrth, 1974, 7. [Cyfraniadau'r beirdd].

'Colofn farddol Alan Llwyd', *ibid.,* 26 Mawrth, 1974, 7. [Hysbysebion cynganeddol].

'Colofn farddol Alan Llwyd', *ibid.,* 2 Ebrill, 1974, 7; 9 Ebrill, 1974, 7. [Cystadleuaeth englyn y mis: 'Yr Etholiad Cyffredinol'].

'Colofn farddol Alan Llwyd', *ibid.,* 16 Ebrill, 1974, 7. [Englynion gan nifer o feirdd yn ateb J. O. Davies, Deganwy].

'Colofn farddol Alan Llwyd. Anrhydeddu'r "Gist Faen"', *ibid.,* 23 Ebrill, 1974, 7. [Cynnyrch ymryson y beirdd yn y Bala yng nghyfarfod anrhydeddu Ifan Rowlands, Llandrillo].

'Colofn farddol Alan Llwyd. Newyddion cynganeddol', *ibid.,* 30 Ebrill, 1974, 7.

'Colofn farddol Alan Llwyd', *ibid.,* 7 Mai, 1974, 7, 9. [Cystadleuaeth englyn y mis: 'Englyn hysbyseb'].

'Colofn farddol Alan Llwyd', *ibid.,* 14 Mai, 1974, 7. [Cyfraniadau'r beirdd].

'Colofn farddol Alan Llwyd', *ibid.,* 21 Mai, 1974, 7. [Sylwadau ar gynnwys *Llên y llannau,* 1973].

'Colofn farddol Alan Llwyd', *ibid.,* 28 Mai, 7. [Cyfraniadau'r beirdd].

'Colofn farddol Alan Llwyd', *ibid.,* 4 Mehefin, 1974, 7; 11 Mehefin, 1974, 7. [Cystadleuaeth englyn y mis: 'Buarth'; 'Y Groesffordd'].

'Colofn farddol Alan Llwyd. O fyd yr eisteddfodau', *ibid.,* 18

Mehefin, 1974, 7. [Sylwadau ar gynnyrch llenyddol rhai eisteddfodau diweddar].

'Colofn farddol Alan Llwyd. Awen Elis Aethwy', *ibid.*, 25 Mehefin, 1974, 7.

'Colofn farddol Alan Llwyd', *ibid.*, 2 Gorffennaf, 1974, 7. [Ymateb i lythyr Vaughan Hughes, 'Y Glomen, y werin a'r diletantiaid', yn *ibid.*, 25 Mehefin, 1974, 4].

'Colofn farddol Alan Llwyd', *ibid.*, 9 Gorffennaf, 1974, 7; 16 Gorffennaf, 1974, 7. [Cystadleuaeth englyn y mis: 'Y Dderwen'; 'Y Griafolen'].

'Colofn farddol Alan Llwyd', *ibid.*, 23 Gorffennaf, 1974, 7. [Cyfraniadau'r beirdd].

'Colofn farddol Alan Llwyd', *ibid.*, 30 Gorffennaf, 1974, 7. [Sylwadau cyffredinol ar y grefft o farddoni a'r gynghanedd].

'Colofn farddol Alan Llwyd', *ibid.*, 6 Awst, 1974, 7. [Cystadleuaeth englyn y mis: 'Y Bioden'].

'Colofn farddol Alan Llwyd', *ibid.*, 13 Awst, 1974, 7. [Ymateb i lythyr R. J. Edwards, Llanuwchllyn, 'Gormod o sothach niwlog', yn *ibid.*, 30 Gorffennaf, 1974, 4. Ceir ymateb R. J. Edwards, 'Beirniadu'r beirniad', yn *ibid.*, 20 Awst, 1974, 4].

'Colofn farddol Alan Llwyd', *ibid.*, 20 Awst, 1974, 7. [Sylwadau ar 'Y Dewin', awdl fuddugol Moses Glyn Jones, yn Eisteddfod Genedlaethol Cymru, Bro Myrddin].

'Colofn farddol Alan Llwyd', *ibid.*, 3 Medi, 1974, 7. [Sylwadau pellach ar 'Y Dewin', awdl fuddugol Moses Glyn Jones, a 'Tân', pryddest fuddugol W. R. P. George yn Eisteddfod Genedlaethol Cymru, Bro Myrddin].

'Colofn farddol Alan Llwyd', *ibid.*, 10 Medi, 1974, 7. [Sylwadau ar lythyrau Medwyn Jones, Llanelwy, ac E. R. Davies, Borthygest].

'Colofn farddol Alan Llwyd', *ibid.*, 17 Medi, 1974, 7. [Cystadleuaeth englyn y mis: 'Y Llwynog'].

'Colofn farddol Alan Llwyd', *ibid.*, 24 Medi, 1974, 7. [Cyfraniadau'r beirdd].

'Colofn farddol Alan Llwyd', *ibid.*, 1 Hydref, 1974, 7. [Pryddest 'Tân' gan John Llywelyn Roberts].

'Colofn farddol Alan Llwyd', *ibid.*, 8 Hydref, 1974, 7. [Cyfraniadau'r beirdd].

'Colofn farddol Alan Llwyd', *ibid.*, 15 Hydref, 1974, 7. [Cystadleuaeth englyn y mis: 'Hywel Gwynfryn'].

'Colofn farddol Alan Llwyd', *ibid.*, 22 Hydref, 1974, 7. [Cerdd goffa T. E. Nicholas, gan Gwyn Evans, Tal-y-bont].

'Colofn farddol Alan Llwyd', *ibid.*, 29 Hydref, 1974, 7. [Cynnyrch ymryson y beirdd yn Eisteddfod Powys].

'Colofn farddol Alan Llwyd. Cymharu dau draddodiad barddol', *ibid.,* 5 Tachwedd, 1974, 7. [Y traddodiad barddol Cymraeg a Siapaneaidd].

'Colofn farddol Alan Llwyd', *ibid.,* 12 Tachwedd, 1974, 7. [Cystadleuaeth englyn y mis: 'Asgwrn cefn'].

'Colofn farddol Alan Llwyd. Diwygio cerdd dafod', *ibid.,* 19 Tachwedd, 1974, 7. [Y materion a drafodir gan banel i foderneiddio'r gynghanedd].

'Colofn farddol Alan Llwyd', *ibid.,* 10 Rhagfyr, 1974, 7; 17 Rhagfyr, 1974, 7. [Cyfraniadau'r beirdd].

'Colofn farddol Alan Llwyd', *ibid.,* 24 Rhagfyr, 1974, 7. [Cystadleuaeth englyn y mis: 'Yr Afon'].

'Dim ond Pen Llŷn a Phenllyn sy'n ysbrydoli Alan i farddoni', *ibid.,* 10 Rhagfyr, 1974, 5. [Glyn Evans yn holi Alan Llwyd].

'Awdl a phryddest [Eisteddfod Genedlaethol Cymru] Bro Myrddin', *Baner ac amserau Cymru,* 13 Medi, 1974, [2]; 20 Medi, 1974, [2]. Sylwadau ar 'Y Dewin', gan Moses Glyn Jones a 'Tân', gan W. R. P. George].

Cerddi:

'Fel llafn o olau'n fy nhywyllaf nos…', *Taliesin,* 29 (Rhagfyr 1974), 56.

'Mae rhywun heno yng nghasino'r sêr', *ibid.,* 56.

Colofn yr awen i rai ieuanc: 'Y Crëyr glas', *Pethe Penllyn,* 1 (Rhagfyr 1974), 15.

'Colofn farddol Alan Llwyd. Englyn: "Ateb i J. O. Davies, Deganwy"', *Y Cymro,* 12 Chwefror, 1974, 7.

'Colofn farddol Alan Llwyd. Englyn: "Yr Aran gyda'r hwyr" ', *ibid.,* 16 Ebrill, 1974, 7.

'Colofn farddol Alan Llwyd. Englynion: "Y Dryw eurben"; "Y Wenci"', *ibid.,* 8 Hydref, 1974, 7.

'Colofn farddol Alan Llwyd', *ibid.,* 26 Tachwedd, 1974, 10. [Cywydd: 'Hydref ym Mhenllyn'; Telyneg: 'Glas y dorlan'].

'Colofn farddol Alan Llwyd', *ibid.,* 3 Rhagfyr, 1974, 7. [Englynion: 'Y Gnocell frith fwyaf'; 'Y Robin goch'; 'Y Dryw'; 'Yr Alarch'. Cyfaddasiad o gerdd Saesneg gan Ted Hughes, 'Llwynog y gerdd'].

'Efnisien', *Baner ac amserau Cymru,* 13 Medi, 1974, [6].

'Y Griafolen. (Merthyron Abergele, 1969-74)', *ibid.,* 9 Awst, 1974, [3].

Englynion: 'Y Dderwen'; 'Glas y dorlan', *ibid.,* [4].

'Y Pren hollt', *ibid.,* 23 Awst, 1974, [5].

'Y Dderwen', *ibid.,* 20 Medi, 1974, [4].

Englyn: 'Llety'r Iesu', *ibid.,* 20 Rhagfyr, 1974, [4].

Adolygiadau:

Cysgodion, R. Gerallt Jones, *Mabon* (Cymraeg), 1 (Gwanwyn 1974), 41-4.

Cerddi Eifionydd, R. W. Jones, *ibid.,* 44-6.

1975

Rhyddiaith:

'Barddoniaeth y saithdegau', *Taliesin,* 31 (Rhagfyr 1975), 118-27.

'Colofn Alan Llwyd', *Y Cymro,* 7 Ionawr, 1975, 7. [Pigion o englynion y golofn yn 1974].

'Colofn Alan Llwyd', *ibid.,* 14 Ionawr, 1975, 7. [Anghenion y gynghanedd].

'Colofn Alan Llwyd', *ibid.,* 21 Ionawr, 1975, 7. [Cynghrair ymryson y beirdd. Anghenion y gynghanedd].

'Colofn Alan Llwyd', *ibid.,* 28 Ionawr, 1975, 7. [Cystadleuaeth englyn y mis: 'Adduned blwyddyn newydd'; 'Goleuadau traffig'].

'Colofn Alan Llwyd', *ibid.,* 4 Chwefror, 1975, 7. [Cyfraniadau'r beirdd. Anghenion y gynghanedd].

'Colofn Alan Llwyd', *ibid.,* 11 Chwefror, 1975, 7. [Anghenion y gynghanedd].

'Colofn Alan Llwyd', *ibid.,* 18 Chwefror, 1975, 7. [J. O. Davies *v* Beirdd y Bala. Anghenion y gynghanedd].

'Colofn Alan Llwyd', *ibid.,* 25 Chwefror, 1975, 7. [Cyfraniadau'r beirdd. Anghenion y gynghanedd].

'Colofn Alan Llwyd', *ibid.,* 4 Mawrth, 1975, 7. [Cystadleuaeth englyn y mis: 'Dwrn'].

'Colofn Alan Llwyd', *ibid.,* 11 Mawrth, 1975, 7; 18 Mawrth, 1975, 7. [Cyfraniadau'r beirdd. Anghenion y gynghanedd].

'Colofn Alan Llwyd', *ibid.,* 25 Mawrth, 1975, 7. [Cynnyrch ymryson y beirdd Eisteddfod Powys. Anghenion y gynghanedd].

'Colofn Alan Llwyd', *ibid.,* 1 Ebrill, 1975, 7. [Cyfraniadau'r beirdd. Anghenion y gynghanedd].

'Colofn Alan Llwyd', *ibid.,* 8 Ebrill, 1975, 7. [Cystadleuaeth englyn y mis: 'Y Ffin'; 'Y Clawdd terfyn'].

'Colofn Alan Llwyd', *ibid.,* 15 Ebrill, 1975, 7; 22 Ebrill, 1975, 7; 29 Ebrill, 1975, 7; 6 Mai, 1975, 7. [Cyfraniadau'r beirdd. Anghenion y gynghanedd].

'Colofn Alan Llwyd', *ibid.,* 13 Mai, 1975, 7l; 20 Mai, 1975, 7. [Cystadleuaeth englyn y mis: 'Barrug'; 'Gwe pry' cop'].

'Colofn Alan Llwyd', *ibid.,* 3 Mehefin, 1975, 7. [Cyfraniadau'r beirdd. Anghenion y gynghanedd].

'Colofn Alan Llwyd', *ibid.*, 10 Mehefin, 1975, 7. [Cystadleuaeth englyn y mis: 'Mesen'; 'Blagur'].

'Colofn Alan Llwyd', *ibid.*, 17 Mehefin, 1975, 7. [Cyfraniadau'r beirdd. Anghenion y gynghanedd].

'Colofn Alan Llwyd. O fyd yr eisteddfodau', *ibid.*, 24 Mehefin, 1975, 7. [Sylwadau ar gynnyrch llenyddol rhai eisteddfodau diweddar].

'Colofn Alan Llwyd', *ibid.*, 1 Gorffennaf, 1975, 7. [Cynnyrch ymryson y beirdd yn Eisteddfod Powys: y beirdd caeth. Anghenion y gynghanedd].

'Colofn Alan Llwyd', *ibid.*, 8 Gorffennaf, 1975, 7. [Cynnyrch ymryson y beirdd yn Eisteddfod Powys: y beirdd rhydd. Anghenion y gynghanedd].

'Colofn Alan Llwyd', *ibid.*, 15 Gorffennaf, 1975, 7; 22 Gorffennaf, 1975, 7. [Cystadleuaeth englyn y mis: 'Afal'].

'Colofn Alan Llwyd', *ibid.*, 29 Gorffennaf, 1975, 7. [Englynion beirdd Dyfed, Llŷn, Eifionydd a Phenllyn].

'Colofn Alan Llwyd. Awdl unigryw o delynegrwydd', *ibid.*, 19 Awst, 1975, 7. [Sylwadau ar 'Afon', awdl fuddugol Gerallt Lloyd Owen, a 'Pridd', pryddest fuddugol Elwyn Roberts yn Eisteddfod Genedlaethol Cymru, Bro Dwyfor, 1975].

'Colofn Alan Llwyd', *ibid.*, 26 Awst, 1975, 7. [Cystadleuaeth englyn y mis: 'Gwallt'].

'Colofn Alan Llwyd', *ibid.*, 2 Medi, 1975, 7. [Englynion ar y pryd Eisteddfod Llanbedr Pont Steffan].

'Colofn Alan Llwyd. Bardd a'i gân yn bridd i gyd', *ibid.*, 9 Medi, 1975, 7. [Adroddiad am gyfarfod croeso Elwyn Roberts yn Ysgol Botwnnog].

'Colofn Alan Llwyd. Y bardd Elwyn a biau'r ddelwedd', *ibid.*, 16 Medi, 1975, 7.

'Colofn Alan Llwyd', *ibid.*, 23 Medi 1975, 7. ['Wrth ail-gydio yn y gwersi cynganeddol, penderfynais ysgrifennu pwt yn gyffredinol am y gynghanedd'].

'Colofn Alan Llwyd', *ibid.*, 30 Medi, 1975, 7. [Cyfraniadau'r beirdd. Anghenion y gynghanedd].

'Colofn Alan Llwyd', *ibid.*, 7 Hydref, 1975, 7; 14 Hydref, 1975, 7. [Cystadleuaeth englyn y mis: 'Ogof'].

'Colofn Alan Llwyd', *ibid.*, 21 Hydref, 1975, 7. [Cyfraniadau'r beirdd. Anghenion y gynghanedd].

'Colofn Alan Llwyd', *ibid.*, 28 Hydref, 1975, 7. [Cyfraniadau'r beirdd. Anghenion y gynghanedd].

'Colofn Alan Llwyd', *ibid.*, 4 Tachwedd, 1975, 7. [Cystadleuaeth englyn y mis: 'Haf bach Mihangel'].

'Colofn Alan Llwyd', *ibid.*, 11 Tachwedd, 1975, 7. [Trafodaeth ar y ddelwedd o weindio wats mewn cerdd gan Tom Parry Jones].

'Colofn Alan Llwyd', *ibid.*, 18 Tachwedd, 1975, 7. [Cyfraniadau'r beirdd. Anghenion y gynghanedd].

'Colofn Alan Llwyd', *ibid.*, 25 Tachwedd, 1975, 7. [Cystadleuaeth soned y mis: 'Tân'].

'Colofn Alan Llwyd. Beirniadu'r beirniad', *ibid.*, 2 Rhagfyr, 1975, 7. [Ymateb i lythyr gan 'Dri o feirdd y golofn' yn trafod pwyntiau technegol ynglŷn â'r gynghanedd].

'Colofn Alan Llwyd', *ibid.*, 9 Rhagfyr, 1975, 7. ['Yr "imagists" yn Lloegr a beirdd yr englyn yng Nghymru'].

'Colofn Alan Llwyd', *ibid.*, 16 Rhagfyr, 1975, 7; 23 Rhagfyr, 1975, 7. [Cyfraniadau'r beirdd].

'Colofn Alan Llwyd', *ibid.*, 30 Rhagfyr, 1975, 7. [Cystadleuaeth englyn y mis: 'Y Goeden Nadolig'].

'O Ddulyn i'r ddalfa: hanes carcharorion Gwyddelig Gwersyll y Fron-goch, 1916', *Pethe Penllyn,* 2 (Ionawr 1975), 7; 3 (Chwefror 1975), 7; 4 (Mawrth 1975), 9-10; 5 (Ebrill 1975), 12.

'Llythyr', *ibid.*, 12. [Ymateb i sylwadau Elfyn Pritchard ar y gynghanedd a'r canu caeth mewn adolygiad o'i eiddo ar *Y Pethau diwethaf,* Gwyn Thomas, yn *ibid.*, 3 (Chwefror 1975), 5. Atebwyd y sylwadau hyn gan Elfyn Pritchard yn 'Llythyrau', *ibid.*, 5 (Ebrill 1975), 6, ac ymatebodd Alan Llwyd yn ei dro ar yr un tudalen].

Cerddi:

Cerddi yn Derec Llwyd Morgan, gol., *Cerddi '75,* Llandysul: Gwasg Gomer, 1975. ['Criafolen ym Mai', 62; Englynion: 'Y Fro Gymraeg', 'J. R. Jones', 63].

'Eira, eira, hwyr y dydd', yn Gloria Davies, gol., *Cynhaeaf cymysg,* Y Bala: Llyfrau'r Faner, 1975, 29. [Cafwyd argraffiadau eraill yn 1976, 1980, 1981].

Englynion: 'Y Dylluan'; 'Y Gnocell werdd', *Y Genhinen,* 25 (Hydref 1975), 174.

'Colofn Alan Llwyd', *Y Cymro,* 4 Chwefror, 1975, 7. [Englynion: 'Y Bioden'].

'Colofn Alan Llwyd', *ibid.*, 5 Awst, 1975, 7. [Awdl: 'Mabinogi'].

'Colofn Alan Llwyd. Cyniwair cân ar y cyd', *ibid.*, 12 Awst, 1975, 7. [Englynion a gyfansoddwyd ar y cyd â Donald Evans: 'Amser'; 'Adda ac Efa'; 'Y Berth'; 'Isgariot'; 'Y Ddau leidr a Christ'; 'Yr Alwad'; 'Y Rhwyd'; 'Mair Fadlen'; 'Efnisien'; 'Branwen'; 'Llywarch Hen'; 'Gwên'; 'Y Gynghanedd'].

'Colofn Alan Llwyd. Bardd a'i gân yn bridd i gyd', *ibid.*, 9 Medi, 1975, 7. [Cyfres o englynion i gyfarch Elwyn Roberts mewn cyfarfod croeso iddo a gynhaliwyd yn Ysgol Botwnnog].

'Colofn Alan Llwyd', *ibid.,* 16 Medi, 1975, 7. [Cyfres o englynion: 'Coed dan eira'].
Englyn: 'Gweddi plentyn', *Pethe Penllyn,* 2 (Ionawr 1975), 14.
Englynion: 'Er cof am Bili Puw', *ibid.,* 4 (Mawrth 1975), 13.
Cyfres o englynion: 'Ffarwel i'r Fedw Arian', *ibid.,* 8 (Gorffennaf 1975), 2.

Adolygiadau:

'Beirniadaeth y bardd', *Barn,* 155 (Rhagfyr 1975), 914-15. [*Yr Wythfed dydd,* Dafydd Rowlands].

1976

Rhyddiaith:

'Cyflwyniad', yn Robert Eifion Jones, *Cyfres beirdd bro. 1: Robert Eifion Jones, Llanuwchllyn,* Abertawe: Gwasg Christopher Davies, 1976, 8-9.
'Cyflwyniad', yn R. J. Rowlands, *Cyfres beirdd bro. 2: R. J. Rowlands, y Bala,* Abertawe: Gwasg Christopher Davies, 1976, 7-8.
'Cyflwyniad', yn D. J. Jones, *Cyfres beirdd bro. 3: D. J. Jones, Llanbedrog,* Abertawe: Gwasg Christopher Davies, 1976, 9-11.
'Cyflwyniad', yn Ieuan Jones, *Cyfres beirdd bro. 4: Ieuan Jones, Talsarnau,* Abertawe: Gwasg Christopher Davies, 1976, 7-8.
'Cyflwyniad', yn Donald Evans, *Egin,* Llandysul: Gwasg Gomer, 1976, 11-13.
'Golygyddol', *Barddas,* 1 (Hydref 1976), 2. [Cymdeithas Barddas a'i hamcanion].
'Beirniadaeth Alan Llwyd [yng nghystadleuaeth y gadair yn Eisteddfod Bro Myrddin, 1976]', *ibid.,* 3 (Rhagfyr 1976), 5.
'Colofn Alan Llwyd', *Y Cymro,* 6 Ionawr, 1976, 7. [Cystadleuaeth englyn y mis: 'Y Goeden Nadolig'].
'Colofn Alan Llwyd. Sut i gyfansoddi englyn', *ibid.,* 13 Ionawr, 1976, 7; 30 Ionawr, 1976, 7.
'Colofn Alan Llwyd', *ibid.,* 3 Chwefror, 1976, 11; 10 Chwefror 1976, 11. [Cystadleuaeth englyn y mis: 'Eira mawr'].
'Colofn Alan Llwyd', *ibid.,* 17 Chwefror, 1976, 11. [Yr englyn].
'Colofn Alan Llwyd', *ibid.,* 24 Chwefror, 1976, 11; 2 Mawrth, 1976, 9. [Cyfraniadau'r beirdd].
'Colofn Alan Llwyd', *ibid.,* 9 Mawrth, 1976, 11; 16 Mawrth, 1976, 11. [Cystadleuaeth englyn y mis: 'Heth'; 'Y Mis bach'].
'Colofn Alan Llwyd', *ibid.,* 23 Mawrth, 1976, 11; 30 Mawrth, 1976, 11. [Cyfraniadau'r beirdd].
'Colofn Alan Llwyd. Colofn y Barddas a Chymdeithas Cerdd

Dafod Cymru', *ibid.*, 13 Ebrill, 1976, 5. [Sylwadau ar weithgareddau clwb barddol ym Methesda a'r cylch].
'Colofn Alan Llwyd', *ibid.*, 20 Ebrill, 1976, 11. [Cystadleuaeth englyn y mis: 'Dadmer'].
'Colofn Alan Llwyd', *ibid.*, 27 Ebrill, 1976, 11. [Englynion posau].
'Colofn Alan Llwyd', *ibid.*, 4 Mai, 1976, 11. [Cyfraniadau'r beirdd].
'Colofn Alan Llwyd', *ibid.*, 11 Mai, 1976, 11. [Crefft yr englyn].
'Colofn Alan Llwyd. Cymdeithas Cerdd Dafod Cymru', *ibid.*, 18 Mai, 1976, 11.
'Colofn Alan Llwyd', *ibid.*, 1 Mehefin, 1976, 5. [Cystadleuaeth yr englynion pôs].
'Colofn Alan Llwyd', *ibid.*, 8 Mehefin, 1976, 11. [Cystadleuaeth englyn y mis: 'Tim pêl-droed / rygbi Cymru'].
'Colofn Alan Llwyd', *ibid.*, 15 Mehefin, 1976, 11. [Cyfraniadau'r beirdd. Y Gymdeithas Gerdd Dafod].
'Colofn Alan Llwyd', *ibid.*, 22 Mehefin, 1976, 11. [Cyfraniadau'r beirdd].
'Colofn Alan Llwyd. O fyd yr eisteddfodau', *ibid.*, 29 Mehefin, 1976, 11. [Sylwadau ar gynnyrch llenyddol rhai eisteddfodau diweddar].
'Colofn Alan Llwyd', *ibid.*, 6 Gorffennaf, 1976, 11; 13 Gorffennaf, 1976, 11. [Cystadleuaeth englyn y mis: 'Mis Mai'].
'Colofn Alan Llwyd', *ibid.*, 3 Awst, 1976, 11. [Pwrpas cystadlu].
'Colofn Alan Llwyd. Pam y derbyniais gadair [Eisteddfod Genedlaethol Cymru], Aberteifi a'r cylch', *ibid.*, 10 Awst, 1976, 1.
'Colofn Alan Llwyd. Annheg iawn yw hyn i gyd', *ibid.*, 31 Awst, 1976, 3. [Sylwadau ar helynt cystadleuaeth cadair Eisteddfod Genedlaethol Cymru, Aberteifi a'r cylch].
'Colofn Alan Llwyd. Y Bryddest', *ibid.*, 7 Medi, 1976, 11; 14 Medi, 1976, 11. [Sylwadau ar 'Troeon bywyd', y bryddest goronog yn Eisteddfod Genedlaethol Cymru, Aberteifi a'r cylch].
'Colofn Alan Llwyd', *ibid.*, 21 Medi, 1976, 30. [Sylwadau ar 'Gwanwyn', yr awdl fuddugol yn Eisteddfod Genedlaethol Cymru, Aberteifi a'r cylch, 1976].
'Colofn Alan Llwyd', *ibid.*, 28 Medi, 1976, 30. [Hanes sefydlu'r Gymdeithas Gerdd Dafod yn Eisteddfod Genedlaethol Cymru, Aberteifi a'r cylch, 1976].
'Colofn Alan Llwyd: 105 o englynion i "Ann Griffiths"', *ibid.*, 5 Hydref, 1976, 30; 12 Hydref, 1976, 30; 19 Hydref, 1976, 30; 26 Hydref 1976, 30. [Cystadleuaeth englyn y mis].
'Colofn Alan Llwyd', *ibid.*, 2 Tachwedd, 1976, 30. [Cyfraniadau'r beirdd].
'Colofn Alan Llwyd: beth yw barddoniaeth?', *ibid.*, 9 Tachwedd, 1976, 30; 16 Tachwedd, 1976, 38; 23 Tachwedd, 1976, 30.
'Colofn Alan Llwyd: cystadlu brwd ar "Y Sychder Mawr"', *ibid.*, 30

Tachwedd, 1976, 30; 7 Rhagfyr, 1976, 38; 14 Rhagfyr, 1976, 30. [Cystadleuaeth englyn y mis].

'Colofn Alan Llwyd: y bardd a'i ysbrydoliaeth', *ibid.,* 21 Rhagfyr, 1976, 30.

'Mae mwy i farddoni na chystadlu – mae'n grefft y dylid ei harfer beunydd'. Alan Llwyd yn sgwrsio â Hefin Wyn, *ibid.,* 30 Mawrth, 1976, 5.

'O lygad y ffynnon: y stori gan Alan ei hun', *Llanw Llŷn,* 6 (Medi 1976). [Atodiad arbennig 'Teyrnged i'r Prifardd Alan Llwyd' yn trafod buddugoliaeth a helynt Eisteddfod Genedlaethol Cymru, Aberteifi, 1976].

Cerddi:

'Dilyniant o dua hanner cant o benillion yn null y penillion telyn ar y thema: Troeon bywyd', yn Tysul Jones, gol., *Cyfansoddiadau a beirniadaethau Eisteddfod Genedlaethol Frenhinol Cymru, Aberteifi a'r cylch, 1976,* [s. l.]: Llys yr Eisteddfod Genedlaethol, 1976, 44-9.

'Awdl y gadair Eisteddfod [Genedlaethol Cymru] Aberteifi a'r cylch: Gwanwyn', yn *ibid.,* 89-96.

Cyfres o englynion: 'Cymdeithas Barddas', *Barddas,* 1 (Hydref 1976), 6

Englyn: 'Y Geni', *ibid.,* 3 (Rhagfyr 1976), 1.

'Dwy gerdd', *Barn,* 162/163 (Gorffennaf/Awst 1976), 208.

'Wil Cilan Fawr', *ibid.,* 219.

'Soned i dri o feirdd Penllyn [R. J. Rowlands, Bob Edwards ac Ithel Rowlands]', *ibid.,* 164 (Medi 1976), 275.

'Eira ym Mhenllyn', *ibid.,* 275.

Cyfres o englynion: 'Bili Puw, Cynythog Bach. (Bu farw mewn damwain ar y ffordd o Ddolgellau i Benllyn un hwyr y nos, ar ôl bod yn cystadlu mewn cwrdd cystadleuol yno)', *ibid.,* 165 (Hydref 1976), 324.

'Colofn Alan Llwyd', *Y Cymro,* 20 Gorffennaf, 1976, 11. [Cyfres o englynion: 'Penllyn'].

'Colofn Alan Llwyd', *ibid.,* 27 Gorffennaf, 1976, 10. [Englynion: 'Huw'r Fedw Arian'; 'Ellis y Fedw Arian'].

Adolygiadau:

'Y Parsel llawn a champ ar sawl llinell', [*Parsel persain,* Donald Evans], *Barddas,* 1 (Hydref 1976), 8.

Poetry of Wales, R. Gerallt Jones, *Mabon* (Cymraeg), 1 (Gaeaf 1975/1976), 42-3.

1977

Rhyddiaith:

'Cyflwyniad', yn Medwyn Jones, *Cyfres beirdd bro. 5: Medwyn Jones, Llangwm,* Abertawe: Gwasg Christopher Davies, 1977, 7-10.

'Cyflwyniad', yn Charles Jones, *Cyfres beirdd bro. 6: Charles Jones, Mynytho,* Abertawe: Gwasg Christopher Davies, 1977, 5-6.

'Golygyddol: y rheolau cythreulig!', *Barddas,* 4 (Ionawr 1977), 2.

'Golygyddol', *ibid.,* 5 (Chwefror 1977), 2-3. [Sylwadau ar lythyr Colin Gwyn Jenkins ar y gynghanedd yn *ibid.,* 2].

'Golygyddol', *ibid.,* 6 (Mawrth 1977), 2-3. [Sylwadau ar ragair W. Rhys Nicholas yn *Triongl,* blodeugerdd o waith beirdd de-orllewin Cymru].

'Ymryson genedlaethol Barddas rhwng Coleg Aberystwyth, Pontarddulais, Pencaenewydd: beirniadaeth', *ibid.,* 6-7.

'Ymryson Barddas: Gogledd Ceredigion, Llandwrog, y Bala. Beirniadaeth Alan Llwyd', *ibid.,* 7 (Ebrill 1977), 6-7.

'Golygyddol', *ibid.,* 8 (Mai 1977), 2. [Sylwadau ar y gynghanedd ac awgrym gan Dic Jones y dylid uno'r Gymdeithas Gerdd Dafod â'r Gymdeithas Gerdd Dant].

'Rhyw oes aur yn Rhoshirwaun: teyrnged i'r diweddar Evan G. Hughes', *ibid.,* 2.

'Rhai adleisiau yng nghanu R. Williams Parry', *ibid.,* 8 (Mai 1977), 5; 9 (Mehefin 1977), 4.

'Ymryson Barddas: Caerdydd, Colegau Bangor, Nant Conwy. Beirniadaeth Alan Llwyd', *ibid.,* 6-7.

'Alan Llwyd yn holi Gwyn Thomas', *ibid.,* 9 (Mehefin 1977), 1-2.

'Ymryson Barddas: Bethesda, y Cinmel, y Cilie. Beirniadaeth Alan Llwyd', *ibid.,* 5-6.

'Adroddiad y panel cerdd dafod', *ibid.,* 7.

'Alan Llwyd yn holi Donald Evans a dderbyniodd wobr Cyngor Celfyddydau Cymru am ei gyfrol gyntaf o gerddi *Egin*', *ibid.,* 10 (Gorffennaf/Awst 1977), 1-2.

'Golygyddol', *ibid.,* 2. [Sylwadau ar gyflwr bedd R. Williams Parry ym mynwent Coetmor, Bethesda].

'Ymryson Barddas: y Bala, Pontarddulais, Llandwrog, Nant Conwy, Bethesda. Beirniadaeth Alan Llwyd', *ibid.,* 13-14.

'Cyfarfod Wrecsam', *ibid.,* 11 (Medi 1977), 1. [Adroddiad ar gyfarfod cyffredinol y Gymdeithas Gerdd Dafod yn Wrecsam].

'Golygyddol: cyfoeth traddodiad yr englyn', *ibid.,* 12 (Hydref 1977), 2.

'Golygyddol', *ibid.,* 14 (Rhagfyr 1977), 3. [Sylwadau ar *Awen Ogwen* a gyhoeddwyd gan Gymdeithas Farddol Dyffryn Ogwen].

'Trafod y meistri hyfedr: W. H. Davies ac R. Williams Parry', *ibid.,* 8.

'Alfred Perceval Graves a'r awen Gymreig', *Barn,* 174/175 (Gorffennaf/Awst 1977), 265-7.
'Colofn Alan Llwyd', *Y Cymro,* 11 Ionawr, 1977, 22. [Arolwg o gynnwys y golofn yn 1976].
'Colofn Alan Llwyd', *ibid.,* 18 Ionawr, 1977, 30; 25 Ionawr, 1977, 30; 1 Chwefror, 1977, 30. [Cystadleuaeth englyn y mis: 'Y Doethion'].
'Colofn Alan Llwyd: syniadau Robert Graves', *ibid.,* 8 Chwefror, 1977, 30.
'Colofn Alan Llwyd', *ibid.,* 15 Chwefror, 1977, 38; 22 Chwefror, 1977, 30; 1 Mawrth, 1977, 38. [Cystadleuaeth englyn y mis: 'Y Bardd'].
'Colofn Alan Llwyd', *ibid.,* 8 Mawrth, 1977, 30; 15 Mawrth, 1977, 30; 22 Mawrth, 1977, 38; 29 Mawrth, 1977, 30; 5 Ebrill, 1977, 30; 12 Ebrill, 1977, 30; 19 Ebrill, 1977, 30.
'Colofn Alan Llwyd', *ibid.,* 26 Ebrill, 1977, 30. [Cystadleuaeth englyn y mis: 'Y Gynghanedd'].
'Colofn Alan Llwyd', *ibid.,* 3 Mai, 1977, 30; 10 Mai, 1977, 30. [Cystadleuaeth englyn y mis: 'Y Storm'. Esgorodd y feirniadaeth hon ar ddadl â Thydfor Jones ynghylch awduraeth englyn 'Tantallon'. Cyhoeddwyd llythyr Tydfor, 'Ing Alan Llwyd ac englyn y llo', yn *ibid.,* 24 Mai, 1977, 38].
'Colofn Alan Llwyd: rhoi'r ffug feirdd yn eu lle', *ibid.,* 17 Mai, 1977, 38. [Ymateb i lythyr gan Tom Williams, Tal-y-sarn a gyhoeddwyd yn *Yr Herald Cymraeg* yn trafod y gyfres ysgrifau 'Beth yw barddoniaeth?'].
'Colofn Alan Llwyd: beth yw barddoniaeth?', *ibid.,* 24 Mai, 1977, 38; 31 Mai, 1977, 30.
'Colofn Alan Llwyd: sugno'r beirdd yn sych', *ibid.,* 7 Mehefin, 1977, 30; 14 Mehefin, 1977, 30. [Cystadleuaeth englyn y mis: 'Y Gromlech'].
'Colofn Alan Llwyd: Eisteddfod Môn a'r Bont', *ibid.,* 28 Mehefin, 1977, 30. [Sylwadau ar gynnyrch llenyddol rhai eisteddfodau diweddar].
'Colofn Alan Llwyd: cynildeb yr englyn', *ibid.,* 12 Gorffennaf, 1977, 30.
'Colofn Alan Llwyd', *ibid.,* 26 Gorffennaf, 1977, 38. [Cystadleuaeth y mis: beirniadaeth y delyneg].
'Colofn Alan Llwyd', *ibid.,* 2 Awst, 1977, 30. [Cystadleuaeth englyn y mis: 'Coch y berllan'].
'Colofn Alan Llwyd', *ibid.,* 9 Awst, 1977, 30. [Apêl am gymorth gyda *Y Flodeugerdd englynion*].
'Colofn Alan Llwyd: dyddiadur eisteddfodol', *ibid.,* 16 Awst, 1977, 38; 23 Awst, 1977, 30; 30 Awst, 1977, 22. [Dyddiadur Eisteddfod Genedlaethol Cymru, Wrecsam a'r cylch, 1977].
'Colofn Alan Llwyd: dyfodol cerdd dant', *ibid.,* 6 Medi, 1977, 22.

'Colofn Alan Llwyd: y golofn olaf', *ibid.*, 13 Medi, 1977, 22.

Cerddi:

Englyn: 'Taid', yn T. M. Bassett, gol., *Cyfansoddiadau a beirniadaethau Eisteddfod Genedlaethol Frenhinol Cymru, Wrecsam a'r cylch, 1977,* [s. l.]: Llys yr Eisteddfod Genedlaethol, 1977, 49.

Englynion: 'Taid'; 'Clawdd terfyn fy nhaid'; 'Y Bioden'; 'Y Fanhadlen', yn Alan Llwyd, gol., *Cerddi prifeirdd: cyfrol 1,* Abertawe: Christopher Davies, 1977, 58.

Cyfres o englynion: 'Y Gylfinir', *Barddas,* 4 (Ionawr 1977), 4.

'Y Bioden', *ibid.*, 6 (Mawrth 1977), 5.

'Parhad yr hil. Cerdd i longyfarch Donald Evans ar ennill ohono'r goron a'r gadair yn Eisteddfod Genedlaethol [Cymru], Wrecsam', *ibid.*, 11 (Medi 1977), 1.

Cyfres o englynion: 'Y Crëyr glas ger Llyn Tegid', *ibid.*, 13 (Tachwedd 1977), 4.

Englyn: 'Er cof am Bob Cloddiau', *ibid.*, 7.

'Colofn Alan Llwyd', *Y Cymro,* 21 Mehefin, 1977, 30. [Cyfres o englynion: 'Dau frawd yw Tydfor a Dic. (Gan fod y ddadl yn mynd ymlaen a'r "Tant newydd" wedi taro ei big i mewn, goddefer imi ateb Tydfor a Dic yr wythnos hon)'. Am ymateb Tydfor, gweler ei gyfres o englynion, 'I'th ateb unwaith eto', yn 'Colofn Alan Llwyd', *ibid.*, 5 Gorffennaf, 1977, 30].

Adolygiad:

'Oes aur y beirdd clasurol', [*Y Traddodiad barddol,* Gwyn Thomas], *Barddas,* 13 (Tachwedd 1977), 7.

1978

Rhyddiaith:

'Rhagymadrodd', yn Alan Llwyd, gol., *Y Flodeugerdd englynion,* Abertawe: Christopher Davies, 1978, 11-33.

'Y Beirniaid answyddogol', yn Alan Llwyd, gol., *Eisteddfota,* Abertawe: Gwasg Christopher Davies, 1978, 101-16.

'Cyflwyniad', yn T. Arfon Williams, *Englynion Arfon,* Abertawe: Gwasg Christopher Davies, 1978, [9-10].

'Cyflwyniad', yn E. G. Hughes, *Cyfres beirdd bro. 7: E. G. Hughes, Rhoshirwaun,* Abertawe: Gwasg Christopher Davies, 1976, 7-8.

[Hen drawiadau. Sylwadau ar lythyr Margaret E. Evans ('Marged

Mochnant') ynghylch hen drawiadau]. *Barddas,* 15 (Ionawr 1978), 2-3.

'Trafod y meistri hyfedr: W. H. Davies ac R. Williams Parry', *ibid.,* 6-7.

'Golygyddol', *ibid.,* 16 (Chwefror 1978), 2. [Gwaith Gwilym R. Jones a Mathonwy Hughes].

'Golygyddol: y tâl cystadlu [yn Eisteddfod Genedlaethol Cymru, Caerdydd]', *ibid.,* 17 (Mawrth 1978), 2.

'Golygyddol', *ibid.,* 18 (Ebrill 1978), 2. [Y Gymdeithas Gerdd Dafod a *Barddas*].

'Golygyddol', *ibid.,* 20 (Mehefin 1978), 2. [Llongyfarch aelodau o'r Gymdeithas Gerdd Dafod ar eu llwyddiannau eisteddfodol].

'Alan Llwyd yn ateb Euros Bowen', *ibid.,* 21 (Gorffennaf/Awst 1978), 6, 11. [Sylwadau ar gyfres o ddwsin o erthyglau gan Euros Bowen, 'Trin cerddi. Cerdd am gerdd, - llinell am linell', a gyhoeddwyd yn *Y Faner,* 3 Mawrth > 26 Mai, 1978, sef ymateb y bardd i'r gyfrol *Barddoniaeth Euros Bowen. Cyfrol 1: cerddi 1946-57.* Cyhoeddwyd y gyfres hon yn gyfrol wrth y teitl *Trin cerddi,* Y Bala: Llyfrau'r 'Faner', 1979].

'Rhoi Siôn dan goron ein gŵyl. *Barddas* yn holi Siôn Eirian, prifardd Caerdydd', *ibid.,* 22 (Medi 1978), 1-2.

'Golygyddol: gwladeiddiwch a "moderneiddiwch"', *ibid.,* 2-4. [Sylwadau ar 'Y Ddinas', testun yr awdl yn Eisteddfod Genedlaethol Cymru, Caerdydd, 1978. Ymatebodd Jennie Eirian Davies i'r sylwadau hyn yn 'Colofn radio a theledu', *Y Cymro,* 10 Hydref, 1978, 4].

'Golygyddol', *Barddas,* 24 (Tachwedd 1978), 2. [Ymateb i sylwadau Jennie Eirian Davies uchod].

'Diben adolygu', *Barn,* 189 (Hydref 1978), 367-71.

'*Cynghanedd* and English poetry', *Poetry Wales,* 14 (Summer 1978), 22-58.

'Cyhoeddi llyfr Cymraeg', *Llais llyfrau,* Gaeaf 1978, 3-4. [Polisi adran olygyddol Gwasg Christopher Davies].

[Sylwadau ar 'Cyfrol i'w hanwylo', sef adolygiad Gwynn ap Gwilym ar *Y Flodeugerdd englynion*], *Y Darllenydd,* Rhifyn Eisteddfod Genedlaethol Cymru, Caerdydd, 1978, 11.

Cerddi:

Englynion yn Alan Llwyd, gol., *Y Flodeugerdd englynion,* Abertawe: Christopher Davies, 1978. ['Er cof am Bob Cloddiau', 44; 'Bili Puw, Cynythog Bach', 49-50; 'Llanuwchllyn (a enillodd y gystadleuaeth "Bwrlwm Bro" yn Eisteddfod Genedlaethol [Cymru] Bro Myrddin, 1974, fel y pentref mwyaf diwylliedig yng Nghymru)', 70; 'Y Geni', 'Llety'r Crist', 91; 'Crist y pysgotwr' [ar y cyd â Donald Evans], 94; 'Dirgelwch Duw',

102; 'Englynion y gwallt aur', 112; 'Colli iaith', 117; 'Cymru', 'Cymru 1975', 118; 'Y Fro Gymraeg', 119; 'Saunders Lewis', 120; 'D. J. Williams, J. R. Jones, J. E. Jones', 'J. R. Jones', 'Englynion Emyr Llewelyn', 121; 'Taid', 134; 'Clawdd terfyn fy nhaid', 143; 'Ellis y Fedw Arian', 144-5; 'Huw'r Fedw Arian', 145; 'Y Dryw', 149; 'Y Crëyr glas ger Llyn Tegid', 'Y Bioden', 150; 'Y Gnocell frith fwyaf', 151; 'Y Robin goch', 'Yr Alarch', 152; 'Y Dylluan', 154; 'Y Carlwm', 155; 'Y Wiwer lwyd', 'Y Wiwer goch', 156; 'Y Dderwen', 'Y Ddraenen wen', 159; 'Y Ffawydden goch ym Mai', 'Coed dan eira', 160; 'Coedwig dan eira', 161; 'Yr Hydref', 163; 'Y Machlud', 165; 'Y Môr', 167; 'Euros Bowen', 172; 'Torri addewid', 177.

Englynion yn Dic Goodman, gol., *Englynion o Lŷn*, Caernarfon: Gwasg Gwynedd, 1978. ['Crist', 'Duw', 'Bore o eira', 'Blodyn bysedd y cŵn', 'Robin goch mewn eira', 'Cenedl', 74-5].

Englyn: 'Cenedl', *Barddas*, 20 (Mehefin 1978), 1.

Englyn: 'Tom Parri Jones', *ibid.*, 21 (Gorffennaf/Awst 1978), 7.

Englyn: 'Blodyn bysedd y cŵn', *ibid.*, 10.

'Mair', *ibid.*, 25 (Rhagfyr 1978), 1.

'Meirch Llangyfelach', *ibid.*, 5.

'"Myfyrdod cyn geni fy mab" allan o "Cerddi'r cyfannu"', *ibid.*, 6.

1979

Rhyddiaith:

Beirniadaeth ar y cyd â Thomas Parry ac Emrys Roberts: 'Awdl: Gwynedd', yn T. M. Bassett, gol., *Cyfansoddiadau a beirniadaethau Eisteddfod Genedlaethol Frenhinol Cymru, Caernarfon a'r cylch, 1979,* [s. l.]: Llys yr Eisteddfod Genedlaethol, 1979, 1-9.

'W. J. Gruffydd a'r eisteddfod', yn Gwynn ap Gwilym, gol., *Eisteddfota, 2,* Abertawe: Gwasg Christopher Davies, 1978, 109-28.

'W. H. Davies ac R. Williams Parry', yn Alan Llwyd, gol., *R. Williams Parry,* Abertawe: Gwasg Christopher Davies, (Cyfres y Meistri, 1), 1979, 293-305.

'Golygyddol', *Barddas,* 27 (Chwefror 1979), 2-3, 6. [Ymateb i erthygl Bedwyr Lewis Jones, 'Amddiffyn Goronwy [Owen] druan', yn *ibid.*, 25 (Rhagfyr 1978), 1, 3. Atebwyd y sylwadau hyn gan Bedwyr Lewis Jones yn *ibid.*, 30 (Mai 1979), 2].

'Golygyddol', *ibid.*, 29 (Ebrill 1979), 2. [Aelodaeth y Gymdeithas Gerdd Dafod; y cynganeddion].

‘Ymryson Barddas: y Bala, Môn, Caerdydd. Beirniadaeth Alan Llwyd’, *ibid.*, 7.

Golygyddol’, *ibid.*, 31 (Mehefin 1979), 2-3. [Ymateb i lythyr Euros Bowen, ‘Llusg deirodl’, yn *ibid.*, 2].

‘Ymryson Barddas: Llangernyw, Llangwm, Abergele, Llansannan. Beirniadaeth Alan Llwyd’, *ibid.*, 6-7.

‘Ymryson Barddas: yr ornest derfynol. Beirniadaeth Alan Llwyd’, *ibid.*, 32 (Gorffennaf/Awst 1979), 11-12.

‘Meirion biau’r goron: *Barddas* yn holi prifardd Caernarfon [Meirion Evans]’, *ibid.*, 34 (Hydref 1979), 1, 3.

‘Golygyddol’, *ibid.*, 2. [Helyntion prif gystadlaethau barddol Eisteddfod Genedlaethol Cymru, Caernarfon, 1979].

‘“Yr Arwr”: testament olaf Hedd Wyn’, *Barn*, 191/192 (Rhagfyr 1978 / Ionawr 1979), 488-92; 194 (Mawrth 1979), 573-5; 195 (Ebrill 1979), 609-14.

‘Barn y beirdd’, *ibid.*, 197 (Mehefin 1979), 32-4. [‘Gobeithir cynnwys yn y golofn hon amrywiaeth o bethau ac o bynciau: trafod crefft barddoniaeth, pwyntiau dyrys ynglŷn â cherdd dafod, cynhyrchion ein heisteddfodau pwysicaf, cyfrolau pwysig a diddorol o farddoniaeth a gyhoeddir o dro i dro ac yn y blaen’].

‘Barn y beirdd: lle’r gynghanedd yn ein barddoniaeth’, *ibid.*, 198/199 (Gorffennaf/Awst 1979), 105-8; 200 (Medi 1979), 150-2.

‘Barn y beirdd: crefft y bardd’, *ibid.*, 201 (Hydref 1979), 190-2; 202 (Tachwedd 1979), 229-32; 203/204 (Nadolig 1979), 295-7.

‘Pwnc trafod. Rheolau cystadlaethau’r gadair a’r goron. Derbyn yr argymhellion? “Nage” medd Alan Llwyd’, *Y Faner*, 2 Chwefror, 1979, 10.

Cerddi:

Telynegion yn Gwynn ap Gwilym, gol., *Y Flodeugerdd delynegion*, Abertawe: Gwasg Christopher Davies, 1979. [‘Glas y dorlan’, 82-3; ‘Y Crëyr glas’, 84-5; ‘Cwningen mewn magl’, 87-8; ‘Meirch Llangyfelach’, 89; ‘Eira ym Mai’, 97].

‘Saunders Lewis’, yn T. Llew Jones, gol., *Cerddi ’79*, Llandysul: Gwasg Gomer, 1979, 101.

Englyn: ‘Cyfarchion: [i O. M. Lloyd]’, yn Alan Llwyd, gol., *O em i em: detholiad byr o waith O. M. Lloyd. Rhodd i’r bardd gan Gymdeithas Barddas ar achlysur ei ymddeoliad*, [s. l.]: Cymdeithas Barddas, 1979, 6.

Cerddi yn Moses Glyn Jones, gol., *Cerddi prifeirdd: cyfrol 2*, Abertawe: Gwasg Christopher Davies, 1979. [‘Y Gymraeg’, 47; ‘Meirch Llangyfelach’, 48; ‘Myfyrdod cyn geni fy mab (allan o *Gerddi'r cyfannu*)', 49; 'Yr Hynafiaid', 50-51; Englynion: 'Mair', 'Yr Eisteddfod', 52].

'The Mountain ash in May', *International poetry review,* (Celtic issue), 5 (Spring 1979), 44. [Translation of 'Criafolen ym Mai' by Alan Llwyd].

'Yr Hynafiaid', *Barddas,* 31 (Mehefin 1979), 7.

'Maude Gonne yn hen. (Ar ôl gweld darlun ohoni yn ei henaint mewn arddangosfa yn Llyfrgell Coleg Prifysgol Bangor)', *ibid.,* 34 (Hydref 1979), 4.

'"Myfyrdod cyn geni fy mab" allan o *Gerddi'r cyfannu*', *Barn,* 198/199 (Gorffennaf/Awst 1979), 98.

'"Y Fam". (Cyfieithiad o "The Mother" gan Padraig Pearse)', *ibid.,* 202 (Tachwedd 1979), 202.

Englyn: 'Iwerddon yn cofio [Padraig] Pearse', *ibid.,* 205.

Englyn: 'Cymru a'r datganoli', *Y Faner,* 26 Ionawr, 1979, 22.

Adolygiadau:

'Ymdrin â'r beirdd gwerinaidd', *Barddas,* 31 (Mehefin 1979), 4-5. [*The Folk poets,* W. Rhys Nicholas].

'Llenyddiaeth yn Gymraeg', *Barn,* 203/204 (Nadolig 1979), 300-1. [Adolygiad ar gyfraniad John Rowlands, 'Llenyddiaeth yn Gymraeg', yn Meic Stephens, gol., *Y Celfyddydau yng Nghymru, 1950-1975*].

'*Trin cerddi,* Euros Bowen', *Y Faner,* 13 Ebrill, 1979, 20.

1980

Rhyddiaith:

'Rhagymadrodd', yn Alan Llwyd, gol., *Y Flodeugerdd sonedau,* Abertawe: Gwasg Christopher Davies, [1980], 9-22.

'Diweddariadau', yn Alan Llwyd, gol., *50 o gywyddau Dafydd ap Gwilym,* Abertawe: Gwasg Christopher Davies, 1980, 121-59.

Beirniadaeth ar y cyd ag Emrys Edwards a James Nicholas: 'Awdl: Y Ffwrnais', yn W. Rhys Nicholas, gol., *Cyfansoddiadau a beirniadaethau Eisteddfod Genedlaethol Frenhinol Cymru, Dyffryn Lliw, 1980,* [s. l.]: Llys yr Eisteddfod Genedlaethol, 1980, 6-13.

'Golygyddol', *Barddas,* 37 (Ionawr 1980), 2. [Sylwadau ar y *vers libre*].

'Cynghrair ymryson Barddas: beirniadaeth Alan Llwyd', *ibid.,* 3, 7-8.

'Golygyddol', *ibid.,* 38 (Chwefror 1980), 2. [Sylwadau ar 'Cyfrifoldeb yr Eisteddfod a'i dyletswydd. Anerchiad yr

Archdderwydd Geraint o flaen Cyngor yr Eisteddfod Genedlaethol, 13 Ionawr, 1980', yn *ibid.*, 37 (Ionawr 1980), 1-2, 8].

'Golygyddol: efelychu, adleisio a llên-ladrad', *ibid.*, 39 (Mawrth 1980), 3-4; 42 (Mehefin 1980), 3-4. [Atebwyd y sylwadau hyn mewn llythyr gan John Roberts, Llanfwrog, yn *ibid.*, 42 (Mehefin 1980), 2-3].

'Ail-ganfod ein traddodiad. "Llychwino pryd y ferch", Dafydd ap Gwilym', *ibid.*, 41 (Mai 1980), 2-3.

'Trafod y meistri hyfedr: I. D. Hooson', *ibid.*, 43 (Gorffennaf/Awst 1980), 3-4; 45 (Hydref 1980), 3-5.

'Bardd y "Ffwrnais" a'r "Lleisiau". *Barddas* yn holi [Donald Evans] prifardd dwbwl Dyffryn Lliw', *ibid.*, 44 (Medi 1980), 1-2.

'Golygyddol', *ibid.*, 2. [Buddugoliaethau Eisteddfod Genedlaethol Cymru, Dyffryn Lliw, 1980].

'Gweithdy'r bardd. Bardd y mis: Bryan Martin Davies', *ibid.*, 45 (Hydref 1980), 1-3.

'Gweithdy'r bardd. Bardd y mis: Derec Llwyd Morgan', *ibid.*, 46 (Tachwedd 1980), 1-3.

'Gweithdy'r bardd. Bardd y mis: Rhydwen Williams', *ibid.*, 47 (Rhagfyr 1980), 2.

'Goronwy Owen yn America', *Barn*, 203/204 (Rhagfyr 1979 / Ionawr 1980), 271-2. [Dan enw J. Hopkin Jones].

'Barn y beirdd: crefft y bardd', *ibid.*, 205 (Chwefror 1980), 32-3.

'Barn y beirdd: cofio O. M. Lloyd a Tom Parri Jones', *ibid.*, 206, (Mawrth 1980), 71-2.

'Barn y beirdd: crefft y bardd', *ibid.*, 207/208 (Ebrill/Mai 1980), 138-40.

'Er cof am Aneirin Talfan Davies, 1909-1980', *ibid.*, 210/211 (Gorffennaf/Awst 1980), 227-8. [Teyrnged].

'John Rowlands yn holi Alan Llwyd', *Llais llyfrau*, Hydref 1980, 11-14.

'Beth yw safon ein llenyddiaeth?', *Y Faner*, 7 Mawrth, 1980, 9. ['Yn ystod yr hanner canrif ddiwethaf daeth tro ar fyd yn llenyddiaeth Cymru (e.e. ganwyd y bardd "modern", cyhoeddir mwy a mwy o lyfrau bob blwyddyn, rhydd y llywodraeth grantiau tuag at y farchnad lyfrau, ac ati). Er gwaethaf hyn oll, oni ellid haeru bod "safon" ein llenyddiaeth wedi gostwng? Cwestiwn Ysgol Dyffryn Ogwen, Bethesda'].

'Bid Bennar, bid sensitif', *ibid.*, 30 Mai, 1980, 7. [Ymateb i erthygl Meirion Pennar, 'Bid ben, bid bontiff', yn *ibid.*, 16 Mai, 1980, 8, sef sylwadau ar adolygiad Alan Llwyd ar *Lodes fach neis*, Carmel Gahan. Ymatebodd Meirion Pennar yn ei dro i'r erthygl hon yn 'Ateb i'r "brawd" Llwyd', yn *ibid.*, 20 Mehefin, 1980, 8. Gweler *Adolygiadau* isod].

Cerddi:

Sonedau yn Alan Llwyd, gol., *Y Flodeugerdd sonedau,* Abertawe: Gwasg Christopher Davies, [1980]. ['Amaethwr a bardd (Richard John, Corn)', 67; 'Cymru'r saithdegau', 89; 'Saunders Lewis', 93; 'Soned i Efnisien', 94; 'Y Gymraeg', 97; 'Os gorffwys llwch anghofrwydd… ', 107; 'Y Crist', 122; 'Caniad i'r gwanwyn', 140; 'Coed', 97; 'Blodeuwedd', 166].

Englyn: 'Er cof am Tom Parri Jones', *Barddas,* 38 (Chwefror 1980), 2.

'Gwartheg (allan o'r gyfres o gerddi "Cerddi Mebyd")', *ibid.,* 5.

'Gaeaf ar gyrion dinas', *ibid.,* 41 (Mai 1980), 1.

'Yr Ymprydiwr', *ibid.,* 44 (Medi 1980), 8.

Englyn: 'Er cof am Charles Jones, Mynytho, cerddor a bardd', *ibid.,* 45 (Hydref 1980), 6.

'Y Pedwar pren (O. M. Lloyd, Tom Parri Jones, Caradog Prichard, Aneirin Talfan)', *ibid.,* 46 (Tachwedd 1980), 3.

Englyn: 'Ymson gŵr ar ôl gwraig. (Er cof am Kate a Bob 'Tanto' Roberts, Pwllheli; bu hi farw ym Medi 1979, ac yntau cyn pen blwyddyn ar ei hôl yn Awst 1980)', *ibid.,* 47 (Rhagfyr 1980), 2.

'Pigion ymryson Barddas. Englyn: "Os bu'r ŵyl heb ei thes braf"', *Y Faner,* 29 Awst, 1980, 7.

Soned: 'Yr ymweliad â Bethlehem', *ibid.,* Nadolig/Calan 1980, 13.

Adolygiadau:

'Rhown glod i'r *Gair yn y glaw*', [*Y Gair yn y glaw,* Emrys Roberts], *Barddas,* 38 (Chwefror 1980), 6.

'Barddoniaeth Alun Llywelyn-Williams', *[Y Golau yn y gwyll], Barn,* 206 (Mawrth 1980), 71-2.

'Dwy gyfrol eisteddfodol', [*C'narfon a cherddi eraill,* Selwyn Griffith; *Cerddi Ianws poems,* T. James Jones a John Dressel], *ibid.,* 210/211 (Gorffennaf/Awst 1980), 244-6.

'Teyrnged i gyfaill', [*Awen Gwilym R.,* Mathonwy Hughes], *ibid.,* 214 (Tachwedd 1980), 363-4.

'Rhyddiaith israddol', [*Lodes fach neis,* Carmel Gahan], *Y Faner,* 11 Ebrill, 1980, 9. [Cododd dadl yn sgil yr adolygiad hwn. Gweler *Rhyddiaith* uchod].

Amrywion; Dan groes y deau, Euros Bowen, *Llais llyfrau,* Gaeaf 1980, 17-18.

'Rhodd Aur yw Cerddi Iorwerth', [*Cerddi Talfryn,* Iorwerth H. Lloyd], *The South Wales Evening Post,* 20 Hydref, 1980.

1981

Rhyddiaith:

'Datblygiad yr englyn', yn T. Arfon Williams, gol., *Ynglŷn â chrefft englyna*, [Abertawe]: Cyhoeddiadau Barddas, 1981, 15-53.

'Llunio englyn', *ibid.*, 79-82.

'Cyflwyniad', yn Tom Bowen Jones a Tecwyn Jones, *O windy a gweithdy'r gân: barddoniaeth Tom Bowen Jones a Tecwyn Jones*, Caernarfon: Gwasg Gwynedd, 1981, 17-18.

'Gweithdy'r bardd. Bardd y mis: Moses Glyn Jones', *Barddas*, 48 (Ionawr 1981), 3-4.

'Gweithdy'r bardd. Beirdd y mis: Euros Bowen, T. Llew Jones', *ibid.*, 49/50 (Chwefror/Mawrth 1981), 13-14.

'Gweithdy'r bardd. Bardd y mis: Alun Llywelyn-Williams', *ibid.*, 51 (Ebrill 1981), 1-2.

'Trafod y meistri hyfedr: golwg ar un thema yn *Cerddi'r Gaeaf*', *ibid.*, 4-8.

'Gweithdy'r bardd. Bardd y mis: Donald Evans', *ibid.*, 52 (Mai 1981), 1, 8.

'Gweithdy'r bardd. Bardd y mis: Dafydd Owen', *ibid.*, 53 (Mehefin 1981), 1, 8.

'Triawdau cerdd. Cerdd y mis: "Ar gyfeiliorn" gan Gwenallt. Beirniaid y mis: Alan Llwyd, Gwilym R. Jones, R. Geraint Gruffydd', *ibid.*, 54 (Gorffennaf/Awst 1981), 6.

'Holi prifeirdd Maldwyn. *Barddas* yn sgwrsio gyda John Gwilym Jones a Siôn Aled', *ibid.*, 55 (Medi 1981), 4-5.

'Trafod y meistri. Alan Llwyd yn trafod "Cwmwl haf", Waldo Williams o safbwynt barddoniaeth a beirniadaeth fodern', *ibid.*, 57 (Tachwedd 1981), 6-8; 58 (Rhagfyr 1981), 5-8.

Cerddi:

Cywyddau yn Donald Evans, gol., *Y Flodeugerdd o gywyddau*, Abertawe: Gwasg Christopher Davies, 1981. ['Mi welais fy Mai heulog… ', 125; 'Hydref ym Mhenllyn', 125-6; 'Gaeaf', 126].

Englynion yn Morgan D. Jones, gol., *Perlau'r beirdd*, Llandysul: Gwasg Gomer, 1981. ['Hydref', 122; 'Y Môr', 126].

Cerddi yn Gerallt Lloyd Owen, gol., *Pigion Talwrn y beirdd*, Caernarfon: Gwasg Gwynedd, 1981. [Hir a thoddeidiau: 'Hafnos', 36; 'Traeth', 47; 'Terry Yorath', 48; 'Ofer i ninnau fyw ar ein hanes', 52. Cywyddau: 'Rhwng Diana a'i mam fore'r briodas', 62-3; 'Rhwng cefnogwr rygbi a chefnogwr pêl-droed', 64-5. Gorffen englyn: 'Esgid a honno'n gwasgu', 75. Englynion beddargraff ysgafn: 'Peilot', 92. Englynion parodi: 'Awdl (yn ôl diffiniad Bwrdd yr Orsedd)', 96].

Englyn: 'Cofio O. M.', yn Alan Llwyd, gol., *Barddoniaeth O. M. Lloyd,* [Abertawe]: Cyhoeddiadau Barddas, 1981, 14.
'Y Trydydd Nadolig', *Barddas,* 49/50 (Chwefror/Mawrth 1981), 16.
'Tydi yw'r Mab alltud', *ibid.,* 52 (Mai 1981), 7.
'Yn uffern ein hamser ni (o'r gyfres "Sonedau'r wythdegau")', *ibid.,* 53 (Mehefin 1981), 6.
'Parhad (allan o "Sonedau'r wythdegau")', *ibid.,* 54 (Gorffennaf/ Awst 1981), 8.
Englynion: 'Colli Bryn (Blaenau Ffestiniog a'r Wladfa)'; 'Brinley Richards, Maesteg, gan gofio am lofruddiaeth erchyll Mrs Margaret Penry, un o gynheiliaid y Pethe yno, ym Medi)', *ibid.,* 56 (Hydref 1981), 8.
'Tarw Bryncelyn', *ibid.,* 57 (Tachwedd 1981), 2.
'Pedair cerdd ar drothwy 1982', *ibid.,* 58 (Rhagfyr 1981), 4.

Adolygiadau:
O erddi eraill, gol. D. Myrddin Lloyd, *Yr Athro,* 31 (Tachwedd 1981), 34-5.
'Teilwng o goffadwriaeth y bardd', [*Canu oes,* William Morris], *Y Faner,* 6 Tachwedd, 1981, 14-15.

1982

Rhyddiaith:
'Cerddi'r beirdd cyfoes', yn Alan Llwyd, J. E. Caerwyn Williams ac Eurys Rolant, gol., *Llywelyn y beirdd. Blodeugerdd o'r cerddi a ganwyd i Lywelyn ap Gruffudd ac amdano i goffáu saithganmlwyddiant ei farwolaeth ac i gadw'r fflam ynghýn,* [Abertawe]: Cyhoeddiadau Barddas, 1982, 153-85.
'Y Tir gelyniaethus. Alan Llwyd yn trafod problemau'r bardd cyfoes', *Barddas,* 61 (Mawrth 1982), 1-2, 7; 62 (Ebrill 1982), 5-7; 65 (Gorffennaf/Awst 1982), 8-10.
'Gweithdy'r bardd. Bardd y mis: Emrys Roberts', *ibid.,* 62 (Ebrill 1982), 3-4.
'Holi bardd y gadair', *ibid.,* 67 (Hydref 1982), 1-2. [Holi Gerallt Lloyd Owen, bardd cadair Eisteddfod Genedlaethol Cymru, Abertawe a'r cylch, 1982].
'Coffáu dau a'n gadawodd', *ibid.,* 69 (Rhagfyr 1982), 2. [Dafydd Gruffydd, Llanrwst, a William Jones, Pencaenewydd].
'Cerddi cyfnod', *Barn,* 230 (Mawrth 1982), 56. [Sylwadau ar ei gyfrol *Edrych trwy wydrau lledrith*].
'Awdl Abertawe '82', *ibid.,* 236 (Medi 1982), 267-9. [Sylwadau ar 'Cilmeri', awdl fuddugol Gerallt Lloyd Owen yn Eisteddfod Genedlaethol Cymru, Abertawe, 1982].

'Y Safonau simsan', *Y Faner*, 23 Ebrill, 1982, 12-13. ['Daw'n fwyfwy amlwg mai'r hyn sydd ei wir angen ar y byd llenyddol yng Nghymru heddiw yw beirniadaeth lenyddol gyfrifol, ddibynadwy o ddiragfarn'. Atebwyd y sylwadau hyn gan Owain Pennar yn 'Pwy yw ceidwad barddoniaeth?', *ibid.*, 21 Mai, 1982, 3].

'Sefydlu Cyhoeddiadau Barddas', *Llais llyfrau,* Gaeaf 1982, 9-10.

Cerddi:

Englynion: [Jennie Eirian Davies], yn Gwyn Erfyl, gol., *Cyfrol deyrnged Jennie Eirian,* [s. l.]: Gwasg Tŷ ar y Graig, 1982, 123.

Englyn: 'Dafydd Islwyn (ysgrifennydd Cymdeithas Barddas)', *Barddas,* 65 (Gorffennaf/Awst 1982), 6.

Englynion: 'Dydd Gŵyl y Drewi (ar ôl gweld y rhaglen *George and the Dragon*)', *Y Faner*, 12 Mawrth, 1982, 3.

Cyfres o englynion: 'Er cof am Jennie Eirian Davies', *ibid.,* 28 Mai, 1982, 2.

Englynion: 'Iorwerth C. Peate', clawr blaen *ibid.*, 5 Tachwedd, 1982.

Soned: 'Yr Ysgolheigion', *ibid.*, 17 Rhagfyr, 1982, 11.

Adolygiadau:

Cerddi'r holl eneidiau, J. Gwyn Griffiths; *Eden,* Donald Evans; *Masg Minos,* Euros Bowen, *Llais llyfrau,* Gwanwyn 1982, 21.

1983

Rhyddiaith:

Beirniadaeth: 'Dyddiadur mis ar ffurf yr Hen Benillion', yn T. M. Bassett, gol., *Cyfansoddiadau a beirniadaethau Eisteddfod Genedlaethol Frenhinol Cymru, Ynys Môn, 1983,* [s. l.]: Llys yr Eisteddfod Genedlaethol, 1983, 79-80.

'Triawdau cerdd. Cerdd y mis: "Y Rheswm", T. H. Parry-Williams, (*Cerddi,* t.50). Soned awyrgylch', *Barddas,* 70 (Ionawr 1983), 5-6.

'Triawdau cerdd. Cerdd y mis: "May Dôlwilym", [Donald Evans]. Cerdd sy'n ymylu ar berffeithrwydd', *ibid.,* 73 (Ebrill 1983), 7-8.

'Holi Einion [Evans] am ei awdl i "Ynys". *Barddas* yn sgwrsio â Phrifardd cadeiriog Môn', *ibid.* (Medi 1983), 1-2.

'Golygyddol: cyfeiriad a chyfnod newydd', *ibid.,* 4. [Ffarwelio â Gerallt Lloyd Owen fel cyd-olygydd *Barddas*].

'Golygyddol': *ibid.,* 79 (Tachwedd 1983), 4. [Ymateb i nodiadau golygyddol Emyr Price yn *Y Faner*, 23 Medi, 1983, yn trafod penderfyniad Cyngor Celfyddydau Prydain i dorri ar wariant ar y celfyddydau].

'Golygyddol', *ibid.,* 80 (Rhagfyr 1983), 4. [Delweddau mewn barddoniaeth].

'Holi Eluned Phillips', *ibid.,* 3-4, 6.

'Cynhaeaf Prifwyl Ynys Môn. Rhai sylwadau ar farddoniaeth gaeth Eisteddfod Genedlaethol [Cymru], Ynys Môn', *Barn,* 248 (Medi 1983), 295-7.

Cerddi:

'Englynion i gyfarch Kate Roberts', yn Rhydwen Williams, gol., *Kate Roberts: ei meddwl a'i gwaith*, Abertawe: Christopher Davies, 1983, 9-12.

'Galarnad cenhedlaeth. (Ar ôl darllen rhifynnau'r Ail Ryfel Byd o'r *Cymro* a'r *Faner*)', yn Emrys Roberts, gol., *Byd y beirdd: detholiad o'r farddoniaeth a fu yng ngholofn farddol 'Y Cymro',* [Abertawe]: Cyhoeddiadau Barddas, 1983, 133-4.

Englynion: 'Er cof am Jennie Eirian Davies', yn Aeres Evans, gol., *Cofio,* Dinbych: Gwasg Gee, 1983, 27.

'Tair cerdd (allan o'r dilyniant "Einioes ar ei hanner")', *Barddas,* 73 (Ebrill 1983), 4.

'Cerdd (allan o "Einioes ar ei hanner")', *ibid.,* 74 (Mai 1983), 7.

Cyfres o englynion: 'Y Cilie', *ibid.,* 78 (Hydref 1983), 8. [Coffáu Tydfor Jones].

Englynion: 'Iwerddon'; 'Nadolig 1983', *ibid.,* 79 (Tachwedd 1983), 8.

Englyn: 'Iwerddon', *ibid.,* 80 (Rhagfyr 1983), 1.

'Cerdd (allan o'r dilyniant "Einioes ar ei hanner")', *ibid.,* 2.

Englyn: 'Crist', *ibid.,* 8.

'Dwy gerdd allan o "Marwnad o Dirdeunaw"', *Barn,* 239/240 (Rhagfyr 1982 / Ionawr 1983), 364.

Adolygiadau:

'Moelni, rhyddieithedd ac uniongyrchedd', *Barddas,* 75 (Mehefin 1983), 2-5. [*Gwenoliaid,* Donald Evans].

1984

Rhyddiaith:

'Rhagymadrodd', yn Alan Llwyd, gol., *Trafod cerdd dafod y dydd,* [Abertawe]: Cyhoeddiadau Barddas, 1984, [9-15].

'Diben ac estheteg y gynghanedd', yn *ibid.,* 32-82.

'Cyflwyniad', yn T. Arfon Williams, *Annus mirabilis a cherddi eraill,* [Abertawe]: Cyhoeddiadau Barddas, 1984, [8-10].

'Golygyddol', *Barddas*, 81 (Ionawr 1984), 4. [*Barddas* yn gylchgrawn i bawb].

'Golygyddol', *ibid.*, 82 (Chwefror 1984), 4, 6. [Yr englyn; ceidwadaeth rhai beirniaid llenyddol].

'Beirdd diweddar: 1. Rhydwen Williams', *ibid.*, 7-8; 87/88 (Gorffennaf/Awst 1984), 5-7.

'Golygyddol', *ibid.*, 83/84 (Mawrth / Ebrill 1984), 4-7. [Cerddi R. Williams Parry].

'Golygyddol', *ibid.*, 85 (Mai 1984), 4. [Y bwriad i gynnwys colofn farddol yn y nodion golygyddol o hyn ymlaen].

'Golygyddol: ieithwedd barddoniaeth gyfoes', *ibid.*, 86 (Mehefin 1984), 4-5.

'Golygyddol', *ibid.*, 87/88 (Gorffennaf/Awst 1984), 3-4. [Cystadleuaeth englyn y mis: 'Englyn teyrnged neu englyn coffa'].

'Holi y Prifardd Aled [Rhys Wiliam]', *ibid.*, 89 (Medi 1984), 2-3.

'Golygyddol', *ibid.*, 4-5. [Sylwadau ar 'yr wythnosolyn diflas-gecrus hwnnw, *Y Faner*', ac ysgrif Gerwyn Wiliams, 'Pwysigrwydd y tir canol', yn rhifyn 13 Gorffennaf, 1984].

'Cystadleuaeth y mis. Englyn: "Ysgub". Beirniadaeth y golygydd', *ibid.*, 12-13.

'Golygyddol. Englyn y mis: "Ysgall"', *ibid.*, 90 (Hydref 1984), 4.

'Golygyddol. Englyn y mis: "Sigl-ei-gwt" ', *ibid.*, 91 (Tachwedd 1984), 4.

'R. Williams Parry a barddoniaeth yn y chwedegau', *Barn*, 254 (Mawrth 1984), 61-6.

'Llythyr at y golygydd: cwyn ynghylch rhaglen', *ibid.*, 259 (Awst 1984), 295. [Cwyn ynghylch 'Llyfrau Llanbedr', rhaglen BBC Radio Cymru a ddarlledwyd ar 29 Gorffennaf, 1984, ac a gynhwysai sylwadau gan Alan Llwyd ar ei gyfrol *Gwyn Thomas* yng nghyfres 'Llên y Llenor'].

'Cyfansoddiadau Llanbed ac ati', *ibid.*, 260 (Medi 1984), 332-5.

'Moderniaeth a thraddodiad. (Anerchiad yng nghynhadledd Barddas)', *ibid.*, 263 (Rhagfyr 1984), 421-3.

'Mae'r tempo wedi newid. (Rhai agweddau ar y cefndir cymdeithasol i farddoniaeth y chwedegau)', *Taliesin*, 49 (Hydref 1984), 9-48.

'Gwarineb a diawlineb dyn: Saunders Davies yn holi Alan Llwyd', *Cristion*, Ionawr/Chwefror 1984, 4-5.

Cerddi:

Cerddi yn Moses Glyn Jones, gol., *Blodeugerdd Llŷn*, [Abertawe]: Cyhoeddiadau Barddas, 1984. ['Y Trydydd Nadolig. (Allan o'r dilyniant "Sonedau'r wythdegau")', 70-1; 'Meirch Llangyfelach', 71-2; Englyn: 'Er cof am John Morris, Aberdaron (a foddodd yng Ngorffennaf 1977 wrth geisio achub un o ddisgyblion ei ysgol o'r môr ym Mhorthoer; lluniwyd yr englyn ar ôl gweld gwylan yn hedfan i gyfeiriad Aberdaron o Drwyn Cilan, a'r môr, ar y pryd, yn dawel)', 72; Englyn: 'Ymson gŵr ar ôl gwraig. (Er cof am Kate a Bob 'Tanto' Roberts, Pwllheli; bu hi farw ym mis Medi 1979 ac yntau cyn pen blwyddyn ar ei hôl, yn Awst 1980)', 72; Englyn: 'Er cof am R. J. Edwards', 72; Englyn: 'Crych y Garreg (i goffáu Robert Eifion Jones, Llanuwchllyn)', 72; Englyn: 'Crist', 73; 'O gwisg farwolaeth', 73-4; 'Merlod mewn storm', 74-5; 'Ymweld ag eglwys Sant Ioan Fedyddiwr, Caerdydd', 75-6.

'Addurno'r goeden', *Barddas,* 81 (Ionawr 1984), 2.

'Milwriaeth. (Ar ôl gweld ar y teledu y gwasanaeth coffa milwrol a gynhaliwyd mewn eglwys i anrhydeddu meirwon Brwydr y Malvinas)', *ibid.,* 3.

Englyn: 'Crych y Garreg (i goffáu Robert Eifion Jones, Llanuwchllyn)', *ibid.,* 83/84 (Mawrth/Ebrill 1984), 1.

Englyn: 'Sigl-ei-gwt. (Lluniwyd ar gais Mr Hywel D. Roberts)', *ibid.,* 85 (Mai 1984), 1.

'Robin Penmynydd (brawd fy nhad)', *ibid.,* 2.

Englyn: 'Gwae ni'r beirdd. (Ar ôl darllen rhifyn Ffŵl Ebrill o'r *Faner*)', *ibid.,* 8.

'Ym Mharc Tredegar', *ibid.,* 86 (Mehefin 1984), 7.

'Englynion coffa Gerallt Jones', *ibid.,* 89 (Medi 1984), 14.

'Soned (allan o'r dilyniant "Einioes ar ei hanner")', *Taliesin,* 48 (Gorffennaf 1984), 38.

Cyfres o englynion: 'Alun Llywelyn-Williams', *Barn,* 253 (Chwefror 1984), 22.

Adolygiad:

'Rhodd enbyd cawr o Ddinbych', *Barddas,* 87/88 (Gorffennaf/Awst 1984), 13. [*Rhodd enbyd,* Gwilym R. Jones].

1985

Rhyddiaith:

'Rhagymadrodd', yn Alan Llwyd, gol., *Y Flodeugerdd o epigramau cynganeddol,* [Abertawe]: Cyhoeddiadau Barddas, 1985, [ix-xv].

Beirniadaeth ar y cyd ag Eirian Davies a Dic Jones: 'Awdl ar fwy nag un o'r mesurau caeth traddodiadol heb fod dros 300 llinell: Cynefin', yn J. Elwyn Hughes, gol., *Cyfansoddiadau a beirniadaethau Eisteddfod Genedlaethol Frenhinol Cymru, y Rhyl a'r cyffiniau, 1985,* [s. l.]: Llys yr Eisteddfod Genedlaethol, 1985, 6-13.

'Golygyddol. Englyn y mis: "Diwedd blwyddyn". Beirniadaeth y golygydd', *Barddas*, 92/93 (Rhagfyr 1984 / Ionawr 1985), 4-5.

'Ysgol farddol genedlaethol Barddas: 305 o ddisgyblion ysbas heb radd yn ymaelodi ag ysgol farddol Barddas hyd yn hyn', *ibid.*, 14-16.

'Nodyn golygyddol', *ibid.*, 20-21. [Ymateb i lythyr Gerwyn Wiliams, 'Llythyr agored at y cylchgrawn *Barddas*', yn *ibid.*, 20].

'Golygyddol. Cystadleuaeth Ionawr: "Dechrau blwyddyn". Beirniadaeth y golygydd', *ibid.*, 94 (Chwefror 1985), 4.

'Ysgol genedlaethol Barddas', *ibid.*, 7-8.

'Golygyddol. Cystadleuaeth Chwefror: "Pibonwy"; cystadleuaeth Mawrth: "Ewin". Beirniadaeth y golygydd', *ibid.*, 95/96 (Mawrth/Ebrill 1985), 4-5.

'Yr Ysgol farddol: y gynghanedd lusg', *ibid.*, 7-8.

'Golygyddol. Cystadleuaeth mis Ebrill: "Arwyddair ar ffurf cwpled cywydd i'r Gymdeithas Gerdd Dafod". Beirniadaeth y golygydd', *ibid.*, 97 (Mai 1985), 4-5.

'*Barddas* yn holi John Roderick Rees (coronfardd [Eisteddfod Genedlaethol Cymru] Llanbedr Pont Steffan a'r fro)', *ibid.*, 9-10.

'Yr Ysgol farddol: y gynghanedd sain', *ibid*, 15-16.

'Colli John Eilian – newyddiadurwr a bardd', *ibid.*, 19-20.

'Cystadleuaeth mis Mai. Englyn: "Van Gogh". Beirniadaeth y golygydd', *ibid.*, 98 (Mehefin 1985), 4.

'Ysgol farddol genedlaethol Barddas', *ibid.*, 9.

'Golygyddol', *ibid.*, 99/100 (Gorffennaf/Awst 1985), 12. [Y golofn i gynnwys nodiadau golygyddol yn hytrach na sylwadau ar gystadleuaeth y mis o rifyn mis Medi ymlaen].

'Golygyddol', *ibid.*, 101 (Medi 1985), 4-5. [Ymateb i lithiau golygyddol *Weiren bigog*].

'Yr Ysgol farddol: gwersi ar y gynghanedd', *ibid.*, 15-16.

'Golygyddol. Dau o gyffelyb fryd: Eliot a Saunders Lewis', *ibid.*, 102 (Hydref 1985), 4-5.

'Yr Ysgol farddol: y gynghanedd groes a'r gynghanedd draws', *ibid.*, 11-13.

'Beirniadaeth y cystadlaethau misol. [Englynion: "Gwythïen"; "Englyn i goffáu unrhyw brifardd"; "Cledr"; "Eiddew"]', *ibid.*, 14.

'Golygyddol', *ibid.*, 103 (Tachwedd 1985), 4. [Sylwadau ar englyn buddugol Eisteddfod Genedlaethol Cymru, y Rhyl, 1985].

'Yr Ysgol farddol: cyfatebiaeth cytseiniaid', *ibid.*, 12.

Cerddi:

Y Gymraeg / geiriau Alan Llwyd; cerddoriaeth Gareth Glyn: i gôr

S.A.T.B. a phiano, [s. l.: s. n.], [1985], 13tt. ['Cyflwynedig i Gôr Godre'r Garth'. Atgynhyrchiad o lawysgrif y cyfansoddwr].

Epigramau yn Alan Llwyd, gol., *Y Flodeugerdd o epigramau cynganeddol,* [Abertawe]: Cyhoeddiadau Barddas, 1985, 141-4.

Englynion: 'Cadach (gwylan)'; 'Cadach'; 'Llyffant', *Barddas,* 92/93 (Rhagfyr 1984 / Ionawr 1985), 3.

Cyfres o englynion: 'I gyfarch Syr Thomas Parry (ar ei ben-blwydd yn 80)', *ibid.,* 6.

Cyfres o englynion: 'Y Ddau Nadolig', *ibid.,* 17.

'Saith cerdd am eira Ionawr', *ibid.,* 94 (Chwefror 1985), 8.

'Beethoven a golau cannwyll', *ibid.,* 95/96 (Mawrth/Ebrill 1985), 2.

Cyfres o englynion: 'I goffáu Syr Thomas Parry (a gorfflosgwyd Ebrill 25, 1985)', *ibid.,* 97 (Mai 1985), 8.

Englynion: 'Coffáu dau a'n gadawodd: W. D. Williams, Kate Roberts,' *ibid.,* 12.

'Arwyr', *ibid.,* 18.

'Brys-newyddion teledu, 19??', *ibid.,* 22. [Dan enw Meilir Emrys Owen].

'Baled Elinor Williams', *ibid.,* 98 (Mehefin 1985), 4.

'Etifeddiaeth', *ibid.,* 14. [Dan enw Meilir Emrys Owen].

'Gŵr gweddw', *ibid.,* 99/100 (Gorffennaf/Awst 1985), 16. [Dan enw Meilir Emrys Owen].

Soned: 'Ein didduw academyddion', *ibid.,* 101 (Medi 1985), 9.

Englyn: 'Tranc y cof. (Wedi marwolaeth Saunders Lewis)', *ibid.,* 102 (Hydref 1985), 1. ['Nodyn: ni wyddom pwy yw awdur yr englyn hwn, a anfonwyd atom yn ddienw, ddigyfeiriad'].

'Marwnad Saunders Lewis', *ibid.,* 3.

'Gyrrwr ambiwlans', *ibid.,* 103 (Tachwedd 1985), 13. [Dan enw Meilir Emrys Owen].

Adolygiadau:

'Da yn Wmgawa yw Gwyn', *Barddas,* 99/100 (Gorffennaf/Awst 1985), 29-30. [*Wmgawa,* Gwyn Thomas].

Cerddi, John Roderick Rees, *Llais llyfrau,* Gwanwyn 1985, 14-15.

1986

Rhyddiaith:

'Golygyddol', *Barddas,* 104/105 (Rhagfyr 1985 / Ionawr 1986), 8-9. [Cyflwr a thueddiadau y canu cynganeddol cyfoes].

'Yr Ysgol farddol', *ibid.,* 21-3.

'Golygyddol', *ibid.*, 106 (Chwefror 1986), 4-5. [Ymateb i erthygl Alan Pinch, 'Chwilio yn y pantri Ewropeaidd', yn *ibid.*, 1-2].
'Beirniadaeth y gystadleuaeth drimisol. Englyn: "1985"', *ibid.*, 7-8.
'Golygyddol', *ibid.*, 107 (Mawrth 1986), 6-7. [Sylwadau ar farddoniaeth Ted Hughes, Gwenallt ac eraill].
'Ymryson yr ysgol farddol', *ibid.*, 12, 14.
'*Barddas* yn holi Gareth Alban Davies', *ibid.*, 108 (Ebrill 1986), 1-3.
'Beirdd cyfoes: Heilyn a'r efrydd: awen Pennar Davies', *ibid.*, 7-9.
'Golygyddol', *ibid.*, 109 (Mai 1986), 8. [Teyrngedau i Lewis Valentine ac E. Gwyndaf Evans].
'Cyflwyno *Hunllef Arthur*', *ibid.*, 110 (Mehefin 1986), 1-3. [Sgwrs â Bobi Jones].
'Golygyddol', *ibid.*, 4. [Cynlluniau Barddas at y dyfodol].
'Cystadleuaeth drimisol *Barddas*. Englyn: "Cromlech". Beirniadaeth y golygydd', *ibid.*, 13.
'Golygyddol', *ibid.*, 111/112 (Gorffennaf/Awst 1986), 14. [*Barddas* yn 10 oed].
'Golygyddol', *ibid.*, 113 (Medi 1986), 4-5. [Pryddest ac awdl fuddugol Eisteddfod Genedlaethol Cymru, Abergwaun, 1986].
'Y Gystadleuaeth drimisol. Englyn: "Hen dŷ fferm". Beirniadaeth y golygydd', *ibid.*, 14.
'Holi Gwynn ap Gwilym', *ibid.*, 114 (Hydref 1986), 1-3.
'Golygyddol', *ibid.*, 4. [Sylwadau ar safon cystadlaethau barddol yr Eisteddfod Genedlaethol].
'Golygyddol', *ibid.*, 115 (Tachwedd 1986), 4-5. [Teyrnged i Iorwerth H. Lloyd (Talfryn)].

Cerddi:

Englyn: 'Noson o storm', yn Alun L. Jones, John Pinion Jones, gol., *Gardd o gerddi: detholiad o gerddi cynganeddol i blant*, Llandysul: Gwasg Gomer, 1986, 61.
Englyn: 'Nadolig 1985', *Barddas*, 104/105 (Rhagfyr 1985 / Ionawr 1986), 1.
'Joseff a'i fab', *ibid.*, 7.
Englyn: 'Er cof am W. Emlyn Jones (yr awdur llyfrau taith adnabyddus o Ystradgynlais a fu farw yn Iwgoslafia)', *ibid.*, 106 (Chwefror 1986), 15.
'Wedi'r croeshoeliad', *ibid.*, 107 (Mawrth 1986), 5.
Cywydd: 'Lewis Valentine (ar achlysur ei anrhydeddu gan Brifysgol Cymru)', *ibid.*, 108 (Ebrill 1986), 10.
'Dydd arall', *ibid.*, 15. [Dan enw Meilir Emrys Owen].
Englyn: 'Gwyndaf', *ibid.*, 109 (Mai 1986), 10.
Englyn: 'Cymry Cymraeg', *ibid.*, 15.

Englyn: 'Bobi Jones', *ibid.*, 111/112 (Gorffennaf/Awst 1986), 13.

Cyfres o englynion: 'Er cof am Myfi Williams (gweddw'r diweddar Barchedig William Williams, Machynlleth)', *ibid.*, 32.

'Englynion y dydd yn Abergwaun: "Tafodiaith"; "I gyfarch yr Archdderwydd newydd"; "Jemima Nicholas"; "Yr O. (Ebychiad gwerthfawrogol y Babell Lên)"', *ibid.*, 113 (Medi 1986), 10.

'Kathleen Ferrier', *ibid.*, 114 (Hydref 1986), 1.

'Ymrysonau Barddas yn y Brifwyl. Englynion: "Englyn yn cynnwys y llinell 'Mae'n rhy hwyr a mi'n rhy hen'"; "Englyn yn cynnwys y llinell 'Nid yw yn hawdd mynd yn ôl'"', *ibid.*, 14.

Cyfres o englynion: 'I Gymry'r Wladfa (ar achlysur dathlu canmlwyddiant Eisteddfod y Wladfa)', *ibid.*, 115 (Tachwedd 1986), 5.

Englyn: 'Lleiafrif', *ibid.*, 6.

Englyn: 'Gwewyr', *ibid.*, 12.

Adolygiadau:

'Bardd y pedwar cyfrwng', *Barddas*, 104/105 (Rhagfyr 1985 / Ionawr 1986), 8-9. [*Cyfrol o gerddi*, J. Eirian Davies].

'Golygyddol', *ibid.*, 108 (Ebrill 1986), 4-5. [*Cydymaith i lenyddiaeth Cymru*, gol. Meic Stephens].

'Ystyried *Sgubo'r storws*', *Barn*, 284 (Medi 1986), 320-2. [*Sgubo'r storws*, Dic Jones].

1987

Rhyddiaith:

'Cystadleuaeth drimisol *Barddas*. Englyn: "Goleuadau'r Nadolig". Beirniadaeth y golygydd', *Barddas*, 116/117 (Rhagfyr 1986 / Ionawr 1987), 3-4.

'Golygyddol', *ibid.*, 4. [Cyhoeddiadau Barddas].

'Golygyddol', *ibid.*, 118 (Chwefror 1987), 4-5. ['Yr elfennau andwyol, negyddol a chwbl ddinistriol ym myd llên'. Atebwyd y sylwadau hyn gan Vaughan Hughes yn 'Cwyno ynghylch y golygydd', yn *ibid.*, 119 (Mawrth 1987), 8].

'Golygyddol', *ibid.*, 119 (Mawrth 1987), 6. [Sylwadau ar ysgol farddol genedlaethol Barddas].

'Nodyn golygyddol', *ibid.*, 8-9. [Ymateb i sylwadau Vaughan Hughes yn *ibid.*, 8].

'Cystadleuaeth drimisol *Barddas.* Englyn: "Non". Beirniadaeth y golygydd', *ibid.*, 11.

'Golygyddol', *ibid.*, 120 (Ebrill 1987), 4-5. [Beirniaid llenyddol negyddol].

'Nodyn golygyddol', *ibid.*, 7. [Ymateb i sylwadau Rhydwen Williams, 'Gor-gynhyrchu', yn *ibid.*, 7].

'*Barddas* yn holi T. Glynne Davies ar achlysur cyhoeddi *Cerddi T. Glynne Davies'*, *ibid.*, 121 (Mai 1987), 1-3.

'Golygyddol', *ibid.*, 4-5. [Y beirniad llenyddol delfrydol].

'Golygyddol', *ibid.*, 122 (Mehefin 1987), 6-7. [Crefft y bardd].

'Golygyddol', *ibid.*, 123/124 (Gorffennaf/Awst 1987), 6-7. [Canmlwyddiant geni Hedd Wyn].

'Golygyddol', *ibid.*, 125 (Medi 1987), 4-5. [Cyfansoddiadau buddugol Eisteddfod Genedlaethol Cymru, Bro Madog, 1987].

'Y gystadleuaeth drimisol. Englyn: "Emrys ap Iwan". Beirniadaeth y golygydd', *ibid.*, 5.

'Golygyddol', *ibid.*, 126 (Hydref 1987), 4-5. [Iaith barddoniaeth].

'Golygyddol', *ibid.*, 127 (Tachwedd 1987), 4. [Teyrnged i Megan Lloyd-Ellis].

'Diymadferthedd', *Y Gwyliedydd*, Awst/Medi 1990, 8. [Trafodaeth ar anallu dyn i gynorthwyo'r anghenus].

Cerddi:

Cerddi yn Alan Llwyd a Gwynn ap Gwilym, gol., *Blodeugerdd o farddoniaeth Gymraeg yr ugeinfed ganrif*, [Abertawe]: Cyhoeddiadau Barddas, 1987, xlviii, 690tt. Ail argraffiad, 1994. Trydydd argraffiad, 1998. ['Geni llo (cerdd vi allan o *Gerddi'r cyfannu*)', 522-3; 'Meirch Llangyfelach', 523-4; 'Marwnad plentyn nas ganed', 524-5; 'Chwilio am ddelwedd gymwys', 525-7; 'Ar gynhaeaf gwair (*circa* 1912)', 527-8; 'Marwnad Saunders Lewis', 528-31; 'Kathleen Ferrier', 531-2; 'Yr Hebog uwch Felindre', 532-3].

'Oblegid fy mhlant', yn Nigel Jenkins, Menna Elfyn, gol., *Glas-nos: cerddi dros heddwch*, Machynlleth: CND Cymru, 1987, 6-8.

'The Welsh language', in Meic Stephens, ed., *A Book of Wales: an anthology*, London: J. M. Dent, 1987, 184. [Translation of 'Y Gymraeg' by Alan Llwyd].

Englyn: 'Gwyndaf: teyrnged', yn [E. Gwyndaf Evans], *Cerddi Gwyndaf: y casgliad cyflawn*, Dinbych: Gwasg Gee, 1987, 11.

Englynion: 'Addurniadau'r Nadolig'; 'Ffawd cenedl', *Barddas*, 116/117 (Rhagfyr 1986 / Ionawr 1987), 2.

'Y Geni', *ibid.*, 2.

'Pump o gerddi newydd gan Meilir Emrys Owen: "Bardd yr ugeinfed ganrif"; "Llofruddiaeth"; "Yr Hen ŵr a'r ddau ŵr ifanc"; "Hunanladdiad mewn tŷ cyfagos"; "Y Sgrech"', *ibid.*, 5.

Englyn: 'I Ioan a Dafydd', *ibid.*, 18.

'Milwr', *ibid.*, 118 (Chwefror 1987), 7. [Dan enw Meilir Emrys Owen].

'Anorexia nervosa', *ibid.*, 7. [Dan enw Meilir Emrys Owen].

'Yr Hebog uwch Felindre', *ibid.*, 7.

'Y Lle', *ibid.*, 9.

Englyn: 'Euogrwydd (ar ôl dal Robin Goch mewn trap llygod yn ddamweiniol)', *ibid.*, 12.

Englynion: 'Eira Ionawr'; 'Y Gymraeg', *ibid.*, 16.

'Bardd wrth ei genedl', *ibid.*, 119 (Mawrth 1987), 5.

Englynion: 'Cymru'; 'Ynom', *ibid.*, 6.

Deg o englynion: 'Ni'; 'Ein hynafiaid'; 'Cenedl'; 'Cyfoedion mebyd'; 'Oedolyn a phlant' 'AIDS'; 'Marwoldeb'; 'Y Lleuad uwch Llŷn'; 'Y Fodrwy'; 'Crist', *ibid.*, 12.

'Bwth ffôn wedi'i fandaleiddio', *ibid.*, 120 (Ebrill 1987), 3. [Dan enw Meilir Emrys Owen].

'Van Gogh: hunan-bortread. (Portread o'r arlunydd wedi iddo dorri ymaith ei glust, Arles, Ionawr 1889)', *ibid.*, 3.

Englynion: 'Tad'; 'I gyfaill o fardd claf', *ibid.*, 3.

'Epigramau', *ibid.*, 3.

Englyn: 'Crefydd', *ibid.*, 6.

Englynion: 'Y Gog ym Mai', *ibid.*, 15.

Englyn: 'Clychau'r gog, 1987', *ibid.*, 121 (Mai 1987), 3.

Englynion: 'Tŷ gwag (ar ôl ymweld â Sain Ffagan'; 'Gwyddfid Mehefin (mis pen-blwydd fy nau fab)', *ibid.*, 5.

Englyn: 'Tŷ fferm Garreg Fawr (yn Sain Ffagan)', *ibid.*, 9.

Cyfres o englynion: 'Er cof am Wil Riffli. (W. Williams, cymydog i'm rhieni yn Llŷn, diweddar briod Gwladys Williams, awdures *Gynt...* , a *Jest rhyw air;* anffyddiwr a digrifwr. Corfflosgwyd ei weddillion wedi ei farw yn Hydref 1986)', *ibid.*, 15.

Englynion: 'Dant y llew ym Mai'; 'I Ioan Hedd yn naw oed', *ibid.*, 122 (Mehefin 1987), 15.

Cyfres o englynion: 'Hedd Wyn', *ibid.*, 123/124 (Gorffennaf/Awst 1987), 5.

Englyn: 'Wrth gofeb filwrol Aberystwyth', *ibid.*, 8.

'Monallt. (Cywydd a gomisiynwyd gan Dafydd Islwyn ar ran Cymdeithas Barddas, ac a ddarllenwyd yn y rhaglen "Pedwar o'r teulu" yn y Babell Lên yn Eisteddfod [Genedlaethol Cymru] Bro Madog, ddydd Llun yr Eisteddfod)', *ibid.*, 125 (Medi 1987), 3.

Englynion: 'Er cof am Harri Isfryn Hughes', *ibid.*, 5.

Epigramau: 'Byw a bod', *ibid.*, 126 (Hydref 1987), 11.

Englynion: 'Capeli Cymraeg Oakre Avenue a Cheetham ym Manceinion'; 'Cymdeithas Gelfyddydau Gogledd Cymru'; 'John a Rowena Williams. (Gŵr a gwraig, un yn hanu o

Edern yn Llŷn, a'r llall o Fodedern ym Môn)'; 'Pen-blwydd yn un oed (mab i ddysgwr)', *ibid.*, 14.

'Ar gof a chadw Eisteddfod [Genedlaethol Cymru] Bro Madog, 1987. Englynion y dydd: "Cymdeithas yr Iaith"; "Chwarel"', *ibid.*, 127 (Tachwedd 1987), 7.

Englyn: 'Mair cyn yr atgyfodiad', *ibid.*, 12.

Adolygiadau:

'O blaid y baledwyr', *Barddas*, 119 (Mawrth 1987), 13. [*I Fyd y faled*, Dafydd Owen].

'Y Drydedd o fyd radio', *ibid.*, 121 (Mai 1987), 16. [*Pigion talwrn y beirdd, 3*, gol. Gerallt Lloyd Owen].

'Am ryw hyd yma'r ydym', [*Am ryw hyd*, Gwyn Thomas], *Barn*, 289 (Chwefror 1987), 64-6.

1988

Rhyddiaith:

'Rhagair', yn Alan Llwyd, *Y Flodeugerdd o ddyfyniadau Cymraeg*, [Abertawe]: Cyhoeddiadau Barddas; Llandysul: Gwasg Gomer, 1988, ix-xii.

'Golygyddol', *Barddas*, 128/129 (Rhagfyr 1987 / Ionawr 1988), 6. [Dyfodol *Barddas*].

'Cystadleuaeth drimisol *Barddas*. Englyn: "Joseff". Beirniadaeth y golygydd', *ibid.*, 11.

'Golygyddol', *ibid.*, 130 (Chwefror 1988), 6-7. ['Carwn ymhelaethu ar rai pwyntiau yn dilyn datgelu'r ffaith mai fi oedd Meilir Emrys Owen'].

'Golygyddol', *ibid.*, 131 (Mawrth 1988), 4. [Cyhoeddi llyfrau a'r farchnad lyfrau Gymraeg].

'Golygyddol', *ibid.*, 132 (Ebrill 1988), 6. [Dwy soned Saesneg gan T. H. Parry-Williams].

'Golygyddol', *ibid.*, 133 (Mai 1988), 4. [Y fasnach lyfrau yng Nghymru].

'Golygyddol', *ibid.*, 134 (Mehefin 1988), 3-5. [Teyrngedau i Euros Bowen a T. Glynne Davies].

'Golygyddol', *ibid.*, 135/136/137 (Gorffennaf/Awst/Medi 1988), 12-15. [Sylwadau ar yr ymateb i *Blodeugerdd o farddoniaeth Gymraeg yr ugeinfed ganrif*, gol. Gwynn ap Gwilym ac Alan Llwyd].

'Golygyddol', *ibid.*, 138 (Hydref 1988), 4-5. [Sylwadau ar bryddest ac awdl fuddugol Eisteddfod Genedlaethol Cymru, Casnewydd, 1988].

'Golygyddol', *ibid.*, 139 (Tachwedd 1988), 4. ['Ymchwil am y mynegiant perffaith yw hanfod pob barddoniaeth o bwys'].
'Alan Llwyd: cyfweliad', *Barn*, 301 (Chwefror 1988), 4-9.

Cerddi:

Cerddi yn Alan Llwyd, gol., *Nadolig y beirdd*, [Abertawe]: Cyhoeddiadau Barddas, 1988. Ail argraffiad, 1990. Trydydd argraffiad, 1998. [Englyn: 'Crist', 5; Englyn: 'Crist', 11; Soned: 'Y Crist', 13; 'Y Geni', 14-15; Englyn: 'Ymson Mair', 29; Englyn: 'Y Geni', 32; Englyn: 'Mair', 37; Soned: 'Yr Ymweliad â Bethlehem', 48; 'Y Tystion', 53; Englyn: 'Alaw'r Nadolig', 58; 'Addurno'r goeden', 70-1; 'Y Nadolig', 87-8; Soned: 'Y Trydydd Nadolig', 114; Englynion: 'Y Wyrth', 'Nadolig 1985', 115; Cyfres o englynion: 'Y Ddau Nadolig', 117-18; Englynion: 'Y Nadolig cyfoes', 'Anrhegion cyfoes', 125; Englyn: 'Noson geni Iesu', 126; Englyn: 'Addurniadau'r Nadolig', 127].
'Lasarus', *Barddas*, 128/129 (Rhagfyr 1987 / Ionawr 1988), 5.
Englyn: 'Er cof am Mair Annie Evans, Hafod Fadog, Fron-goch (mam Elwyn Edwards, y Bala, a diweddar briod Bob Edwards)', *ibid.*, 5.
Cyfres o englynion: 'Er cof am Megan Lloyd-Ellis', *ibid.*, 6.
Englyn: 'Rhydderch', *ibid.*, 10.
Englynion Nadolig: 'Geni Crist'; 'Ymson Mair'; 'Y Geni'; 'Alaw'r Nadolig'; 'Y Wyrth', *ibid.*, 24.
'Y Nadolig', *ibid.*, 26.
Englynion: 'Rhai Cymry Cymraeg', *ibid.*, 130 (Chwefror 1988), 12.
'Yr Iaith', *Barn*, 300 (Ionawr 1988), 2.

1989

Rhyddiaith:

'Rhagymadrodd', yn Alan Llwyd ac Elwyn Edwards, gol., *Gwaedd y bechgyn: blodeugerdd Barddas o gerddi'r Rhyfel Mawr, 1914-1918*, [Abertawe]: Cyhoeddiadau Barddas, 1989, 11-78.
'Golygyddol', *Barddas*, 140/141 (Rhagfyr 1988 / Ionawr 1989), 4. [David McFall, Picasso, R. S. Thomas a Hedd Wyn].
'Y Gystadleuaeth drimisol. Englyn: "Clychau'r Nadolig". Beirniadaeth y golygydd', *ibid.*, 29.
'Golygyddol', *ibid.*, 143 (Mawrth 1989), 6-7. [Sylwadau ar y fasnach lyfrau Gymraeg].
'Golygyddol', *ibid.*, 144 (Ebrill 1989), 6-7. [Safonau adolygu llyfrau a beirniadaeth lenyddol yng Nghymru].
'Golygyddol', *ibid.*, 145 (Mai 1989), 4-5. ['Un o'r pynciau mawr ym

myd barddoniaeth ar hyn o bryd yw'r mater hwn o gerddi hanesyddol *v* cerddi llenyddol'].

'Golygyddol', *ibid.*, 146 (Mehefin 1989), 4-5. ['Y tro hwn bwriadaf drafod rhyw lond dwrn o gerddi Saesneg a adawodd eu hôl arnaf'].

'Golygyddol', *ibid.*, 147/148 (Gorffennaf/Awst 1989), 4-5. [Sylwadau ar ddiben blodeugerddi a chasgliadau o farddoniaeth].

'Cyfweliad gyda Bobi Jones ar achlysur cyhoeddi *Casgliad o gerddi*', *ibid.*, 6-9.

'Holi R. Gerallt Jones ar achlysur cyhoeddi *Cerddi 1955-1989*', *ibid.*, 22-4.

'Golygyddol', *ibid.*, 149 (Medi 1989), 4. [Newid maint a diwyg *Barddas*].

'Golygyddol', *ibid.*, 151 (Tachwedd 1989), 4-6. [Barddoniaeth Gerard Manley Hopkins].

Cerddi:

Cerddi yn Alan Llwyd ac Elwyn Edwards, gol., *Gwaedd y bechgyn: blodeugerdd Barddas o gerddi'r Rhyfel Mawr, 1914-1918*, [Abertawe]: Cyhoeddiadau Barddas, 1989. [Englyn: 'Wrth gofeb filwrol Aberystwyth', 203; 'Wilfred Owen. (Allan o "*Requiem* i feirdd o'r ugeinfed ganrif")', 205; 'Ar gynhaeaf gwair (*circa* 1912)', 206; 'Ivor Gurney. (Allan o "*Requiem* i feirdd o'r ugeinfed ganrif")', 209; Englyn 'Yr Ysgwrn', 209; 'Edward Thomas. (Allan o "*Requiem* i feirdd o'r ugeinfed ganrif")', 210; Cyfres o englynion: 'Hedd Wyn', 212-13; 'Ystyriwch (Rhyfel Mawr, 1914-1918)', 213-14; Cyfres o englynion: 'Geiriau drwy'r garreg. (Cenhedlaeth 1914-1918 yn llefaru)', 215-16].

Englynion yn Elwyn Edwards, gol., *Yr Awen lawen: blodeugerdd Barddas o gerddi ysgafn a doniol*, [Abertawe]: Cyhoeddiadau Barddas, 1989. [Englyn: 'Dadl J. O. Davies a'r beirdd. (Dechreuodd y ddadl pan ymddangosodd englyn yn *Y Cymro* dan y ffugenw J. O. Davies)', 90, 92].

Cyfres o englynion: 'I gofio Roy [Stephens]', *Golwg*, 9 Tachwedd, 1989, 4.

Englynion: 'Colli cyfaill: Nadolig heb Roy [Stephens]', *Llais llyfrau*, Gaeaf 1989, 2.

1990

Rhyddiaith:

Beirniadaeth ar y cyd â Geraint Bowen a T. James Jones: 'Cerdd: Gwreichion. Casgliad o gerddi heb fod mewn cynghanedd gyflawn a heb fod dros 200 llinell', yn W. J. Jones, gol., *Cyfansoddiadau a beirniadaethau Eisteddfod Genedlaethol Frenhinol Cymru, Cwm Rhymni, 1990,* [s. l.]: Llys yr Eisteddfod Genedlaethol, 1990, 30-6.

'Exerpt from: *Cynghanedd* and English poetry', in Cary Archard, ed., *Poetry Wales: 25 years,* Bridgend: Seren Books, 1990, 146-52.

'Golygyddol', *Barddas,* 152/153 (Rhagfyr 1989 / Ionawr 1990), 4-8. [Sylwadau ar *Federico García Lorca: a life,* Ian Gibson, a *Llanw a thrai,* Ieuan Wyn].

'Golygyddol', *ibid.,* 154 (Chwefror 1990), 6-7. [Lloffion a gasglwyd wrth baratoi *Y Flodeugerdd o ddyfyniadau Cymraeg*; yr ymateb i rai o gyhoeddiadau Cymdeithas Barddas].

'Y Gystadleuaeth drimisol. Englyn: "Blodeuwedd". Beirniadaeth y golygydd', *ibid.,* 16-17.

'Golygyddol', *ibid.,* 155 (Mawrth 1990), 5-7. [Rhai cerddi Saesneg nodedig].

'Golygyddol', *ibid.,* 156 (Ebrill 1990), 4-6. [Cerddi W. Leslie Richards].

'Golygyddol', *ibid.,* 157 (Mai 1990), 4-7. [Cerddi Francis Ledwidge].

'Golygyddol', *ibid.,* 158 (Mehefin 1990), 6-7. [Teyrngedau i Gwilym Rhys Roberts a Mair Kitchener Davies].

'Beichiau'r bardd – holi Alan Llwyd', *Golwg,* 13 Rhagfyr, 1990, 23-5. [Cyfweliad gyda Menna Baines ar achlysur cyhoeddi *Cerddi Alan Llwyd, 1968-1990: y casgliad cyflawn cyntaf*].

Cerddi:

Cerddi yn Elwyn Edwards, gol., *Cadwn y mur: blodeugerdd Barddas o ganu gwladgarol,* [Abertawe]: Cyhoeddiadau Barddas, 1990. ['Pedair cerdd ar drothwy 1982', 86-9; Englyn: 'Cymru a'r datganoli', 134; Englyn: 'Cymru'r saithdegau', 137; 'Yr Hynafiaid', 138-9; 'Cymru'r saithdegau', 146; Englyn: 'Cymru 1975', 149; Englyn: 'Ffawd cenedl', 162; Englynion: 'Cymru 1976', 'Cenedl', 179; Englyn: 'Ein Hynafiaid', 180; Englyn: 'Ni', 181; Englyn: 'Bardd wrth ei genedl', 207; Englynion milwr: 'Gwers ar ddaearyddiaeth Cymru', 211-12; Englyn: 'Cenedl. (Pren ac arno glwstwr o ddail crin heb ddisgyn yn oerni Ionawr)', 214; Englynion: 'Lleiafrif', 'Cymru', 'Atgyfodiad', 223-4; Englyn: 'Y

Gymraeg', 226; 'Yr Iaith', 249-50; Englyn: 'Gwewyr', 258; Englyn: 'Y Gymraeg', 265; 'Y Gymraeg', 277; Englyn: 'Y Cymry Cymraeg', 282; Cyfres o englynion: 'I Gymry'r Wladfa (ar achlysur dathlu canmlwyddiant Eisteddfod y Wladfa)', 292; Englyn: 'Yr Eisteddfod', 297; 'Cywydd croesawu'r Eisteddfod i Abertawe', 299-300; Englyn: 'Bobi Jones', 317; Cyfres o englynion: 'Y Ddramodwraig. (Teyrnged i Norah Isaac)', 323-6; Englynion: 'I gyfarch Emrys Roberts yr Archdderwydd', 329; Cyfres o englynion: 'I goffáu Syr Thomas Parry (a gorfflosgwyd Ebrill 25, 1985)', 331-2; Cyfres o englynion: 'I gyfarch Syr Thomas Parry (ar ei ben-blwydd yn 80)', 333; Cyfres o englynion: 'I gyfarch Gwilym R. Tilsley', 334; 'Englynion Emyr Llewelyn', 335; Cyfres o englynion: 'I T. Emyr Pritchard. (Fy athro Cymraeg yn Ysgol Botwnnog. Adroddwyd yr englynion yn y cinio teyrnged arbennig a roddwyd iddo am ddeunaw mlynedd o wasanaeth fel Ysgrifennydd Sirol U.C.A.C.)', 336; Englyn: 'D. J. Williams, J. R. Jones, J. E. Jones', 339; Englyn: 'Er cof am Robin Jac. (R. J. Edwards, Llanuwchllyn, cenedlaetholwr tanbaid a ddioddefodd gystudd maith)', 349; Englyn: 'I gofio Roger Jones', 350; Soned: 'Rhagfyr 1985', 351; Englyn: 'Geraint Bowen', 353; Englyn: 'Gwynfor Evans', 354; Cywydd: 'Monallt', 355-9; Cyfres o englynion: 'Y Cilie. ("Ef (Tydfor) oedd yr olaf o gynheiliaid yr hanner myth, hanner ffaith honno a eilw'n hardal ni yn *Fois y Cilie*". Dic Jones)', 373-4; Englyn: 'Y Fro Gymraeg', 379; Englyn: 'Pentref Llanuwchllyn (a enillodd y gystadleuaeth "Bwrlwm Bro" yn Eisteddfod Genedlaethol [Cymru] Bro Myrddin, fel y pentref mwyaf diwylliedig yng Nghymru)', 381; Englyn: 'Saunders Lewis', 398; Soned: 'Saunders Lewis', 423; Cyfres o englynion: 'I gyfarch Saunders Lewis ar ei ben-blwydd', 426-7; Englyn: 'Tranc y cof (wedi marwolaeth Saunders Lewis)', 437; Cywydd: 'I Lewis Valentine (ar achlysur ei anrhydeddu gan Brifysgol Cymru)', 443-5; Cyfres o englynion: 'Y Rhuddem yn y rhew (er cof am Lewis Valentine)', 449-52; 'Cwm Celyn', 492-3; 'Llun o Gapel Celyn', 494-5; Cywydd: 'Cwm Celyn (ar adeg o sychder mawr)', 502-5; Englynion: 'Gwae ni'r beirdd (ar ôl darllen rhifyn Ffŵl Ebrill o'r *Faner*)', 532; Englyn: 'Cymru a'r datganoli', 533; Englynion: 'Dydd Gŵyl y Drewi (ar ôl gweld y rhaglen *George and the Dragon*)', 547; Englynion: 'Rhai Cymry Cymraeg, 1988', 548; 'Cymro di-wlad', 553; Englynion milwr: 'Geraint Eckley: 1970 (a garcharwyd am ei argyhoeddiadau yn ystod y Nadolig)', 568; Englynion: 'Cymdeithas yr Iaith yn 25 oed', 580, 589].

'Gwyddau / Geese', in Cary Archard, ed., *Poetry Wales: 25 years*,

Bridgend: Seren Books, 1990, 166-8. [Translation by Alan Llwyd].
Cywydd: 'David MacFall (1919-1988)', *Barddas,* 152/153 (Rhagfyr 1989 / Ionawr 1990), 35.
Cywydd: 'Cwm Celyn. (Ar adeg o sychder mawr)', *ibid.,* 158 (Mai 1990), 10.
Englynion: 'Er cof am Mair Kitchener Davies'; 'Methu anghofio Roy'; 'Er cof am Gwilym Rhys', *ibid.,* 158 (Mehefin 1990), 7.
'Noson tân gwyllt', *Barn,* 328 (Mai 1990), 2.
'Soned (allan o "Cymru 1988")', *Taliesin,* 70 (Gorffennaf 1990), 19.
'Soned (allan o "Cymru 1988")', *ibid.,* 71 (Medi 1990), 13.

1991

Rhyddiaith:
'Golygyddol', *Barddas,* 166 (Chwefror 1991), 4-6. [Sylwadau ar gasgliadau diweddar o farddoniaeth ryfel a gyhoeddwyd yn Saesneg].
'Cystadleuaeth yr englyn: "Y Ddawns flodau". Beriniadaeth y golygydd', *ibid.,* 8.
'Golygyddol', *ibid.,* 167 (Mawrth 1991), 4-6. [Cyfieithu barddoniaeth].
'Golygyddol', *ibid.,* 168 (Ebrill 1991), 4-5. [Teyrngedau i Monallt a Dafydd Jones, Ffair Rhos; y soned yn Gymraeg].
'Golygyddol', *ibid.,* 169 (Mai 1991), 4-6. [Teyrngedau i Bernard Evans, Mathonwy Hughes a Gwilym R. Tilsley].
'Golygyddol', *ibid.,* 171/172 (Gorffennaf/Awst 1991), 4-6. [Cyflwr llenyddiaeth Gymraeg].
'Holi Prif-fardd [Eisteddfod Genedlaethol Cymru] Bro Delyn. Robin Llwyd ab Owain yn ateb cwestiynau'r golygydd', *ibid.,* 174 (Hydref 1991), 1-2.
'Golygyddol', *ibid.,* 4-7. [Sylwadau ar *Bitter fame,* Anne Stevenson; *The Death and life of Sylvia Plath,* Ronald Hayman; *The Haunting of Sylvia Plath,* Jacqueline Rose].
'Holi Einir am ei dilyniant. *Barddas* yn holi Einir Jones, bardd coron Eisteddfod Genedlaethol [Cymru, Bro Delyn], 1991', *ibid.,* 175 (Tachwedd 1991), 1-3.
'Dathlu'r llwyddiannau', *Barn,* 342 (Gorffennaf 1991), 8. [Sylwadau ar raglenni Sianel 4 Cymru].
'Brwydr Cefn Pilkem: oriau olaf Hedd Wyn', *ibid.,* 346 (Tachwedd 1991), 34-8.
'Chwalu'r chwedl: myth o flwyddyn. Cofiant ddechrau Tachwedd, ffilm ddydd gŵyl Ddewi... mae diwydiant creu arwyr Cymru wedi bod wrthi'n brysur eleni eto. Alan Llwyd sydd y tu

cefn i'r ddwy fenter, yn chwilio am y realaeth y tu ôl i'r rhamant. Hedd Wyn – bugeilfardd neu ferchetwr?], *Golwg,* 24 Hydref, 1991, 20-1.

Cerddi:

Englyn: 'Cyflwynedig i Margaret', yn *Barddoniaeth Rhydwen Williams: y casgliad cyflawn, 1941-1991,* [Abertawe]: Cyhoeddiadau Barddas, 1991, 9.

Cywydd: 'Rhydwen', *ibid.,* 11-15.

'Salem', yn Tal Williams, *Salem: y llun a'r llan / painting and chapel,* [Abertawe]: Cyhoeddiadau Barddas, 1991, 51. [Translation of 'Salem', by T. Rowland Hughes. Cafwyd argraffiadau eraill yn 1992, 1993, 1996, 1997 a 1998].

'Style', *ibid.,* 57. [Translation of 'Steil', by T. Rowland Hughes. Cafwyd argraffiadau eraill yn 1992, 1993, 1996, 1997 a 1998].

Cywydd: 'Pantycelyn', *Barddas,* 170 (Mehefin 1991), 4-5.

Englyn: 'Bywyd', *ibid.,* 7.

Englyn: 'Coflech Hedd Wyn', *ibid.,* 171/172 (Gorffennaf/Awst 1991), 2.

Englyn: 'Teulu Bryn Rhydd', *ibid.,* 7.

Englyn: 'Rhydwen', *ibid.,* 34.

Cywydd: 'Angharad [Tomos]', *ibid.,* 173 (Medi 1991), 4.

Englyn: 'I Einir Jones', *ibid.,* 4.

Englyn: 'I Robin Llwyd ab Owain', *ibid.,* 10.

Cywydd: 'Rhydwen', *ibid.,* 175 (Tachwedd 1991), 4-5.

Englynion: 'Y Gynghanedd', *ibid.,* 16. [Buddugol yng nghystadleuaeth Tlws Coffa Roy Stephens].

1992

Rhyddiaith:

'Golygyddol', *Barddas,* 176/177 (Rhagfyr 1991 / Ionawr 1992), 4-9. [Pedair enghraifft o gam-wobrwyo yn yr Eisteddfod Genedlaethol o 1922 ymlaen].

'Y Gystadleuaeth drimisol. Englyn: "Pantycelyn". Beirniadaeth y golygydd', *ibid.,* 24-5.

'Golygyddol', *ibid.,* 178 (Chwefror 1992), 4-5. [Y fasnach lyfrau yng Nghymru].

'Golygyddol', *ibid.,* 179 (Mawrth 1992), 6-8. [W. J. Gruffydd ac Edgar Lee Masters].

'Golygyddol', *ibid.,* 180 (Ebrill 1992), 6-9. [Beth yw barddoniaeth?]

'Golygyddol', *ibid.,* 181 (Mai 1992), 6-10. [Beth yw barddoniaeth?]

'Golygyddol', *ibid.,* 182 (Mehefin 1992), 4-7. [Beth yw barddoniaeth?]

'Golygyddol', *ibid.*, 183/184 (Gorffennaf/Awst 1992), 6-12. [Sylwadau ar y feirniadaeth lenyddol Farcsaidd fel y'i ceir yn *Sglefrio ar eiriau*, gol. John Rowlands].

'Y Gystadleuaeth drimisol. Englyn: "Coflech Hedd Wyn yn Fflandrys". Beirniadaeth y golygydd', *ibid.*, 17-19.

'Golygyddol', *ibid.*, 185 (Medi 1992), 6-7. [Sylwadau ar y casgliad o gerddi: 'Cyfannu', gan Cyril Jones, a'r awdl: 'A fo ben', gan Idris Reynolds, buddugol yn Eisteddfod Genedlaethol Cymru, Ceredigion, Aberystwyth, 1992].

'Golygyddol', *ibid.*, 186 (Hydref 1992), 4-6. [Trafodaeth ar 'Wats boced', cerdd gan Dewi Stephen Jones].

'Golygyddol', *ibid.*, 187 (Tachwedd 1992), 4-6. [W. J. Gruffydd, T. Rowland Hughes ac Edwin Arlington Robinson].

'Hedd Wyn: a soldier poet?', *Poetry Wales*, 28 (October 1992), 49-51.

Cerddi:

Cerddi yn Alan Llwyd, gol., *Yn nheyrnas diniweidrwydd: blodeugerdd Barddas o gerddi am blant a phlentyndod*, [Abertawe]: Cyhoeddiadau Barddas, 1992. ['Disgwylgarwch tad (o *Gerddi'r cyfannu*)', 5-6; 'Aros y geni (o *Gerddi'r cyfannu*)', 8; 'Y Dyn eira', 65-7; 'Plentyn ar siglen', 87; 'Beethoven a golau cannwyll', 102-3; Englyn 'Y Fodrwy. (Fy mab pedair oed yn cau'i ddwrn ar ffurf modrwy am fy mys)', 114; 'Noson o Hydref', 127; 'Nadolig dau frawd', 184; Englynion: 'Ioan a chlychau'r gog. (Llun yn ein halbwm teuluol o Ioan yn dair oed mewn môr o glychau'r gog)'; 'I Ioan Hedd yn naw oed', 194; Englyn: 'Nadolig Ioan (yn ddeuddeg oed)', 197; 'Y Naill du'r Nadolig', 198].

Cerddi yn Mair Elvet Thomas, gol., *Merched ein beirdd: blodeugerdd*, Llandysul: Gwasg Gomer, 1992. ['Bedd Anne Bowen (ym mynwent y Crug Glas, Abertawe)', 56-7; 'Ti yw dyfnder pêr pob hiraeth. (Cân serch)', 77; 'Cerddi'r cyfannu. (Myfyrdod cyn geni fy mab)', 78-9; Englynion: 'Er cof am Myfi Williams. (Gweddw'r diweddar Barchedig William Williams, Machynlleth, a mam Gwynn ac Ifor ap Gwilym a Lona Gwilym)', 124; 'Kathleen Ferrier', 144; 'Anorexia nervosa', 200-1].

Cyfieithiadau i'r Gatalaneg gan Carme Manuel i Josep V. Garcia, yn Siân Ithel, R. Gerallt Jones, gol., *Poesia Gal·lesa actual*, Valencia: Edicions Alfons el Magnànim-IVEI, 1992. ['Oques (Gwyddau)', 108-11; 'Moixeres en Maig (Criafolen ym Mai)', 112-13; 'La Llengua Gal·lesa (Y Gymraeg)', 114-15; 'Al Parc de Tredegar (Ym Mharc Tredegar)', 116-19].

'Gwyddau / Geese', in John Davies and Melvyn Jones, eds, *The*

Streets and the stars: an anthology of writing from Wales, Bridgend: Seren Books, 1992, 107-9.

Englyn: 'Gwyrth y geni', *Barddas*, 176/177 (Rhagfyr 1991 / Ionawr 1992), 1.

Englynion: 'I Cynthia Dodd'; 'I barti dawnsio Nant Garw ar achlysur ei ben-blwydd yn ddeg oed', *ibid.*, 16.

Englyn ymryson ym mro Hedd Wyn, yn cynnwys y llinell: 'Heno clywaf y cloeon/cloeau', *ibid.*, 18.

Englynion: 'Sonata'r Lloergan gan Beethoven'; 'Gwenlyn', *ibid.*, 21.

'Cofio Aberfan (1966-1991)', *ibid.*, 26.

Englyn: 'Ar farwolaeth cyd-efrydwraig', *ibid.*, 178 (Chwefror 1992), 6.

Englyn: 'I Vernon Jones a'i briod', *ibid.*, 179 (Mawrth 1992), 24.

Englyn: 'Hywel Harries yr arlunydd', *ibid.*, 180 (Ebrill 1992), 21.

Englynion Tlws Coffa W. D. Williams: 'Coflech Hedd Wyn yn Fflandrys'; 'Gwyrth y geni', *ibid.*, 181 (Mai 1992), 5.

Englyn: 'Clychau'r gog', *ibid.*, 182 (Mehefin 1992), 24.

Englyn: 'Y Crëyr glas', *ibid.*, 183/184 (Gorffennaf/Awst 1992), 27.

Englyn: 'Dyhead tad', *ibid.*, 36.

Englyn: 'Cofio Tecwyn [Lloyd]', *ibid.*, 186 (Hydref 1992), 14.

Englyn: 'Er cof am Stephen J. Williams. (Bu aelodau o'i deulu yn gwasgar ei lwch ar y Mynydd Du, uwchben Cwm Meilwch, yn ardal Gwynfe, lleoedd yr oedd gan Stephen J. Williams a'i briod gysylltiad teuluol â hwy)', *ibid.*, 20.

Cyfres o englynion: 'Roy [Stephens]', *Y Cardi: cylchgrawn Cymdeithas Ceredigion*, 19 (Gŵyl Ddewi 1992), 28-9.

Englyn: 'Methu anghofio Roy', *ibid.*, 35.

Adolygiad:

'Yng nghyfnod Herod y teyrn', *Barddas*, 176/177 (Rhagfyr 1991 / Ionawr 1992), 41-3. [*Herod*, T. James Jones].

1993

Rhyddiaith:

'Y Gystadleuaeth drimisol: Englyn: "Nant Gwrtheyrn". Beirniadaeth y golygydd', *Barddas*, 188/189 (Rhagfyr 1992 / Ionawr 1993), 6-7.

'Golygyddol', *ibid.*, 190 (Chwefror 1993), 10-11. [Cerddi Philip Larkin].

'Golygyddol', *ibid.*, 191 (Mawrth 1993), 10-11. [Y bardd a'i gynulleidfa].

'Golygyddol', *ibid.*, 192 (Ebrill 1993), 6-7. [Cerddi Dylan Thomas].

'Golygyddol', *ibid.*, 193 (Mai 1993), 4-7. [Y ffilm 'Hedd Wyn'].
'Y Gystadleuaeth drimisol. Englyn: "Y Ddeddf iaith". Beirniadaeth y golygydd', *ibid.*, 15-16.
'Golygyddol', *ibid.*, 194 (Mehefin 1993), 6-8. [Sylwadau ar Philip Larkin].
'Adnabod ein haelodau: [holi] Bryan Martin Davies', *ibid.*, 9-10.
'Golygyddol', *ibid.*, 195/196 (Gorffennaf/Awst 1993), 8-10. [Sylwadau ar golofn 'Stondin Sam' gan Alun Jones yn *Llanw Llŷn,* papur bro Pen Llŷn, a'r flodeugerdd *The Poetry of survival* dan olygyddiaeth Daniel Weissbort].
'Adnabod ein haelodau: [holi] Twm Morys', *ibid.*, 40.
'Adnabod ein haelodau: [holi] T. Meirion Hughes', *ibid.*, 41-2.
'Golygyddol', *ibid.*, 197 (Medi 1993), 6-9. [Prif gyfansoddiadau llenyddol Eisteddfod Genedlaethol Cymru, Llanelwedd, 1993].
'Golygyddol', *ibid.*, 198 (Hydref 1993), 6-8. [Canmlwyddiant geni Wilfred Owen].
'Adnabod ein haelodau: [holi] T. Arfon Williams', *ibid.*, 11-12.
'Y Gystadleuaeth drimisol. Englyn: "Y Fam Teresa". Beirniadaeth y golygydd', *ibid.*, 16-18.
'Adnabod ein haelodau: [holi] David John Pritchard', *ibid.*, 199 (Tachwedd 1993), 3.
'Cynhaeaf y Rhyfel Mawr', *Llais llyfrau,* Gwanwyn 1993, 5-6. [Llenyddiaeth y Rhyfel Mawr].

Cerddi:

Cerddi yn Medwin Hughes, gol., *Blodeugerdd Barddas o gerddi crefyddol,* [Abertawe]: Cyhoeddiadau Barddas, 1993. ['Wedi'r croeshoeliad', 170-1; 'Y Crist', 171-2; Englynion: 'Gwyrth y geni', 'Ymson Mair', 172; 'Ein dyddiau didduw', 172-3; 'O *Einioes ar ei hanner:* cerdd vii', 173; 'O *Einioes ar ei hanner:* cerdd x', 173-4; 'Y Mab alltud', 175; Cywydd: 'Miserere', 175-9; Cywydd: 'David McFall, 1919-1988', 179-82; Cywydd: 'Pantycelyn', 182-5].
Englynion yn Tudur Dylan Jones, gol., *Blodeugerdd Barddas o englynion cyfoes,* [Abertawe]: Cyhoeddiadau Barddas, 1993. ['I Alun Llwyd', 18; 'Tŷ gwag. (Ar ôl ymweld â Sain Ffagan)', 29; 'Tad', 41; 'Bywyd', 44; 'Clychau'r gog, 1987', 'Taid', 51; 'Y Crëyr glas', 54; 'O'r awdl "Y Gwanwyn"', 61; 'Y Gynghanedd', 72; 'Ffenestr liw', 75; 'Gwyrth y geni', 79; 'Ymson Mair', 86; 'Yr Ymwelydd', 88; 'Coflech Hedd Wyn yn Fflandrys', 96; 'Tranc y cof (wedi marwolaeth Saunders Lewis)', 'Y Cymry Cymraeg', 103; 'Cymru', 'Gwewyr', 'Cymru'r saithdegau', 104; 'Yr Hydref', 128; 'Bwtsias y gog', 130; 'Hwyrddydd', 138; 'Clychau'r gog', 142; 'Dafydd

Islwyn (ysgrifennydd Barddas)', 150; 'Methu anghofio Roy', 163; 'I Siôn Brynach (ar raddio yn y Gymraeg ym Mangor)', 164; 'Er cof am R. E. Jones, Llanrwst', 166; 'Er cof am Dafydd Jones, Ffair Rhos', 167; 'Er cof am Gwyndaf', 169; 'Cofio Gruff Miles', 170-1; 'T. Llew Jones', 171; 'Er cof am Jennie Eirian Davies', 172; 'Er cof am Robert Richard Thomas ('Bob Cloddiau')', 173; 'Cofio Tecwyn', 178].

Englyn: 'Yr Ymwelydd', *Barddas,* 188/189 (Rhagfyr 1992 / Ionawr 1993), 1.

Cywydd: 'Gwenlyn', *ibid.,* 4-5.

Cyfres o englynion: 'Y Gwyliwr. (I R. S. Thomas yn 80 oed; cerdd a gomisiynwyd gan Gymdeithas Gelfyddydau Gogledd Cymru)', *Barddas,* 193, (Mai 1993), 17.

Englyn: 'Clychau'r gog. (Mai 1993: mis marwolaeth fy mam)', *ibid.,* 194 (Mehefin 1993), 5.

Cyfieithiad o Tadeasz Rózewicz: 'Plethyn. (Yr Amgueddfa, Auschwitz, 1948)', *ibid.,* 15.

Cyfres o englynion: 'Marwnad fy mam. (Hunodd ar Fai 5, 1993, heb ddeffro o'i chwsg ar ôl llawdriniaeth)', *ibid.,* 195/196 (Gorffennaf/Awst 1993), 13.

Cyfres o englynion: 'Gwilym R.', *ibid.,* 199 (Tachwedd 1993), 4-5.

1994

Rhyddiaith:

'Rhagymadrodd', yn Alan Llwyd, gol., *Cerddi'r bugail [Hedd Wyn], ynghyd ag atodiad o waith y bardd nas cynhwyswyd yn argraffiadau 1918 na 1931,* Caerdydd: Hughes a'i Fab, 1994, ix-xx.

Beirniadaeth: 'Soned', *Yr Awen: [cyfansoddiadau] Eisteddfod ryng-golegol Caerdydd, 1994,* [s. l.]: [s. n.], 1994, 8.

'Golygyddol', *Barddas,* 200/201 (Rhagfyr 1993 / Ionawr 1994), 4. [Dau ganfed rhifyn *Barddas,* ac arolwg o gynnwys y cylchgrawn].

'Adnabod ein haelodau: [holi] Mary Wilce', *ibid.,* 15.

'Adnabod ein haelodau: [holi] Iwan Morgan', *ibid.,* 26-7.

'Y Gystadleuaeth drimisol. Englyn: "R. S. Thomas". Beirniadaeth y golygydd', *ibid.,* 38-9.

'Golygyddol', *ibid.,* 202 (Chwefror 1994), 4. [Cyflwyno colofn ddeufisol Iwan Llwyd].

'Adnabod ein haelodau: [holi] Morfudd Strange', *ibid.,* 5-7.

'Y Gystadleuaeth drimisol. Englyn: "Cadeirlan Tyddewi". Beirniadaeth y golygydd', *ibid.,* 203 (Mawrth 1994), 5-6.

'Adnabod ein haelodau: [holi] Herbert Hughes', *ibid.*, 204 (Ebrill 1994), 6-7.

'Adnabod ein haelodau: [holi] O. T. Griffith', *ibid.*, 205 (Mai 1994), 2-3.

'Golygyddol', *ibid.*, 206 (Mehefin 1994), 6-8. [Sylwadau ar gywydd Gerallt Lloyd Owen er cof am Cledwyn Roberts, a gyhoeddwyd yn *Taliesin,* 71 (Medi 1990), 9-12].

'Adnabod ein haelodau: [holi] Eigra Lewis Roberts', *ibid.*, 17-18.

'Y Gystadleuaeth drimisol. Englynion: "AIDS"; "Mandela". Beirniadaeth y golygydd, *ibid.*, 207/208 (Gorffennaf/Awst 1994), 8-10.

'Dyma be' 'sgwennwn i: "Chwyldro", *ibid.*, 16. ['Testun cystadleuol y gadair yn Eisteddfod [Genedlaethol Cymru], Castell-nedd a'r cyffiniau yw "Chwyldro", a thestun y goron yw "Dolenni". Sut y byddai'r hen stejars, prifeirdd y gorffennol yn dehongli'r testunau yma, ac am beth fydden nhw'n sgwennu? Gofynnwyd i rai prifeirdd cadeiriol i ba gyfeiriad y bydden nhw'n mynd'].

'Adnabod ein haelodau: [holi] John Talfryn Jones', *ibid.*, 30-1.

'Adnabod ein haelodau: [holi] Len Jones', *ibid.*, 209/210 (Medi/Hydref 1994), 31-2.

'Golygyddol', *ibid.*, 211 (Tachwedd 1994), 6-7. [Teyrnged i Moses Glyn Jones].

'The Renaissance of assonance', *Books in Wales,* Spring 1994, 5-7. [Sylwadau ar y diddordeb cynyddol yn y gynghanedd].

'O'r Ysgwrn Fach i'r sgrin fawr', *Sgript: cyfnodolyn ffilm Cymreig,* Tachwedd 1994, 34-44.

'Blazing a mythical trail: Rian Evans yn holi Alan Llwyd', *Sbec TV Wales,* 12-19 Mawrth, 1994, 12-13.

Cerddi:

Cyfres o englynion: 'Cyflwynedig i Janice', yn Alan Llwyd, *Glaw ar rosyn Awst,* Caernarfon: Gwasg Gwynedd, 1994, [9].

'Ymson Mair wedi'r croesheolio', *Barddas,* 200/201 (Rhagfyr 1993 / Ionawr 1994), 23.

Cyfres o englynion: 'I gyfarch Selyf. (Englynion teyrnged i Selyf Roberts a gomisiynwyd gan Wasanaeth Llyfrgell a Gwybodaeth Clwyd a Chymdeithas Gelfyddydau Gogledd Cymru)', *ibid.*, 34.

Englyn: 'Herod. (Tachwedd 1993: achos James Bulger, y plentyn dwyflwydd a lofruddiwyd)', *ibid.*, 48.

Englyn: 'Er cof am gyfaill coleg. (John Henry Rowlands, "Panda" i'w gyfeillion, bachgen o Ben Llŷn a fu'n byw ac yn gweithio yn Llundain am flynyddoedd. Daethpwyd â'i gorff yn ôl i Nefyn)', *ibid.*, 202 (Chwefror 1994), 4.

Cyfres o englynion: 'Pontsiân', *ibid.*, 203 (Mawrth 1994), 8.

Englyn: 'Cofio Tecwyn Lloyd. (Ar ôl darllen *Bore da, Lloyd* am yr eildro)', *ibid.*, 204 (Ebrill 1994), 14.

Englyn: 'Hedd Wyn', *ibid.*, 23.

Cyfieithiad o gerdd gan Nelly Sachs, o'r Almaen: 'Plentyn marw yn llefaru', *ibid.*, 23.

Englyn: 'Morfudd Llwyn Owen', *ibid.*, 205 (Mai 1994), 1.

Englyn: 'Mai 1994. (Bu farw fy mam fis Mai y llynedd)', *ibid.*, 8.

'Tlysau Barddas. Tlws coffa W. D. Williams a Thlws coffa Roy Stephens, 1994. Dewis Ieuan Wyn. [Englynion]: "Er cof am gyfaill coleg. (John Henry Rowlands, 'Panda' i'w gyfeillion, bachgen o Ben Llŷn a fu'n byw ac yn gweithio yn Llundain am flynyddoedd. Daethpwyd â'i gorff yn ôl i Nefyn)"; "Clychau'r gog. (Mai 1993, mis marwolaeth fy mam)", Alan Llwyd', *ibid.*, 17.

Englynion: 'Gwanwyn plentyndod'; 'Colli dau: Tecwyn Lloyd a Bedwyr Lewis Jones a fu farw oddeutu'r un pryd'; 'Yr Ailuniad. (Er cof am Mary Elizabeth a Gwilym Wyn Humphreys, rhieni Gwenan Lewis a rhieni-yng-nghyfraith Robyn Lewis, Nefyn. Bu'r wraig farw o flaen ei gŵr)'; 'Er cof am Trefor Beasley', *ibid.*, 206 (Mehefin 1994), 11.

Englyn: 'Hydref a Mai', *ibid.*, 16.

Englyn: 'Er cof am Bedwyr', *ibid.*, 207/208 (Gorffennaf/Awst 1994), 38.

Englyn: 'Gwyn Thomas', *ibid.*, 43.

Englyn: 'Ysgol Botwnnog yn Llŷn', *ibid.*, 47.

'Tlysau Barddas 1994. 1. Tlws W. D. Williams. [Englyn]: "Clychau'r gog. (Mai 1993, mis marwolaeth fy mam)", Alan Llwyd', *ibid.*, 209/210 (Medi/Hydref 1994), 20.

Englyn: 'I Dewi Jones. (Enillydd medal T. H. Parry-Williams, 1994)', *ibid.*, 32.

Englyn: 'Caitlin wrth Dylan', *ibid.*, 41.

Englyn: 'James Bulger', *ibid.*, 211 (Tachwedd 1994), 21.

Englyn: 'Hedd Wyn', *Sbec TV Wales*, 12-19 Mawrth, 1994, 12.

Adolygiadau:

'Hynodrwydd awen Idris', *Barddas*, 209/210 (Medi/Hydref 1994), 44-5. [*Ar lan y môr*, Idris Reynolds].

'Y Rhyfel sy'n parhau: Alan Llwyd yn ymateb i *Y Rhwyg* gan Gerwyn Williams', *Golwg*, 6 Ionawr, 1994, 22-4.

1995

Rhyddiaith:

Beirniadaeth ar y cyd â Gerallt Lloyd Owen ac Emrys Edwards: 'Awdl: Y Môr', yn J. Elwyn Hughes, gol., *Cyfansoddiadau a beirniadaethau Eisteddfod Genedlaethol Frenhinol Cymru, Bro Colwyn, 1995,* [s.l.]: Llys yr Eisteddfod Genedlaethol, 1995, 76-80.

'Rhagymadrodd', yn Alan Llwyd ac Elwyn Edwards, gol., *Gwaedd y lleiddiad: blodeugerdd Barddas o gerddi'r Ail Ryfel Byd, 1939-1945,* [Abertawe]: Cyhoeddiadau Barddas, 1995, xiii-xxxiv.

'Y Gystadleuaeth drimisol. Englyn: "Bysedd cloc". Beirniadaeth y golygydd', *ibid.,* 212/213 (Rhagfyr 1994 / Ionawr 1995), 4-5.

'Adnabod ein haelodau: [holi] Olwen Norris Carter', *ibid.,* 18-19.

'Adnabod ein haelodau: [holi] Gwenallt Llwyd Ifan', *ibid.,* 214 (Chwefror 1995), 5.

'Y Gystadleuaeth drimisol. Englyn: "Mynwent y Milwyr". Beirniadaeth y golygydd', *Barddas,* 215 (Mawrth 1995), 10-13.

'Adnabod ein haelodau: [holi] Havard Gregory', *ibid.,* 18-19.

'Golygyddol: ar drothwy Mileniwm', *ibid.,* 216 (Ebrill 1995), 4-8. [Llenyddiaeth Gymraeg gyfoes].

'Adnabod ein haelodau: [holi] John Eric Hughes', *ibid.,* 8-9.

'Y gystadleuaeth drimisol. Englyn: "Diwedd canrif". Beirniadaeth y golygydd', *ibid.,* 219/220 (Gorffennaf/Awst 1995), 2-3.

'Adnabod ein haelodau: [holi] Tom Bowen Jones', *ibid.,* 29.

'*Barddas* yn holi Dewi Stephen Jones, enillydd Gwobr Griffith John Williams, yr Academi Gymreig, 1995 am *Hen ddawns',* *ibid.,* 36-9.

Cerddi:

Mair / geiriau gan Alan Llwyd; [y gerddoriaeth gan Lyn Davies]. Pen-y-groes, Gwynedd: Curiad, [1995], 4tt.

Cerddi yn Alan Llwyd, Elwyn Edwards, gol., *Gwaedd y lleiddiad: blodeugerdd Barddas o gerddi'r Ail Ryfel Byd, 1939-1945,* [Abertawe]: Cyhoeddiadau Barddas, 1995. [Englyn: 'Cri meirwon Auschwitz', 146; Englyn: 'Hier Ruhlen 5000 Tote. (Arysgrifen ar fedd yn Auschwitz. Ystyr yr Almaeneg yw: Yma y gorwedd 5000 o feirwon)', 148; 'Gertrud Kolmar: yr Almaen (1894-1943)', 155; 'Cerddorion Auschwitz', 157; 'Primo Levi: yr Eidal (1919-1987)', 159; 'Noson tân gwyllt', 160-1; 'Cynnau canhwyllau. (Auschwitz, Ionawr 27, 1995)', 163-4; 'Oblegid fy mhlant', 189-91; 'Hanes canrif', 192-3; 'Keith Douglas: Lloegr (1920-1944)', 193; 'Galarnad cenhedlaeth. (Ar ôl darllen rhifynnau'r Ail Ryfel Byd o'r *Cymro* a'r *Faner)'*, 197-8; 'Meini. (Ar achlysur hanner canmlwyddiant sefydlu'r Cenhedloedd Unedig)', 200].

Cerddi yn *Canhwyllau: teyrnged i Siôn Aubrey Roberts,* [s. l.]: Pwyllgor Amddiffyn Carcharorion Gwleidyddol Cymru, 1995. [Englyn: 'Y Fro Gymraeg', 44; 'Llun o Gapel Celyn', 60-1; Englyn: 'Cymru a'r datganoli', 80; Cywydd: 'Cwm Celyn (ar adeg o sychder mawr)', 81-4; 'Yr Hynafiaid', 84-5; Englynion: 'Ni'; 'Lleiafrif'; 'Y Gymraeg'; 'Gwewyr', 86-7; Englyn: 'Y Cymry Cymraeg', 90].

Cerddi yn Geraint Percy Jones, Geraint Vaughan Jones, gol., *Yn fyw mewn geiriau: detholiad o gerddi addas ar gyfer TGAU,* Llangefni: Y Ganolfan Astudiaethau Iaith, 1995. ['Eryr mewn caethiwed', 82; Englynion: 'Y Draenog', 83; Soned: 'Wilfred Owen 1893-1918. (Allan o "Requiem i feirdd o'r ugeinfed ganrif")', 108].

Cerddi yn Eleri Ellis Jones, gol., *Sbectol inc: casgliad o gerddi,* Talybont: Y Lolfa, 1995. ['Fe wyliaf alarch', 41; 'Meirch Llangyfelach', 44; 'Merlod mewn storm', 46].

Translations in Daniel Weissbort and Dafydd Johnston, eds, *Modern poetry in translation,* 7 (Spring 1995), 93-105. [English translations of his own verse, by Alan Llwyd: 'The Welsh language', 93-4; 'Ambulance driver', 94-5; 'Geese', 95-6; 'The Horizon-gazer. (A tribute to R. S. Thomas, on his eightieth birthday)', 96-7; 'Cain', 97-8; 'A Wish', 98; 'The Hawk above Felindre', 99; 'The Horses', 100; 'Ivor Gurney', 101; 'Francis Ledwidge and Hedd Wyn', 101-2; 'Memory', 102; 'The Scream', 102-3; 'The Musicians of Auschwitz', 103; 'The Place', 104; Five englynion: 'James Bulger', 'Foxglove', 'Snowdrops in January', 'Dandelion in May', 'AIDS', 105].

Translations in Keith Flynn, ed., *Asheville Review,* 2 (Fall/Winter 1995), 38-41. [English translations of his own verse by Alan Llwyd: 'Llŷn Peninsula', 38-9; 'The Horizon-gazer (a tribute to R. S. Thomas on his eightieth birthday)', 40-1].

Englyn: '[E. Meirion Roberts]', yn Robert Owen a John Gruffydd Jones, gol., *Darlun o arlunydd: E. Meirion Roberts,* Caernarfon: Gwasg Gwynedd, 1995, 77.

Englynion: 'Er cof am Sophie Bromhall. (Disgybl yn Ysgol Gyfun Gŵyr, lle mae fy mab ieuengaf. Fe'i lladdwyd mewn damwain ddiwedd Tachwedd 1994)'; 'Er cof am Gwladys Williams, Riffli, Llŷn'; 'Plentyndod a henaint'; 'Er cof am gyfaill coleg', *Barddas,* 214 (Chwefror 1995), 2.

Englyn: 'Cri meirwon Auschwitz', *ibid.,* 19.

Cywydd: 'Suzanne', *ibid.,* 215 (Mawrth 1995), 5.

Cyfres o englynion: 'Er cof am Enid Morris (chwaer Hedd Wyn; bu farw ym mis Chwefror eleni)', *ibid.*, 15.

Englyn: 'Hier Ruhen 5000 Tote. (Arysgrifen ar fedd yn Auschwitz. Ystyr yr Almaeneg yw: Yma y gorwedd 5000 o feirwon)', *ibid.*, 15.

Englyn: 'Pen-blwydd ac angladd. (Ar ddydd fy mhen-blwydd eleni, corfflosgwyd gweddillion hen-fodryb i'm gwraig)', *ibid.*, 216 (Ebrill 1995), 11.

Englyn: 'Er cof am Gwyn Evans', *ibid.*, 15.

'Tlysau Barddas, 1995. 2. Tlws Roy Stephens. Dewis T. Llew Jones: [Cywydd]: "Suzanne", Alan Llwyd', *ibid.*, 217/218 (Mai/Mehefin 1995), 18-19.

'Tlysau Barddas, 1995. 3. Tlws y gerdd rydd. Dewis Dafydd Islwyn: "Cynnau canhwyllau (Auschwitz: Ionawr 27, 1995)", Alan Llwyd', *ibid.*, 23.

Cyfres o englynion: 'Islwyn Ffowc Elis. (Comisiynwyd y gerdd hon gan Wasanaeth Llyfrgell a Gwybodaeth Clwyd)', *ibid.*, 25.

Englyn: 'Llun a llinell. 1: Y llun o'r henwr. "Plant amser"', *ibid.*, 219/220 (Gorffennaf/Awst 1995), 11.

Englyn: 'Llun a llinell. 2: Y llun o'r protestwyr. "Y Ddau wyneb"', *ibid.*, 13.

'Sonedau i Janice', *ibid.*, 32-4.

Cywydd: 'Meini. (Ar achlysur hanner canmlwyddiant sefydlu'r Cenhedloedd Unedig. Comisiynwyd gan y Parch. Isaac Jones, Aergele, ar gyfer y rhaglen "Oedfa" a ddarlledwyd o faes y Brifwyl ym Mro Colwyn, ar ddydd Sul cyntaf yr Eisteddfod)', *ibid.*, 221/222 (Medi/Hydref 1995), 9.

Englyn: 'Gwlith y nos', *ibid.*, 22.

Adolygiad:

'Cywyddau'r ieuainc heddiw', *Barddas,* 214 (Chwefror 1995), 22-4. [*Cywyddau cyhoeddus,* gol. Iwan Llwyd a Myrddin ap Dafydd].

1996

Rhyddiaith:

'Cyflwyniad', yn T. Arfon Williams, *Cerddi Arfon,* [Abertawe]: Cyhoeddiadau Barddas, 1996, [7-10].

'Y Gystadleuaeth drimisol. Englyn: "Anne Frank". Beirniadaeth y golygydd', *Barddas,* 224/225 (Rhagfyr 1995 / Ionawr 1996), 23-4.

'Y Gystadleuaeth drimisol. Englyn: "Enlli". Beirniadaeth y golygydd', *Barddas*, 227 (Mawrth 1996), 14-16.

'Tlysau Barddas 1996. 1. Tlws W. D. Williams. Dewis Gerallt Lloyd Owen. Englyn: "Er cof am D. Gwyn Evans", Alan Llwyd', *ibid.*, 229/230 (Mai/Mehefin 1996), 9.

'Tlysau Barddas 1996. 2. Tlws y gerdd rydd. Dewis Enid Baines a John Stoddart: "Sonedau i Janice, rhif viii", Alan Llwyd', *ibid.*, 17.

'Y Gystadleuaeth drimisol. Englyn: "Canol oed". Beirniadaeth y golygydd', *ibid.*, 231/232 (Gorffennaf/Awst 1996), 10-12.

'Golygyddol', *ibid.*, 233/234 (Medi/Hydref 1996), 4-7. [Sylwadau ar yr ymateb i *Canrif o brifwyl: y ddarlith lenyddol flynyddol, Eisteddfod Genedlaethol Cymru, Bro Dinefwr, 1996*].

'Golygyddol', *ibid.*, 235 (Tachwedd 1996), 4-6. [Sylwadau ar *The Long pale corridor: contemporary poems of bereavement*, gol. Judi Benson ac Agneta Falk].

Cerddi:

Cerddi yn Elwyn Edwards, gol., *Angel a thinsel: blodeugerdd Barddas o gerddi Nadolig*, [Abertawe]: Cyhoeddiadau Barddas, 1996. [Cyfres o englynion: 'Mair', 3; Englyn: 'Duw yng Nghrist', 8; Englyn: 'Geni'r Mab', 10; Englynion: 'Mair a Joseff', 'Gwyrth y geni', 'Llety'r Crist', 23; Englyn: 'Geni Crist', 25; 'Noson y geni', 26; Englyn: 'Yn Eglwys Gadeiriol Tyddewi ar drothwy'r Nadolig', 32; Englyn: 'Noswyl Nadolig', 51; Englyn: 'Yr Ymwelydd', 63; Englyn: 'Nadolig 1987', 82; Englyn: 'Nadolig 1995', 94; Englynion: 'Nadolig dau frawd', 'Herod. (Tachwedd 1993: achos James Bulger, y plentyn dwyflwydd a lofruddiwyd)', 'Nadolig Ioan (yn ddeuddeg oed)', 105].

Englynion: 'Nadolig 1995'; 'Mair a Joseff', *Barddas*, 224/225 (Rhagfyr 1995 / Ionawr 1996), 1.

Englyn: 'Llun a llinell. 3: "Tresaith"', *ibid.*, 43.

Englynion: 'Gwraig yn croesawu'i gŵr. (Bu farw fy nhad ddwy flynedd ar ôl ei briod)'; 'Er cof am Bob Edwards y bardd o'r Fron-goch. Fe'i claddwyd ym mynwent Llanycil, Penllyn)', *ibid.*, 226 (Chwefror 1996), 17.

Englyn: 'Er cof am Stephen Jones, Ponciau. (Ei neges olaf i'w briod a'i fab, yng nghryfder ei ffydd yn yr Atgyfodiad, ac yn y gred iddo fyw oes lawn a dedwydd, oedd iddyn nhw beidio â galaru ar ei ôl)', *ibid.*, 228 (Ebrill 1996), 7.

'Tair cerdd allan o "Gwynedd". (Er cof am fy nhad, a fu farw ar Fedi 30, 1995; lluniwyd ar adeg aildrefnu'r ffiniau, 1995-1996. Comisiynwyd y cerddi gan Adran Diwylliant a

Hamdden Cyngor Sir Gwynedd)', *ibid.*, 229/230 (Mai/Mehefin 1996), 32-3.
Englyn: 'Alarch ar lyn', *ibid.*, 231/232 (Gorffennaf/Awst 1996), 45.

1997

Rhyddiaith:

'Dewi Emrys', yn Robert Rhys, gol., *Y Patrwm amryliw, cyfrol 1*, [Abertawe]: Cyhoeddiadau Barddas, 1997, 44-52.

'Golygyddol', *Barddas*, 236/237 (Rhagfyr 1996 / Ionawr 1997), 4-7. ['Yn yr ymdrech i gyrraedd perffeithrwydd y crëir pob cerdd o werth. 'Rydw i am sôn y tro hwn am y modd y mae rhai beirdd wedi ceisio cyrraedd y perffeithrwydd hwnnw'].

'Y Gystadleuaeth drimisol. Englyn: "Cernyw". Beirniadaeth y golygydd', *ibid.*, 20-1.

'Golygyddol', *ibid.*, 238 (Chwefror 1997), 4-5. [Sylwadau ar arbrawf Waterstone's a Sianel 4 yn Lloegr i chwilio am lyfr y ganrif yn ôl barn y cyhoedd].

'Y Gystadleuaeth drimisol. Englyn: "Sain Ffagan". Beirniadaeth y golygydd', *ibid.*, 239 (Mawrth 1997), 2-3.

'Golygyddol', *ibid.*, 4-9. [Ymdriniaeth â 'Pagan', R. Williams Parry, o *Cerddi'r gaeaf*].

'Golygyddol', *ibid*, 240 (Ebrill/Mai 1997), 4. [*Barddas* yn gylchgrawn daufisol; codi'r pris tanysgrifio; sefydlu Clwb Llyfrau Cymdeithas Barddas].

'Enwebiad am y wobor. *Barddas* yn holi Gwyneth Lewis ar achlysur enwebiad *Cyfrif un ac un yn dri*, un o lyfrau Cyhoeddiadau Barddas, am Lyfr y Flwyddyn', *ibid.*, 29-31.

'Golygyddol: Waldo a'r tri bardd o Sais', *ibid.*, 241 (Mehefin/Gorffennaf 1997), 4-9; 242 (Awst/Medi 1997), 4-9. [Sylwadau ar 'Tri bardd o Sais a Lloegr', sef Thomas Hardy, William Cowper a John Keats].

'Cystadleuaeth yr englyn. Testun: "Cyllell boced". Beirniadaeth y golygydd', *ibid.*, 242 (Awst/Medi 1997), 18-20.

'Sut y bydd beirdd yn creu englynion: ceisio dal rhith y brithyll', *ibid.*, 12-14.

'Golygyddol', *ibid.*, 243 (Hydref/Tachwedd 1997), 4-7. [Teyrnged i Rydwen Williams].

'Hunan-barch a delwedd. Y Prifardd Alan Llwyd yn ystyried pam ein bod ni fel cenedl yn dangos cyn lleied o barch at ein gorffennol', *Arena (The Western mail)*, 25 Ionawr, 1997, 15.

'Y Ddoler a'r ddelwedd. Drannoeth ffair yr Oscars mae Alan Llwyd yn ystyried y goblygiadau i'r diwydiant ffilm ar ddwy ochr i Gefnfor Iwerydd', *ibid.*, 29 Mawrth, 1997, 15.

'Lleufer dyn ai llyfr da? Er i'n gweisg fod wrthi'n ddyfal i gael eu cyhoeddiadau newydd ar stondinau'r Brifwyl, mae Alan Llwyd yn darogan argyfwng ym myd llyfrau', *ibid.*, 19 Gorffennaf, 1997, 15.

'Dyngarwch tywysoges. Fe fydd angen ysbryd dyneiddiol Diana i'n tywys i'r ganrif newydd, meddai Alan Llwyd yn y deyrnged hon i'r dywysoges', *ibid.*, 6 Medi, 1997, 19.

Cerddi:

Translations in Thomas Rain Crowe, with Gwendal Denez and Tom Hubbard, eds, *Writing the wind: a Celtic resurgence*, Cullowhee, [North Carolina]: New Native Press, 1997. [English translations of his own verse, by Alan Llwyd: 'The Place', 48; 'Memory', 49; 'Llŷn Peninsula', 49-50; 'The Horizon-gazer (a tribute to R. S. Thomas on his eightieth birthday)', 50-1; 'Y Gymraeg = The Welsh language', 51-2].

Englyn: 'Graffiti ar gofeb. (Dau gariad wedi naddu'u henwau ar gofadail)', *Barddas*, 239 (Mawrth 1997), 9.

'Tlysau Barddas, 1997. Tlws Roy Stephens. Dewis Gerallt Lloyd Owen: "Gwynedd: cerdd x", Alan Llwyd', *ibid.*, 241 (Mehefin/Gorffennaf 1997), 24.

'Tlysau Barddas, 1997. Tlws W. D. Williams. Dewis Iwan Bryn. Englynion "Alarch ar lyn. (Ffotograff gan Marian Delyth)"; "Er cof am Dylan Morris", Alan Llwyd', *ibid.*, 25-6.

'Tlysau Barddas, 1997. Tlws y gerdd rydd. Dewis Elwyn Edwards (ar ran Nesta Wyn Jones): "Gwynedd: cerdd i. (Er cof am fy nhad, a fu farw ar Fedi 30, 1995; lluniwyd ar adeg aildrefnu'r ffiniau, 1995-1996)"; "Gwynedd: cerdd vii", Alan Llwyd', *ibid.*, 28-9.

'Rhosyn yn Awst', *ibid.*, 242 (Awst/Medi 1997), 3.

Englyn: 'Ar draeth y Mwmbwls', *ibid.*, 11.

'Difa'r dail', *ibid.*, 11.

'Blodau pabi ym Medi', *ibid.*, 41.

Englyn: 'Capel coffa Cwm Celyn', *ibid.*, 243 (Hydref/Tachwedd 1997), 13.

'Y Llyn. (Er cof am Geraint Morris, ac ar gais Hywel Gwynfryn)', *ibid.*, 35.

Englyn: 'Gweld trwy'r cof. (Ymson un o gyn-drigolion Capel Celyn)', *ibid.*, 46.

Cywydd: 'Rhydwen', *ibid.*, 47-8.

Cerdd gomisiwn: 'Iscariot', *Cristion,* Gorffennaf/Awst 1997, 23.

Adolygiad:

'Nofel am dras Gwenhwyfar', *Barddas,* 240 (Ebrill/Mai 1997), 45-6. [*Epistol serch a selsig,* Bobi Jones].

1998

Rhyddiaith:

'Rhagymadrodd', yn Alan Llwyd, gol., *Cerddi R. Williams Parry: y casgliad cyflawn, 1905-1950,* Dinbych: Gwasg Gee, 1998, ix-xxx.

Beirniadaeth ar y cyd â Menna Elfyn a John Gruffydd Jones: 'Dilyniant o gerddi heb fod mewn cynghanedd gyflawn a heb fod dros 200 llinell: Rhyddid', yn W. J. Jones, gol., *Cyfansoddiadau a beirniadaethau Eisteddfod Genedlaethol Frenhinol Cymru, Bro Ogwr, 1998,* [s.l.]: Llys yr Eisteddfod Genedlaethol, 1998, 32-44.

'Golygyddol: *Pedwarawd* Rhydwen Williams', *Barddas,* 244 (Rhagfyr 1997 / Ionawr/Chwefror 1998), 4-10.

'Cystadleuaeth yr englyn. Testun: "Capel coffa Cwm Celyn". Beirniadaeth y golygydd', *ibid.,* 21-2.

'Llythyr i *Golwg', ibid.,* 64. ['Anfonwyd y llythyr canlynol at y cylchgrawn *Golwg,* ond ni chyhoeddwyd mono. Gan fod yr erthygl ar y gyfrol *Gronwy Ddiafael, Gronwy Ddu* a ymddangosodd yn rhifyn Hydref 16, 1997 o *Golwg* yn orlawn o wallau, camargraffiadau a chamgymeriadau, 'roedd yn rhaid i'r awdur ymateb, yn enw tegwch a chywirdeb ysgolheigaidd'].

'Golygyddol: Gwenallt a "Breuddwyd y bardd"', *ibid.,* 245 (Mawrth/Ebrill 1998), 4-11.

'Cystadleuaeth yr englyn. Testun: "1997". Beirniadaeth y golygydd', *ibid.,* 16-17.

'Cystadleuaeth yr englyn. Testun: "Eirlysiau". Beirniadaeth y golygydd', *ibid.,*17-19.

'Golygyddol', *ibid.,* 246 (Mai/Mehefin 1998), 4-11. [Erthygl adolygiadol ar *R. Williams Parry,* Bedwyr Lewis Jones, gol. Gwyn Thomas].

'Golygyddol', *ibid.,* 247 (Gorffennaf/Awst 1998), 4-8. [Sylwadau ar rai o gerddi *Ynghylch tawelwch,* Bobi Jones].

'Cystadleuaeth yr englyn: "Yma o hyd". Beirniadaeth y golygydd', *ibid.,* 40.

'Golygyddol', *ibid.,* 248 (Medi/Hydref 1998), 4-9. [Teyrnged i J. Eirian Davies, a thrafodaeth ar rai o'i gerddi].

'Golygyddol', *ibid.,* 249 (Tachwedd/Rhagfyr 1998), 4-7. [Coffáu T. Arfon Williams].

'Cystadleuaeth yr englyn: "Dylan Thomas". [Beirniadaeth y golygydd]', *ibid.,* 29-31.

'Iaith', *Llais llyfrau,* Gaeaf 1998, 6. ['Heddiw mae'r Gymraeg yn newid mewn ffordd annaturiol'].

'Taw piau hi – Alan Llwyd yn cofio T. Arfon Williams', *Y Cymro,* 28 Hydref, 1998, 23.

'Ail i Arsenal oedd Alan. A fydd dwbl eleni?', *The Western mail* [National Eisteddfod special issue], 31 Gorffennaf, 1998, 14. [Alan Llwyd, ar wahoddiad y papur, yn trafod y gamp o ennill y 'dwbl' bum mlynedd ar hugain yn ôl wedi iddo ennill y gadair a'r goron yn Eisteddfod Genedlaethol Cymru, Dyffryn Clwyd, 1973].

'Iaith cerdd ac iaith y galon', *Arena (The Western mail),* 28 Mawrth, 1998, 15.

'Ai'r gorau sy'n curo bob tro? Wedi'r "Booker" yr wythnos ddiwethaf, mae Alan Llwyd yn cymryd cip ar rai o brif wobrau llenyddol Cymru ac yn darganfod ambell sgandal', *The Western mail magazine,* 7 Tachwedd, 1998, 18.

Cerddi:

Englynion: 'Gweddi'r claf', yn Gareth Maelor, gol., *Helo, pwy sy' 'na...?,* Caernarfon: Gwasg Pantycelyn, 1998, 8.

Translations by Joseph B. Clancy in Bradley R. Strahan, ed., *Celtic visions: visions-international,* 56 (1998). ['Viper', 40-1; 'Llangyfelach's bell on a March morning', 42].

Cyfres o englynion: 'I Ceri [Wyn Jones]', *Barddas,* 244 (Rhagfyr 1997 / Ionawr/Chwefror 1998), 15.

'Cerdd i'r Nadolig. (Er cof am y Fam Teresa)', *ibid.,* 35.

'Ymson Mair', *ibid.,* 45.

'Tlysau Barddas, 1998. 1. Tlws W. D. Williams. Dewis Gerallt Lloyd Owen. [Englyn]: "Gweld trwy'r cof. (Ymson un o gyn-drigolion Capel Celyn)", Alan Llwyd', *ibid.,* 15.

'Tlysau Barddas, 1998. 3. Tlws y gerdd rydd. Dewis Iwan Llwyd: "Y Llyn. (Er cof am Geraint Morris, ac ar gais Hywel Gwynfryn)", Alan Llwyd', *ibid.,* 25.

'Du. (Seiliedig yn fras iawn, ar syniad gan Thomas Hardy yn un o'i gerddi, honno, yn ei thro, yn efelychiad o gan werin)', *ibid.,* 48.

Cywydd: 'Y Maen. (Medi 18, 1997)', *ibid.,* 247 (Gorffennaf/Awst 1998), 17.

Soned: 'Wrth fedd Waldo. (Mynwent Blaenconin, Gorffennaf 1, 1998; claddwyd mam a thad Waldo, Waldo ei hun a'i briod Linda, yn yr un bedd)', *ibid.,* 21.

Englyn: 'Er cof am Eirian Davies (a cholledigion eraill)', *ibid.,* 248 (Medi/Hydref 1998), 3.

Englyn: 'Er cof am R. Tudur Jones', *ibid.,* 9.

Cyfres o englynion: 'Ymson Cai. (Plentyn newydd-anedig Dafydd a Michelle, mab a merch-yng-nghyfraith fy nghyfaill a'm cydweithiwr Wyn Thomas. 'Roedd Cai yn un o efeilliaid, ond erthylwyd y llall, gan na allai'r groth ymdopi â chario dau. Hyn, yn ôl y meddygon, a achubodd fywyd Cai)', *ibid.*, 13.

Englyn: 'Maen coffa Waldo', *ibid.*, 22.

Englynion: 'Galar rhieni (ar ôl baban a fu farw ychydig oriau ar ôl ei eni)'; 'Afon Tywi. (Gwasgarwyd llwch J. Eirian Davies ar ddyfroedd afon Tywi, lle boddwyd ei frawd)', *ibid.*, 29.

Cyfres o englynion: 'Y Ddawns', *ibid.*, 249 (Tachwedd/Rhagfyr 1998), 13.

Cyfres o englynion: '[T.] Arfon [Williams]', *ibid.*, 38-9.

'Gwyrth y Nadolig', *Golwg*, 17 Rhagfyr, 1998, 26.

Poem: 'A Wish', *Cultural connections: celebrating poetry*, London: Department for Culture, Media and Sport, 1998, 14. [Cyfieithiad Alan Llwyd o 'Dyhead'].

Adolygiad:

'Bardd aflonydd y lonydd', *Barddas*, 246 (Mai/Mehefin 1998), 37-40. [*Dan ddylanwad: cerddi 'Mericia, Canada a Chymru*, Iwan Llwyd].

1999

Rhyddiaith:

'Golygyddol', *Barddas*, 250 (Ionawr/Chwefror 1999), 4-10. [Trafodaeth ar farddoniaeth Ted Hughes].

'Gilbert Ruddock ac R. Gerallt Jones: teyrnged', *ibid.*, 30-4.

'Cystadleuaeth yr englyn: "Porth Menin, Ypres". [Beirniadaeth y golygydd]', *ibid.*, 37-9.

'Golygyddol: cerddi rhyfel eisteddfodol Cynan', *ibid.*, 251 (Mawrth/Ebrill 1999), 4-12; 252 (Mai / Mehefin 1999), 4-11.

'Colledion diweddar', *ibid.*, 41. [Coffáu Edward Jones ('Telynfab'), a'i briod Bet; Mathonwy Hughes; Isaac Jones; J. E. Caerwyn Williams a Lisa Erfyl].

'Golygyddol: "Y Sant": awdl wrthodedig Gwenallt', *ibid.*, 253 (Gorffennaf/Awst 1999), 4-10; 254 (Medi/Hydref 1999), 4-8.

'Cystadleuaeth yr englyn: "Y Cei". Beirniadaeth y golygydd', *ibid.*, 253 (Gorffennaf/Awst 1999), 38-9.

'Beddargraffiadau Cymraeg ar gerrig beddau milwyr y Rhyfel Mawr', *ibid.*, 40-3. [Ar y cyd â Lieven Dehandschutter o Fflandrys].

'Cystadleuaeth yr englyn: "Teulu'r Cilie". Beirniadaeth y golygydd', *ibid.*, 24-6.

'Cofio'r hen ddatganolwyr', *The Western mail magazine*, 8 May, 1999, 18-19. [Trafodaeth ar genedlaetholwyr Cymreig y gorffennol].

'Y Teulu gwerinol rhyfeddol', *ibid.*, 3 Gorffennaf, 1999, 18-19. [Rhagflas o *Teulu'r Cilie*, gan Jon Meirion Morris].

Cerddi:

Cyfieithiadau i'r Eidaleg gan Andrea Bianchi a Silvana Siviero, yn Siân Ithel, gol., *I nuovi bardi: poesia Gallese contemporanea*, Faenza: Mobydick/Cooperativa Tratti, 1999, 68-73. ['Il falco sopra Felindre (Yr Hebog uwch Felindre)', 68-9; 'La penisola di Llŷn (Llŷn)', 70-1; 'La lingua Gallese (Y Gymraeg)', 72-3].

Englyn: 'I Gymru'r Mileniwm', *Barddas*, 250 (Ionawr/Chwefror 1999), 1.

'Marwnad y deugain mil. (Allan o "Goroesiad cenedl")', *ibid.*, 10.

Englynion: 'Canol oed'; 'Gilbert Ruddock', *ibid.*, 11.

Englyn: 'Er cof am Ellis Williams, yr Ysgwrn', *ibid.*, 22.

'Eira yn Chwefror', *ibid.*, 28.

Englyn: 'Donald', *ibid.*, 34.

'Dwy gerdd allan o "Ffarwelio â chanrif": "Disgrifiadau"; "Phan Thi Kim Phuc"', *ibid.*, 42.

Cyfres o englynion: 'I Gwilym Herber, Craig-cefn-parc, cyn-löwr, tyddynnwr, englynwr (yn 80 oed yn Chwefror)', *ibid.*, 43.

'Ar drothwy'r Milflwyddiant. (Allan o "Ffarwelio â chanrif")', *ibid.*, 251 (Mawrth/Ebrill 1999), 37.

'Tlysau Barddas, 1999. 2. Tlws W. D. Williams. Dewis Robin Llwyd ab Owain. [Englyn]: "Er cof am Eirian Davies (a cholledigion diweddar eraill)", Alan Llwyd', *ibid.*, 252 (Mai/Mehefin 1999), 7.

'Tlysau Barddas, 1999. 3. Tlws coffa Roy Stephens. Dewis Dic Jones: [Cyfres o englynion]: "Y Ddawns. (I Emyr Lewis)"; "Arfon", Alan Llwyd', *ibid.*, 20-22.

Cyfres o englynion: 'Rhiannon. (Plentyn cyntaf-anedig Iwan a Nia Llwyd)', *ibid.*, 41.

Englyn: 'Er cof am Lisa Erfyl', *ibid.*, 44.

Englyn: 'John Tydu, y Cilie. (Ar ôl darllen *Teulu'r Cilie*, Jon Meirion Morris)', *ibid.*, 253 (Gorffennaf/Awst 1999), 33.

Englynion: 'Islwyn Ffowc Elis'; 'R. S. Thomas', *ibid.*, 254 (Medi/Hydref 1999), 22.

Cyfres o englynion: 'Y Brad. (Er cof am Edward a Bet Jones, Benllech, Môn, rhieni Einir Jones; bu farw Edward Jones (Telynfab) ychydig wythnosau o flaen ei briod, er ei bod hi yn dioddef o afiechyd creulon ymhell cyn iddo ef ddechrau clafychu, ac wedyn ei gadael. Bu hi farw yn fuan ar ei ôl)', *ibid.*, 31.

'Hunaniaeth', *Taliesin*, 107 (Hydref 1999), 9-12.

2000

Rhyddiaith:

Beirniadaeth: 'Cyfrol o gerddi gwreiddiol', yn W. J. Jones, gol., *Cyfansoddiadau a beirniadaethau Eisteddfod Genedlaethol Cymru, Llanelli a'r cylch, 2000,* [s. l.]: Llys yr Eisteddfod Genedlaethol, 2000, 104-9.

'Golygyddol: "Y Sant": awdl wrthodedig Gwenallt', *Barddas,* 255 (Tachwedd/Rhagfyr 1999 / Ionawr 2000), 4-8.

'Holi Gwyneth Lewis ar achlysur cyhoeddi *Y Llofrudd iaith*', *ibid.,* 18-19.

'Cystadleuaeth yr englyn: "Beddargraff canrif". Beirniadaeth y golygydd', *ibid.,* 61-2.

'Golygyddol: "Atgof" Prosser Rhys', *ibid.,* 256 (Chwefror/Mawrth 2000), 4-8; 257 (Ebrill/Mai 2000), 4-7; 258 (Mehefin/Gorffennaf/Awst 2000), 4-10.

'Cystadleuaeth yr englyn: "Yr Amgueddfa lofaol". Beirniadaeth y golygydd', *ibid.,* 256 (Chwefror/Mawrth 2000), 28-30.

'Cystadleuaeth yr englyn: "Canhwyllau pen-blwydd". Beirniadaeth y golygydd', *ibid.,* 257 (Ebrill/Mai 2000), 45-6.

'Cystadleuaeth yr englyn: "Canhwyllau pen-blwydd". Beirniadaeth y golygydd', *ibid.,* 258 (Mehefin/Gorffennaf/Awst 2000), 25. [Englynion a dderbyniwyd i'r gystadleuaeth ar ôl y dyddiad cau swyddogol].

'Cystadleuaeth yr englyn: "Plentyndod". Beirniadaeth y golygydd', *ibid.,* 258 (Mehefin/Gorffennaf/Awst 2000), 54-5.

'Golygyddol', *ibid.,* 259 (Medi/Hydref/Tachwedd 2000), 4-7. [Sylwadau ar gystadleuaeth y goron a'r gadair yn Eisteddfod Genedlaethol Cymru, Llanelli, 2000].

'Arfon. Sylwedd anerchiad a draddodwyd yn y Babell Lên ddydd Gwener yr Eisteddfod [Genedlaethol, yn Llanelli] yng nghyfarfod coffa T. Arfon Williams', *ibid.,* 24-5.

'Cystadleuaeth yr englyn: "Croesi'r bont". Beirniadaeth y golygydd', *ibid.,* 37-8.

'Golygyddol', *ibid.,* 260 (Rhagfyr 2000 / Ionawr 2001), 4. [Cynnwys y rhifyn].

'Cystadleuaeth yr englyn: "Nadolig cyntaf y ganrif". Beirniadaeth y golygydd', *ibid.,* 46-7.

'Gwallgofrwydd arglwyddes hardd: pryddestau eisteddfodol Caradog Prichard', *Taliesin,* 109 (Haf 2000), 22-37; 110 (Gaeaf 2000), 87-98.

'Ymlaen, oll, am Lanelli', *Seren Cymru,* 4 Awst, 2000, 1, 8. [Eisteddfod Genedlaethol Cymru, Llanelli a'r cylch, 2000, ac Eisteddfodau Cenedlaethol 1903, 1930 a 1962].

Cerddi:

'Plentyn ar siglen', yn *Hoff gerddi Cymru,* Llandysul: Gwasg Gomer, 2000, 35.

Cantawd: 'Goroesiad cenedl, ar gyfer dathlu'r Milflwyddiant', yn *[Rhaglen] Gŵyl Gerdd Maldwyn / Montgomery County Music Festival, Millenium concert, 1921-2000,* [s. l.]: [s. n.], 2000, 4-12. [Yn cynnwys cyfieithiad Mary Roberts i'r Saesneg].

'Ar drothwy'r Milflwyddiant. (Allan o "Ffarwelio â chanrif")', yn Dafydd Rowlands, gol., *Cerddi'r troad,* Llandysul: Gwasg Gomer, 2000, 60-1.

'Y Gymraeg; 'The Welsh language' (cyfieithiad gan yr awdur); 'A walesi nyelv' (cyfieithiad i'r Hwngareg gan Kinga Fordítása Kovács), yn Kinga Kovács, Zsóüfia Tracikievitz, goln, *Mit müvelsz? Kortárs walesi-angol költemények antólogiája = Mooving Wails: anthology of contemporary Anglo-Welsh poetry,* [s. l.]: Osiris, [2000], 32-5.

Cyfieithiadau i'r Tsiecoslofaceg gan Jana Mesárošová yn *Drak má dvojí jazyk: antologie soucasne poezie Walesu,* [s.l.]: Periplum, 2000. ['Místo', 100-1; 'Pamĕt', 102; 'Llŷnský poloostrov', 103; 'Zahledĕný na horizont (R. S. Thomasovi k jeho osmdesátým narozeninám)', 104-5; 'Velština', 106].

Englyn: 'Gwenllian merch Llywelyn', *Barddas,* 255 (Tachwedd/ Rhagfyr 1999 / Ionawr 2000), 23.

Englyn: 'Mathonwy Hughes, 1901-1999', *ibid.,* 26.

Englyn: 'Ar garreg fedd Ellis Williams, yr Ysgwrn', *ibid.,* 31.

'La Chute de L'Ange: Marc Chagall. (Allan o "Ffarwelio â chanrif")', *ibid.,* 33.

'Tair cerdd (allan o "Goroesiad cenedl"): 1. "Offeren Gwenllian"; 2. "Cân Ann o Ddolwar Fach"; 3. "Brad y pedair elfen"', *ibid.,* 42-3.

Englyn: 'Ffenics y Llyn. (Cofeb Tryweryn: John Meirion Morris)', *ibid.,* 56.

'Schindler's List. (Allan o "Ffarwelio â chanrif")', *ibid.,* 72.

'Tlysau Barddas, 2000. 3. Tlws y gerdd rydd. Dewis Nesta Wyn Jones: "Schindler's List. (Allan o "Ffarwelio â chanrif")"; "Offeren Gwenllian", Alan Llwyd', *ibid.,* 257 (Ebrill/Mai 2000), 30.

Englyn: 'Er cof am J. E. Caerwyn Williams', *ibid.,* 40.

'Tri bedd mewn un diwrnod, Mai 24, 2000. 1. Bedd Caradoc Evans: mynwent Horeb, y Gors, Aberystwyth. (I Dafydd Rhys). 2. Bedd Caradog Prichard: mynwent eglwys goffa Robertson, Bethesda. (I J. Elwyn Hughes). 3. Bedd R. Williams Parry: mynwent Coetmor, Bethesda. (I Wyn Thomas)', *ibid.,* 258 (Mehefin/Gorffennaf/Awst 2000), 14-15.

Englyn: 'Er cof am y Parch. Isaac Jones', *ibid.,* 28.

‘Dallas: Tachwedd 22, 1963. (Allan o “Ffarwelio â chanrif”)’, *ibid.*, 37.

Cyfres o englynion: ‘Cofio Arfon. Englynion a lefarwyd yn y Babell Lên yng nghyfarfod coffa T. Arfon Williams’, *ibid.*, 259 (Medi/Hydref/Tachwedd 2000), 36.

Englyn: ‘Er cof am Anne Rees. (Mam y Parchedig D. Ben Rees. Bu farw yn 100 oed ym mis Hydref 1999)’, *ibid.*, 69.

Cerdd y mis: ‘Cân Pantycelyn’, *Cristion*, Tachwedd/Rhagfyr, 2000, 4.

Adolygiad:

‘Sêr a’u dawns, erwau o dir’, *Barddas*, 255 (Tachwedd/Rhagfyr 1999 /Ionawr 2000), 64-6. [*Dawns y sêr,* Nesta Wyn Jones].

2001

Rhyddiaith:

‘Golygyddol. 1900 a 2000: awen dau droad’, *Barddas*, 261 (Chwefror/Mawrth 2001), 4-9. [Sylwadau ar farddoniaeth Gymraeg yr ugeinfed ganrif].

‘Cystadleuaeth yr englyn: “Albwm lluniau”. Beirniadaeth y golygydd’, *ibid.*, 30-33.

‘Golygyddol: *Gweddnewidio*, Gwyn Thomas’, *ibid.*, 262 (Ebrill/Mai 2001), 4-11; 263 (Mehefin/Gorffennaf 2001), 4-8; 264 (Awst/Medi/Hydref 2001), 4-9. [Sylwadau ar *Gweddnewidio: detholiad o gerddi 1962-1986*].

‘Cofio John Stoddart’, *ibid.*, 262 (Ebrill/Mai 2001), 35-6.

‘Cystadleuaeth yr englyn: “Cloc y dre”. Beirniadaeth y golygydd’, *ibid.*, 40-1.

‘Cystadleuaeth yr englyn: “Gwanwyn 2001”. Beirniadaeth y golygydd’, *ibid.*, 263 (Mehefin/Gorffennaf 2001), 30-33.

‘Cystadleuaeth yr englyn: “Maes y Brifwyl”. Beirniadaeth y golygydd’, *ibid.*, 264 (Awst/MediHydref 2001), 44-5.

‘Gwallgofrwydd arglwyddes hardd: pryddestau eisteddfodol Caradog Prichard’, *Taliesin,* 111 (Gwanwyn 2001), 106-16; 112 (Haf 2001), 72-91; 113 (Hydref 2001), 80-92.

‘Golygyddol: Thomas Hardy’, *Barddas,* 265 (Tachwedd/Rhagfyr 2001), 4-8.

‘Cystadleuaeth yr englyn: “Cymuned”. Beirniadaeth y golygydd’, *ibid.*, 28-30.

‘*Barddas* yn holi William Owen Roberts am ei nofel newydd’, *ibid.*, 46-52.

Cerddi:

Cyfieithiadau i'r Almaeneg gan Sabine Heinz a Siwan Thomas, yn *Keltische Sprachinseln: Anthologie keltischer Autoren. In keltischen Sprachen und Deutsch,* Berlin: Frieling, 2001, 76-81 ['Sonette für Janice (Sonedau i Janice)'].

'Tlysau Barddas, 2001. 1. Tlws coffa Roy Stephens. [Cyfres o englynion]: "Cofio Arfon yn Eisteddfod Genedlaethol [Cymru], Llanelli", Alan Llwyd', *Barddas,* 262 (Ebrill/Mai 2001), 27.

'Tlysau Barddas, 2001. 2. Tlws coffa W. D. Williams. [Englynion]: "Er cof am J. E. Caerwyn Williams"; "Er cof am y Parch. Isaac Jones", Alan Llwyd', *ibid.,* 28.

'Tlysau Barddas, 2001. 3. Tlws y gerdd rydd. "Bedd Caradog Prichard: mynwent eglwys goffa Robertson, Bethesda"; "Dallas, Tachwedd 22 1963"; "Bedd Caradoc Evans: mynwent Horeb, y Gors, Aberystwyth", Alan Llwyd', *ibid,* 29.

Englyn: 'Er cof am John Stoddart', *ibid.,* 36.

Englyn: 'Clychau'r gog, gwanwyn 2001', *ibid.,* 263 (Mehefin/Gorffennaf 2001), 8.

'Trosglwyddo'r rhifau', *ibid.,* 264 (Awst/Medi/Hydref 2001), 29.

'Traeth Cwmtydu ym Medi. (I Jon Meirion, a aeth â ni yno)', *ibid.,* 50.

'Medi 11, 2001', *ibid.,* 51.

Cyfres o englynion: 'Mererid. (I gyfarch Mererid Hopwood ar gyflawni camp hanesyddol)', *ibid.,* 58.

Englynion: 'Y Geni'; 'Llety'r Crist', *ibid.,* 265 (Tachwedd/Rhagfyr 2001), 32.

'Y Robin goch', *ibid.,* 34.

'Cân Pantycelyn', *Seren Cymru,* 9 Chwefror, 2001, 7.

'Offeren Gwenllian', *Y Llan,* Gorffennaf/Awst 2001, 2-3.

2002

Rhyddiaith:

Beirniadaeth: 'Ysgoloriaeth Emyr Feddyg. Er cof am Emyr Wyn Jones, Cymrawd yr Eisteddfod', yn J. Elwyn Hughes, gol., *Cyfansoddiadau a beirniadaethau Eisteddfod Genedlaethol Frenhinol Cymru, Sir Benfro, Tyddewi, 2002,* [s. l.]: Llys yr Eisteddfod Genedlaethol, 2002, 105.

'Gwallgofrwydd arglwyddes hardd: pryddestau eisteddfodol Caradog Prichard', *Taliesin,* 114 (Gwanwyn 2002), 93-115.

'Golygyddol: Thomas Hardy', *Barddas,* 266 (Ionawr/Chwefror/Mawrth 2002), 4-18; 267 (Ebrill/Mai/Mehefin 2002), 4-11.

'Nodyn golygyddol', *ibid.*, 266 (Ionawr/Chwefror/Mawrth 2002), 20. [Sylwadau ar lythyr T. E. Jones, Dowlais, ar 'Hardy'r agnostig' yn *ibid*].
'Cystadleuaeth yr englyn: "Tywod". Beirniadaeth y golygydd', *ibid.*, 36-9.
'Cofio Derwyn Jones, Mochdre', *ibid.*, 267 (Ebrill/Mai/Mehefin 2002), 41-2.
'Cystadleuaeth yr englyn: "Cloch". Beirniadaeth y golygydd', *ibid.*, 54-7.
'Golygyddol', *ibid.*, 268 (Gorffennaf/Awst 2002), 4-5.
'Yr Awdlau i Dŷ Ddewi', *ibid.*, 6-13. [Trafodaeth ar awdlau Waldo Williams a Simon B. Jones i Dyddewi, ac awdl T. Rowland Hughes, 'Pererinion'].
'Yr Englyn yn y Genedlaethol. Oeddach chi'n gw'bod?...', *ibid.*, 31-3. [Nodiadau ar gystadleuaeth yr englyn yn yr Eisteddfod Genedlaethol].
'Golygyddol', *ibid.*, 269 (Medi/Hydref/Tachwedd 2002), 4-5. [Sylwadau ar 'Awelon', pryddest arobryn Aled Jones Williams yn Eisteddfod Genedlaethol Cymru, Sir Benfro, Tyddewi, 2002].
'Golygyddol', *ibid.*, 270 (Rhagfyr 2002 / Ionawr 2003), 4-5. [Sylwadau ar gynnwys y rhifyn].
'Cofio "Cwm Glo", Cofio Kitch', *ibid.*, 6-11.
'Cystadleuaeth yr englyn: "Traeth"; "Noson Galan Gaeaf". Beirniadaeth y golygydd', *ibid.*, 45-8.

Cerddi:

'I Bobi [Jones]', *Barddas*, 266 (Ionawr/Chwefror/Mawrth 2002), 19.
'Mae hi'n anodd. (Ar drothwy Nadolig 2001)', *ibid.*, 33.
'Y Bardd o'r Blaenau. I Gwyn Thomas ar ei ymddeoliad', *ibid.*, 51.
'Tlysau Barddas, 2002. 2. Tlws coffa W. D. Williams. [Englyn]: "Nadolig 2001", Alan Llwyd', *ibid.*, 267 (Ebrill/Mai/Mehefin 2002), 24.
Englyn: 'Cofio Derwyn [Jones, Mochdre]', *ibid.*, 42.
Cyfres o englynion: 'Y Ddwy gloch. (Er cof am Gruffudd Parry, fy athro Saesneg ym Motwnnog gynt)', *ibid.*, 52-3.
Englyn: 'Cromlech Pentre Ifan', *ibid.*, 269 (Medi/Hydref/Tachwedd 2002), 29.
'Dwylo. (Er cof am fy nhad-yng-nghyfraith, Fred; adeiladwr ac arlunydd medrus)', *ibid.*, 270 (Rhagfyr 2002 / Ionawr 2003), 13.

Adolygiad:

'Rhyddiaith Waldo, bardd Sir Benfro', *Barddas*, 268 (Gorffennaf/Awst 2002), 58-60. [*Waldo Williams: rhyddiaith*, gol. Damian Walford Davies].